O Gabinete Paralelo

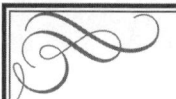

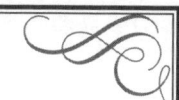

SOMBRAS DE LONDRES
LIVRO TRÊS

O Gabinete Paralelo

MAUREEN JOHNSON

Tradução
Sheila Louzada

Fantástica
ROCCO

Título original
THE SHADOW CABINET
Shades of London Book Three

Copyright © 2015 *by* Maureen Johnson

O direito moral de Maureen Johnson de ser
identificada como autora desta obra foi assegurado.

Todos os direitos reservados, incluindo o de reprodução
no todo ou em parte sob qualquer forma.

Direitos para a língua portuguesa reservados
com exclusividade para o Brasil à
EDITORA ROCCO LTDA.
Av. Presidente Wilson, 231 – 8º andar
20030-021 – Rio de Janeiro – RJ
Tel.: (21) 3525-2000 – Fax: (21) 3525-2001
rocco@rocco.com.br | www.rocco.com.br

Printed in Brazil/Impresso no Brasil

Preparação de originais
VANESSA RAPOSO

CIP-Brasil. Catalogação na fonte.
Sindicato Nacional dos Editores de Livros, RJ.

J65g
Johnson, Maureen
O gabinete paralelo / Maureen Johnson; tradução de Sheila Louzada. – Primeira edição. – Rio de Janeiro: Fantástica Rocco, 2017.
(Sombras de Londres; 3)

Tradução de: The shadow cabinet: shades of london book three
ISBN: 978-85-68263-50-1
ISBN: 978-85-68263-53-2 (e-book)

1. Ficção americana. I. Louzada, Sheila. II. Título III. Série.

17-40315
CDD-028.5
CDU-087.5

O texto deste livro obedece às normas do
Acordo Ortográfico da Língua Portuguesa.

Para Zelda

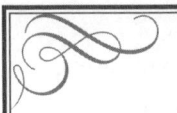

22 DE DEZEMBRO DE 1973
OESTE DE LONDRES

No número dezesseis da Hyssop Close, as cortinas não tinham sido abertas uma única vez aquele dia. Todos os vizinhos concordavam: havia alguma coisa errada naquela casa, e isso desde a morte dos Smithfield-Wyatt, quando ficaram só os filhos gêmeos do casal. Para começar, aquela *gente* entrando e saindo toda hora. Roqueiros. Atores. Velhos barbudos de sobretudo, que os mais desconfiados achavam que deviam ser poetas. Mas o pior mesmo era aquele bando de adolescentes: todos desmazelados, de cabelo comprido e roupas rasgadas, esquisitas. Era sempre o mesmo grupo, entrando e saindo o tempo todo, rindo e conversando e jogando guimbas de cigarro nas roseiras das casas em volta. (Será que eram só *cigarros* mesmo?) E aquela garota que morava ali, a de cabelo curto pintado de um vermelho da cor dos ônibus londrinos, a que usava trajes masculinos: *quem* era ela? Aquilo não era flor que se cheirasse.

A questão era que os gêmeos eram sempre tão educados, não faziam barulho nenhum, nunca, então não havia por que acionar a polícia. Não era crime receber gente esquisita o dia inteiro ou não abrir as cortinas. Agora, no entanto, não tinha mais como negar que havia algo errado naquela casa. Quedas de energia inexplicáveis, que não afetavam as residências vizinhas; janelas rachando, os gatos fugindo.

Talvez aquilo fosse uma comuna. Talvez fosse um local de encontro de estudantes revolucionários – esse tipo de coisa estava brotando por toda parte ultimamente. Veja você: em Nova York, esses grupos estudantis estavam se instalando nos bairros nobres e construindo bombas ali mesmo. Um deles chegou a explodir uma casa! Saiu nos jornais e tudo. Vai que o número dezesseis estava apinhado de gente produzindo bombas caseiras?

Fosse o que fosse, havia alguma coisa errada acontecendo naquela casa, e os vizinhos estavam de olhos bem atentos, esperando as cortinas se abrirem, tentando ver alguma coisa do que se passava lá dentro...

Lá dentro, a garota de cabelo curto da cor dos ônibus londrinos acendia velas na sala de estar. Seu nome era Jane Quaint. Os tais jovens que despertavam tanta desconfiança nos vizinhos se distribuíam entre os sofás e os grossos tapetes, enquanto Jane transitava pelo cômodo com seu isqueiro. Sid e Sadie insistiam em luz de velas, muitas velas. O efeito era especialmente intenso naquela sala, porque grande parte dos móveis era espelhada, projetando traços afiados de luz na escuridão aveludada. Da luz ofuscante às sombras profundas: um cômodo de extremos numa casa de extremos. Segundo uma amiga dos irmãos, o local parecia um bordel vitoriano instalado em Marte.

Enquanto andava pela sala, Jane observava o rosto de seus convidados refletido nas diversas superfícies e piscinas de luz: Michael, Domino, Prudence, Dinah, Johnny, Mick, Aileen, Badge, George e Ruth. Jane conhecia todos muito bem. Eram bons garotos e garotas, muito especiais. Talvez não dos mais brilhantes, a maioria, mas gostava deles.

– Onde estão Sid e Sadie? – perguntou Dinah.

Dinah era a mais jovem do grupo: apenas quinze anos. O ruivo do cabelo dela, ao contrário do de Jane, era natural, e seu rosto era todo salpicado de sardas.

– Eles já vêm – respondeu Jane.

– O que vamos fazer hoje?

A pergunta veio de Mick. Ele, com seu longo e belo cabelo preto, e um rosto tão bonito quanto. Todo mundo era apaixonado por Mick, e ele sabia disso. Presunçoso, graças a esse amor fácil e amplamente disponível. Tinha o ar de quem vive na convicção de que a qualquer momento vai aparecer alguém para informá-lo de que ele tem sangue nobre e que está na linha de sucessão para algum pequeno reino numa terra longínqua, porém verdejante.

– Quando estiverem prontos, eles vão descer – disse Jane.
– Quando quiserem que vocês saibam alguma coisa, vão lhes contar. Não esqueçam que vocês têm sorte por estar aqui.

Mick sorriu e desafiou Jane com seu olhar emoldurado pelos longos cílios.

– Estamos esperando há um tempão – reclamou ele.

– Faz só uma hora. Fique quieto e fume um cigarro, sei lá.

– E para que tudo isso? – insistiu o garoto, indicando com a cabeça vários cálices vermelhos dispostos sobre a mesa espelhada.

– Deixe de perguntas. Quando for necessário que saibam, vocês vão saber.

– Ah, qual é. Pegue alguma coisa para a gente beber.

– Vocês cumpriram o combinado? – perguntou Jane, ignorando-o.

Murmúrios de assentimento percorreram o cômodo. Jane olhou um por um, para ter certeza.

– Faz diferença o tempo que ficamos lá dentro? – perguntou Aileen. – É que logo aparece um guarda se alguém entra no rio, mesmo na beira. Eu fiquei só um minuto, mas molhei o rosto e as mãos, como você mandou fazer.

– Deve bastar – disse Jane.

— Vamos acabar com disenteria — comentou Mick, erguendo-se um pouco do tapete. — Todos os abençoados passando mal por se banharem no Tâmisa. Traga logo umas *bebidas* para a gente, Jane!

— Vocês vão permanecer de jejum até eles descerem.

— Vou lá em cima ver por que estão demorando tanto — disse Mick.

— Você vai ver a minha mão na sua cara, isso sim.

Os outros acompanhavam a pequena discussão com um divertimento contido sob os olhos arregalados. Não era comum acontecerem esses desvios de conduta. Havia algo diferente naquela noite. Todos sentiam isso. Sid e Sadie haviam convocado o grupo, e uma convocação deles provocava empolgação geral. Jane sabia disso melhor do que ninguém.

A vida de Jane se resumia a nada antes de Sid e Sadie. Ela era um nada, enfurnada numa cidadezinha do norte da Inglaterra, trabalhando como vendedora numa loja. Até que, certa noite, um homem a seguiu até um campo banhado pelo luar, a atacou e a deixou ali para morrer. Mas Jane não morreu. Ela sobreviveu àquela noite, e foi assim que ganhou a visão. A partir daquele incidente, ela passou a vê-los: os habitantes do outro lado. Foi o ponto de ruptura em sua vida. Ela pegou um ônibus e foi para Londres, sem se importar com o fato de que não tinha um centavo no bolso. Morava em ocupações de casas abandonadas, alimentava-se de restos que encontrava em lixeiras e passava o tempo em livrarias, lendo sobre ocultismo. Até que, certo dia de verão, *eles* apareceram na livraria em que Jane estava. Sid usava um terno cinza-prata com uma gravata vermelha e um chapéu que cobria um dos olhos. Sadie parecia uma ninfa, com um vestido esvoaçante de seda verde e sandálias fechadas de couro. Pareciam criaturas de outro mundo — um mundo mais perfeito. Cheiravam a jasmim-da-noite e patchuli e cigarros sofisticados. Olharam para Jane ali, lendo Aleister Crowley no chão, num vestido imundo que roubara.

Sadie foi direto até ela.

– Por que tenho a sensação de que você talvez seja uma de nós? Sid, está vendo o mesmo que eu, não está?

Sid empurrou o chapéu um pouco para trás e observou Jane.

– Creio que sim, querida irmã. Creio que sim. Seus olhos estão abertos, não estão, meu anjo?

Jane nunca compreendeu como eles souberam. Ela não demoraria a descobrir que Sid e Sadie Smithfield-Wyatt não eram como as pessoas comuns. Eles sabiam coisas que os outros desconheciam. Sid e Sadie consideravam aqueles que tinham o dom como parte da família, faziam com que se tornassem um *deles* – do grupo de jovens estranhos que os seguiam para todo lado. Mas Jane sempre foi diferente, desde o início. A habilidade dela era exatamente a mesma que a dos outros; o que a destacava dos demais era sua força interna. Os outros tinham adquirido a visão graças a uma diversidade de incidentes menores ou a doenças e adotado aquele estilo de vida, enquanto Jane havia lutado para sobreviver naquele lago escuro. E essa força devia estar lá, em sua expressão firme, em seu olhar. Os outros eram adoráveis adolescentes inusitados, enquanto Jane enfrentara a morte e vencera.

Sid e Sadie souberam só de olhar para ela. Viram tudo isso.

– Ah, sim – disse Sid, estendendo a mão para Jane se levantar do chão. – Ela é especial.

– Gostei dela, Sid. Ela pertence ao nosso mundo.

– Concordo inteiramente, querida irmã. Está decidido, então: você vem conosco. Temos livros bem melhores que estes – completou ele, com um gesto de desdém para todo o ambiente e as pessoas ao redor.

Tudo nos dois era certo e firme, então Jane aceitou a mão de Sid e saiu dali com eles. Entrou no Jaguar amarelo que dirigiam, e, juntos, foram para o refinado bairro de Chelsea. Uma semana depois, Jane foi morar com os irmãos e se tornou o braço direito deles. Isso acontecera cinco anos antes.

Em muitos aspectos, tudo os havia conduzido até ali, até aquela noite.

Mick já ia voltar a resmungar quando, como se de propósito, a porta para a sala se abriu e a presença de Sid e Sadie tomou o ambiente. Os dois eram gêmeos; não idênticos, é claro, mas muito semelhantes. Ambos altos, ambos loiros e de pele muito clara. Usavam maquiagem praticamente igual: um pó meio prateado nas faces e branco acima dos olhos, o que parecia apagar as sobrancelhas e dava aos olhos azuis dos dois uma aparência espectral. Em desafio ao frio e à escuridão, os dois trajavam branco dos pés à cabeça. Sid usava um terno leve; Sadie, um vestido longo, fino e translúcido, quase transparente, a bainha longa se prendendo ao grosso tapete. No pescoço, levavam relicários de prata idênticos, no formato de uma lua crescente.

– Ora, ora – começou Sid. – Quem é o impaciente?

– Quem mais seria? – respondeu Jane, apontando para Mick.

O garoto ainda sorria, mas afundou a ponta dos dedos no tapete, encabulado.

– Isso de nada lhe servirá – disse Sid, abaixando-se um pouco para olhar para Mick. – Nada mesmo.

– Desculpe, Sid – murmurou Mick, já despido de toda a bravata.

– Sempre o perdão. Não temos como não amá-lo, você sabe disso.

Sid deu tapinhas na cabeça de Mick e em seguida avançou pela sala, ele e a irmã. O grupo de jovens abria caminho, encolhendo-se e afastando-se, deixando-os livres para seguir por onde bem entendessem.

– O que vai acontecer hoje? – perguntou Dinah. – Vocês disseram que seria algo especial.

– Ah, e é – confirmou Sid, sentando-se.

– Coisas maravilhosas têm acontecido – acrescentou Sadie, com um sorriso para Jane, do outro lado da sala. – Esta noite, celebraremos o mistério mais sagrado de nossa fé. Jane, você faz as honras?

Jane pegou o decanter de cristal vermelho que aguardava sobre o aparador e encheu as taças dispostas na mesa.

– O ciceon – anunciou Sadie. – A bebida sagrada dos mistérios. Nós a preparamos exatamente como deve ser. A cevada sagrada, hortelã, mel.

– Vamos iniciar os mistérios hoje? – perguntou Dinah.

– Sim, querida, vamos iniciá-los – respondeu Sid, estendendo para ela uma das taças.

Uma onda de surpresa permeada de empolgação pareceu percorrer a sala. Jane já esperava. Afinal, a iniciação nos mistérios não era coisa pequena.

– Mas não fomos avisados – reclamou Domino.

– Devemos vir com a mente aberta – argumentou Sadie. – Não há nada melhor que surpresas.

– Vocês cumpriram as instruções? – perguntou Sid. – Banharam-se no rio sagrado e estão em jejum?

Novamente os murmúrios de confirmação, mas dessa vez mais altos, e incluindo Mick. Sid e Sadie entregaram as taças, tocando a cabeça de cada um bem de leve, sussurrando palavras gentis. Por fim, Jane encheu mais três: uma para si mesma, outra para Sid e a última para Sadie. De posse de suas taças, os irmãos assumiram posição do outro lado da sala.

– Esta noite, como sabem, é noite de solstício – começou Sadie. – Como família, nós rejeitamos a escuridão. Como família, sabemos que não há dia, não há noite, não há vida sem a morte, tampouco há morte sem a vida. Somos um círculo, sem início nem fim. E esta noite eu peço que ergam seus cálices. Esta noite, algo maravilhoso será revelado. Ergam e bebam.

Treze taças foram erguidas. Dez dos presentes beberam.

– Nossa – disse Dinah, baixando a taça. – Tem um gosto meio...

Ela foi a primeira a sofrer os espasmos. Era a menor, afinal de contas. Em questão de segundos, todos os dez sentados no chão começaram a tossir e levar as mãos à garganta. Jane viu surgir a centelha de incompreensão: quando se deram conta de que a bebida continha mais do que um gosto amargo.

– Será rápido – disse Sid. – Não resistam, meus amados.

Jane imaginara algo mais ameno; imaginara que apenas deixariam a cabeça cair e pegariam no sono. Não tinha ideia de que engasgariam e gritariam e arranhariam o ar, os tapetes. Um odor de amêndoas se misturava ao de incenso e ao de fumaça das velas; depois, veio um leve cheiro de vômito. George começou a rastejar para a porta, mas Sadie pisou nas costas do garoto, fazendo-o cair de volta ao chão. O barulho foi a pior parte, o que fez Sid ir até a vitrola, posicionar a agulha num disco e aumentar o volume. Os últimos hits de David Bowie logo preencheram o ambiente.

Levou cerca de cinco minutos, a duração de uma música inteira. Mick foi o último, e era ele quem Jane precisava observar. Ela viu aquele belo rosto, tão cheio de uma alegre presunção, perder toda a cor. Viu o pânico naqueles olhos. Viu aquela criatura orgulhosa e adorável se dar conta de que estava morrendo. E, por mais que ele alegasse não acreditar na morte, sua expressão o contradizia. Ela teve vontade de tocá-lo, de ir até lá e embalar o rapaz, reconfortá-lo. Ia ficar tudo bem. Valia a pena. Mas Jane se descobriu incapaz de se mexer, exceto quando Mick, em um último e corajoso movimento, avançou até ela, que permanecia de pé junto à porta dos fundos. Jane pulou para o lado, aterrorizada. Mick não chegara a alcançar a porta quando se deixou vencer. Caiu aos pés dela e ali ficou, imóvel.

A música cessou. Sid tinha selecionado a última faixa daquele lado do disco, de forma que agora havia apenas o sibilar sussurrado do pequeno trecho silencioso do vinil. Até que Jane ouviu o leve ruído do braço da vitrola automática se erguendo e voltando para o apoio. Nenhum movimento entre as pessoas espalhadas pela sala.

– Bem, isso é um alívio – disse Sid, por fim. – Levou um pouco mais do que eu esperava, mas as melhores coisas da vida são assim. Precisamos continuar.

Sadie foi até a mesa e abriu uma caixa grande, revelando três facas de lâmina curva.

– Estavam guardadas no baú – explicou ela, pegando duas das facas e entregando uma ao irmão.

A terceira, ela estendeu para Jane. Mas Jane, ainda junto à parede, não conseguia sair do lugar. Ela sabia que ao final haveria dez cadáveres à sua volta, mas, em sua mente, jamais os visualizara daquele jeito, retorcidos de dor. Alguns haviam agarrado outros, formando um nó humano abominável. Não imaginara que precisaria passar por cima deles, contorná-los... aquelas *coisas* que segundos antes haviam sido pessoas.

– Jane...? – chamou Sadie.

– Desculpe. Estou indo.

Jane sacudiu a cabeça, respirou fundo e ergueu bem a perna para passar por Mick. O lindo cabelo preto cobria quase todo o rosto dele. Quase: os olhos estavam vermelhos e arregalados, a boca aberta, muito aberta, os lábios azulados. Ela pegou a terceira faca.

Foi tarefa rápida fazer um pequeno corte em cada corpo. Enquanto o sangue fluía, eles coletaram uma pequena quantidade de cada um numa taça, que foi passada entre os três até que as amostras tivessem sido retiradas de todos os dez cadáveres.

– Vamos ter que nos livrar desse tapete – lamentou Sid, olhando para baixo. – Mas venham. Não há tempo a perder.

Os três subiram juntos os degraus às escuras, até o último andar da casa. Aquele cômodo dava para a rua. Era a biblioteca: um lugar silencioso e coberto de tapetes persas e tapeçarias uns por cima dos outros. A fumaça e os perfumes dos incensos permeavam cada fibra das peças e cada página dos livros. Todas as superfícies afora as prateleiras eram cobertas por uma fina camada de parafina e cinza. E os livros... os preciosos livros que

Sid e Sadie haviam reunido de cada ponto da Terra, esses eram guardados com todo o cuidado. Eram frágeis, muitos deles copiados à mão, a maioria sem nenhum outro exemplar em todo o mundo.

Sadie foi até a janela e abriu as cortinas, levantando uma visível nuvem de poeira e permitindo que o delicado brilho do luar preenchesse o cômodo.

– Isso é mesmo necessário, querida? – perguntou Sid, de pé junto à mesa redonda no meio do aposento, sobre a qual havia uma garrafa e um cálice de metal.

– Precisamos do luar – justificou Sadie. – É apropriado, mesmo que não estritamente necessário.

– Entendo. Mas provavelmente aqueles velhos enxeridos do outro lado da rua vão ficar olhando. Você sabe como eles são.

– Que olhem.

Sid ergueu a taça de sangue e a observou ao luar.

– O sangue na luz – disse ele.

Sadie sorriu e se aproximou do irmão.

– Abençoada seja Deméter – disse ela, pegando a garrafa.

– Minha linda, linda, linda Deméter.

– Ora, Sid... Tenha *um pouco* de respeito.

– Ela sabe que eu a amo.

Os dois derramaram, ao mesmo tempo, o conteúdo de suas respectivas taças numa terceira, o sangue vertendo mais lentamente que o líquido amarronzado. Quando o cálice se encheu, Sadie pegou uma faca curva como as que haviam usado nos corpos e misturou delicadamente as substâncias. Quando acabou, limpou a lâmina com cuidado num pano branco e os deixou de lado. Jane nunca os vira tão maravilhosos como naquele momento, ao luar, ao redor daquele cálice. Eram como as lindas ilustrações das cartas de tarô.

– Tudo correto? – disse Sadie.

– Tudo correto, querida irmã.

– Pronto?

– Estou sempre pronto. O máximo que podemos estar é enganados.

– Não estamos enganados.

Mas havia um quê de hesitação na voz dela. Sadie estava vacilante. Jane os observava com fascínio, pois nunca vira nenhum dos dois hesitar antes.

– A essa altura, não importa – respondeu Sid, calmamente.

– Não há como voltar atrás, certo?

– Não há.

– E se estivermos certos, pois sei que estamos, o risco vale a pena. Não se pode obter o grande sem arriscar o pouco. Não vamos envelhecer, querida irmã. Não vamos morrer.

Ele acariciou o rosto da irmã com o dedo, ergueu o queixo dela. Sadie abriu um sorriso.

– Tem razão – disse ela. – Claro.

E a dúvida se foi, rápido assim. Os dois se viraram para Jane.

– Obrigada, querida – disse Sadie. – Em breve nos veremos de novo.

– Muito em breve – acrescentou Sid.

– Eu sei.

Os irmãos voltaram a se olhar. Estavam a sós, imersos na companhia um do outro, sorrindo. Levaram a mão, cada um, ao relicário que usavam no pescoço e o abriram. Ambos continham uma pedrinha suja de diamante.

– Está feito – disse Sadie.

– E, ao nosso próprio modo inimitável, substituímos o *kalathos* – completou Sid.

Os dois levaram uma das mãos ao cálice.

– Estou bonito? – perguntou Sid. – Quero estar bonito quando acontecer.

– Você está lindo.

– Bem, como disse Oscar Wilde: "Ou vou eu, ou vai o papel de parede."

– Ora, Sid, *por favor*.

– São belas últimas palavras. Você consegue pensar em algo melhor?

– Consigo – respondeu Sadie. – Aí vão as minhas: *surpreenda-me*.

Sadie foi a primeira a beber, e Sid segurou o cálice dela quando a irmã sofreu os espasmos e tombou para trás. Então foi a vez dele de levar o cálice aos lábios. Segundos depois, o cálice caiu de sua mão, derramando na mesa o líquido vermelho-escuro antes de ir ao chão. A dose de veneno que tomaram era muito mais concentrada que a dada aos jovens. Seria mais rápido.

Mas não tão rápido quanto Jane gostaria.

Ela teve que ver tudo acontecer. Era seu dever. E continuar assistindo pelo tempo que levasse, até tudo se concluir.

Três desaparecidos

Eis a noite ao redor se fechando
O vento feroz lança golpes frios
Mas fui tomada por um feitiço tirano
E não posso, não posso ir

— *Emily Brontë,*
"Enfeitiçada"

1

UMA SUAVE LUZ DE INVERNO ENCHIA O QUARTO DE um tom de cinza delicado. Stephen estava na cama. Sem óculos. Em paz. Lá fora, Londres passava rugindo, tal como sempre foi e provavelmente sempre seria.

– Tem certeza, Rory? – perguntou Thorpe. – Tem certeza de que funcionou?

Agora éramos só eu, Bu e ele, nosso supervisor no MI5. Thorpe era um cara jovem de cabelo branco, e o que eu sabia sobre ele se resumia a isso. Era sempre Stephen quem atuava como nosso intermediário, e Thorpe fazia as coisas acontecerem. Sistemas de segurança eram desativados, registros eram alterados, imagens de câmeras internas eram obtidas, portas eram abertas. Mas Thorpe não tinha a habilidade, não tinha a visão, portanto não podia fazer nada quanto ao que estava acontecendo naquele quarto de hospital.

Callum tinha ido embora, furioso, ao perceber o que eu faria, ou melhor, o que eu pensava ter feito. Não que eu tivesse tomado uma decisão. Simplesmente não deu tempo de pensar no que tudo aquilo significava.

Stephen estava morto havia quatro minutos.

– Eu sei que ele está aqui – dizia Bu. – Precisamos começar a procurar. No hospital; no apartamento novo e no antigo. E, se não o encontrarmos mesmo assim, voltamos aqui e procuramos de novo. Certo?

Eu segurava a mão de Stephen e não a soltava. Por eu ser um terminal, tinha o poder de trazê-lo de volta, se minha teoria estivesse certa. Não podia impedi-lo de morrer, mas o tornaria um fantasma.

– Tipo... – Bu andava de lá para cá ao lado da cama, incapaz de ficar parada. – Quando Jo acordou, ela apareceu no mesmo lugar onde morreu. É assim com a maioria, sempre os encontramos onde morreram. Não todos, mas a maioria. Uma grande parte, pelo menos. Talvez a gente deva ficar aqui. Ou, no mínimo, procurar pelo hospital, em volta. Mas precisamos ficar aqui, eu acho. Ele voltaria para cá, não é? Não sei, às vezes pode levar um tempo, será?

Ninguém estava prestando atenção.

– Você sabe de alguma coisa? – perguntou ela, sua voz ficando muito aguda. – Sentiu alguma coisa, ou...?

Levei um momento para me sacudir do estupor e me dar conta de que ela esperava uma resposta.

– Não sei.

– Tente, Rory. *Tente.*

– Isso costuma acontecer? – perguntou Thorpe. – Você... sente eles?

– *Rory.*

Com isso, ela rompeu o lacre da minha calma. Senti uma onda de fúria me percorrer. Vi aquilo chegando, como uma grande onda lá longe na praia, uma muralha de água prestes a me esmagar e me levar sem piedade. Eu não ia deixar isso acontecer.

– *Cala a boca!* – gritei. – Preciso *pensar*.

Eu não tinha a menor ideia do que estava fazendo. Tentei lembrar como havia sido naqueles momentos finais, quando me contaram que ele estava morrendo, quando fechei os olhos e peguei a mão dele. Então foi isso. Peguei a mão dele, que estava quente, mas não tão quente quanto deveria. Era a mão de Stephen, a que eu sentira tocar meu rosto na noite anterior, a que eu sentira sob minha blusa, tocando minha barriga no local da cicatriz.

Quando nos beijamos. Meus olhos também estavam fechados naquele momento.

Nenhum movimento nos músculos. A mão de Stephen era um objeto inanimado. Eu a pressionei na minha. Apertei os olhos até surgirem estrelas na escuridão.

Stephen... Cadê você? Cadê você? Cadê você?

Ele suspirou na minha boca quando nos beijamos.

Cadê você cadê você cadê você...

Não houve resposta, nenhum ecoar ressoando claro na minha cabeça, nenhuma mão apertando a minha. Tentei com mais ardor, avançando até o fundo da minha mente, relembrando os últimos momentos, quando tudo acontecera e os aparelhos foram desligados. Houve o branco, a sensação de movimento intenso, um puxar e empurrar, a sensação de queda...

De repente, me vi de volta em Louisiana, na loja de aves do meu tio Bick, Um Pássaro Na Mão. Era só na minha imaginação, claro, mas minha mente pousara lá muito naturalmente. Tio Bick estava ao balcão, com seu boné de beisebol, organizando alguns brinquedinhos de pássaros. Eu sentia o cheiro de alpiste.

Os pássaros eram deixados livres pela loja (havia uma série de três portas, para que não fugissem), então sempre tinha o risco de um deles pousar na sua cabeça. Ou, o que era mais provável, que fizessem cocô nela. Eu sempre ficava meio nervosa ali dentro. Mas tio Bick nunca se incomodava. Os pássaros raramente faziam cocô na cabeça dele.

– É o seguinte – disse o tio Bick da minha mente. – Na verdade, eles querem ser encontrados. Não foram feitos para a vida selvagem.

Ele estava falando de periquitos. Tio Bick era apaixonado pela missão de encontrar periquitos perdidos ou soltos por universitários desalmados, que os usavam como mascote de turma. Os bichinhos ficavam sentados nas árvores, extremamente confusos com sua situação, e meu tio Bick saía por aí de caminhão resgatando-os (e acabou chamando a atenção da direção da universidade como predador em potencial, por ficar de tocaia perto dos alojamentos).

Só que, é claro, a questão ali não eram os periquitos. Meu cérebro estava filtrando informações, e esse era o formato que ele tinha escolhido.

– Então como posso encontrá-los? – perguntei ao tio Bick Imaginário.

Ele empurrou a caixa para o lado e ajeitou o boné.

– Os periquitos nunca vão muito longe – respondeu. – Não estão acostumados a voos longos ou grandes alturas. Eles ficam perto de casa. Nunca quiseram ir embora, na verdade.

– Sinceramente, não sei se eu deveria estar aqui falando com você – comentei com meu tio imaginário. – Estou tentando encontrar Stephen.

– E eu não sou seu tio. Sou sua própria cabeça, dizendo o que você já sabe.

– Como assim? *Mas eu não sei nada.*

– Ah... – respondeu meu cérebro. – Ah, sabe.

Alguém estava me sacudindo. Quando abri os olhos, me deparei com Bu ao meu lado, apontando para alguma coisa em um desespero alucinado. As luzes nos aparelhos conectados a Stephen se acenderam todas de uma vez. Três zeros apareceram no monitor de pulsação, depois números aleatórios começaram a piscar, subindo e descendo vertiginosamente até virarem um borrão. A linha que tinha ficado reta quando Stephen... bem, essa linha agora era uma cordilheira de montanhas em atividade frenética, arrancando e desabando, acelerando rumo à completa incoerência. A máquina estava a todo vapor.

Thorpe atravessou o quarto praticamente voando, pegou a outra mão de Stephen e tomou a pulsação dele.

– Não estou sentindo...

O aparelho começou a emitir um zumbido alto. Em seguida, as lâmpadas do teto reduziram a iluminação a um brilho amarronzado, para logo depois irromperem numa luz tão intensa que doía os olhos. Então o quarto ficou às escuras quando tudo se apagou, incluindo a máquina, que desligou. Ouvimos um grito vindo do corredor. Depois, outro. Por fim, um coro de gritos em pânico. Thorpe abriu a porta e vimos que o corredor inteiro tinha sido lançado no breu. Móveis eram derrubados, enfermeiras e médicos passavam correndo com bolsas de soro e tubos.

– Rory... – disse Thorpe, olhando para alguma coisa atrás de mim.

Ouvi um tinir de trincado e, quando me virei, vi a janela se congelar. Quer dizer, ao menos era o que parecia, como se o gelo tomasse conta do vidro a partir de baixo, mas na verdade, como percebemos um segundo depois, era uma rachadura se expandindo em formato de teia de aranha. A rachadura subiu, subiu, subiu e, quando chegou ao topo, a janela ficou toda branca de uma vez e explodiu numa nuvem de pó de vidro, uma parte da qual foi soprada para dentro pelo gelado vento de inverno.

A eletricidade voltou. A máquina piscou e logo depois se apagou. A gritaria continuava no corredor.

– Não sei se isso é o gerador reserva – disse Thorpe. – No momento, a única coisa que sei é que você precisa ir embora desse prédio. Agora mesmo.

Ele não chegou a me agarrar, mas se aproximou com um ímpeto agressivo. Se fosse preciso, me tiraria dali à força.

– Vou procurar Stephen – disse Bu. – Depois encontro vocês. Podem ir.

Lancei um último olhar a Stephen antes de sair do quarto com Thorpe. O cabelo preto dele se destacava no azul-claro do travesseiro e no branco e azul da camisola hospitalar. Sua boca tinha assumido uma insinuação de sorriso e seu rosto perdera um pouco da dureza angular. Lembrei a mim mesma que aquela não seria a última vez que o veria. Era um adeus temporário, só isso.

No corredor, notava-se uma atmosfera de tensão residual, embora a energia já tivesse voltado. As pessoas comentavam que o celular tinha perdido o sinal. Os seguranças nos impediram de pegar o elevador, e Thorpe habilmente me conduziu pelo corredor. Nada daquilo era real. Stephen iria aparecer a qualquer momento. Ele estaria ali, em seu uniforme, com um ar um tanto contrariado diante do rumo que os acontecimentos haviam tomado. Eu olhava dentro dos quartos pelos quais passávamos, na esperança de ver sua figura alta.

Quase trombei com uma enfermeira parada bem no meio do corredor, impassível em meio ao tráfego intenso de pés ao seu redor. Ela não estava de avental hospitalar – em vez disso, usava um longo vestido azul e, por cima, um avental branco com uma grande cruz vermelha na altura do peito. Na cabeça, um acessório que parecia um véu de freira, também branco, que se abria de cada lado da cabeça como asas. Era uma mulher mais velha; tinha o cabelo grisalho, pelo pouco que deu para ver.

Alguns fantasmas são como uma imagem mal projetada na parede, mas não aquela enfermeira. Ela parecia feita de luz e cor, o azul do seu vestido transbordando para o ar à sua volta, o branco formando quase uma auréola ao redor da cabeça, a cruz pulsando no peito. Parei de súbito, escorregando no piso, o que fez Thorpe perder um pouco o equilíbrio. Ele tentou continuar, mas quando congelei fez o mesmo. Deve ter sido bem confuso para ele, pois Thorpe não via o que eu via.

– Vocês parecem perdidos – disse a enfermeira. – A escada fica para lá. – E apontou para a direção em que estávamos seguindo.

– Meu amigo... – comecei. – Ele... ele estava num quarto no fim do corredor. Ele... – Eu ainda não conseguia dizer a palavra, mas aquele não era o momento para buscar sinônimos. – ... morreu. Faz alguns minutos. Mas acho que ele está aqui.

Ela uniu as mãos na altura da cintura e não disse mais nada.
– Você ouviu o que eu disse? – insisti. – Meu amigo. O nome dele é Stephen. Ele é alto, tem cabelo escuro, é...

Uma pessoa que passava por ali parou por um momento para me ver parada no meio do corredor falando com o nada. Thorpe meio que manobrou o corpo de forma a ficar ao lado da enfermeira. Outra pessoa esbarrou em nós e resmungou que deveríamos sair do caminho.

– Meu amigo – falei mais uma vez. – Você o viu?
– A escada fica para lá – repetiu ela, indicando a direção.

Eu não estava com paciência para lidar com aquela fantasma. Não naquele momento. Ergui a mão bem na frente do rosto dela.

– Preste atenção. Isso... – Apontei para o teto, indicando o caos geral. – Fui eu que provoquei. Se eu tocar você, você some. *Agora, me diga se viu meu amigo.*

Thorpe franziu o cenho, mas a expressão da enfermeira não se alterou. O máximo que ela fez foi olhar para minha mão por um segundo.

– Estou aqui pelos que morrem – disse ela. – Você não pertence a este lugar. Vá embora.
– Eu só vou quando você me diss...
– Você vai embora agora. *Você não pertence a este lugar.*

Tudo nela ficou meio borrado, como se eu a estivesse vendo através de uma lente embaçada. Ela se transformou em cor e um halo luminoso que se expandia, uma coisa forte e assustadora. Recuei rapidamente, e Thorpe deu alguns passos na minha direção para tentar acompanhar aquela estranha dança. Eu não sabia se deveria temê-la. Não sabia se podia destruí-la, mas não tinha a intenção. Aquele hospital era o território daquela enfermeira, e ela parecia entender alguma coisa em mim que eu não entendia. Baixei a mão e senti toda a minha determinação se esvair.

Eu estava com medo. Queria ir para casa. Queria Stephen de volta. Era coisa demais para lidar.

Thorpe, sentindo que aquela cena precisava se encerrar, enganchou o braço no meu e começou a me puxar.

– Eu não ia fazer nada a ela – falei, em parte para ele, em parte para ela, e talvez para mim mesma.

– Fique quieta.

Saímos do hospital, que ficava em frente à estação de Paddington. Passava pouco da hora do rush e ainda havia um intenso movimento de gente nas ruas. Enchi os pulmões com o ar de Londres, permeado de minúsculos cristais úmidos que pareciam vidro ao inspirar. As luzes nos postes estavam acesas, embora ainda fosse dia. Esperamos no movimentado cruzamento até o sinal abrir.

– Aonde estamos indo? – perguntei a Thorpe.

– Meu carro está no estacionamento do outro lado da rua.

– Mas...

– Vá logo.

Havia raiva naquela ordem. Talvez ele pensasse que aquilo tudo era minha culpa. E talvez tivesse razão. De alguma maneira, aquela loucura, o acidente e os incidentes daquela manhã tinham começado com a minha expulsão do colégio. De alguma maneira, tudo aquilo tinha acontecido porque eu não conseguira lidar com toda aquela maluquice e com "Matemática Ulterior" ao mesmo tempo. Eu tinha sido perseguida pelo Estripador, esfaqueada e transformada num terminal, mas ah, não. No fim, foi a matemática. A*s* matemática*s*. A borboleta que provocou o terremoto do outro lado do mundo.

O carro de Thorpe era um Mercedes preto. Ele destrancou a porta e me mandou entrar. Enquanto isso, ele se sentou ao volante. Mas não colocou a chave na ignição. Ficamos ali sentados em silêncio por alguns segundos, sentindo o frio, cada um em seu assento. Olhei para ele uma ou duas vezes, para seu rosto de menino e o cabelo de um branco absoluto que parecia fora do lugar. Thorpe tinha aquele perfil de quem corre maratonas e realmente se importa com fibra solúvel e coisas do tipo. Não por uma questão de vaidade, mais pela razão profissional de precisar estar sempre em forma, funcional. Alguma coisa na expressão e na postura dele sugeria que imensos cálculos estavam sendo processados naquela cabeça.

— Preciso entender o que está acontecendo — disse ele finalmente. — Cada detalhe. Você precisa me contar tudo. O básico, pelo que sei: cerca de trinta e seis horas atrás, você foi embora de Wexford depois de saber que seria expulsa.

Eu tinha certeza absoluta de que ele estava ouvindo as batidas do meu coração. Considerei a ideia de desmaiar. Ao menos isso faria tudo aquilo desaparecer.

— Isso — confirmei.

— E foi para a casa de Jane Quaint, certo? Sua psicóloga? E passou a noite lá?

— Foi.

— Na manhã seguinte, houve uma morte perto de Wexford. Uma mulher chamada Dawn Somner, que trabalhava como vidente, foi jogada da janela. O caso entrou no radar do esquadrão por conta da proximidade e da natureza do trabalho dela. Você também compareceu à cena do crime, e foi quando Stephen soube que você tinha fugido do colégio. Stephen a instruiu a voltar para Wexford, mas você não fez isso.

Foi como se esmagassem meu coração. Se eu tivesse feito o que ele me pedira...

— Responda, Rory. — Thorpe não tinha paciência para meus silêncios. — Para onde você foi, então?

— Voltei para a casa de Jane.

— Com que propósito?

— Ela disse que podia me ajudar. Ela é uma de nós. Tem a visão.

— Ajudar como?

— Ela faz parte de uma espécie de seita. Abriga na casa dela um monte de jovens que têm a visão, e eles disseram que podiam me ajudar. Me pareceu uma boa ideia na hora. Ela disse que eles eram os únicos que realmente entendiam minha situação e que eu precisava estar perto de pessoas como eu. Eu não sabia o que fazer, então... resolvi ir com eles.

— Ir para onde?

— Eles só disseram que era uma casa no campo.

Falando agora parecia ridículo, mas Jane fizera tudo parecer incrível. Com ela eu poderia conversar abertamente, explicar tudo o que estava acontecendo. Com minha psicóloga anterior, eu jamais poderia falar que tinha sido atacada *por um fantasma*. Mas Jane não; Jane entendia. Ela ajudava as pessoas. Ela era tão legal! Sempre me dava comida, me deixou ficar em sua casa. E depois...

— Charlotte. Naquela mesma manhã, sua colega de escola Charlotte foi vista saindo de Wexford antes da aula de latim, que tinha uma prova marcada. Sabemos que ela foi à casa de Jane, sozinha. Qual era a conexão entre as duas?

— Jane era psicóloga dela também. Foi assim que a conheci. Charlotte toda hora me dizia que eu precisava conhecê-la, que ela era incrível. Mas naquele último dia descobri que Jane simplesmente deixava a gente chapada.

— Como?

— Ela colocava alguma coisa na comida. Sempre fazia a gente comer alguma coisa. Brownie, biscoito, essas guloseimas. E depois eu relaxava e conversava bastante com ela.

— Então ela estava drogando vocês.

— Tenho certeza disso. Mas só fui encaixar as peças quando era tarde demais.

— Você viu Charlotte na casa de Jane aquele dia?

— Não. Só o blazer do uniforme dela. Eu estava na cozinha com Jane, Devina e um tal de Jack.

— Devina e Jack?

— Devina morava lá. Quanto ao Jack, não sei. Ele apareceu lá naquele dia e era meio assustador. Quando saí da cozinha para ir ao banheiro, passei pelo vestíbulo, e foi aí que vi o blazer de Charlotte pendurado. Estava úmido. Perguntei a eles onde ela estava, e disseram que ela já tinha ido embora. Eu soube... tipo, naquele segundo, eu soube que havia alguma coisa errada. Tentei fugir, mas Jack me impediu. Disseram que estavam com Charlotte e que eu tinha que ir com eles. Se eu não obedecesse, Charlotte sofreria as consequências. E pegariam meus pais também. Eles *ameaçaram* fazer mal a pessoas próximas a mim. Estavam ameaçando todo mundo. Então eu entrei no carro.

A expressão de Thorpe se suavizou um pouco.

– Eles coagiram você a entrar no carro – concluiu. – Deram alguma indicação de qual era o lugar para onde a estavam levando?

– Eles só diziam que era uma casa no campo. Ficaram falando sobre mitologia grega, que iam *derrotar a morte* e que eu ia ajudar nisso. Tinha alguma coisa a ver com mistérios... os mistérios gregos. Rituais. Essa gente... eles são doidos de pedra! E estão com Charlotte!

– Como aconteceu o acidente?

– Simplesmente aconteceu. – Na minha cabeça, aquele incidente todo se passava numa escala de cinza. – Eu estava no carro de Jane quando outro veículo cortou a gente e bateu no nosso. Não chegou a ser um impacto dos grandes. Aí Stephen saiu do carro com Bu e Callum, ameaçou Jane e os amigos dela e exigiu que me deixassem ir. Bu e Callum, não sei qual, um deles quebrou uma janela com um pé de cabra ou sei lá qual ferramenta. Eu saí, e deixamos os três lá. Acho que alguém pegou a chave da casa de Jane. Stephen tinha um corte na cabeça. – Indiquei minha têmpora, que era onde eu tinha visto o sangue.

– E como Stephen encontrou você?

– Ele tinha colocado o próprio celular no meu bolso naquela manhã – respondi. – Stephen sabia que eu não voltaria para Wexford, então usou isso para rastrear meu paradeiro. E talvez ele achasse que o único jeito de detê-los era criar uma batida... Por que ele não...?

– O objetivo era resgatar você o mais rápido possível. E imagino que estivesse tentando impedir uma ação oficial da polícia. Foi, em essência, um acidente controlado. Nós resgatamos os veículos.

– Um acidente controlado?

Acho que ele sabia como aquilo soava esquisito.

– Você foi para o apartamento dos pais dele, em Maida Vale – continuou Thorpe.

– Ele estava bem naquela noite.

E *estava*. Perfeitamente bem.

Havia muitas coisas que eu poderia ter contado nesse ponto, por exemplo, que ele estava trocando de roupa, tirando a camisa suja de sangue. Então lá estava ele sem camisa, e aí estávamos sentados lado a lado na beira da cama, e de repente estávamos muito próximos um do outro, e depois *muito* próximos.

Mas Thorpe não precisava saber que Stephen e eu tínhamos nos beijado. Não precisava saber que na noite anterior tudo tinha mudado. Naquela noite, acho que eu soube o que era amor; amor e outras coisas. E pela manhã tudo se fora.

Pelo retrovisor lateral, vi Bu correndo até o carro. Ao abrir a porta traseira, ela trouxe consigo uma nuvem de ar fresco gelado.

– Nada – anunciou Bu. – Procurei por toda parte em que consegui entrar. Obviamente não o hospital inteiro, mas os leitos. Acho que a queda de luz foi só naquele andar. Acho que... sabe...? Se ele estava lá... acho que ele teria... Nah. Sei lá, acho que ele não está lá, não.

– Também acho que não – concordei.

– Por que não? – perguntou Thorpe.

Porque meu tio imaginário me contou uma história sobre pássaros na minha cabeça, Thorpe. Por isso.

– Não sei – respondi.

Eu sentia a frustração exalando dele como um cheiro. Bu largou o corpo no banco traseiro e cobriu os olhos com as mãos.

– Tenho que ligar para Callum – disse ela. – Vou convencê-lo a voltar. Posso procurar de novo.

Thorpe ligou o motor.

– Estamos indo embora? – perguntou Bu.

– Rory está desaparecida há mais de vinte e quatro horas – disse ele, virando a cabeça para trás enquanto dava ré. E fez isso com uma agilidade assustadora, girando a traseira do carro como um chicote. – Somando-se isso ao fato de que Charlotte também foi dada como desaparecida e de que vocês duas são conhecidas vítimas do Estripador, já devemos estar atraindo atenção.

– Se você me mandar para a casa dos meus pais – falei –, em menos de uma hora vou estar dentro de um avião para Louisiana e nunca mais vou voltar. Stephen está aqui *agora*. Charlotte está desaparecida *agora*, e eu sou a única que realmente sabe alguma coisa sobre as pessoas que a sequestraram. Eu preciso ficar. Não sou *uma garota qualquer* que fugiu do colégio.

– Rory tem razão – disse Bu, enfiando a cara entre os bancos da frente.

– Sei perfeitamente disso – retrucou Thorpe. – Agora se abaixem para não serem vistas. Vamos para minha casa.

2

Algumas pessoas a gente não consegue imaginar levando uma vida normal. Na nossa cabeça, elas não têm casa nem cama, não se alimentam. Não veem TV nem pegam uma caneta para dar aquela coçadinha insistente no meio das costas. Parecem existir num estado permanente de alteridade. Thorpe era uma dessas pessoas.

Para começo de conversa, ele se chamava Thorpe. Era o sobrenome dele. Eu não sabia o primeiro nome. Trabalhava para alguma agência de serviço secreto, provavelmente o MI5. Era jovem, mas de cabelo todo branco. Se ele tomava banho ou dormia, só posso presumir que fazia isso de terno. Então o fato de eu estar indo à casa dele já era bem esquisito. Imagine minha reação quando me virei e vi que ele estava com os olhos vermelhos.

Thorpe tinha *sentimentos*. Tinha afeto por Stephen. Acho que só isso já bastaria para me manter no meu estado suspenso de não realidade. Stephen não podia estar morto, porque Thorpe não chorava e não morava em lugar algum. Mais uma vez, engano meu.

Thorpe morava num prédio muito moderno à margem do Tâmisa, vejam só. É a área central de Londres

– não muito longe de Wexford, aliás, e muito perto da Tower Bridge. Com uma miríade de janelas e varandas envidraçadas, o prédio parecia feito de vidro infinito, dando vista para o céu cinzento e o rio. Mais uma vez, ele me mandou me esconder ao lado do banco antes de entrarmos no estacionamento subterrâneo e me manter sempre de cabeça baixa ao cruzar o saguão e subir pelo elevador.

Abri a boca para dizer alguma coisa, mas ele me cortou:

– Lá dentro a gente conversa.

Fiquei vendo as luzinhas vermelhas de LED se acenderem e se apagarem até chegarem ao doze, onde uma voz feminina suave e sinistra nos expulsou anunciando que havíamos chegado à cobertura. Os corredores do edifício tinham um visual estéril e um forte cheiro de carpete novo. As paredes eram decoradas com fotografias em preto e branco emolduradas, e eram nitidamente daquele tipo caro de fotografia, não daquelas vendidas em lugares como a Ar Marinho, onde Bénouville inteira comprava seus artigos de papelaria e mandava emoldurar suas fotos de gatos, melancias e flores.

O santuário interior de Thorpe tinha um ar frio e era perfeitamente arrumado. Ele era a primeira pessoa que eu conhecia que realmente parecia viver num daqueles quartos que a gente vê em revistas chiques de decoração. Tudo era de couro ou aço inoxidável ou de um cinza sem emoção, mas imponente. A sala de estar e a cozinha formavam um único amplo ambiente, separados pelo balcão. Ele indicou que eu me sentasse ali, num banco alto.

– Quando foi a última vez que você comeu alguma coisa? – perguntou.

– Não sei... Ontem? Não estou com fome.

Abrindo a geladeira, ele pegou um sanduíche comprado pronto e uma garrafa de água e os colocou na minha frente.

– Não importa se não está com fome. Você sofreu um acidente e passou por uma série de choques. É uma questão de manter sua glicose normal. Coma.

Obedientemente, abri a embalagem do sanduíche e o levei à boca. Enquanto isso, Thorpe preparava uma xícara de café solúvel com leite e muito açúcar.

– E agora, o que fazemos? – perguntou Bu.

– Triagem – respondeu ele. – Temos três pessoas desaparecidas, mas nenhuma delas é um caso tradicional. Rory está desaparecida, mas, obviamente, sabemos onde está. Stephen está desaparecido, mas o caso dele é... complicado. Já Charlotte está desaparecida no sentido mais óbvio e imediato do termo. Ela corre perigo real, portanto precisa ser encontrada o mais rápido possível. A polícia está encarregada da busca, mas há alguns problemas. Pelo que se sabe oficialmente, Charlotte saiu de Wexford aquele dia voluntariamente, o que é verdade. A pista seguinte é que você, Rory, encontrou o blazer do uniforme dela, ainda úmido, no vestíbulo da casa de Jane naquela mesma manhã. E depois Jane lhe contou que tinha levado Charlotte para a tal casa no campo. Mas nada do que você relatou pode entrar nos registros oficiais. Muitos aspectos de toda essa situação têm conexão direta com o esquadrão, cuja existência é encoberta pelo Ato de Sigilo Oficial. Então, essas pistas não podem constar nos dados oficiais, pelo menos não de forma integral e verdadeira. Já telefonei para um dos meus contatos e o acionei para se apresentar como testemunha, afirmando que ele viu Charlotte entrando na casa de Jane. É o melhor que posso fazer, e ao menos coloca a investigação na direção certa. No momento, o seu desaparecimento e o de Charlotte estão configurando um único evento, o que confunde a busca. Portanto, a primeira medida a tomar é desvincular você de Charlotte.

– Como? – perguntei.

– Você vai ligar para seus pais. Vai dizer a eles que está bem, que deixou a escola por vontade própria. Com isso, ao menos a busca passa a se concentrar em apenas uma garota desaparecida, não duas. Se perguntarem sobre Charlotte, diga a verdade, que você não sabe onde ela está. Será uma conversa breve.

Eu não estava preparada para esta última instrução.

– Não vou conseguir.

– Então eu entrego você, agora mesmo. Vai estar com seus pais em uma hora.

Thorpe deu a volta no balcão e foi até uma escrivaninha na sala, junto a uma janela, pegou uma caixa de uma das prateleiras mais altas e tirou de lá um celular, que depositou na minha mão.

– Esse aparelho direciona o rastreamento para um telefone público – explicou ele. – Quando perguntarem onde você está, e eles *vão* perguntar, responda apenas que está num lugar seguro. Depois, diga que vai manter contato, que não precisam se preocupar, o que você quiser falar, e desligue. Seja breve.

Eu me virei para Bu, como se ela pudesse me ajudar naquilo, mas ela apenas baixou a cabeça e começou a arrastar uma das compridas unhas pintadas de verde pelo granito do balcão.

– O número deles... Eu não lembro.

– Aqui.

Ele pegou o próprio celular, encontrou o número e o digitou no outro aparelho, que me entregou em seguida. Bastava eu apertar um botão.

– Eu sei que não está sendo um dia bom para você – disse Thorpe. – Isso não vai ser fácil. Mas é necessário, se quer ficar aqui e encontrar Stephen, e se quer ajudar Charlotte. O que importa agora não são seus sentimentos. O que importa é o que precisa ser feito.

Apertei o botão, acho. Num piscar de olhos estava chamando, e meu pai atendeu logo ao primeiro toque. Tão rápido! Foi tudo muito rápido.

– Alô? Quem é?

O sotaque dele, como o meu, era denso, quente e sulista.

– Alô?

– Sou eu, pai – falei.

Minha voz era nula: um barulhinho de nada, brotando no ar. Uma pausa.

— Rory? *Rory?* É você, Rory?
Eu não queria ouvir meu nome tantas vezes assim.
Pensei em Stephen naquela cama de hospital, os olhos fechados. As lâmpadas queimando, as janelas rachando.
— Sou eu – respondi.
— Onde você está? Você está bem?
A voz dele soava trêmula, e eu ouvia minha mãe ao fundo: "É ela? É ela?"
— Eu estou bem.
Minha voz agora ganhara força, mas eu chorava abertamente, virada para a parede, de costas para Bu e Thorpe. Meu pai também chorava, e minha mãe pegou o telefone, e eu só fazia repetir que estava bem. Eles perguntaram de novo onde eu estava, e eu falei alguma coisa sobre estar tudo bem. Eles só queriam saber onde... onde? Onde? Eles chegariam em dois segundos, qualquer lugar. Eles iriam. Onde onde onde...

Falei que estava bem. Que não sabia do paradeiro de Charlotte. Que não estava com ela. Pedi para dizerem isso à polícia. Falei que precisava de tempo. Tentei dizer que os amava, mas foi difícil demais. Desliguei enquanto ainda repetiam onde onde onde...

Deixei o telefone no balcão de granito e peguei um guardanapo para secar as lágrimas. Tomei um longo gole da garrafinha d'água e a amassei na mão. O silêncio que se instalou sobre nós três depois desse ruído foi um dos mais profundamente perturbadores que já vivenciei.

— Tem mais algumas providências que precisamos tomar – disse Thorpe. – Você sofreu uma tentativa de sequestro, logo, precisa se manter fora do radar por um tempo. Seus pais não vão simplesmente parar de procurar você. Algumas precauções básicas precisam ser tomadas.

Thorpe foi até a estante e pegou um pesado dicionário de inglês-alemão. Debaixo da capa havia uma pilha de notas de vinte e cinquenta libras. Ele pegou algumas e as deu a Bu.

— Tem uma farmácia a duas ruas daqui. Precisamos de tintura de cabelo. Verde, não.

Bu estava sempre com alguma cor diferente no cabelo. Mechas ruivas ou cor-de-rosa, as pontas roxas. No momento, o primeiro terço do seu cabelo chanel era verde.

— Algo mais natural — continuou Thorpe. — Rory tem cabelo escuro, vamos clarear. Outra coisa: em frente à farmácia, do outro lado da rua, há uma loja de departamentos. Vá lá e compre algumas roupas para ela: calça, blusa, algum calçado. Não procure nada estiloso, vá no mais básico possível. O que estiver na vitrine. E tênis, que é prático. Ela vai precisar também de casaco, gorro, luvas e cachecol. Tudo preto, se possível, ou em cores neutras e lisas. Nada de estampas ou enfeites.

Quando Bu saiu, Thorpe foi até a cozinha, onde pegou uma tesoura e um saco de lixo.

— Seu cabelo — disse ele. — Vai precisar cortar. Pegue todas as roupas que estava usando quando chegou aqui e coloque nesse saco plástico. Tudo. Tênis também. Tudo. Tem um roupão atrás da porta do banheiro, pode usar isso até Bu chegar com suas roupas novas. É a primeira porta à esquerda.

Uma ordem fria e súbita, mas era ação, e eu precisava fazer alguma coisa. Fui ao banheiro, fechei a porta e absorvi meu primeiro momento de total privacidade em muito tempo. As vozes dos meus pais ainda ressoavam nos meus ouvidos. Peguei um punhado de cabelo na lateral da cabeça e o cortei. Foi cabelo demais, e a tesoura não conseguiu cortar de uma vez. Tive que ir por partes, deixando chumaços caírem na pia a cada trabalhoso corte. De repente, meu pescoço e maxilar estavam expostos, emoldurados pelas pontas irregulares do que ainda havia de cabelo naquele lado. Fiquei ali de pé me olhando, em pleno processo de transição; uma semiestranha, uma esquisitona em seu visual torto.

Meu rosto estava muito redondo.

A garota no espelho começou a chorar. Mas não havia tempo para isso. Sequei o rosto com uma das toalhas cinza de Thorpe e comecei a atacar o outro lado do cabelo, dessa vez bem mais devagar. Nesse lado me saí melhor do que no primeiro, mas ainda ficou uma inclinação toda errada, e tive que dar uma acertada para igualar a altura dos dois lados. Em vinte minutos, tinha um corte razoavelmente aceitável, pelo que parecia olhando de frente. Ou pelo menos me convenci disso. Falei para mim mesma, com firmeza, que não estava parecendo uma pera de cabeça para baixo. Tentei cortar a parte de trás, mas eu sabia que faria um estrago imediato, portanto decidi deixar essa parte para Bu.

Em seguida, tirei a roupa e coloquei no saco de lixo todas as peças, que tinham me dado na casa de Jane. Foi meio esquisito vestir o roupão de Thorpe, aquela coisa azul e pesada, grande demais para mim, mas ao menos era macio e muito quentinho. Tinha até capuz. Amarrei o cinto o mais apertado possível e voltei a sala com meu saco de roupas e meu cabelo novo.

– Ficou bem... diferente – comentou Thorpe. – Acho que você devia deixar Bu mexer nisso aí um pouquinho.

– O que eu faço agora? – perguntei.

– Agora você se concentra na sua memória. Se quer ajudar Charlotte, é o mais importante a fazer. Anote qualquer coisa de que se lembrar, mesmo a mais insignificante. Qualquer coisa. Pode começar agora, enquanto dou alguns telefonemas.

Havia papel e caneta à minha espera na mesa de centro. Thorpe foi para o quarto e fechou a porta. Ele falava tão baixo, ou talvez as portas fossem tão grossas, que não ouvi nada. Tirei a tampa da caneta e deixei a ponta pairar sobre o papel. O que mais tinha acontecido, além de tudo? Comecei a escrever.

O blazer dela estava pendurado no corredor. Estava úmido.

Eles falavam sobre alguma espécie de mistério grego muito antigo. El...

Eu não conseguia lembrar direito a palavra, e acho que nem se lembrasse saberia escrever.

Eles diziam que iam derrotar a morte, seja lá o que isso signifique.

Não era bem uma lista. Pousei a caneta e o papel na mesa e fiquei ali sentada, as mãos na coxa, até que Bu chegou com várias sacolas de compras. Ela deu uma olhada na devastação que eu tinha feito na minha própria cabeça.
– É, preciso dar uma ajeitada nisso. Vem cá.
Bu levou um dos bancos da cozinha para o banheiro e começou a consertar o estrago. Em relativamente pouco tempo, eu tinha um chanel, e nem era torto.
– Ficou meio cheio – disse ela, examinando seu trabalho –, mas está direitinho. Vamos ter que manter curto. Agora... – Ela pegou do chão a sacola da farmácia, que continha as tinturas. – Vamos ter que descolorir primeiro, para os fios conseguirem pegar a cor. Escolhi um ruivo. Bem bonito.
Ela ergueu uma caixa de tinta de cabelo na frente do meu rosto, e olhei para a modelo sorrindo para mim com seu lindo cabelo de um acaju denso.
– Não vai ficar assim em mim – falei.
– Vai, sim. Agora...
Os cerca de quarenta minutos seguintes foram só luvas descartáveis, tubos de gosmas e umas pastas sendo passadas na minha cabeça. No final, meu cabelo se encontrava em algum ponto esquisito entre o amarelo e o laranja. Uma coisa horrorosa. Então Bu me virou no banco e aplicou a gosma vermelha. Mais uma vez, deixamos agir por um tempo e enxaguamos. O resultado era para ser "cobre natural", mas saiu um "loiro-rosado acidente nuclear".
– Eu avisei.

Bu ergueu um dedo e pegou mais um kit do saco, uma caixa marrom. Repetimos o processo. Dessa vez, meu cabelo produziu uma cor existente na natureza: um ruivo vivo, puxando para o castanho, mais ou menos da cor de uma moeda velha de um *penny*.

Meu cabelo estava com cheiro de ração para gato e tinha a textura de bombril gasto, mas até que esteticamente não estava mau.

– Trouxe umas maquiagens – disse Bu, pegando mais produtos da sacola e abrindo as embalagens de plástico.

Havia esponjinhas e base líquida, que foi aplicada no meu rosto todo. Fiquei parecendo bronzeada – o tipo de bronzeado com que minha avó aparece quando volta de seu cruzeiro etílico anual pelo Mississippi, depois de passar tempo demais tomando drinques no deque. Essa foi a primeira vez que realmente vi em mim alguma semelhança com minha avó, e foi meio assustador. Quer dizer, eu amo minha avó e tal, mas a aparência dela não é lá muito invejável. Estamos falando aqui de uma mulher que faz injeções de botox baratas com o tosador de seu cachorro porque ele encontrou um fornecedor ilegal. Meus pais já tentaram inúmeras vezes explicar a ela que botox é um veneno e que provavelmente não deveria ser injetado no corpo humano nem na melhor das circunstâncias, quanto menos por um tosador, mas ela sempre começa a falar sobre um possível combo promocional que incluiria um lifting no queixo e uma abdominoplastia, e todo mundo cala a boca.

Eu ia virar minha avó. E, com Bu fazendo minhas sobrancelhas, a coisa só piorava a cada segundo. Vovó tinha se oferecido para pagar por uma depilação para minhas sobrancelhas. Ela me encorajava a fazer isso desde que eu tinha doze anos, e nunca entendeu por que eu não queria cera quente perto dos meus olhos nem fazia questão de ter sobrancelhas finas que nem arame, como as dela. Naquele momento, me imaginei virando minha avó – minha avó, com todas as suas amigas da terceira idade, debruçada na amurada do *Drinque A Bordo* enquanto, crepúsculo adentro, o navio patinava no mar rumo a Nova Orleans e ao entorpecimento...

Era o fim da minha antiga vida.

Observei os olhos azuis de Bu enquanto ela continuava a me maquiar. Estavam vermelhos. Ela tinha chorado de novo. Seu delineador estava borrado. Parecia que tinha tentado limpar, mas havia vestígios na pálpebra inferior.

– Pronto – disse ela, recuando para avaliar sua obra.

Eu não era mais eu mesma. Minhas sobrancelhas tinham sido quase eliminadas, depois pintadas num formato arqueado. O bronzeado artificial quase combinava com meu novo cabelo cobre de tom "ruivo *penny*".

– Agora as roupas – disse Bu, pegando a sacola maior. – Tudo básico. Calça jeans, casaco de moletom, tênis.

Depois que ela saiu, coloquei as roupas novas; me senti vestindo plástico. A transformação estava completa. Algumas horas para transformar toda a minha aparência, apenas alguns minutos para Stephen morrer. Nada na vida era estável como eu fora levada a acreditar.

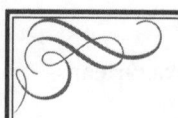

3

Quando saí do banheiro, Thorpe havia conectado o laptop à TV. Estava sem paletó e com as mangas da camisa dobradas até o cotovelo, o que, para seus padrões, era quase como se tivesse tirado a camisa logo de uma vez. Ele terminou de engolir furiosamente um iogurte e pousou o potinho vazio na beirada de uma prateleira.

– Sente-se – ordenou ele. – Bu, feche as persianas.

O potinho caiu para o lado sob o peso da colher. Thorpe não o pegou; pareceu nem notar. Tudo isso somado (a casa de Thorpe, as mangas arregaçadas, o iogurte e aquele ar de tensão e sigilo) fez minhas engrenagens internas voltarem ao ritmo. Novamente as batidas velozes do coração. Novamente o fluxo intenso de sangue ao rosto, a energia correndo pelos braços.

– Ninguém sabe que eu estou aqui? – perguntei.

– Oficialmente, você não está aqui. Mas, agora, como membro extraoficial desta equipe, vai acatar minhas ordens. Mesmo sem o treinamento que os outros tiveram, você tem a habilidade e tem informações. E, já que sofreu uma tentativa de rapto e os criminosos ainda estão à solta, protegê-la vai ser uma prioridade.

Bu terminou de fechar as persianas e se empoleirou na beirada do sofá, os joelhos flexionados, como se estivesse pronta para se levantar a qualquer momento e correr dez quilômetros. Aquela, sim, era uma agente eficiente do esquadrão secreto. Eu, por outro lado, estava jogada de qualquer jeito no sofá, mexendo distraidamente nas pontas endurecidas e malcheirosas do meu cabelo novo.

Thorpe voltou ao dicionário de alemão, pegou mais algumas notas e me entregou o dinheiro.

– O fundamental para despistar o rastreamento é manter a simplicidade e não voltar a nenhum dos lugares em que a conhecem. Você vai usar dinheiro vivo para tudo. Não vai, sob circunstância alguma, entrar em contato com ninguém além de nós. Não vai acessar a internet, porque se fizer isso só vai se sentir tentada a interagir de alguma forma com conhecidos. E você não vai fazer isso. Nunca vai sair sozinha, sem um de nós. Tanto Bu quanto Callum são extremamente aptos para protegê-la. A propósito: precisamos de Callum aqui.

– Já tentei o celular várias vezes – disse Bu.

– Bem, deixe que eu ligo, e acho bom que ele me atenda. Por enquanto, vou compartilhar com vocês o que conseguimos sobre Jane Quaint nos registros solicitados ontem à noite, assim como algumas informações que recolhemos após o acidente. Pedi as imagens das câmeras de segurança da área onde aconteceu o acidente. As câmeras não têm uma cobertura muito boa daquela rua específica, então não há imagens diretas dos carros envolvidos. Mas isso pode ser algo a nosso favor, afinal, não queremos registros do acidente.

Achei ótimo, porque eu jamais assistiria a um vídeo desses.

– Mas temos imagens de outras ruas.

Thorpe clicou numa pasta e abriu um vídeo de baixa qualidade que mostrava três pessoas caminhando por uma rua. Eu reconheceria aqueles três em qualquer lugar. Jane, com sua intensa cabeleira ruiva; Jack, com seu cabelo loiro lambido; e

Devina, com seu jeito de criança abandonada, andando meio instável.

– A primeira é Jane, isso é certo – disse Thorpe. – Os outros são os tais Devina e Jack que você mencionou?

– Eles mesmos.

– Sobrenomes?

– Não sei.

– Vamos ver o que conseguimos com as digitais e outros materiais que encontrarmos na casa. Os três abandonaram o carro e se afastaram da região pelo Barnes Park. Não é uma área com boa cobertura, então não temos registro do caminho que tomaram. Perdemos os três em Barnes. Com isso, voltamos e puxamos algumas gravações de Londres que pudessem mostrar Charlotte.

– Depois de mais alguns cliques, Thorpe abriu um vídeo obtido a partir de algum ponto que permitia uma visão estratégica da rua de Jane. – Começamos pela Hyssop Close. Aqui é a casa de Jane Quaint. Temos registros de Charlotte entrando, sozinha, às dez e trinta e sete.

No vídeo, uma mancha de cabelo ruivo e o borrão de uma pessoa acoplada a essa mancha ruiva seguiam pela calçada e desapareciam atrás do muro que delimitava o jardim.

– Às onze e quinze aparece um carro vermelho, que estaciona em frente à casa e vai embora vinte minutos depois. Não há imagens de Charlotte saindo, então é razoável supor que ela tenha sido levada dali nesse carro. Pelas câmeras das ruas em volta, acompanhamos o carro seguindo pela Fulham Road, na direção de Earl's Court, e dali pegando uma rua que não é coberta, e é onde o perdemos. Todas as imagens das vias adjacentes foram verificadas. Seja lá qual for o caminho que tomaram a partir dali, não era coberto pelas câmeras. O carro está registrado em nome de Laura Falley, de West Wickham, falecida em agosto. Foi deixado, assim como alguns outros bens, para uma sobrinha que hoje mora nos Estados Unidos. Pelo que se sabe, estava parado havia um tempo numa garagem ao lado da casa vazia enquanto a papelada era resolvida. Um carro excelente para roubar, se você soubesse onde olhar. Resumindo: carro roubado, rota irrastreável. A coisa foi bem planejada.

– Mas como eles podem ter planejado isso? – questionei. – Eu fugi. E por que levar Charlotte?

– Excelente pergunta – disse Thorpe. – Existem diversas possibilidades. Primeira: o plano originalmente visava você, mas, por algum motivo, decidiram levar Charlotte também. Ela pode ter ouvido ou visto alguma coisa que não devia. A segunda é que talvez realmente quisessem levá-la desde o início, por motivos no momento desconhecidos para nós. Quando vasculhamos a propriedade de Jane Quaint, as coisas ficaram mais oblíquas. O nome de batismo dela é Jane Anderson; nasceu em Danby, que é uma cidadezinha nos arredores de York. Psicóloga formada. Histórico muito breve de atendimento clínico, mas o pouco de informação oficial que se tem é limpo e claro. É a única parte da vida de Jane que faz algum sentido nos papéis. Quando passamos para os registros pessoais e financeiros, as coisas ficam bem estranhas. Todos os registros da presença dela em Danby terminam em 1968. Depois disso só vamos encontrá-la em Londres em 1970, quando ela se submeteu a uma pequena cirurgia. O endereço que consta é o da Hyssop Close, número dezesseis, imóvel que pertencia a Sarah e Sidney Smithfield-Wyatt, ou Sid e Sadie, como eram chamados por amigos e conhecidos. E é aqui, provavelmente, que começamos a investigar, porque é quando a história começa a entrar no território do incomum, nossa área de atuação. Estes são Sarah e Sidney Smithfield-Wyatt.

Ele abriu uma foto de duas pessoas muito altas, muito loiras e muito pálidas. Tinham praticamente a mesma altura, o mesmo rosto, até a mesma expressão. O cabelo loiro variava no comprimento: o que devia ser Sid tinha o cabelo curto e lambido, quase idêntico ao de Jack, enquanto o de Sadie era mais longo, tocando os ombros, ligeiramente para trás. Pareciam desprovidos de sobrancelhas e cílios, o que dava o efeito de um rosto quase sem pelos. Tinham uma listra de sombra azul pastel acima dos olhos e um círculo prateado pintado na testa. Ele usava um terno branco de lapela larga e uma gravata de lamê dourado; ela, um quimono estilizado, de um tecido verde de aspecto sedoso. Com uma fenda reveladora, o quimono teria se aberto e caído não fosse pelo grosso cinto de couro marrom com um triângulo gravado na frente. Os irmãos calçavam botas de salto bem grosso, do mesmo dourado chamativo que a gravata de Sid.

Ou seja, adeptos de um visual nada básico.

– Gêmeos fraternos, mas quase idênticos na aparência – disse Thorpe.

– Parecem alienígenas – comentou Bu.

– Era a moda da época, imagino – disse ele. – Únicos herdeiros de uma grande fortuna. Perderam os pais aos quinze anos, num acidente de carro. Eles também estavam no veículo.

– Quase morte aos quinze anos? – falei. – Jane disse que fazia parte de um grupo de pessoas que têm a visão.

– Uma suposição razoável, considerando o que sabemos. As posses da família foram administradas por advogados por três anos. Quando completaram dezoito anos, Sid e Sadie tiveram acesso a algumas contas, e aos vinte e um assumiram o restante. Possuíam uma reputação e tanto. A maioria das referências aos dois aparece em notas de rodapé de biografias de músicos de rock: as festas na casa deles eram famosas. Fontes diversas alegam que os irmãos estavam envolvidos naquilo a que se referem apenas como "ocultismo". Não tinham registro criminal, mas a polícia ficava meio que de olho na propriedade, porque o movimento intenso de gente entrando e saindo chamava atenção dos vizinhos; nada fora do comum para a época, na verdade. No dia 28 de dezembro de 1973, a polícia foi chamada a casa pela própria Jane Quaint, que a essa altura já havia adotado legalmente o novo sobrenome. Jane contou que tinha passado o Natal fora e que, ao voltar para casa, encontrara um bilhete no escritório.

Thorpe abriu a imagem de um bilhete escrito em caneta verde num papel amarelado:

Querida Jane,
Fomos vencidos pela curiosidade. Somos filhos da abençoada Deméter e da abençoada Hécate, sempre atraídos pelos mistérios, sempre nos perguntando o que há do outro lado da porta. Estamos entediados e precisamos saber o que vem a seguir. Eles jamais nos encontrarão, amada Jane. O que planejamos é simplesmente maravilhoso demais. Não nos bastaria apenas morrer e apodrecer no chão como anciãos.
Não chore nossa morte, pois você sabe que seria bobagem. Cuide de tudo o que temos de encantador.
Você nos verá em breve.

Com amor,
Sid e Sadie

– Na época, os investigadores acharam extremamente suspeito – continuou Thorpe. – Dois jovens ricos, tudo deixado aos cuidados de outra jovem, e um bilhete suicida questionável indicando que os corpos não seriam encontrados. Houve uma busca na casa, e os registros são uma leitura interessante. Fica claro que a polícia não tinha muita ideia do que concluir a partir do que foi encontrado lá: altares cobertos de incenso, estátuas de cachorros de três cabeças, plantas estranhas que pensaram ser *cannabis* mas que, na verdade, eram perfeitamente legais, ainda que incomuns. Chegaram a encontrar drogas na casa, mas nada no quarto de Jane. Nos quartos de Sid e Sadie, sim, havia bastante, e também em caixas deixadas nas salas, em recipientes de cozinha com etiquetas de chá, café, açúcar. Jane foi detida por isso, mas, como a casa não era dela, as drogas também não eram, e ela foi logo liberada.

Thorpe passou algumas fotos em preto e branco, mostrando o interior da casa. Parecia mais sujo na época, com alguns móveis e eletrodomésticos diferentes. A TV era uma espécie de armário enorme, a geladeira e o fogão eram menores; afora isso, o lugar não mudara muito desde 1973. Jane havia mesmo conservado fielmente a decoração. Havia muitas fotos de close, com dedos apontando para o que a polícia tinha considerado suspeito: latas de chá cheias de maconha, caixas com agulhas hipodérmicas e rolinhos de papel-alumínio; livros encadernados em couro que tratavam de esoterismo e de práticas do ocultismo, além de facas curvas e cálices.

– De acordo com os registros – prosseguiu Thorpe –, Jane não passava de alguém que cuidava da casa, uma assistente. A polícia concluiu também que não houve a tentativa de eliminar da casa vestígios suspeitos antes de chamar a polícia, o que deu veracidade ao relato dela. Segundo Jane, Sid e Sadie tinham interesse pelo ocultismo, o que ficou óbvio pelos livros e objetos encontrados na casa, e que eles exploravam o que ela chamou de "magia da morte". Os vizinhos confirmaram que costumavam notar incidentes inusitados. Pelos registros, a polícia aceitou o depoimento de Jane, mas mesmo assim as contas dos gêmeos foram congeladas por alguns anos. Jane continuou mantendo a casa, cursou uma faculdade e finalmente, em 1980, solicitou uma pequena quantia da herança para realizar o reparo de um vazamento no telhado. Como já tinham se passado sete anos desde a morte dos irmãos e tudo parecia em ordem, Sid e Sadie foram declarados mortos e os bens foram liberados. A polícia acompanhou as atividades de Jane por um breve período, mas ela não retirava volumes grandes de dinheiro nem mudou seu estilo de vida. Parecia não ter interesse em lucrar com a morte dos dois. Em meados dos anos 1980, a investigação se encerrou por completo.

– Então ela os matou e saiu impune? – perguntou Bu.

– Não sabemos se foi isso o que aconteceu, é só uma possibilidade. O que realmente importa agora são os registros imobiliários. Fizemos um levantamento para saber se havia outras propriedades que pertenceram aos Smithfield-Wyatt. Havia algumas, mas foram vendidas no final dos anos 1960 e início dos anos 1970, o que viria a se somar às gigantescas reservas de dinheiro dos dois. A única casa em nome deles, pelo que conseguimos apurar, é essa em Londres. Verificamos também as contas bancárias. Não houve saques de grandes montantes, mas na década de 1990 foram transferidos e posteriormente retirados valores mais baixos, ao longo de alguns anos. Cerca de cem mil libras, no total. Não é uma quantia tão grande, considerando a fortuna de que estamos tratando, mas com certeza permitiria a aquisição de uma casa pequena em alguma cidade menor. Não há nada no nome de Jane, então provavelmente outra pessoa assumiu o registro oficial. Ainda estamos pesquisando os familiares de Jane e outras pessoas próximas.

– Como vamos encontrar Charlotte se não encontrarmos essa tal casa de campo? – perguntei.

– Todos os aeroportos, estações de trem e portos receberam um alerta. Uma foto dela foi enviada a todas as delegacias do país, já consta no site da BBC e deve sair nos jornais. Considerando tudo que ouvimos e todas as informações que temos, é improvável que ela tenha deixado o país.

– E aquela história de que as primeiras quarenta e oito horas são as mais importantes? Isso é verdade? Já se passou um dia inteiro.

Eu tinha a esperança de ouvir que aquilo era só bobagem que dizem na TV, mas Thorpe não refutou.

– Precisamos ir – disse ele. – Consegui abafar a morte de Stephen até agora, mas não deve durar muito. Assim que souberem, não sei o que vai acontecer com esta equipe. Se decidirem pela extinção, vão mandar um esquadrão à casa dele para recolher tudo, e é por isso que precisamos chegar lá antes, para preservar qualquer registro que Stephen possa ter deixado.

– Podemos ver se ele está lá – disse Bu, assentindo. – É um ótimo lugar para começar.

– O apartamento é seguro? Vocês contaram a alguém sobre o lugar?

Eu estava prestes a dizer que não, quando uma lembrança do dia anterior me voltou à mente.

– Um deles – falei. – Devina... Ela me levou de carro até lá. Quer dizer, até um pouco antes. Eu não queria que ela conhecesse o endereço, porque não era para ninguém saber do apartamento, então pedi que me deixasse na estação de Waterloo. Não acho que ela tenha me seguido.

– Mas tem certeza?

– Hã... quase certeza?

– O *quase* não me agrada – disse ele. – Mas acho que essa Devina deve estar se escondendo com Jane, e talvez a gente não tenha muito tempo para ir ao apartamento. Seremos rápidos e cuidadosos. Ponha o casaco – concluiu ele, estendendo o agasalho marrom simples que Bu havia comprado para mim. – Faça tudo como eu mandar e quando eu mandar. Você tem o péssimo hábito de não seguir instruções. Não sou Stephen. Lembre-se disso.

Esta última afirmação me puxou com firmeza de volta à realidade. Apesar de ter me levado para sua casa, Thorpe não tinha a menor intenção de me reconfortar ou passar a mão na minha cabeça. Ali não era um lugar onde eu ficaria encolhida no sofá ou tomaria chá enquanto contava histórias, como fazia no apartamento de Stephen e Callum. E, agora, lá estava de volta o Thorpe enigmático, com seu terno e seu cabelo branco. Eu podia até estar entre outras pessoas, mas no fundo me encontrava sozinha.

4

Quando conheci o esquadrão secreto, Stephen e Callum moravam juntos num apartamento perto da Charing Cross Road, numa ruazinha tão estreita que se a gente abrisse os braços dava para tocar ao mesmo tempo as casas de ambos os lados. A fachada do prédio deles parecia as descrições que eu encontraria num romance de Dickens: uma janela grande subdividida em doze painéis de vidro menores, a pintura preta brilhante, lâmpadas que pareciam feitas para ter cara de antigas. Eles haviam conseguido um aluguel em conta porque o lugar tinha fama de mal-assombrado e ninguém permanecia por muito tempo, mas, depois que livraram o apartamento dos fantasmas e o tornaram um lugar mais agradável de se morar, o aluguel subiu. Eles então encontraram outro, mais básico, em uma das ruas atrás da estação de Waterloo. Esse segundo era um prédio pequeno sem elevador e meio desleixado; o corredor tinha uma luz instável, um carpete esquisito revestia a escada e a correspondência de todo mundo ficava largada pelo chão junto à porta.

Era nesse segundo apartamento que aguardávamos agora, dentro do carro de Thorpe. Não estacionamos em frente. Aliás, a princípio Thorpe não queria nem parar: contornou o quarteirão bem devagar, de olho em todos os carros em volta. Em seguida, parou algumas ruas depois e pediu a alguém que mandasse para seu celular as imagens de uma câmera de segurança. Ele demorou uns dez minutos analisando as imagens. Então ele mandou Bu ir andando até a rua certa, passar direto pelo prédio, comprar alguma coisa na lojinha da esquina e voltar para o carro. Fui instruída a me manter abaixada, então me deitei no banco traseiro e fiquei olhando para o céu cinza pela janela salpicada de chuva. Bu voltou em dez minutos, contando que as cortinas estavam abertas e as luzes apagadas.

No caminho até lá, Thorpe recapitulou o que precisávamos fazer. Primeiro, procurar Stephen. Se ele não estivesse lá, Thorpe e Bu imediatamente começariam a coletar todos os arquivos e anotações dele, assim como o computador e o tablet. Minha tarefa era ir ao quarto e procurar rapidamente algo que parecesse importante: um segundo celular, anotações, qualquer coisa significativa que tivesse relação com o trabalho ou com a vida pessoal de Stephen. Munidos das sacolas de lona que Thorpe havia providenciado, tínhamos cinco minutos para enchê-las e dar o fora dali.

Esperamos mais um pouco. Thorpe continuava concentrado no celular, a investigar a rua. Mandou Bu assumir o volante e dar partida se alguém chegasse perto do carro. Em seguida, ele próprio repetiu o que mandara Bu fazer. Ela ficou ali sentada no banco do motorista, enquanto eu continuava deitada atrás, nós duas ouvindo a chuva atingindo o teto do carro.

– Como foi que chegamos a esse ponto? – perguntei.

– Sei lá.

Bu soava exausta, e ela nunca havia demonstrado o menor cansaço. Durante as semanas em que dividimos o quarto em Wexford, eu achava que ela funcionava à base de taurina e urânio enriquecido.

– Eu sei que ele voltou – disse Bu. – Vi como você reagiu quando Stephen... quando você estava segurando a mão dele.

Você não simplesmente caiu: você foi lançada, como se tivesse levado um choque. Sei que ele está em algum lugar por aí, e isso é *bom*. Nós *vamos* encontrá-lo. Jo me disse que às vezes eles ficam confusos, que não entendem o que aconteceu. É tipo... sei lá, amnésia. Eles ficam em choque.

Jo era a melhor amiga de Bu. Ela era uma fantasma, uma soldado da Segunda Guerra Mundial que morreu durante um bombardeio a Londres. Jo havia patrulhado as ruas do leste de Londres por mais de setenta anos, já como fantasma. Quando Bu sofreu o acidente que lhe deu a visão, foi Jo quem a ajudou a sair do meio das ferragens antes de o carro pegar fogo. Ela também foi a pessoa a ir a meu socorro quando o Estripador, Alexander Newman, me encurralou no banheiro do prédio feminino de Wexford e me esfaqueou. Ela pegou o terminal e o usou contra Newman, eliminando-o e eliminando a si mesma ao fazer isso. A explosão resultante foi tão intensa que estraçalhou todos os vidros do banheiro, fez o chão rachar e me tornou um terminal. Bu nunca superou a perda de Jo. Ela já não a mencionava mais tanto, mas dava para perceber que a amiga nunca estava longe de seus pensamentos.

– Precisamos pensar em lugares – continuou Bu.

– E a irmã dele? – arrisquei. – Vai que ele tenta encontrá-la.

– Stephen já fez isso. Ele me contou. Foi a primeira coisa que fez quando entrou para o esquadrão e teve acesso à base de dados da polícia. Foi procurar no lugar onde ela morreu, mas disse que não a encontrou.

– Ele te contou isso?

Por algum motivo, fiquei incomodada que Stephen tivesse contado a Bu algo tão pessoal. Não deveria, mas fiquei.

– Quando eu entrei – explicou ela. – Stephen me avisou para não procurar os mortos.

Ignoramos essa observação.

– Ontem à noite... – disse ela, virando-se no banco por um segundo para olhar para mim. – Alguma coisa esquisita estava acontecendo. Sobre o que vocês estavam falando no quarto?

– A gente estava... se beijando.

Na mesma hora Bu se virou de novo, os olhos tão arregalados e de forma tão repentina que pareciam prestes a pular das órbitas. Porque isso pode mesmo acontecer. Tipo, eu sei que acontece com cachorros. Um vizinho nosso em Bénouville tinha um pug cujos olhos volta e meia caíam da cara, aí eles iam lá e colocavam de volta. O nome do bicho era Caio. Juro por Deus.

Torci para os olhos de Bu não caírem.

– Eu *sabia* – disse ela. – *Sabia*. Sabia que isso ia acontecer. Sabia.

– Callum viu. Mas ele disfarçou dizendo alguma coisa sobre uma aposta.

Bu balançou a cabeça, depois se virou de volta.

– É bom – disse ela. – Vocês dois... isso estava para acontecer há um tempão. É bom que Stephen tenha tido isso. Ele precisava. Ele era sempre tão...

– Ele é – corrigi.

– A gente vai ficar bem, tá? – disse ela, embora soasse mais como se estivesse tentando tranquilizar a si mesma. – Vamos encontrá-lo. Vamos ficar todos bem, tá? *Todos* nós.

Ela pegou o celular e deu uma olhada. Pela sua expressão, notei que não tinha visto coisa boa.

– Callum não ligou? – perguntei.

– Ele vai ligar – disse Bu, guardando o celular no bolso.

Thorpe voltou alguns minutos depois. Sentou no banco do carona e mandou Bu dirigir até a frente do prédio.

– Tudo limpo – disse ele. – Vamos descer e entrar devagar. Pode prosseguir e estacionar à porta.

Uma enxurrada emocional de tudo relacionado a Stephen me atingiu assim que pisamos no corredor mal-iluminado. Engraçado, tinha ido apenas algumas vezes aos dois apartamentos, mas eles formavam algumas das lembranças mais importantes da minha vida ali em Londres, um período que incluía a escola, a experiência com o Estripador e todas as bizarrices que me aconteceram. No entanto, nada era tão vívido quanto a lembrança de estar sentada com Stephen à velha e acabada mesa da cozinha deles, tomando chá em canecas lascadas, cada uma de um modelo e cor, sentindo o cheiro de curry das embalagens de comida descartadas dias antes. O ambiente que o cercava contrastava muito com Stephen em si, uma pessoa sempre perfeitamente arrumada, perfeitamente organizada.

Subimos a escada em silêncio, discretamente. Thorpe foi na frente.

Nunca esperei encontrar Stephen esperando por nós ali. Ele tinha morado apenas algumas semanas naquele apartamento, e eu não achava que chamasse aquele lugar de lar – se é que ele julgava ter um lar –, mas mesmo assim, quando abrimos a porta, meu coração deu um pequeno salto.

Não havia nada. Era um apartamento escuro e frio, com todas as luzes apagadas, as embalagens de comida e as xícaras de chá sujas espalhadas pela sala. Um suéter jogado no encosto do sofá e um livro repousando no braço, como se o móvel fosse um grande marcador de página. Thorpe olhou para nós duas na expectativa de saber se víamos alguma coisa ou alguém, mas balançamos a cabeça ao mesmo tempo. Ele deu uma caminhada pelo apartamento, devagar, testando as portas, olhando dentro dos quartos. Estávamos sozinhos.

– Muito bem – disse. – Vamos começar.

No mesmo segundo, ele e Bu foram até a área de trabalho de Stephen. Thorpe embalou o laptop e alguns papéis, enquanto Bu começou a arrancar as anotações presas no quadro de cortiça e algumas coladas com durex na parede. Segui para o quarto de Stephen, engolindo em seco.

Ele realmente levava uma vida de monge. Um monge bagunceiro. Nada nas paredes; uma cama desfeita, com um cobertor simples de lã verde e um outro, vermelho-argila e feio, embolado no pé; um monte de livros empilhados junto às paredes, algumas roupas por lavar dobradas de qualquer jeito dentro de um cesto.

Em vez de uma mesinha de cabeceira, um caixote de plástico cheio de livros e um abajur com a cúpula torta. No alto, sobre uma pequena pilha de romances, um par reserva de óculos.

Uma onda me atingiu – uma agonia arrebatadora, de tão intensa. Que fez meu coração parar, me deixou sem ar e arrancou o chão de sob meus pés. Não. Não, não, não. Sentimentos negados. Precisava ficar bem por ele, portanto, bem eu ficaria. Era uma ordem.

Fui até a cômoda. Primeira gaveta: cuecas. Boxers, para ser específica. Aquele era exatamente o tipo de momento em que ele apareceria, justo enquanto eu explorava as profundezas da sua gaveta de cuecas.

Quando olhei para trás, ele não estava lá.

Eu me virei de volta para a gaveta. Levei um momento para absorver a estranheza daquela atividade e um segundo momento para registrar que ele tinha belas cuecas. Para minha surpresa, eram de cores variadas, algumas até estampadas. Por baixo do uniforme, Stephen vinha ostentando listras roxas, rosas e moderninhas. Fechei a gaveta ruidosamente, talvez com um pouco mais de força do que o necessário, e passei para a seguinte e a seguinte e a seguinte. O que eu queria encontrar era algum diário pessoal intitulado *Todos os meus pensamentos e emoções explicados, principalmente as partes relacionadas a Rory*. O que encontrei foram camisetas e meias. Passei para o armário.

Tinha pouca coisa, mas eram itens de qualidade, evidências de um passado bem abastecido de dinheiro. Quatro camisas sociais, duas delas azuis, uma cinza e uma cor-de-rosa, com aqueles punhos compridos e abertos, sem botão, por serem próprias para se usar com abotoaduras. Um terno, de uma marca da Savile Row, rua famosa pelas lojas masculinas sofisticadas. Feito sob medida, a julgar pela etiqueta. Havia também várias camisetas brancas de um tipo resistente de algodão com poliéster – camisas do uniforme de polícia. E um suéter da polícia. Calça da polícia, jaqueta da polícia.

Na parte de baixo do armário, junto com os sapatos do uniforme e um par de sapatos sociais, havia tênis básicos, chuteiras e um terceiro tipo de tênis bem diferente. Uma pequena pilha de equipamentos esportivos que eu não conhecia – joelheiras e coisas do tipo. Nos fundos, um remo com uma pintura que só podia ser de Eton. E uma caixa de papelão fechada com uma etiqueta que dizia **PESSOAL**. Promissor.

– Rory?

Era Thorpe, parado à porta.

– Hora de ir.

Peguei a caixa.

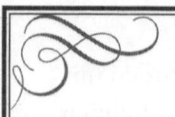

5

Thorpe não explicou muito bem qual seria nossa parada seguinte, só adiantou que era "uma propriedade que usamos para fins diversos". Seu tom sugeria que não iríamos querer entrar em detalhes sobre o que aquilo significava. Eu não conseguia ver por onde passávamos, porque ainda estava sob a ordem de ficar deitada no banco traseiro, agora coberto das bolsas que havíamos enchido com a papelada de Stephen. Estava escurecendo, embora, provavelmente, ainda não fosse nem quatro da tarde. Eu acompanhava a metade superior dos ônibus passando por nós e o topo de um ocasional prédio mais alto, até que os prédios altos deixaram de passar, a quantidade de ônibus se reduziu, e, por fim, paramos numa rua muito quieta.

– Levante-se – disse Thorpe. – Chegamos.

A rua era uma sequência infinita de casas de tijolinhos. Pelo que eu conhecia de Londres, as casas daquele estilo tendiam a ser coladas umas nas outras e altas, com janelas compridas; mas requintadas. A casa específica a que ele nos conduziu era a menos requintada de todas as outras na rua, erguendo-se sozinha no final. Era escura, sem nada no jardim além de duas lixeiras, uma para lixo comum e a outra para recicláveis, ambas marcadas com o número da casa. Embora a porta fosse igual à das outras casas, Thorpe empurrou para o lado a plaquinha de cerâmica que indicava o número, revelando atrás um teclado numérico. Ele apertou algumas teclas, e a fechadura se abriu.

– Fechem as cortinas – ordenou assim que entramos.

De estilo básico e arrumado, a decoração e a mobília pareciam ter sido escolhidas entre os grandes clássicos do catálogo da Ikea – ao menos os clássicos desprovidos de personalidade. Nada de fotos nas paredes, nada de tapetes. O sofá e as cadeiras eram beges, e todas as mesas e demais móveis eram de pinho cru. Os lustres eram brancos, de plástico, com aquelas lâmpadas econômicas que emitem uma luz levemente esverdeada. As cortinas eram o único elemento que poderia passar como uma vaga tentativa de decoração: grossas e sóbrias, boas cortinas blecaute capazes de bloquear a luz mesmo que o Sol se expandisse e ficasse pairando logo ali do outro lado da janela.

– Muito bem – disse Thorpe. – Bu, traga tudo do carro. Coloque aqui no chão.

Bu saiu rapidamente e se pôs a cumprir a tarefa.

– E agora, o que fazemos? – perguntei.

– Agora preciso ir ao escritório para resolver algumas coisas. Você fica aqui com Bu.

– Precisamos *procurar* por ele.

– Procurar onde? Você não tem nenhum plano. Por enquanto, sua função é se manter a salvo. Há algumas provisões básicas na cozinha. Chá e... Acho que só chá. Cup Noodles, talvez. Se estiver cansada, há uma cama num dos quartos.

Bu trouxe tudo para dentro depois de meia dúzia de corridinhas. Quando ela terminou, já ligeiramente sem fôlego, Thorpe lhe deu a chave do carro.

– Fique com isso, caso precisem. Eu pego o metrô ou um táxi. Liguem o alarme quando eu sair, o código é 3762. Se for acionado, Bu, leve Rory embora daqui. Volto em algumas horas. Bhuvana, vamos ter uma palavrinha lá fora, por favor.

Os dois saíram. Bu voltou alguns segundos depois, com ar sério.

– Vamos simplesmente ficar aqui sentadas? – perguntei.

Ela tirou o casaco e o deixou no encosto de uma das cadeiras. Seus olhos estavam inquietos, indo para as sacolas de papéis, para as janelas, para a parede.

– Tenho que ficar com você – disse ela.

– Podemos ir *juntas*.

– Não. Thorpe tem razão. Jane e essa gente... Sabe? Eles estão por aí, à solta.

– Então deixe que me encontrem. Se me encontrarem, você os encontra, e aí você resgata Charlotte. Podíamos fazer isso... eu podia... ficar em algum lugar... e a gente podia...

Bu ignorou meu não plano ridículo.

– Pode ir – falei. – Se você não quer ir comigo, então eu fico aqui. Tem o alarme.

– Ir com você aonde?

E esse era o problema essencial. Thorpe estava certo: não tínhamos plano nenhum.

– Já mandei umas dez mensagens para Callum – disse Bu. – Precisamos dele aqui. Se ele ficar com você, posso ir procurar Stephen.

Callum tinha ido embora do hospital bastante abalado, assim que percebeu o que eu faria. Era mais um elemento terrível numa série de eventos terríveis por si só. Eu o esquecera naquela confusão toda. Mas Bu era apaixonada por ele. Nunca tinha acontecido nada entre os dois, pelo que sabia. Talvez nem Callum soubesse dos sentimentos dela.

Era engraçado – durante todos aqueles momentos importantes da minha vida, eles estiveram do meu lado, mas eu conhecia muito pouco dos três. Eu sabia que Bu tinha família em Bombaim, mas que nascera em Londres. Morava com os pais. Já tinha terminado o colégio, e eles sabiam que ela trabalhava, embora não exatamente com o quê. Tinha a visão desde que sofrera um acidente de carro, quando Jo salvou sua vida. Bu tinha uma postura positiva em relação aos fantasmas. Quanto a Callum, eu sabia que ele era de Kingston, Jamaica, e que estava treinando para ser jogador de futebol profissional quando aconteceu o incidente que lhe deu a visão. Foi um fantasma que provocou o acidente, que envolveu um fio elétrico desencapado em alguma poça grande. Callum sempre odiou fantasmas. Estava no esquadrão para destruí-los.

E era por isso que aquilo seria tão difícil. Eu havia transformado Stephen justamente no tipo de criatura que Callum mais desprezava.

O celular de Bu vibrou. Ela estava agarrando o aparelho o tempo inteiro.

– É o Callum – disse ela, lendo a mensagem. – Finalmente. Thorpe deve ter conseguido falar com ele. Está vindo para cá. Acho que vou recebê-lo lá fora, tá?

– Entendo.

Quando Bu saiu, fiquei sentada ali no piso gelado, sob a luz ligeiramente esverdeada, rodeada por sacolas cheias de material de Stephen. A caixa que eu encontrara no armário dele aguardava nos degraus. Fosse qualquer outro dia, eu já teria atacado aquela caixa com uma vontade voraz, mas naquele momento ela apenas esperava ali como uma espécie de ameaça silenciosa.

Eu me agachei junto à caixa e comecei a abri-la. Aquilo era errado: num momento, estar descobrindo a vida dele em minúsculas colheradas, e de uma hora para outra ter acesso total só porque ele não podia fazer nada para impedir. Os mortos não tinham direito à privacidade. Tudo que era mais precioso e íntimo para Stephen estava ali fora para que qualquer um olhasse e vasculhasse.

A caixa estava lotada. No alto havia alguns cadernos marcados com etiquetas: *Latim, Clássicos, História (Inglaterra pré-1600)*. Coisas da época de Eton. Esses eu só folheei, para observar a letra dele, ver que tipo de coisa ele tinha aprendido. A maioria era de anotações de conteúdo, todas densas e sérias, como eu imaginava que fossem as matérias nas faculdades. Embaixo dos cadernos havia partes do uniforme de Eton, pelo que deduzi: uma gravata, um colete com botões prateados. Alguns livros: seis romances e uma coletânea de poemas de Shakespeare. Um bilhete de trem laranja de seis anos antes. E, quase no fundo da caixa, duas fotos. Uma delas era de um cachorro com pelo encaracolado e vermelho; a segunda, de Stephen. Havia uma garota ao lado, com o braço sobre os ombros dele. Os dois estavam ajoelhados na areia, ele ligeiramente agachado para ficar da mesma altura que ela.

A irmã de Stephen. Alguma coisa nos olhos dela não deixava dúvidas disso, e os dois tinham o mesmo cabelo escuro. Ela era menor, mas com um sorriso bem mais largo, mais vibrante. Estava de biquíni e cheia de pulseiras no braço, a cabeça inclinada, tocando a dele. Stephen era nitidamente mais jovem na foto: o rosto mais liso e mais magro. Os olhos e a sobrancelha já tinham aquela carga de preocupação, como se algum problema estivesse para acontecer no futuro imediato, mas ele também sorria. Eu raramente o vira sorrir.

Uma foto de dois mortos.

Não sei quanto tempo fiquei ali sentada com a foto na mão, olhando como se, por mágica, eu pudesse me transportar para aquele mundo, cruzar aquelas fronteiras e ir parar numa praia do passado. Os sentimentos não paravam de jorrar sobre mim em ondas confusas: inveja da irmã dele, por tê-lo feito tão feliz; felicidade por ter encontrado aquela foto; depois, vertigem, e depois uma histeria aguda, e depois...

Só choro. Um choro carregado, sufocado e desesperançoso, sem nada além daquele som pesado. Chorei até meu corpo secar por dentro e não sobrar mais nada, deixando-me arquejando em vão. Quando terminei, continuava sentada ali na sala vazia, com a foto na mão. Pousei-a com cuidado e me levantei. Recuei meio cambaleante, os olhos ainda borrados, em direção à cozinha. Ali havia persianas, em vez de cortinas, e estavam fechadas. Pequenas linhas de luz atravessavam as lâminas e iluminavam parcialmente a pia. Enfiei a cabeça debaixo da bica e abri a água direto na boca, até começar a engasgar e tossir. Então, me recostei no balcão e esperei passar. Agora que eu tinha botado tudo para fora, meus pensamentos estavam um pouco mais claros. Abaixei duas lâminas da persiana e olhei para fora, para uma vista que consistia inteiramente de escuridão, embora fosse uma escuridão delimitada pelo que parecia ser alguns muros de jardim de tijolinhos, muito altos.

Ouvi a porta da casa se abrir e Bu me chamar. Joguei água no rosto, que sequei no casaco, e voltei à sala. Bu estava ali, com ar cansado. Atrás dela, Callum, com as mãos nos bolsos do casaco.

– Oi – falei.

Callum não disse nada. E um Callum quieto era uma visão intimidadora. Por mais que eu deteste essa expressão, o cara tinha "bastante corpo" – um corpo forte do tipo que poetas imaginam e que as pessoas comuns poderiam até chamar de "corpo de praia". E, quando digo que era intimidador, não é que eu tivesse medo de ele me machucar, pois Callum jamais faria isso. É que a dor e a raiva pelo que tinha acontecido eram evidentes. Ele era uma massa de energia potencial.

Bu deu um tapinha no braço dele.

– Olha, precisamos ficar juntos, tá? – disse ela. – Temos trabalho a fazer. E somos uma equipe. Precisamos nos manter unidos. Conversar.

Nada. Ele bem poderia ser uma estátua.

– Muito bem – continuou Bu, continuando bravamente –, precisamos traçar um plano. Juntos. Nós três.

– Um plano para quê? – perguntou Callum.

– Para encontrá-lo – respondeu Bu.

– Não diga isso.

– Callum... – comecei.

– Eu não vim aqui para isso.

– Callum...

— Ele não é...

— Ele é, sim — retruquei.

A grande estátua que era Callum inclinou a cabeça na minha direção.

— Eu sei o que vi — disse ele, e havia algo de terrível e cru em sua voz. — Eu vi meu melhor amigo *morrer*.

— Callum... — tentou Bu de novo.

— Eu fui dar uma andada por aí, ok? Passei o dia inteiro andando. Andei sem parar, porque achei que fosse surtar se parasse. Eu sei o que vi. Ele morreu.

— Você sabe que isso não significa nada — retrucou Bu. — Esqueceu o que a gente *faz*?

— Significa *tudo*. Morto é morto. Se você realmente o trouxe de volta, então fez a pior coisa que poderia ter feito. Foi por sua culpa que ele sofreu aquele acidente. Você devia tê-lo deixado ir. Eu preciso acreditar que Stephen se foi. Ele era *meu amigo*. Você mal o conhecia.

— Chega! — exclamou Bu, erguendo a mão, apontando o dedo bem no rosto de Callum. — Vamos parar, tá? *Já deu.* Rory não matou Stephen. Ele mesmo dirigia aquele carro. Rory tomou uma atitude no hospital, e, se o que ela fez o trouxe de volta, então ele está de volta. Ele é ainda é Stephen e ainda é seu amigo. Ainda é um de nós, *nada* mudou. É *assim* que você vai tratá-lo? Como se ele fosse um monstro? Se você é realmente amigo dele, trate de se acalmar e nos ajudar a encontrá-lo, e comece agora mesmo. Do contrário, pode dar o fora.

Bu tremia enquanto dizia tudo isso. Callum se encolheu, os músculos retesados sob o tecido do casaco. Ele foi até a parede e voltou. O ar entre nós parecia se contrair.

— *Se* isso aconteceu, ok? — O sotaque londrino dele nunca me parecera tão brusco, tão estranho aos meus ouvidos. — *Se* isso aconteceu... se você fez isso com Stephen... então precisamos encontrá-lo. Mas se ele estivesse aqui, não teria vindo até nós?

— Aconteceu — falei.

— Você não ficou para ver o que houve depois – acrescentou Bu. – As luzes do hospital se apagaram. A janela do quarto se estilhaçou.

Isso não pareceu ajudar muito em me redimir para Callum.

— Mas ele não estava lá.

— Não é sempre assim que funciona – disse Bu.

— Normalmente os encontramos onde morreram.

— *Normalmente* – disse Bu. – Mas isso não é um caso normal. Estávamos pensando nos lugares em que ele morou. Fomos ao apartamento.

— Eu também fui – disse Callum. – Nos dois.

Então Callum também tinha procurado um pouco. Ele estava meio que do nosso lado.

— Então vamos tentar outros lugares em que Stephen tenha morado – falei. – Eton, por exemplo. E os pais dele, você sabe onde moram?

— Alguma cidade no condado de Kent.

— Deve ter alguma coisa por aqui – disse Bu, mexendo nas sacolas pelo chão. – Algum registro ou papel do colégio.

— Stephen não iria para a casa dos pais. Ele os odiava. Odiava Eton também.

— Pode não ter sido uma escolha – opinou Bu. – Temos que procurar. Ele ganhou a visão em Eton, não foi?

— Foi. Quando... – Mas Callum não terminou a frase.

— Ele me contou – falei. – Que tentou se matar. Por causa do que aconteceu com a irmã. Foi num hangar de barcos, não foi?

— É uma possibilidade – disse Bu, pegando o celular para pesquisar alguma coisa. – Eton fica do lado de Windsor. Se pegarmos o carro de Thorpe, podemos chegar lá em uma hora. Agora, precisamos descobrir o outro endereço.

Bu se enfiou entre as sacolas de papéis e ficou revirando as coisas por alguns minutos, até desistir.

— A gente pega com Thorpe – decidiu. – Vamos começar por Eton. Rory, tudo bem se você ficar aqui?

Então ela tinha mudado de ideia quanto a isso. Eu não queria atrapalhar os dois, mas também não queria ficar sozinha. Seria o fim do mundo.

– Podem ir – falei.

Callum se virou para a porta e saiu. Bu foi até mim, pôs as mãos nos meus ombros e me olhou no fundo dos olhos.

– Vamos resolver isso – disse ela. – Vai dar tudo certo, tá?

– Callum me odeia.

– Ele não odeia você, só está chateado, só isso. Vou falar com ele. Tudo vai se ajeitar.

Eu não sabia se Bu de fato acreditava que aquela situação tinha conserto ou se estava tentando convencer a si mesma disso.

Então ficamos só a caixa e eu de novo, e eu não ia voltar a mexer naquilo, então me encolhi no sofá e liguei a TV para ter um pouco de companhia. Precisava de barulho, luz, qualquer coisa que preenchesse o vácuo. Decidi aproveitar aquele tempo. Pensar sobre o problema. Onde estaria Stephen? Não em Eton, não na casa dos pais. Ambos os lugares me pareciam improváveis. Tinha que haver uma resposta.

Ou não havia resposta nenhuma. Essa era a outra possibilidade.

Fechei os olhos, como tinha feito no hospital, e tentei voltar ao Tio Bick Imaginário e à loja de pássaros. Eu podia enxergar a loja na minha mente, ouvir os pássaros piando e se bicando lá no alto, sentir as pequenas penas descendo lentamente no ar e pousando no meu rosto. Via o rosto barbudo do meu tio, ouvia seu forte sotaque sulista ao dizer meu nome, via a logo da Um Pássaro na Mão no boné que usava – mas dessa vez ele não tinha nenhuma lição de sabedoria para mim. Estava em silêncio, em paz, os pássaros voando ao redor. Enquanto eu me sentia adormecer, senti como se houvesse alguém se demorando nos corredores da loja, junto aos bonecos de alpiste e aos espelhinhos dos comedouros, e quis avisar meu tio Bick, mas ele apenas balançou a cabeça e disse: "Está dormindo."

Logo eu estava também.

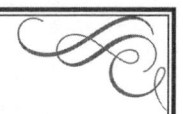

6

Acordei com Thorpe sentado de frente para mim, em roupas diferentes. Eu me sentei de um solavanco.

– Que horas são? – perguntei.
– Pouco depois das nove.
– Nove?
– Da manhã.

As cortinas continuavam fechadas, então a casa estava às escuras.

– Eu dormi? – falei, esfregando a cabeça.
– Choque. É o que acontece. Bu e Callum foram a Eton ontem à noite, e nada. Estão indo a Kent agora, à casa da família de Stephen.
– Acho que não vai dar em nada por lá.
– E por que pensa isso?
– Não sei.
– Normalmente – disse ele, levantando-se –, eu não conseguiria trabalhar a partir disso, mas este não é um caso normal, certo?

Thorpe piscou repetidas vezes, e me perguntei se ele tinha dormido. Era bem capaz de ter passado a noite inteira naquela poltrona, olhando para mim. Havia um copo de café gigantesco no chão e outro na mão dele.

– Quanto café – comentei.
– Também preciso sair – disse, me ignorando. – Tenho uma coisa a resolver. Mas eu não queria ir embora antes de falar com você. Está segura aqui. Bu a deixou sozinha ontem, o que foi contra minhas instruções, mas desde que o alarme esteja ligado e você não...

Ele começou a vestir o casaco. Não, Thorpe não dormira nadinha. Eu não estava acreditando. Seria deixada de novo naquela casa vazia idiota enquanto Stephen e Charlotte estavam por aí em algum lugar. Se bem que, assim como na noite anterior, eu ainda não tinha um plano.

– Eu devia estar fazendo alguma coisa – falei.
– Você devia era ficar aqui, pelo menos até eu prender Jane e os cúmplices dela. Ative o alarme depois que eu sair. Bu e Callum devem estar de volta em algumas horas.
– Mas...
– Tenho que resolver a questão do corpo.

Ele não foi grosseiro ao dizer isso, só direto. O corpo. Naquela impossível nova realidade, Stephen era "o corpo". O que me fez pensar algo que já deveria ter me ocorrido antes. Quer dizer, no fundo eu já sabia, mas é bem diferente saber alguma coisa no fundo da mente e saber na frente da mente, onde você vê como aquilo é relevante para sua vida prática. O corpo, agora separado de Stephen, era o mesmo que eu vira de forma mais completa dois dias antes, o que eu tocara em algumas partes. E agora, justo quando as coisas estavam ficando boas, aquele corpo se fora. Mesmo que Stephen realmente voltasse para nós, eu nunca mais poderia tocá-lo. Eu era uma ameaça real para ele.

Olhei para minhas mãos, como se fosse culpa delas.

– Volto assim que der – disse Thorpe. – Você *pode* fazer alguma coisa, pode dar uma olhada nessas bolsas. Deve ter alguma coisa útil aqui.

Esse era o jeito de Thorpe me dar uma colher de chá. Aquelas sacolas continham anotações, documentos relacionados às atividades do esquadrão – um material que provavelmente pouquíssimas pessoas algum dia teriam permissão para ver.

– Faça um pouco de chá para você – acrescentou ele. – Trouxe algumas frutas e cereais. Coma.

– Aham.

– É sério. Ninguém funciona direito sem comida. Se quer ser útil, coma, e depois dê uma olhada nos documentos.

Quando ele foi embora, fiz como mandou: preparei chá e comi um pouco de flocos de milho sabor mel, direto da caixa. Na sala, abri as cortinas para deixar entrar um pouco de luz. Ninguém ia me ver ali sentada no chão, e eu não ia conseguir ler tantos papéis sob a luz desconfortável daquelas lâmpadas baratas.

Além do mais, estava cansada de ficar no escuro.

Havia nove bolsas no total, todas lotadas de papéis, pastas e cadernos. Aquilo era mais urgente que a caixa, pois tratavam-se dos registros profissionais de Stephen. Em algum lugar ali podia haver uma resposta. À luz do dia, com chá no estômago e alguma coisa para fazer, comecei a me sentir quase normal.

A primeira sacola se revelou inútil. Um monte de material da polícia, um monte de formulários que Stephen tentara implementar para colocar alguma ordem no trabalho. Bu e Callum tinham zombado dele por isso, e agora eu entendia por quê. Nada era mencionado claramente nos formulários. Não havia caixinhas de marcação ("Assinale quantos fantasmas você eliminou hoje"). Havia espaços para escrever endereço, horário, alguns códigos, mas tudo que os papéis informavam era se um fantasma havia sido encontrado e se um T fora usado. T, como logo deduzi, referia-se ao *terminal*. Bu raramente tinha marcado um T; Callum, quase sempre. Stephen ficava no meio-termo. Junto com os formulários havia o guia *Londres de A a Z*, um livrinho de mapas vendido em todo canto da cidade, que mostra Londres inteira em detalhes, e tem um índice no final, em que você procura qualquer nome de rua e vai direto à página certa. Stephen tinha marcado o índice com vários pontos e dezenas de Post-its.

12 de dezembro
   Chamado à Tower Hill após queda de luz inexplicável.
   Sujeito (mulher, data desconhecida) visto caminhando
   nos trilhos. Chamada à plataforma. Sujeito caíra na
   frente do trem. T, 18h45.

16 de dezembro
   Sujeito no Dead Man's Hole, mulher, recente (últimos dez
   anos). Mantida. Possível contato.

18 de dezembro
   Família de seis (data desconhecida, possivelmente fim do
   século XX ou início do XXI), pai e mãe, três crianças, um
   bebê. Encontrados na Catharine Wheel Alley. Quando
   questionados, alegaram ter havido incêndio à noite. T,
   todos, 20h35.

28 de dezembro
   Sujeito (homem, data desconhecida) avistado no
   Embankment. Sujeito havia pulado no rio. Parecia
   consciente do tempo passado. T, 22h.

Não havia anotações desse tipo em todas as páginas (Londres é imensa), mas havia um monte delas. Umas cem, duzentas. Tive a impressão de que era uma tentativa de, a partir das informações dos registros, montar um mapa dos fantasmas de Londres: quem eram, o que costumavam fazer.

Passei para a sacola seguinte. Estava cheia de folhas soltas, e a maioria parecia chata ou irrelevante. Eram detalhes de treinamento policial em Hendon: guias de procedimentos, formulários a preencher, listas de uniformes, padrões e condutas. Havia cópias de formulários assinados, relativos à conclusão de diversos módulos de treinamento: direção defensiva, processamento de evidências, quais formulários preencher. Uma infinidade de orientações sobre formulários. Havia cópias de vários materiais que pareciam trabalhos acadêmicos sobre magia, mitologia e rituais afins. Passei o olho rapidamente, e logo os deixei numa pilha separada.

No fundo de uma das sacolas havia um caderno de capa dura com fechamento de elástico. Abri. Dentro, fui recebida por algo que parecia totalmente sem sentido:

LXXIKTZIHVHZ
NCXWTUGVGTA
QXQDYPWNY

Eram páginas e páginas disso, geralmente em blocos de duas ou três linhas. Folheei o caderno inteiro, mas não havia mais nada escrito. Fiquei olhando para aquilo por um tempo. Sem dúvida, ali estava algo que se destacava do restante do material. Deixei separado. Precisaria de um olhar mais demorado.

Continuei minha triagem rápida das sacolas, tentando ter uma noção do que havia ali. O que encontrei nas duas seguintes foram mais relatórios policiais e formulários. Os formulários simplesmente se *multiplicavam*. Quase entrei em transe folheando aquela quantidade infinita, e estava para deixar a sacola de lado quando um papel captou meu olhar. Era mais grosso, de qualidade melhor. No canto, um selo em alto-relevo de algum órgão oficial, em que se lia **MINISTÉRIO DE SEGURANÇA PÚBLICA – SIGILOSO**. E ali estava: todo o passado de Stephen em uma página.

REGISTRO DE ADMISSÃO

Sobrenome: Dene
Nome: Stephen Dorian
Naturalidade: Canterbury, Kent
Filiação: Edward Dene e Diana Dene (banqueiro/ cerimonialista de casamentos)

Irmãos: Regina Claudette Dene (falecida aos 17 anos, overdose de narcóticos acidental)
Escolaridade: Winchester House School, Brackley, Northamptonshire
Eton College
Honras: Monitor, Casa Godolphin, Aluno destaque residente fora do campus, Sixty Form Select, Top 10 alunos de Eton
Esporte: Remo
Aprovado para a Trinity College, Cambridge, departamento de Ciências Naturais (Química) [não frequentou]
Idiomas: francês, latim, italiano intermediário
Recrutado: via hospital
Notas sobre a primeira entrevista: Demonstra nível superior de inteligência e competência. Aparenta não ter muitos interesses externos além da prática de esportes. Aparenta não ter amplo círculo social. Fala sobre Eton e os pais com afeto indiferente. Quando questionado sobre a irmã, limita-se ao fato de seu falecimento.
Recomendação: Um candidato nato, dada a inteligência excepcional e o histórico acadêmico exemplar. Recomendado para o estágio dois em Hendon imediatamente após liberação.

Havia um adendo no fim da página:

Instrutores de Hendon observaram alta competência e grandes progressos. Relatam, no entanto, que, em simulações padrão de avaliação de risco, Dene falha em notar ou mesmo desconsidera determinados perigos. Aparenta certo descaso com a própria segurança pessoal. Recomendado para o estágio três apesar das reservas. Prosseguir com acompanhamento.

Isso me mostrou uma coisa: eles sabiam. Sabiam que Stephen era exatamente o tipo de pessoa que se colocaria na linha de fogo. Só comigo ele tinha feito isso *duas vezes*, sendo a segunda a que realmente contava.

Algum superior de Stephen sabia dessa tendência dele e mesmo assim não intervira.

Foi aí que a raiva começou. Foi como um trovão me atingindo – como uma grande tempestade de verão do sul-americano, arrasando tudo pela frente, rasgando o céu. Thorpe e sei lá quem mais trabalhasse com Thorpe tinham deixado aquilo acontecer. Thorpe, o mesmo que naquele momento estava, muito casualmente, "resolvendo" a questão do *corpo*.

As lágrimas da noite anterior se converteram em corrente elétrica naquela manhã. Resolvi sair daquela casa. Procurar pela cidade inteira. Botar Londres abaixo, se fosse preciso.

Mas eu *ainda* não tinha um plano.

Fiquei de pé, com as mãos na cintura, o coração acelerado, olhando para as pilhas de papéis que eu tinha formado pela sala. Peguei o livro de mapas de Londres e procurei o bairro de Highgate, que era onde eu pensava que estava naquele momento. Havia algumas anotações na página, mas uma delas me chamou a atenção:

4 de abril
Encontrado no Cemitério de Highgate/árvore, sujeito
"Ressurreicionista". Meados do século XIX. Claramente
bem informado. Mantido. Possível contato.

Um possível informante, perto de onde eu estava. Ressurreicionista era um nome estranho, mas soava promissor. Isso bastava para mim.

7

CONVENIENTEMENTE, HAVIA POUCAS CHANCES DE eu não encontrar o Cemitério de Highgate. De acordo com o mapa, bastava seguir por uma rua chamada Swain's Lane e eu ia dar direto no lugar. A rua era muito silenciosa, e a contagem de árvores subia consideravelmente à medida que eu avançava. À minha direita corria um muro baixo com grade preta de *spikes* no alto, pela qual dava para ver perfeitamente as lápides. Ao fim da rua, me deparei com uma entrada que parecia a fachada de uma igreja gótica. Custava algumas libras para entrar, e ainda paguei um pouquinho mais pelo mapa. Na base do mapa, um aviso explicava que o cemitério era imenso e com o terreno instável em determinados pontos, portanto algumas áreas eram fechadas ao público. Quando entrei, entendi na mesma hora.

Era um lugar selvagem, tão instável... Um mar de lápides, raramente duas parecidas. Havia as clássicas, lisas, as primeiras que a gente imagina ao retratar um cemitério. Além dessas, viam-se cruzes celtas, cruzes simples, colunas, urnas funerárias, esculturas de figuras humanas. Tudo muito aglomerado, quase sem espaço entre si. Diversas lápides tinham se elevado da terra ou afundado com o tempo, e a maioria estava torta. Em grande parte das menores, as trepadeiras tinham se amontoado em cima delas como bizarras perucas mal colocadas. Havia árvores por toda parte, brotando de aglomerados de covas, todas despidas de folhas. Em algumas, as raízes serpenteavam da terra e enlaçavam os monumentos, abraçando-os com longas e grossas gavinhas. O cenário todo me lembrou um programa que vi uma vez sobre como seria o mundo se os seres humanos parassem de cuidar do ambiente que nos cerca, se não houvesse mais energia elétrica, se a água acabasse e ninguém tentasse fazer a manutenção do que existe. Em teoria, não demoraria nadinha para que as plantas dominassem o mundo, arrancando tudo que estivesse em seu caminho e basicamente promovendo uma aguardadíssima vingança horticultural.

Não seria fácil encontrar a tal "árvore" por ali.

Os caminhos variavam entre ruas pavimentadas e bem-cuidadas a trilhas em meio à vegetação rasteira, mas já reduzidas a uma terra batida de tanto serem percorridas pelos visitantes. Alguns dos pássaros londrinos mais resistentes trinavam nas árvores e o vento soprava forte entre os galhos. O bairro de Highgate, como logo se percebia, tinha recebido esse nome por ser muito alto. De certos pontos, dava para ver Londres lá embaixo.

Havia poucas pessoas visitando o local além de mim – turistas passando frio e um tanto quanto sofridos carregando guias de viagem de um punhado de línguas diferentes. Todos pareciam se perguntar por que tinham inventado de ir a um cemitério em pleno inverno inglês, quando mesmo o melhor dia é um tanto sombrio e chuvoso. Diligentemente, tiravam fotos das lápides mais interessantes. Ergui o capuz do casaco e passei por eles com a cabeça virada. Não que aquelas pessoas tivessem noção de quem eu era, mas Thorpe me instruíra a fazer isso e eu me sentia inquieta. O céu ameaçava desabar a qualquer momento. Um chuviscar invisível já atingia meu rosto, e, sem luvas, minhas mãos estavam ficando dormentes nos bolsos.

A única coisa que eu não via eram fantasmas.

Árvore. Sério, Stephen. O cara era obcecado por precisão e detalhes, mas só dava essa informação. Árvore.

Cheguei ao que o mapa chamava de Avenida Egípcia, uma área a partir de um amplo arco todo esculpido que não ficaria deslocado numa réplica do Antigo Egito em Las Vegas. Não parecia antigo nem egípcio, mas cenográfico. Vinhas cobriam as paredes dos dois lados, que terminavam num par idêntico de obeliscos que lembravam mais os suportes que minha prima Diane usava para sustentar seus livros sobre auras na estante. O arco levava a um caminho ladeado por uma série de portais de pedra, todos muito colados. Um belo e aconchegante bairro para os mortos convertido em atração turística.

Então, ao sair da Avenida Egípcia, entendi o que Stephen devia ter em mente ao fazer aquela anotação. Havia uma árvore, mas não uma árvore qualquer: um pinheiro gigantesco, consideravelmente maior que qualquer outra árvore em volta. Ficava no centro de um círculo de tumbas que claramente haviam sido construídas em função dela, marcadas no mapa como o Círculo do Líbano. Ali, os portais de pedra eram separados por apenas uns trinta centímetros – uma coleção de elegantes entradas para as salas dos mortos. Havia inscrições no lintel e nas portas grossas – às vezes uma linha ou duas, às vezes longas arengas. Era tudo apertado e extremamente silencioso, talvez o espaço aberto mais silencioso em que já estive em Londres. Dei uma volta no círculo, depois outra. Não havia ninguém por ali.

– Olá? – chamei.

Nada. Tentei de novo:

– Estou procurando o Ressurreicionista.

As pedras não tinham uma resposta para mim. A árvore se manteve quieta.

Continuei andando, até chegar a uma série de tumbas numa longa passagem coberta em curva que o mapa dizia ser o Terraço. Tudo aquilo – o Terraço, a Avenida Egípcia, o Círculo – fazia parte de uma área cara. Cubículos particulares para os mortos mais ricos que a Londres vitoriana tinha a oferecer (segundo me informou o comentário na lateral do mapa). Segui andando, aproveitando da melhor forma possível o dia, que já se encerrava. Vaguei por caminhos e mais caminhos, por uma estátua de anjo dormindo sobre uma tumba e por um monumento guardado pela escultura de um cão leal repousando junto a seu mestre. Esta me fez parar e até me emocionou um pouco.

– Esse daí é o velho Tom Sayers – disse alguém atrás de mim.

Eu me virei e vi um homem recostado numa árvore.

– Herói do povo – continuou ele. – Um guerreiro, ah se era. Vi ele lutar uma vez. Coisa bonita de se ver. E aquele é o cachorro dele, Lion. Foi o que mais sofreu com a morte do Tom. Uma boa metade do leste de Londres deu as caras no funeral.

Em um segundo vi o que ele era: o aspecto cinzento, a aparência geral de alguém deslocado no tempo. Em outras eras – e com isso me refiro a praticamente qualquer época passada –, as pessoas não envelheciam como nós. Elas sofriam com um monte de ziquiziras. Todos os vasos capilares no rosto do homem pareciam estourados; o pescoço tinha um inchaço roxo na lateral; alguma coisa tinha crescido no rosto dele, e podia ter sido tanto uma barba quanto um tipo de cogumelo. As roupas que o homem usava eram todas marrons: calça larga com rasgos no joelho, presa com um cinto grosso, e uma camisa que talvez não fosse originalmente parda, com manchas de suor semelhantes a nuvens nas axilas. Usava um chapéu marrom pesado e mole. Era até que simpático e tinha um sorriso amistoso, exibindo uma boca cheia de dentes podres.

– Você me chamou de Ressurreicionista? Por que isso, hã?

– É você? – perguntei.

– Ah, sou eu, mas esse é um nome das antigas. Sou o Velho Jim. Todo mundo me chama de Jim. Por que uma moça jovem como você está procurando o Velho Jim?

O tal Velho Jim, como ele se apresentou, era de idade indeterminada.

– Você conheceu um amigo meu – comecei. – Alto, provavelmente de uniforme policial. Eu preciso de... informação?

– Aquilo soou ridículo quando falei em voz alta, tanto que Jim soltou uma risada sonora e deu um tapa no monumento, achando graça.

– O que um pobre coitado como eu saberia dizer?

– Eu preciso saber: quando uma pessoa vira fantasma, onde ela aparece? Como eu a encontro?

– Ah, isso... – Antes de continuar a frase, ele avançou devagar e com esforço, esfregando os lábios um no outro. – ... isso vai é depender de quem você está procurando.

Ele avançou na minha direção. Recuei.

– O Velho Jim não vai te fazer mal – disse ele.

– Não é isso. Eu é que não quero machucar *você*.

– Como é?

– Eu tenho... Eu posso fazer uma coisa. – Não era fácil explicar. Com a ponta do tênis, puxei umas folhas mortas e lamacentas, formando uma pilha junto dos meus pés. – Tem um negócio chamado terminal.

– Uma luz – disse ele.

– Você sabe o que é?

– Sei. Apareceu um rapaz aqui uma vez. Ele tinha um desses.

– Era o meu amigo! – falei, ansiosa. – É quem estou tentando encontrar.

– Então ele morreu. Ah, isso é triste. E você acha que ele... – Jim apontou para si mesmo.

– Como você – falei. – Sim. Mas não estou conseguindo encontrá-lo. Eu estava lá quando ele morreu, então sei que voltou, mas não sei onde.

– Ah – disse Jim, assentindo. – Estou entendendo o seu problema. E você está procurando ele.

– Isso.

– E esse negócio que ele tinha... o ter...?

– Terminal.

– Você tem um desses?

– Eu sou um.

Ele soltou um assovio entre os dentes cerrados.

— Uia... Isso sim é que é novidade. — Ele me olhou de cima a baixo, uma avaliação completa, da cabeça aos pés. Se fosse uma pessoa viva que fizesse aquilo, eu já teria pegado meu spray de pimenta, mas decidi dar um desconto. Nem ele nem eu éramos lá muito normais. — Pois bem! O Velho Jim vai te mostrar a área. Velho Jim é o cara. Não tem muitos da minha gente por aqui, mas é um bom lugar. O melhor de Londres. Talvez do mundo! Era o que diziam. Não tem lugar melhor desde os egípcios. Vem que eu te mostro.

— Eu não...

— Ah, você não pode vir a um lugar como esse e não dar uma volta com o Velho Jim.

— É que eu não tenho muito tempo — tentei dizer.

Ele ignorou meus protestos.

— Tem tempo. O Velho Jim pode explicar tudo pra você. O Velho Jim sabe como funciona. Pode contar com o Velho Jim aqui. Não tem muita coisa que o Velho Jim não tenha visto. Se quer encontrar seu amigo, o Velho Jim é a pessoa certa.

Taí um cara que fazia questão de que você gravasse o nome dele.

— Tudo bem — cedi. — Legal. Vamos lá. E você pode me dizer...

— Ah, minha jovem, você veio ao Velho Jim, e o Velho Jim nunca deixa uma jovem na mão. E conheci seu rapaz. Bom rapaz. Bom rapaz.

— Ele era.

— E como você soube sobre mim? Ele falava sobre o Velho Jim?

— Ele deixou algumas anotações — expliquei.

Ele assentiu de novo, como se fosse exatamente o que esperava ouvir.

— Muito bem. Deixa o Velho Jim te mostrar as coisas por aqui. Há muito para ver, muito mesmo.

Pelo visto, se eu quisesse alguma informação, teria que acompanhá-lo pelo tour. Então foi o que fiz, por quase uma hora. Ele não me levou a nenhum dos monumentos famosos nem aos destaques marcados no mapa, só sabia contar casos que tinha presenciado em funerais: brigas, gente caindo em covas etc. Contou sobre a Grande Caça aos Vampiros de 1970, quando algumas pessoas pensaram ter visto um vampiro correndo pelo terreno e saíram à caça da criatura com estacas. Jim parecia gostar bastante desse caso, porque não parava de enumerar tudo que tinham inventado para encontrar na tal caça. Fomos até o final do cemitério, onde sequer havia trilha. Eu me lembrei do aviso que lera no mapa, sobre as áreas de risco, mas Jim me garantiu que sabia exatamente onde era seguro andar. Concluindo que valia a pena correr o risco, decidi fazer o possível para ir sentindo o terreno e não cair num buraco. Tinha plena certeza de que era capaz disso. Tipo, eu cresci numa cidade de terrenos pantanosos. Meu bairro é areia movediça por todo lado. Nessa área eu me garantia. A cada oportunidade eu tentava fazê-lo voltar ao tópico que me interessava, mas Jim parecia não estar com a menor pressa. Ele claramente estava gostando de ter companhia e não ia responder às minhas perguntas até se dar por satisfeito em me mostrar tudo que queria.

Jim estava concentrado em me mostrar uma rocha em que havia crescido um pedacinho de raiz semelhante a determinada parte da anatomia masculina quando notei um movimento com minha visão periférica, atrás de uma tumba que era mais ou menos do tamanho de um banheiro.

– Você notou alguma coisa? – perguntei.

Jim ergueu o olhar e franziu o cenho.

– Ah, é. A fera anda aqui por essas bandas.

– *Fera?*

– Aham.

Considerando a disposição aparentemente incansável do Velho Jim de apontar qualquer coisinha capaz de despertar o mínimo de interesse, seria de se imaginar que uma tal "fera" já tivesse surgido na conversa àquela altura.

— Ela não vai fazer mal a você enquanto eu estiver aqui. Ela tem medo do Velho Jim. Mas faz coisas terríveis.

— Tipo o quê?

O fantasma balançou a cabeça, dando a entender que era melhor não relatar as tais coisas terríveis.

— Ali — disse ele, apontando. — Ali atrás.

De fato, havia algum bicho atrás da tumba.

— Ô, vem cá! — gritou o Velho Jim. — Aparece!

A criatura avançou um pouco.

O que me chamou atenção de primeira foi a imundície. Foi o que me confundiu a princípio. Era tanta sujeira que mal dava para identificar traços naquele corpo, mas, depois dessa impressão inicial, distingui muitos, mas muitos traços. Um montão de olhos, a maioria injetados. Mais alguns pares de ombros acima do primeiro. E pernas — contei cinco, mas podia haver mais do outro lado. E braços — sete. No lugar da cabeça, apenas crânios fundidos, formando um domo encaroçado, com pelinhos aqui, pelinhos ali. Pelinhos por toda parte. Uma coisa marrom com textura que lembrava tecido entrava e saía do emaranhado.

Para minha repulsa, aquilo me lembrou uma guloseima típica do Natal lá na minha cidade, que chamamos de "chocolouco". É só jogar um monte de troço numa tigela: marshmallow, amendoim, pretzels picadinhos, M&Ms esmagados. Não tem mistério na produção do chocolouco, basta misturar esse monte de coisas gostosas com chocolate derretido e ir derramando pequenas quantidades da massa numa travessa. Eu geralmente fico muito absorta nessa parte, vendo os fragmentos de M&M caírem lado a lado, ou tentando jogar marshmallow nos dois lados da bolinha de massa. E era isso o que aquela coisa parecia. Um olho aqui, outro ali. Um braço lá no alto, outro lá embaixo. Não tinha forma de gente, era só uma maçaroca de membros e elementos humanos unidos aleatoriamente.

— Que criatura é essa? — perguntei.

– Sei lá – disse o Velho Jim, com um tom de aversão. – Apareceu aqui numa noite qualquer, vindo do *leste*.

No caso, ele se referia ao leste do cemitério, pelo visto uma área que considerava repugnante.

– É uma ameaça, essa coisa. Esse lugar é uma joia. Joia da coroa, dizem. E uma criatura dessas, solta por aí...

Ele balançou a cabeça mais um pouco, e continuei a observar aquela criatura nojenta espreitando em volta. Eu não sabia como me sentir. Assustada? Provavelmente. Estava um pouco assustada mesmo. Mas era mais nojo que medo. Não conseguia tirar os olhos daquilo.

– Aliás – continuou Jim. – Um minutinho, aqui. Se você é um... como você chamou?

– Um terminal.

– Se você é um negócio desses, talvez possa resolver essa situação.

Eu podia? Não fazia ideia. Aquilo era *algum* tipo de fantasma, sem dúvida. Eram vários espíritos de algum tipo, que tinham se fundido num só grande e terrível fantasma.

– Não sei – falei.

– Mas pode tentar? O Velho Jim ficaria grato. Ora, o Velho Jim seria seu amigo, e ele é um bom amigo. Tanta coisa que o Velho Jim podia te contar. Não tem muita coisa que ele não tenha visto. Faça isso pelo Velho Jim.

– Poderia me contar, por exemplo, onde as pessoas aparecem depois que morrem?

– O Velho Jim sabe todo tipo de coisa.

Ele esboçou um sorriso. Alguma coisa naquele sorriso me causou certo incômodo, mas eu não estava ali para fazer amigos. Estava em busca de informação. Se pudesse obtê-la livrando o cemitério de uma ameaça, tanto melhor. Se é que eu era capaz disso.

Eu me aproximei um passo da maçaroca, bem devagarinho.

– Ei – chamei.

Uma boa forma de iniciar uma conversa. Tipo, como você se dirige a um aglomerado de braços e pernas multiolhos e sem rosto? Alguns dos olhos se viraram na minha direção e uma das mãos fez um movimento circular. Talvez ele estivesse acenando. Talvez estivesse fazendo tai chi chuan. Não ficou claro.

– Olha – falei –, não sei o que você é. Não sei se consegue entender o que eu digo.

A coisa deve ter pressentido algo ruim, porque começou a se afastar lentamente de mim. Algumas das pernas se moviam, mas não num movimento de caminhar reconhecível.

– Coisa horrorosa – disse Jim. – Livra ela desse martírio.

Alguma coisa no tom de voz dele me incomodou de novo, mas naquele momento estava concentrada na preocupação mais imediata de me ver cara a cara com a maçaroca.

– Meu nome é Rory.

A coisa tremeu.

– Eu sou americana. Você deve ter notado pelo meu sotaque. E eu estou com... frio. Está frio aqui, não acha? Que neblina é essa, meu Deus? De onde eu venho não tem tanta neblina assim. Mas às vezes... depois das tempestades... chove sapos. Sem brincadeira.

A coisa tremeu de novo, mas um tremor mais leve dessa vez.

– Sapos – repeti, avançando mais um passo. – Não é *sempre* que acontece, mas...

Eu estava mentindo para a maçaroca. Minha avó disse que viu chover sapo uma vez, mas eu nunca vi. Sem muito material para desenvolver a história da chuva de sapos, mudei de assunto.

– O que você acha do meu casaco? É meio grande para mim, não é? Eu nunca nem tive um casacão de inverno antes de vir morar aqui em Londres. De onde venho não é assim tão frio.

Quando eu estava bem próxima, a coisa então ficou mais nítida. Não era mais simplesmente feia: era um horror. Uma criatura horrível e desconjuntada, um remendo sujo. Todos os olhos, não importava para onde olhassem, tinham a íris nublada.

Eu me aproximei mais um pouquinho, e nesse ponto a coisa saiu correndo. Fomos atrás dela, alcançando-a novamente num outro ponto cheio de tumbas, monumentos e árvores. Era o meu momento. Levantei a mão para realizar o ato, mas senti que havia alguma coisa errada em tudo aquilo.

– Isso aí, garota! – exclamou Jim. – Dá um jeito nessa coisa.

Então me ocorreu qual era o problema com o tom de Jim: *avidez*. Seria uma coincidência que tivéssemos perambulado pelo cemitério por quarenta e cinco minutos, vendo praticamente nada, apenas para encontrar, por acaso, aquela criatura que ele claramente odiava e queria ver eliminada?

– O que exatamente ela fez? – perguntei.

– Coisas horríveis.

– O quê, por exemplo? – insisti.

– Olhe só pra essa coisa! Horrível.

– Vou precisar que seja um pouco mais específico.

– Olhe só pra ela! Uma coisa dessas...

Eu me virei para Jim. O sorriso dele era um pouco tenso.

– Você não consegue se lembrar de uma única coisa que a criatura fez – falei.

– Ela matou um homem!

Aquilo foi meio rápido demais, considerando que era a terceira vez que eu perguntava e só agora ele tinha uma resposta.

– Matou como? – perguntei.

– Matou o pobre de susto!

A conversa tinha chegado a um ponto em que eu claramente não estava mais caindo na dele e Jim estava se cansando de tentar. Ele desistiu do sorriso e se recostou numa lápide perto.

– Que importância tem o que a coisa fez? – disse Jim. – Isso aí é uma aberração.

– Tem importância porque estou prestes a matá-la.

– Não dá pra matar o que já tá morto.

– Eu posso – falei. – Ela não fez nada, não é? Até fugiu de mim. Por que você quer se livrar dela?

Jim coçou a barba.

– Eu quero a coisa fora daqui. Esse cemitério é meu.
– Como um cemitério pode ser seu? O que tem aqui para ser propriedade de alguém?
– É *meu* – repetiu ele, uma rispidez brotando na voz. – Essa era a minha terra.
A maçaroca se abaixou e recuou contra a cerca. Eu me aproximei de Jim, a mão estendida.
– Que tal você me contar mesmo assim? – falei. – Eu preciso saber onde os mortos aparecem quando voltam. Você me diz isso, e sua bunda de fantasma não vai ser chutada para a lua, o que me diz disso?
– Ah, meu bem – disse Jim, voltando a sorrir. – Meu bem, meu bem. Que vergonha machucar o Velho Jim quando ele sabe de tanta coisa.
– Não vou machucar o Velho Jim se ele me der a informação que eu quero.
– Ah, não vai, é? Não vai?
Lá atrás, a fera se embrenhou pelas árvores e pela leve neblina que começara a cair sobre o cemitério. Eu me virei por um segundo para ver – um segundo, juro – e, quando me virei de volta, Jim não estava mais ali na minha frente. Ouvi alguma coisa atrás de mim, na tumba. Um barulhinho de nada, como uma pedrinha atingindo a lápide. O portão da tumba estava aberto e não era grande. Dava para ver boa parte do interior, ali de onde eu estava. Havia apenas uma cripta de pedra, sustentando o caixão, e mais nada.
Quando me virei, uma pedrinha me atingiu na testa. Isso me aturdiu por um momento – mais a surpresa do que a dor física. Depois, uma segunda pedrinha, bem no meu olho fechado. E outra no meu braço. Entrei correndo na tumba para me proteger, me escondendo enquanto uma saraivada de pedras, algumas bem grandes agora, acertava o monumento.
– Você só pode estar de brincadeira – falei para mim mesma, justo quando uma pedra entrou pelo portão e se despedaçou contra a parede dos fundos.

Isso continuou por uns dois minutos, até, enfim, parar. Eu fui me esgueirar para olhar lá fora, para ver se podia sair, quando...
Bam.
O portão se fechou. Fui rápida, mas mesmo assim, quando o alcancei, já estava solidamente cerrado. Balancei as barras de ferro com toda a minha força, mas de nada adiantou. Jim, parado diante de mim, me observava com um sorriso.
– Ah, meu bem, meu bem – disse ele. – Veja só que belo pássaro eu capturei.
– Você está cometendo um grande erro. Quando eu sair daqui...
Jim se afastou, deixando minha ameaça pairando no ar. Tateei os bolsos em busca do celular que eu sabia que não estava ali, mas que não custava procurar. Gritei, mas o cemitério era enorme e o vento soprava forte, derrubando meus gritos no chão. Não havia ninguém por perto. Eu estava trancada dentro de uma tumba, totalmente sozinha. Voltei à posição segura no lado interno da entrada, desci escorregando pela parede até o chão e apoiei a cabeça nos joelhos. Uma grossa camada de folhas revestia o chão, algumas molhadas, algumas secas. Mesmo assim, minha bunda estava congelando.
Que ideia mais estúpida, a minha.
Ou talvez todas as minhas ideias fossem estúpidas.
Mas alguém ia me encontrar. Tipo, eu não ia ficar ali para sempre. Em algum momento, alguém apareceria. Provavelmente algum segurança do lugar, que devia fazer uma ronda antes de fechar, lá pelas... Abri meu mapa úmido e dei uma olhada na seção de informações: às cinco horas. Não devia ser nem meio-dia ainda. Então, cinco horas até alguém (talvez) me encontrar.
Thorpe, Bu e Callum... eles também estariam me procurando, mas eu não tinha deixado nenhuma indicação de onde estaria.
Eu sairia dali, isso era certo. E não me perturbava muito o fato de estar dentro de uma tumba. Era uma construção resis-

tente, segura, que me abrigaria da chuva e do vento, e havia bastante luz entrando. Eu ia sair dali. Era só esperar; quando tivesse certeza de que a chuva de pedras tinha parado, retomaria meu projeto de gritar e examinaria a fechadura em busca de algum jeito de abri-la. Um bom plano. Estava concluindo esse pequeno papo motivacional comigo mesma quando ouvi alguma coisa lá fora, um barulhinho, um *trac*. Depois, um ruído que parecia de galho partindo.

– Olá? – chamei.

Nenhuma resposta.

Dei uma olhadinha lá fora, com cuidado. Ninguém. Devia ter sido um animal. Um rato, talvez.

Já não estava mais gostando de ficar ali. Eu me levantei, e, nisso, vi Jim ao portão de novo, a uma distância cautelosa.

– As pessoas vêm aqui, deixam todo tipo de coisa – disse ele. – Tooodo tipo. Muita coisa mesmo, ao longo dos anos. O Velho Jim pegou uma porção delas.

Ele ergueu um isqueiro de plástico.

– Os jovens adoram um fogo – continuou ele. – Coisa horrível, o fogo. Ah, eles vêm aqui e inventam de tacar fogo nas coisas.

Ele acendeu o isqueiro e levou a chama à ponta de um graveto.

– Já viu um pássaro queimar? Coisa triste, se eles caem no fogo. Ah, as asas queimando quando eles tentam voar... Coisa mais triste. Horrível.

Jim ficou observando a ponta do graveto acender. Então, o jogou pelo portão da tumba. Na mesma hora eu pisei no fogo, mas ele já estava acendendo outro. Eu me abaixei para desviar desse segundo, e foi cair sobre uma pilha de folhas úmidas, que começaram a arder lentamente. Apaguei esse também, enquanto vinha outro, e mais outro. As pequenas tochas vinham, eu pisava.

– Você consegue virar luz? – perguntou ele. – Só tem um jeito de saber.

Continuei correndo de lá para cá pela tumba, pisando em todo foco de fumaça que via. A maioria das folhas não pegava fogo por causa da umidade, mas a quantidade de folhas secas em cima foi suficiente para um princípio de incêndio. Eu agora estava pisando em pequenas chamas, não só fumaça, e o ar que circulava só fazia espalhar o fogo. Com os dois pés, pisava em cada centímetro do tapete de folhas, pulando dali para cá e de cá para lá, mas mesmo assim pequenos tufos serpenteantes de fumaça se erguiam aqui e ali, me fazendo correr para o outro lado e pular mais. O interior da tumba começava a cheirar forte a fumaça, que grudava em meu corpo e ardia meus olhos. Era como se eu estivesse num churrasco que saíra de controle – e tivesse me trancado sem querer dentro da churrasqueira.

Bum. Mais uma pedra entrou voando. Recuei.

– Qual é o seu *problema*? – gritei.

Nenhuma resposta. Comecei a gritar com vontade, usando cada pingo de energia que havia em mim. Eu pulava e gritava, mesmo muito tempo depois que todas as chamas já tinham se apagado.

– Está tudo bem! – gritou alguém.

Pelo som, parecia que a pessoa estava indo na minha direção. Olhei para fora e vi uma garota, mais ou menos da minha altura, com um cabelo cacheado todo desgrenhado e grandes olhos castanhos emoldurados por enormes óculos redondos de aro de tartaruga. Seu rosto tinha sardas esporádicas e a pele com aquele brilho duro de quem nunca conheceu maquiagem: um verniz corado e saudável, em que algumas manchas naturais se destacavam com orgulho. A garota usava um suéter largo de lã grossa e uma calça jeans que era o híbrido entre o estilo baggy de uma estudante de Artes e um antiquado jeans de mãe.

– Está tudo bem! – disse ela, num forte sotaque típico da elite inglesa. – Ah, nossa, isso é fumaça? Já vamos tirar você daí!

Havia uma segunda pessoa atrás da minha salvadora misteriosa, uma pessoa que eu conhecia bem.

Era Jerome.

ST. MARY'S HOSPITAL, OESTE DE LONDRES
10H30

Necrotérios hospitalares tendem a ser lugares silenciosos, por diversos motivos. Para começar, os pacientes não falam. Segundo, porque não são muitas as pessoas que têm permissão para entrar ali. Esses necrotérios costumam ficar numa parte remota do hospital, atrás de portas reforçadas e com sinalização deliberadamente vaga, para não perturbar pacientes e familiares, e para despistar curiosos. (Esse, especificamente, tinha uma pequena placa na porta que o identificava como "Sala de Conferências Subnível C".). São lugares sóbrios e dignos, e os pacientes levados até ali são liberados pela saída dos fundos, aos cuidados de um agente funerário ou de um médico-legista.

Naquela manhã, uma van executiva preta parou no estacionamento do necrotério, um pequeno nicho atrás do hospital. Um homem e uma mulher de terno preto simples saíram pelas portas da frente. Uma mulher de terno cinza igualmente sóbrio saiu pela porta traseira – o batom fúcsia dela era o único foco de vida em todo o grupo. Os dois da frente se dirigiram às portas de serviço e se apresentaram ao segurança, que os deixou entrar logo após checar suas credenciais. Os três seguiram pelo corredor, ao longo de sinistras filas de macas vazias.

— Eu trato das formalidades — disse a mulher do batom fúcsia. — Esperem aqui um momento.

Ela entrou no necrotério, antecedido por uma pequena recepção com uma mesa e um computador. O atendente, chamado Oren, comia uma barrinha de cereal e olhava um site distraidamente.

— Posso ajudar? — perguntou ele.

— Dra. Felicia Marigold — apresentou-se a mulher. — Vocês devem ter recebido uma ligação cerca de uma hora atrás, do Ministério de Segurança Pública.

— Ministério de Segurança... — repetiu Oren, deixando de lado a barrinha e esfregando as mãos para se livrar dos farelos. — Aham. Stephen Dene, certo?

— Correto.

— Estou com os papéis aqui — disse ele, pegando uma prancheta. — Só um minuto, vou chamar a dra. Rivers para assinar.

Marigold olhou o relógio na parede. Tinham lhe omitido informações o dia inteiro. Thorpe estava ganhando tempo; para quê, ela não sabia.

Dentro da sala de guarda de corpos, a patologista, dra. Rivers, olhava para a prancheta.

— Dene, Stephen — leu ela em voz alta. — Acidente de carro, trauma craniano, hematoma subdural. Aparelhos desligados. Liberado às nove e dez da manhã de ontem. Muito bem. Pode buscar. Unidade vinte e um.

Oren posicionou uma maca sob uma gaveta do necrotério e girou a maçaneta, abrindo o gabinete. O corpo ali dentro estava coberto por um lençol azul. Ele puxou a prateleira enquanto a dra. Rivers acompanhava e marcava itens nos papéis.

— Você por acaso vai buscar café daqui a pouco? — perguntou ela, passando casualmente as páginas presas na prancheta. — Estou doida por um *latte*.

Oren puxou o lençol, revelando o corpo. Ficou imóvel por um momento.

– Ei, doutora...

O tom de Oren fez a patologista erguer o olhar da prancheta. Ao ver o corpo do rapaz, exposto até o meio do torso, a doutora logo notou o problema. Ela voltou algumas páginas.

– Não pode ser esse – disse ela.

– É Stephen Dene – confirmou Oren. – Eu conferi a pulseira de identificação.

– Então alguém colocou a pulseira errada. Stephen Dene morreu ontem pela manhã.

Ela pegou uma luva descartável de um dispenser preso na parede, calçou-a e levantou com cuidado o braço do rapaz, dobrando-o no cotovelo, olhando a parte inferior do membro. Então, baixou o braço de volta, com cuidado, e empurrou ligeiramente o corpo inteiro para o lado, a fim de examinar as costas.

– Não apresenta lividez – constatou ela. – Não está nem muito pálido, para falar a verdade. Esse não pode ser Stephen Dene.

– Pois é. – Oren estava com os olhos arregalados. – Mas é ele. *Eu mesmo* o coloquei aqui. Ontem. Sempre me lembro dos mais jovens.

A dra. Rivers ergueu as pálpebras do rapaz e observou os olhos.

– E sem turvação da córnea. Tem alguma coisa errada aqui. Pegue a bandeja de materiais. Rápido. Preciso auscultar o coração.

Oren foi correndo buscar a bandeja, enquanto Rivers empurrava a maca com o corpo até o centro da sala.

– Pegue também alguns cobertores – disse ela, acima do rangido do carrinho que Oren já trazia do corredor. – Pelo amor de Deus, o que está acontecendo aqui?

Atrás deles, a porta foi aberta e a dra. Marigold entrou na sala.

– Você não pode entrar – alertou Oren, cruzando a sala correndo com uma pilha de lençóis nos braços.

– O que está havendo? – perguntou Marigold.

– Temos um problema – respondeu a patologista. – Preciso que saia.

– Eu sou médica – respondeu Marigold. – Me diga o que está acontecendo.

– O que está acontecendo é isso – disse Rivers, apontando para o corpo à sua frente. – Ele foi declarado morto e passou um dia inteiro na refrigeração, mas não apresenta nenhum indício de óbito. Veja você mesma.

Marigold pegou o queixo do rapaz e o girou para um lado e para o outro, depois se aproximou mais e examinou uma laceração no alto da testa, enquanto a patologista prendia eletrodos ao peito do rapaz e ligava o aparelho. A máquina exibiu apenas uma linha reta, acompanhada de um zunido surdo.

– Não faço a menor ideia do que está acontecendo – disse Rivers.

– Ele está morto, mas ao mesmo tempo não está. Precisamos transferi-lo lá para cima agora mesmo e aquecê-lo. Pode ser algum estado de narcolepsia profunda ou... Não faço ideia do que seja. Precisamos avisar o pessoal lá de cima.

– Não será necessário – disse a dra. Marigold, puxando o lençol de volta. – Eu resolvo a partir daqui.

– De jeito nenhum. Não vou liberar uma pessoa que pode não estar morta.

– Ele não tem batimento cardíaco.

– Pois diga isso *a ele* – retrucou a patologista. – O rapaz também não apresenta sinais clínicos de morte, portanto vai voltar lá para cima, e agora mesmo. Você precisa sair.

Marigold pegou o celular e enviou uma breve mensagem enquanto a patologista retirava os eletrodos. Um momento depois, a mulher e o homem de terno preto apareceram na sala.

– Vocês todos, fora daqui – ordenou Rivers. – Agora mesmo. Ou vou chamar a segurança.

– O paciente vai conosco – informou Marigold, calmamente. – Somos do Ministério de Segurança Pública. Estamos muitos níveis acima da segurança do hospital em termos de hierarquia. Eu assumo pessoalmente a responsabilidade pelo paciente.

– Não me importa o que...

Oren ficou de lado observando os dois anônimos de terno assumirem posição, um de cada lado da maca. Marigold abriu a bolsa que levava no ombro e pegou alguns papéis, que entregou a Rivers e a Oren, assim como uma caneta para cada um.

– O que é isso? – perguntou a patologista. – E saia do...

– É um termo padrão do Ato de Sigilo Oficial. Vou precisar que vocês assinem.

– Eu não vou assinar nada. Não vou liberar o corpo.

– Não preciso da sua permissão para levá-lo – disse Marigold. – Já falei que ele vai conosco. A segurança não vai nos deter. Quanto mais tempo vocês levarem para assinar, mais tempo o paciente ficará sem monitoramento e sem os cuidados devidos. O destino dele agora depende do tempo que vocês levarem para botar a caneta no papel.

Rivers encarou Marigold por alguns segundos.

– O que vocês fizeram com ele? – perguntou. – O que está acontecendo aqui?

– Nada que seja da sua alçada. Tampouco é algo perigoso. Você não foi exposta a nada contagioso e está perdendo um tempo precioso fazendo perguntas que não vou responder. Se você se importa minimamente com o bem-estar deste paciente, então assine logo.

A mulher e o homem de terno permaneceram de prontidão, um de cada lado da maca, mas algo na postura deles mudou. Havia, agora, a sugestão de que a situação teria o desfecho exato que Marigold previra e que estavam preparados para garantir isso.

Rivers olhou para Oren, que já estava recuando lentamente até a parede, agarrando o documento e a caneta.

– Eu não quero fazer parte disso – disse ele, pegando a caneta e rabiscando seu nome.

Marigold aceitou o documento assinado. Rivers então olhou para o corpo de Stephen Dene, agora coberto pelo lençol.

– Pelo bem dele – disse finalmente a patologista, e rapidamente assinou também, demonstrando repulsa em seu gesto.

Marigold pegou o segundo documento assinado e o guardou na bolsa. Seus dois assistentes empurraram a maca silenciosamente, levando o corpo embora pela porta.

– Então vocês entendem que tudo que aconteceu aqui hoje com este paciente passa a ser confidencial – disse Marigold. – Vocês não falarão sobre Dene nem relatarão nada do que viram. Se o fizerem, serão indiciados.

– Isso é uma palhaçada. Tem alguma coisa acontecendo com aquele rapaz.

– Indiciados – repetiu a dra. Marigold. – Até a mais vasta extensão da lei.

Com isso, ela se virou e seguiu pelo caminho de seus companheiros e a maca. Depois de um ou dois segundos, Rivers e Oren se entreolharam.

– Mas que raios foi isso? – disse Oren. – Eu não quero encrenca para o meu lado. Não posso ter problemas. Eu tenho uma filha!

Rivers voltou à antessala, afastou a barrinha de cereais abandonada e digitou alguma coisa no computador.

– Ele já foi eliminado dos registros – disse a patologista quando Oren se aproximou. – Já apagaram todos os dados relacionados a ele.

– Eu não quero encrenca para o meu lado – repetiu Oren. – Não posso ter problemas.

– Você não vai ter problema nenhum – disse a dra. Rivers, recostando-se na cadeira. – Você assinou, eu assinei. Não vamos falar nada sobre isso. Mesmo porque não tem o que falar.

– O que houve com aquele corpo? Aquilo não é normal. Era para ele estar...

– Não sei – disse Rivers. – Não faço a mais vaga ideia.

Ela observou a tela com os olhos perdidos por um momento, absorvendo tudo que acontecera nos últimos minutos. A porta da sala se abriu de novo, e um homem de cabelo totalmente branco entrou.

– Ministério de Segurança Pública – apresentou-se ele, erguendo a identificação. – Vim buscar um corpo. Vocês devem ter recebido uma ligação hoje de manhã. O nome do paciente é Stephen Dene...

A van preta já serpenteava em meio ao tráfego de Londres, afastando-se do hospital. Marigold olhou para Stephen Dene, deitado na maca. Abaixou-se e examinou o rosto dele de novo, pousando as costas da mão na face, depois na testa.

– Olha, eu sabia que você era teimoso, Dene – disse ela, baixinho –, mas não tanto assim.

Dois desaparecidos

Eu me encontro em meio ao rugido
de um litoral enfurecido,
E em minha mão seguro
Grãos de areia d'ouro puro –
Tão poucos! mas conseguem escapar
De meus dedos para o mar,
Assim me ponho a chorar – e chorar!
Oh! meu Deus! não posso impedir
Nenhum deles de fugir?
Ah! meu Deus! não posso salvar
Apenas *um* da fúria do mar?

– Edgar Allan Poe,
"Um sonho num sonho"

8

O QUE JEROME ESTAVA FAZENDO ALI EM HIGHGATE, eu não tinha ideia, mas ele e a garota estavam totalmente absorvidos na tarefa de fazer o portão abrir.

– Você está bem? – perguntou ele, inclinando o corpo para dentro pelo portão. – Isso é fumaça?

– Tipo isso – respondi. – Eu estou bem, só preciso sair daqui.

A fumaça estava se dispersando, mas continuava bem forte ali dentro, machucando minha garganta e meus olhos. Enfiei o rosto entre as barras do portão para respirar o ar fresco e frio lá de fora.

– Aguenta só um segundo – disse a garota, tirando a mochila das costas. – Eu tenho um negócio aqui.

Ela pegou uma espécie de tubo branco de uns trinta centímetros e bateu com ele na fechadura, arrancando a sujeira acumulada até o portão se abrir, me fazendo cair para trás.

– Bomba de ar para bicicleta – disse a garota, recuperando o fôlego e erguendo o objeto. – Sempre útil. Você está bem?

Dobrei o corpo sobre as pernas para recuperar o fôlego e assenti vigorosamente. Jerome estava ao meu lado e, sem me tocar, se inclinou na minha direção para me observar.

– Tudo bem? – perguntou ele.
– Aham.
Vi quando ele olhou para meu cabelo e depois para a tumba, que ainda exalava fumaça.
– Quem trancou você aí dentro? – perguntou ele.
– Foi... um acidente.
– Você se trancou sem querer numa tumba e botou fogo?
– Está tudo bem.
– Você não parece bem.
– Está tudo bem – repeti, me levantando e tentando sorrir.

A garota guardou a bombinha de volta na mochila, que colocou de volta nas costas. Então ela se aproximou e estendeu a mão.

– Você é a Rory! – exclamou.

Sem poder contradizer isso, apenas fiz que sim e apertei a mão dela. A garota tinha um aperto firme e sério, de tal modo que, ao final do cumprimento, senti como se tivesse firmado um acordo importante em nome do meu cliente.

– Eu sou Freddie – apresentou-se ela. – Freddie Sellars. Não é diminutivo de Fredericka, é meu nome mesmo. Mas seu nome é diminutivo de Aurora, não? Nome muito bonito. Aurora. A deusa romana do amanhecer. "Porém logo que principia o sol, que tudo alegra, a abrir no este longínquo o véu sombroso do tálamo da Aurora..."

Como me limitei a encará-la com a expressão vazia, a garota me forneceu a informação que faltava:

– *Romeu e Julieta*. Decorei muitos trechos de Shakespeare para as provas de seleção para faculdade, e agora eles ficam aparecendo na minha cabeça toda hora.

Enquanto ela falava, Jerome ficou ali parado, me encarando como se eu fosse um pássaro surgido das profundezas de uma tigela de cereal que ele estivesse comendo. Da última vez em que nos víramos, estávamos no pátio de Wexford e eu estava impulsivamente terminando com ele porque não aguentava mais ter que mentir tanto. Digamos que Jerome provavelmente tinha algumas perguntas a me fazer. Aquela garota sabia meu nome e parecia ser a única pessoa ali dando a mínima demonstração de que entendia a situação.

– Eu falei – disse Freddie a Jerome. – Eu bem que falei.

– Foi – disse Jerome, sem tirar os olhos de mim. – Mas...

– Como vocês me encontraram? – perguntei.

– Nós te ouvimos – respondeu Freddie.

Isso não era uma resposta de verdade, mas, para ser justa, minhas respostas também não tinham sido muito diretas. Éramos três pessoas num cemitério, sendo que nenhum de nós deveria estar ali, e ninguém queria ser o primeiro a apontar isso.

– Imagino que seja confuso para você – disse Freddie. – Creio que seja melhor eu explicar. Mas não aqui. Você precisa sair daí. É melhor a gente se sentar em algum lugar, talvez tomar um chá e...

– Aqui está ótimo – falei.

– Ah. Tem uma cafeteria e um pub logo depois da Swain's Lane, em Highgate Village. Conheço o lugar razoavelmente bem. É tranquilo no inverno... frequentado quase que só por turistas. Sem muita gente passando. Imagino que seja melhor evitar lugares muito cheios, e... Bem, é uma longa história, que talvez desça melhor com uma bebida. E está *chovendo*...

– Aqui está ótimo – repeti.

– Ah. Certo. Claro. Bem, viemos parar aqui por conta do caso do Estripador. Jerome e eu nos conhecemos pela internet, num fórum. E... bem, isso é meio constrangedor... Sabe, é que eu me interesso muito por esse caso. Acompanhei tudo muito de perto, identifiquei algumas pessoas que trabalharam na investigação e descobri onde encontrá-las. Então Jerome postou no fórum a notícia de que você tinha saído do colégio... foi antes de aparecer na BBC... e justo quando ele postou isso vi você, por acaso, entrando num prédio atrás da estação de Waterloo. Como eu estava com a minha bicicleta, aproveitei a oportunidade.

E Thorpe tão cheio de precauções! Encontrada por uma garota e sua bicicleta. Bom trabalho, MI5.

– Eu fiquei por perto um tempinho, e aí hoje vi você vindo para cá. Liguei para Jerome e contei a ele, mas depois que o encontrei, perdi você de vista. Quando ele chegou, fomos procurar em volta e a ouvimos, e foi assim que...

– Podemos ter um minuto em particular? – perguntou Jerome.

– Ah! Sim! Claro. Tudo bem. Que tal a gente se encontrar na entrada? Isso. Vou esperar vocês lá. E depois, quem sabe, a gente não sai dessa chuva e bate um papo?

Jerome se virou para Freddie, que ficou vermelha e saiu saltitando entre as tumbas, nos deixando a sós.

Eu nunca tinha ficado tão feliz em ver alguém. Quer dizer, quase. Jerome era familiar. Jerome representava a vida normal, representava uma vida em que Stephen não morrera e em que coisas estranhas ainda faziam certo sentido. Eu me peguei sentindo meu coração se aquecer, querendo me jogar nele e abraçá-lo, absorver tudo que havia de normal em Jerome. Só queria que tudo parasse de ser tão terrível. Queria um abraço.

O que também era terrível, porque Jerome tinha acabado de me reencontrar num cemitério e queria uma explicação.

– O que está havendo? – perguntou ele, baixinho.

– É bem complicado de explicar.

– Deu para perceber. Mas você precisa me dizer alguma coisa. Onde está Charlotte?

Passei a mão pelo cabelo, e estranhei quando tive a impressão de haver bem pouco cabelo ali para passar a mão. Toda hora eu esquecia.

– Não sei – respondi. – Ela não está comigo.

– O que você estava fazendo dentro da tumba?

– Eu fui olhar um negócio e o vento fechou o portão.

– E aí pegou fogo?

– Eu estava... fumando.

– Agora você inventou de fumar. – Não foi uma pergunta. Ele não acreditava em mim.

– As coisas têm andado estressantes.

– Eu sei – disse ele. – Para todo mundo. Agora mesmo, Jaz está com os seus pais.

– O quê? Por quê?

– Porque você falou com eles, e estão desesperados. Acharam que ela podia saber do seu paradeiro. Jaz ficou preocupada e foi encontrá-los no hotel.

– Hotel?

– Eles vieram a Londres quando você deixou Wexford. Rory... está todo mundo surtando. E você aí...

Eu ali dentro de uma tumba pegando fogo.

– Rory, diga alguma coisa – insistiu ele. – Eu não vou embora enquanto você não me disser alguma coisa. Ainda é o caso do Estripador? Você é testemunha? Está precisando se esconder?

– É tipo... isso? É bem...

– Não venha dizer que é complicado. Preciso que me conte o que está havendo.

– Eu contaria, se pudesse – falei.

– Como veio parar aqui? – perguntou Jerome, apontando para a tumba. – Sério. Você estava gritando. – Ele me lançou um olhar severo.

– A verdade é que foi um acidente. Eu sou uma idiota. Você viu outra pessoa em volta? Era só eu, sendo uma besta. Até parece que não me conhece! Esse é o tipo de coisa que acontece comigo.

Ah, Jerome... Eu só vivia mentindo para ele. Mas que escolha eu tinha? Acho que não engoliu muito o que falei, mas fui convincente ao menos para que ele se calasse por um momento.

– Quem é essa *garota*? – perguntei.

– Ela já disse quem é. Freddie Sellars. Tem muito interesse no caso do Estripador, como eu. Mais do que eu, até. Bem mais. Acho que ela estava seguindo os investigadores que trabalharam no caso. É meio intensa, até achei que fosse louca, mas ela me disse que sabia onde você estava, então eu vim. Mas não achei que ela realmente soubesse.

– E você veio mesmo assim?

– Ela estava certa – disse ele, a voz se elevando um pouco. – Ela realmente sabia onde te encontrar.

– Então você não sabe mais nada sobre essa garota?

– Que importa isso?

– Tudo meio que importa agora – falei, apertando os braços ao redor do peito e olhando em volta.

O Velho Jim não estava à vista. Era hora de ir embora dali. Provavelmente eu não devesse ir a lugar nenhum com Jerome e Freddie, mas minha garganta ainda ardia da fumaça, eu tremia de frio e tinha o pressentimento de que Freddie Sellars, fosse lá quem fosse, tinha muito mais a me dizer. Porque, se ela sabia sobre o apartamento de Waterloo, então sabia também sobre Stephen, Callum e Bu.

– Olha – falei –, eu vou a esse pub que ela falou. A gente senta e conversa. Vou lhe contar o que eu puder, mas não posso contar muito.

Jerome tirou as mãos dos bolsos do casaco e por um momento as aproximou de mim.

– Tudo bem – disse ele. – Vamos lá.

Ele me ofereceu o braço, como fazia quando estávamos namorando. Fiquei me perguntando se de alguma forma nosso término tinha sido cancelado pela intensidade dos dias que se seguiram. Talvez eu pudesse retomar minha vida, agora mesmo, caminhando de braço dado com Jerome. Eu podia ir até meus pais, ver Jazza. Jerome estava literalmente me oferecendo um caminho para fora do desolamento.

Enfiei as mãos nos bolsos do casaco e saímos do cemitério lado a lado.

9

Freddie Sellars nos esperava ao portão. Falamos que estávamos dispostos a ir com ela beber alguma coisa se o pub fosse realmente reservado e tranquilo, ao que ela nos garantiu que, sim, era reservado e razoavelmente tranquilo. Durante o caminho pela Swain's Lane, não precisamos nos preocupar com um possível silêncio constrangedor: Freddie transbordava conhecimento sobre o Cemitério Highgate. Ela passou o tempo todo apontando várias tumbas pela grade do muro que corria ao longo da rua e falando sobre como os vitorianos inventaram uma cultura e uma indústria da morte.

Pelo visto, todo mundo tinha virado guia turístico naquele dia.

E assim foi até chegarmos a um pub chamado The Flask. Era um desses lugares tão pitorescos que meu cérebro americano logo supôs ser um cenário produzido com a ajuda de Walt Disney – mas não; é claro que era real. Sempre era. Ficava bem junto à rua, com uma ampla área externa cheia de mesas e uma plaquinha vermelha alegre anunciando o nome do lugar. Freddie queria uma mesa lá dentro, mas falei que preferia ficar ali fora mesmo, numa área mais para o lado, coberta por uma espécie de toldo de madeira estreito, como um pórtico desconectado do prédio em si. Não havia ninguém àquelas mesas, e ficava mais na ponta da área externa, um lugar onde dificilmente alguém olharia de primeira.

– Estou doida por uma Coca – falei, pegando um pouco do dinheiro que Thorpe me dera.

– Eu adoraria um chá de ervas – disse Freddie, cuidadosamente contando algumas notas.

Jerome foi buscar as bebidas, olhando para trás de soslaio ao se afastar. Esperei até que ele desaparecesse no interior do pub para entrar em ação.

– Preciso saber como você me encontrou – comecei.

– Já contei! Eu...

– Você ficou seguindo pessoas – completei por ela. – Por quanto tempo?

– Por um tempo.

– Quem você seguiu?

– São três – respondeu Freddie. – Um cara alto, acho que se chama Stephen... Usa uniforme de policial. Um outro, bem musculoso... Não consegui pegar o nome desse. E uma garota muito bonita, que talvez se chame Bu? Mas posso ter ouvido errado. A não ser que seja uma piada interna.

– Uma piada?

– Porque... – Freddie inspirou audivelmente e pareceu desconfortável. – Ah, bem... Eu ficava imaginando como seria quando a gente se conhecesse, mas não... Ora, bu. Bu. Como nos... Enfim. Quem faz "bu"?

Eu sabia quem faz "bu", mas queria ouvi-la dizer.

– Eu sou de Cambridge – continuou Freddie. – Meus pais são professores universitários. Minha mãe é subchefe de departamento de História Antiga e meu pai é psicólogo behaviorista. Quando eu tinha quinze anos, passamos seis semanas de verão na Turquia, quando meu pai foi fazer pesquisa por lá. Eu estava nadando na praia em Cirali e fui picada por uma água-viva. Uma

Rhopilema nomadica imensa, para ser mais específica. Tive uma reação alérgica terrível e quase morri.

Ela avaliou minha reação. Suspeita confirmada.

– Como foi com você? – perguntou ela.

Não fazia sentido mentir. Não sobre aquilo.

– Engasguei no jantar.

Uma vermelhidão subiu pelo maxilar de Freddie e se espalhou por seu rosto quando ela viu que tinha acertado o alvo.

– Então é verdade – disse ela. – Eu estava certa: você é como eu. Nunca tive certeza, mas quase. Eu tinha quase certeza, e...

– O que sabe sobre o Estripador? – perguntei, olhando de relance para a porta do pub.

Freddie ficou vermelha de empolgação ao ver o caminho que aquela conversa parecia estar tomando.

– Eu tinha uma teoria. – Ela falava mais rápido agora. – O assassino não é capturado pelas câmeras de segurança. O acusado se revela um morador de rua qualquer, um homem sem identidade divulgada, sem história pessoal. Um gênio da esperteza, mas ao mesmo tempo um ninguém, que morre no fim da perseguição, algo muito conveniente. Não há julgamento. Não há mais informações. Comecei a acompanhar o caso não porque eu me importasse com o Estripador, mas porque tinha suspeitas em relação ao que ele era. Nunca cheguei a acreditar plenamente que eu estivesse *certa*, mas... Você se incomoda se eu perguntar o que estava fazendo no cemitério?

– Eu estava tentando conseguir informação com um cara chamado Ressurreicionista.

– Ressurreicionista? Um ladrão de cadáveres, você quer dizer?

– Como assim?

– Era como chamavam as pessoas que roubavam corpos nos cemitérios para vender a estudantes de medicina, na época em que havia escassez de cadáveres. Ressurreicionistas. A lei não condenava com tanto rigor, então era uma atividade até que popular. Só veio a se tornar um problema quando alguns desses homens começaram a matar gente para vender os corpos. Mas em geral eles iam atrás de covas recém-cavadas, por isso que tantos cemitérios tinham guaritas de segurança, ou colocavam grades e portões na entrada das tumbas.

Um ladrão de cadáveres... aquele cemitério era dele. Estava começando a fazer sentido.

– Existe algum motivo para você saber de tudo isso? – perguntei.

– Recentemente teve uma exposição muito boa sobre o assunto, no Museu de Londres. E, por causa do que sou, decidi focar meus estudos nesse tipo de coisa. Eu faço História na King's College. Estou me especializando em Folclore Inglês e História das Religiões, o que abrange muitas dessas tradições relativas à morte. E eu...

– Jerome sabe? Não contou nada disso a ele, contou? Sobre você, sobre mim...

– Meu Deus, não! Não. Como eu poderia contar que o Estripador é um... bem, uma pessoa morta? Mas ele vai querer uma explicação.

Sim, provavelmente, agora que ela o levara até ali.

– Então o que vamos dizer a ele? – perguntou Freddie. – Sempre prefiro a verdade. É complicado à beça, mas se nós duas...

– Não vamos contar nada.

– Não precisamos – se apressou em dizer –, mas ele vai fazer perguntas. Nada disso faz o menor sentido quando não se conhece a questão principal, e acho que você ficaria surpresa se soubesse quantos...

– Não vamos contar nada.

Ali estava eu agindo igual a Stephen, que a princípio não quis me contar que eu estava vendo fantasmas, embora eu estivesse vendo fantasmas. Foi Bu quem argumentou que negar a realidade era algo estranho, cruel e errado de se fazer. Se bem que Jerome não tinha a visão. A situação era diferente.

– Então por que você os seguiu? – perguntei.

– Porque... – Freddie ficou meio sem graça, com o rosto corado. – Porque eu quero fazer parte.

Tentei fazer uma cara de quem não estava entendendo o que ela queria dizer, mas não deu muito certo. Tipo, era óbvio que ela sabia.

– Mas como você soube sobre eles?

– Há anos correm rumores sobre um setor da polícia que lidava com fantasmas, mas que Margaret Thatcher o desativou porque não gostava desse negócio sobrenatural. O que não seria nenhuma surpresa: a mulher não gostava nem de *barba*! Ninguém no gabinete de Thatcher podia usar barba, então imagino que ela não fosse uma grande entusiasta da polícia de fantasmas. Bem, eu pesquiso muito sobre o assunto. Ninguém sabia ao certo, mas havia rumores de que essa unidade tinha sido reativada. Então passei a pesquisar sobre lugares conhecidos por serem mal-assombrados, lugares com esse tipo de problema. Descobri uma plataforma do metrô que tinha começado a aparecer em vários relatos de incidentes... É fácil acompanhar isso on-line... E, um dia, cheguei lá a tempo de ver uma mulher na plataforma. Mas ela era um espírito. Então apareceu o cara alto de uniforme policial, e notei que ele também via a mulher. A plataforma foi interditada por um tempo, mas vi quando ele falou com ela. E, quando o cara foi embora, eu o segui. Foi assim que comecei. Então, quando surgiu o caso do Estripador, todas as peças se encaixaram, e comecei a acompanhar a sua história também.

Freddie pareceu um pouquinho acanhada ao contar essa última parte.

– Disseram que havia uma testemunha – continuou ela. – Um monte de gente andava visitando o seu colégio para ver a cena do crime, então aproveitei e dei um pulo lá também. Eu sabia que você só podia ser... Não era minha intenção segui-la. Faz tanto tempo que estou procurando por eles! Acha que me aceitariam? O cara alto... é ele, o chefe? Stephen: é esse o nome dele?

Felizmente, Jerome escolheu essa hora para aparecer com nossas bebidas, porque eu não pretendia responder a pergunta nenhuma sobre Stephen. Freddie parou de falar um pouco abruptamente demais, e ele olhou para nós duas, compreendendo perfeitamente que tínhamos encerrado o assunto por causa dele. Jerome era tudo, menos burro.

– Olha, eu estou bem – falei. – Apesar de como você me encontrou.

Pela expressão de Jerome, ele duvidava de que eu estivesse bem, justamente pela forma como tinha me encontrado.

– Então... isso tudo tem a ver com o Estripador – disse ele. – O caso não está encerrado. Então ele não morreu?

– Sabe... – disse Freddie, mergulhando o saquinho de chá nervosamente. – Acho que é melhor você beber essa sua cerveja. E aí a gente...

Já estava me preparando para cortar o que ela ia dizer. Não era o momento, embora fosse improvável que haveria uma hora certa para rasgar o tecido da realidade de Jerome. Considerei a ideia de avançar sobre Freddie e arrastá-la para longe da mesa, mas isso se mostrou totalmente desnecessário, porque tínhamos companhia. Pela segunda vez naquele dia, um rosto familiar apareceu de repente ao meu lado.

– Precisamos conversar – disse Thorpe.

10

Eu não tenho propriamente um histórico de criar confusão. Não é da minha natureza. Sempre fiz coisas idiotas, mas tendo consciência dos limites. Procuro respeitar o toque de recolher, deixar o carro de volta no lugar, esconder o celular dentro da blusa durante a aula. Nada como as regras da boa etiqueta.

Imagino que isso seja uma forma de dizer que sou meio que uma infratora de baixo calibre. Não miro muito alto. Sou tipo o Ladrão de Torradeira.

O Ladrão de Torradeira foi uma figura célebre em Bénouville. Ele (ou ela, ou mesmo eles) surgiu quando eu tinha dez ou onze anos. Houve uma onda de arrombamentos em residências pela cidade, e o primeiro deles, na casa da srta. Carly, chamou atenção por terem furtado apenas a torradeira. Parecia improvável que um ladrão levasse uma torradeira e deixasse para trás o televisor, o computador e outros bens mais valiosos, mas foi o que aconteceu. A srta. Carly estava no campinho de futebol com meus pais e resolveu contar a eles sobre o incidente – as pessoas contam aos meus pais qualquer coisa que seja minimamente ilegal, porque eles são os grandes advogados da cidade –, perguntando se deveria abrir uma ocorrência na delegacia, porque, afinal, era só uma torradeira, e meus pais disseram que sim, claro, entraram na sua casa e levaram sua torradeira. Sabe-se lá o que mais podem fazer. Então, dias depois, alguém levou o micro-ondas velho de Ralph Murchi. Depois, foi a vez do liquidificador de Dolly Allen. Justo quando a cidade tinha se convencido de que algum criminoso estava lentamente montando uma cozinha pouco requintada em algum lugar, sumiu um abajur da loja Pat Silvo's, algumas cadeiras dobráveis, um telefone fixo. A coisa chegou a um ponto em que receber a visita do Ladrão de Torradeira era como uma medalha de honra, exceto pelo fato de que era também meio sinistro.

A questão é que a situação foi tão baixo nível que a polícia, mesmo não tendo nada melhor para fazer, não achou que valesse muito a pena investigar. Porque, afinal de contas, quem se importa com um liquidificador comprado seis anos atrás quando tem gente sendo assassinada (não na nossa cidade, mas certamente em alguma parte do mundo)? A polícia de Bénouville gosta de se concentrar em apenas uma função, que é instalar radares de velocidade para pegar o pessoal que vem do norte. Mais nada. Então ninguém se deu ao trabalho de procurar o Ladrão de Torradeira, que uma hora parou de furtar as casas. Imagino que tenha chegado a um ponto em que já havia arranjado todos os aparelhos domésticos de que precisava. O Ladrão de Torradeira foi simplesmente aceito como parte da nossa vida em Bénouville.

Esse era o meu nível de rebeldia. Então, sim, eu tinha saído da casa; não tinha ido longe, não tinha enfiado minha cara na frente de uma câmera de TV nem nada. Tinha ido a um cemitério, o que não saiu exatamente como o planejado e já serviu como parte da minha punição; tinha ido a um pub pouco frequentado num canto pacato de Londres. E, bem, sim, agora estava ali sentada com meu ex-namorado e uma completa estranha...

Aquilo não ia dar em boa coisa. Porque Thorpe, ao contrário da polícia de Bénouville, parecia levar as infrações muito a sério. Suas costas e seus ombros aparentavam emitir certa radiação de baixa frequência, em ondas. Ninguém jovem como Thorpe fica de cabelo branco assim a não ser que leve a vida com muita severidade. Freddie e Jerome receberam nosso novo companheiro com olhares desconfiados.

– Opa – falei. – Oi.

Jerome olhou para mim, seus olhos perguntando quem era aquele cara.

– Rory, por que não vai comigo até o carro um minuto? – disse Thorpe.

Jerome se ergueu um pouquinho da cadeira. Acho que ele pretendia tentar me defender – de quê, provavelmente ele nem sabia. Minha garganta se fechou.

– Acho que eu posso explicar – interveio Freddie.

– Rory?

Thorpe deu tapinhas na base do meu cotovelo, indicando que eu deveria me levantar. Embora tenha me sentido encurralada por um momento, lembrei o que tinha me feito sair daquela casa em primeiro lugar: o relatório sobre Stephen, a descoberta de que Thorpe sabia que ele poderia vir a fazer algo perigoso. No momento, eu não estava muito disposta a segui-lo cegamente aonde quer que ele quisesse. Fiquei ali sentada. Resignado, Thorpe se instalou na cadeira ao meu lado.

– Meu nome é Freddie – disse.

– Freddie Sellars – completou Thorpe. – Sim, sei exatamente quem você é.

Freddie ficou sem reação por um segundo.

– Ah, é?

– Eu não seria muito bom no meu trabalho se não soubesse. E você é Jerome Croft.

Ele assentiu para Jerome, que recuou um pouco na cadeira ao ouvir aquele estranho dizer seu nome e sobrenome. Thorpe deu uma fungada discreta, e eu soube que ele estava detectando o cheiro de fumaça nas minhas roupas e no meu cabelo.

– Vou ser bem breve – disse Thorpe. – Rory é parte de uma investigação ativa e...

– Acabei de avisar a um monte de gente que a encontramos – disse Jerome.

Meu coração se apertou.

– Não, não avisou – disse Thorpe, sem titubear. – Mas entendo seu impulso de dizer isso. Você teme pela segurança dela e nutre uma desconfiança em relação a autoridades em geral. Vi sua atuação nos fóruns sobre o Estripador.

Thorpe estendeu as mãos sobre a mesa e esticou os dedos. O gesto nos deixou meio que hipnotizados.

– Mas se, por acaso, você *tiver* contado a alguém onde Rory está, então você a colocou em sério risco. Ela será colocada em custódia de proteção imediatamente e a investigação será comprometida. Então me responda: é verdade o que você disse?

Uma coisa que sempre gostei em Jerome é que ele parecia nunca se deixar intimidar por figuras de autoridade. O que era estranho, porque ele era monitor do dormitório masculino de Wexford e, portanto, encarregado de fazer com que as regras fossem cumpridas. Mas era parte de sua natureza de apaixonado por teorias da conspiração esse traço um tanto subversivo. Ele olhou para Thorpe por alguns segundos antes de responder:

– Não. Acabamos de encontrá-la.

Thorpe aceitou essa resposta com um gesto de cabeça.

– Você estava num incêndio? – perguntou ele, virando-se para mim.

– Não exatamente um *incêndio*...

– Ela ficou presa numa tumba – explicou Jerome. – E tinha alguma coisa pegando fogo lá dentro. Sua proteção não é lá essas coisas.

– É mais fácil proteger as pessoas quando elas cooperam – retrucou Thorpe.

– Não foi nada grave – disse Freddie. – Parecia que você tinha a situação sob controle.

— Já vou chegar nesse ponto — disse Thorpe.

— Quem é você? — perguntou Jerome.

Outra pergunta razoável a se fazer, e eu estava surpresa que não tivesse surgido antes na conversa. Acho que todos nós ali meio que sabíamos mais ou menos o que estava acontecendo, menos Jerome.

— Thorpe. E sou responsável por Aurora. Imagino que você queira o bem dela, por isso espero que acate meu pedido. Não posso obrigá-lo a nada. Você pode simplesmente escolher ser uma ajuda ou um obstáculo nessa investigação.

— O caso do Estripador? — disse Jerome. — Então o problema não envolve só Charlotte.

Ah, é: Jerome ainda achava que estávamos falando sobre o Estripador.

— Por ora, preciso estabelecer as regras e pedir sua cooperação — continuou Thorpe. — Eu entendo, Jerome, que a tentação de agir a partir do que viu ou ouviu hoje será forte. Eu poderia colocá-lo sob custódia...

— Com que base?

— Imaginei que você soubesse que não preciso de base. Sempre se pode arranjar algo. Mas não é meu desejo fazer isso.

— Então minhas opções são ficar calado ou ir em cana sob uma acusação falsa?

— Seria mais construtivo pensar nisso como...

— Você quer saber sobre Jane Quaint — disse Freddie de repente.

Todos paramos ao ouvir isso. Aquela garota era uma caixinha de surpresas.

— Quem é Jane Quaint? — perguntou Jerome.

— O que você sabe sobre Jane Quaint? — perguntou Thorpe.

— É, isso mesmo! — falei. — O que sabe sobre ela?

— Eu sei sobre uma coisa que aconteceu naquela casa. Sei de uma pessoa com quem vocês podem conversar — respondeu Freddie. — Mas ele não vai falar com você. Nada pessoal, é que ele é da contracultura. Mas ele falaria com a gente. Comigo, com Rory...

Ela deixou essa pequena pista suspensa no ar. Ergueu o queixo como uma espécie de desafio, mas eu podia ver a insegurança nadando em seus olhos. Thorpe não demonstrou vacilar em momento algum, mas levou um ou dois segundos para organizar os pensamentos e elaborar uma resposta.

– Se você tem informações e opta por ocultá-las do...

– Não vai querer que eu revele o que sei a ninguém além de você. Quero fazer parte da investigação. Se você sabe mesmo quem sou, então deve saber por quê. Sabe que não estou me referindo ao tipo de informação que interessa à polícia.

Fosse lá quem fosse aquela tal de Freddie, a garota tinha coragem. Ela devia estar blefando, claro. Eu mesma tinha blefado direto em situações como aquela, mas isso foi com Stephen, não com Thorpe. Cada um era um desafio a seu próprio modo, mas Thorpe era aquele que provavelmente podia acionar helicópteros e gente armada caso se sentisse contrariado. Ou pior: podia cancelar tudo. Talvez Freddie tivesse acabado de lançar o esquadrão pelos ares. Aquela sua atitude de desafio, o fato de duas pessoas terem descoberto meu paradeiro (embora não por minha culpa)... Talvez agora Thorpe me entregasse. Talvez eu tivesse que fugir. Talvez devesse me levantar naquele exato instante, alegar que ia ao banheiro, entrar no pub, escapulir pelos fundos e sair correndo pelos campos do norte de Londres. Correr para todo o sempre, numa fuga sem fim.

Todos esses pensamentos passaram pela minha mente enquanto Thorpe continuava sentado ali olhando para Freddie em silêncio.

– Quem é Jane Quaint? – perguntou Jerome.

Todo mundo o ignorou. Thorpe tinha decidido falar, e, quando finalmente o fez, não foi com a voz de quem vai acionar um bombardeio aéreo.

– Onde está essa pessoa?

– No Soho – respondeu Freddie. – No carro eu conto exatamente onde encontrá-lo. Se é que vocês têm um carro. No metrô, talvez. Posso mostrar o caminho no...

– Temos um carro.

– E vamos todos – disse Freddie, com avidez.

Dada a natureza daquela conversa, eu não tinha tanta certeza assim de que Jerome iria querer ir junto, mas Freddie havia grudado nele e lançado os dois a bordo.

– Soho – repetiu Thorpe.

– Isso. – Freddie se empertigou na cadeira. – Soho. Ele está lá agora. Eu ia justamente falar sobre ele a Rory quando você apareceu. Se quiser conversar com esse meu amigo, vai ter que levar nós três.

– Se querem ir, vão ter que me dar os celulares. Agora.

Freddie entregou o dela prontamente, mas Jerome hesitou um pouco.

– Vou devolver – tranquilizou-o Thorpe. – É uma simples precaução.

Para Jerome, entregar o celular na mão de uma pessoa que ele não conhecia, ainda mais uma pessoa como Thorpe, ia contra todos os seus instintos de autopreservação. Mas ele entregou. Thorpe então se levantou, e o seguimos até o Mercedes preto, que estava parado em frente ao pub. Entrei na frente, enquanto Freddie e Jerome foram atrás.

– Soho – disse Thorpe mais uma vez, ligando o motor.

– Soho – confirmou Freddie.

– Poderia ser um pouco mais específica?

– Quando chegarmos mais perto.

Thorpe deu um suspiro baixinho enquanto partia com o carro.

– Será que alguém pode me explicar a história da tumba e do incêndio? – disse ele.

– Eu fui falar com uma pessoa. Mas não deu certo.

– Mais tarde a gente conversa, então – disse Thorpe.

Ele estava sendo tolerante até aquele ponto, mas eu não sabia quanto tempo isso ia durar.

Aquele novo sortimento de amigos e estranhos estava dando um nó na minha cabeça. Era como um daqueles sonhos em que pessoas da nossa vida que não deveriam se conhecer estão todas no mesmo lugar, e você tem que arranjar sentido para aquilo de alguma forma.

– Como sabe quem eu sou? – perguntou Freddie, com um interesse educado.

– Você anda nos seguindo faz um tempo. Um de nós notou isso meses atrás e levantou sua ficha.

– Como?

– Seguindo você.

Stephen. Só podia ser. Bu ou Callum a teriam abordado diretamente. Só Stephen a rastrearia e buscaria informações antes.

– Ontem você nos seguiu de bicicleta por quilômetros – continuou Thorpe. – Eu deixei por um tempo, mas a despistei na Archway Road.

– É o que você pensa. Fiquei atrás de um ônibus e segui o reflexo de vocês na janela de um carro.

Aquilo merecia respeito. Tipo, Freddie parecia um pouco intensa, mas nessa ela mandou bem. Thorpe, como sempre, não fez comentários.

– Bu e Callum conseguiram encon...? – comecei, baixinho.

Thorpe me lançou um olhar de esguelha cortante, e me ocorreu, tarde demais, que usar nomes não devia ser uma boa ideia.

– Então o nome dela é *mesmo* Bu! – exclamou Freddie, no banco traseiro.

– Bu faz parte disso? – perguntou Jerome.

O surgimento de uma grande revelação cruzou o rosto dele. Bu, minha ex-colega de quarto tagarela, era policial.

– Vamos encerrar esse tópico – exigiu Thorpe. – Que tal você me falar mais sobre essa tal pessoa que estamos indo encontrar?

– Meu amigo conheceu Jane muito tempo atrás.
– E como você sabe sobre Jane?
– Eu a vi – respondeu Freddie. – Ela ficava rondando Wexford às vezes, isso me chamou atenção. Percebi que Jane estava sempre à espreita, então tomei notas sobre ela. Eu sabia que, se notasse que *ela* também tinha algum interesse em Rory, isso confirmaria as minhas suspeitas.
– O que quer dizer? – perguntou Thorpe.
– Jane Quaint é famosa no nosso meio. Entre as pessoas que têm interesse em determinados...
– Quem é Jane Quaint? – perguntou Jerome mais uma vez.

Mas ninguém nunca ia respondê-lo. Eu sabia disso. Eu até queria, só para acabar com o sofrimento dele àquela altura. Na verdade, o que desejava mesmo era ir para o banco traseiro e me enterrar debaixo daquele casacão dele e abraçá-lo e...

Sério. O que meu cérebro estava fazendo? Nada funcionava direito. Aquilo era o nervosismo falando. E eu tinha motivos para surtar. Os últimos dias haviam sido péssimos, e a ideia de me aninhar no peito de Jerome e bloquear tudo que existia lá fora me parecia um bom jeito de passar o restante do dia.

Mas não havia como recuperar isso.

Embora Thorpe não tivesse dito nada quando eu perguntara sobre Callum e Bu, estava certa de que a resposta era não. Stephen não estaria na casa dos pais. Mais uma vez, a certeza simplesmente pousou sobre mim, vinda do nada e sem base alguma. Mas tive tanta certeza daquilo quanto tinha certeza de que ali era Londres – antiga e estranha e eternamente chuvosa, cheia de gente que despistava a morte.

11

Assim que chegamos a Piccadilly Circus e contornamos a rotatória da estátua de Eros, Thorpe pediu direções específicas. Freddie o guiou pelas ruas agitadas e cada vez mais estreitas do Soho. Londres tem essa estranheza – uma das maiores cidades do mundo, abarrotada de gente, mas as ruas seriam consideradas meras tripinhas em Bénouville. Tudo bem quando tem calçadas, mas em muitas delas o asfalto dá direto em muros e paredes dos dois lados. Eu nunca dirigiria por um lugar daqueles. Tinha a sensação de que o carro ia acabar raspando nas paredes ou de que entalaríamos a qualquer momento, mas Thorpe seguia veloz e confiante.

– Ali – disse Freddie.

Estávamos numa rua pacata, com algumas butiques, lojas com fachadas em cores vivas como vermelho ou roxo e muitas portas discretas com uma plaquinha ao lado. Estava deserta. Antes de sairmos do carro, Thorpe exigiu informações mais uma vez. Ele não era do tipo que atravessava uma porta sem saber o que vai encontrar do outro lado.

– Número cinquenta e seis – informou Freddie, apontando para um prédio azul-escuro à esquerda. – É a Hardwell's, a livraria esotérica mais famosa do país.

Thorpe se inclinou por cima do volante para dar uma olhada.
– Uma livraria esotérica? – perguntou Jerome.
– Muito famosa – insistiu Freddie.
– Para quem?
– Para quem frequenta livrarias esotéricas.
Não havia placa. Apenas o "56", pintado em dourado acima da porta preta. A cortina na janela era de um tecido quase do mesmo tom de preto-azulado, que escondia completamente o que havia dentro.
– E quem estamos indo encontrar? – perguntou Thorpe.
– O nome dele é Clover.
– Clover?
– Isso. É o gerente.
– Sobrenome?
– Não sei. Clover Raven, talvez?
– Tinha que ser – murmurou Thorpe.
A porta era recuada no batente e meio emperrada, e fomos recepcionados pelo discreto tilintar triplo de sininhos. Aquele era um dos menores lugares em que já entrei. Nossa livraria local no shopping de Bénouville é tão grande que as pessoas ficam lendo praticamente deitadas em colchonetes pelos corredores. Era com esse tipo de lugar a que eu estava acostumada – livrarias com cafeterias, janelas imensas e mil metros quadrados só dedicados a cadernos em branco e minilâmpadas de leitura. Já ali, naqueles corredores, não havia espaço nem para se virar. Sem exagero.

Eu vinha observando Jerome desde que saíramos do carro, na esperança de ter uma chance de tranquilizá-lo quanto ao que estava acontecendo. Nossa nova locação visivelmente o perturbava. Jerome adorava uma teoria da conspiração, mas não me parecia o tipo de pessoa com paciência para magia, astrologia ou esoterismo de maneira geral. Eu também não tinha, mas pelo menos estava bastante acostumada. Minha prima canalizadora de anjos tinha uma casa cheia de cristais até os joelhos e ilustrações personificando os signos do zodíaco. E, embora eu tivesse certeza de que apetrechos desse tipo seriam bem-aceitos ali, simplesmente não havia espaço, e a atmosfera era séria demais. Nada de músicas com flauta de pã tocando ao fundo, nada de fontes com água corrente que dão vontade de fazer xixi o tempo todo, nenhuma estátua de Buda sem relação alguma com budistas verdadeiros. O ar respirável era sufocado por incensos e poeira, pontuados por uma ocasional molécula de oxigênio que provavelmente tinha se perdido no caminho para outro lugar.

– Acho que vou ter uma crise de asma – disse Jerome.

– Você tem asma? – perguntei.

Ele assentiu e pegou uma bombinha do bolso. Essa revelação me deixou abalada por um momento. Como eu não sabia que meu ex-namorado tinha asma? Mais uma prova de que eu era a pior namorada do mundo. Minha vontade naquele momento era de pegar a mão dele, porque só imaginar Jerome sem conseguir respirar direito me deixava em pânico. Ele enfiou a bombinha na boca, apertou em cima e respirou normalmente. Relaxei enquanto ele inspirava mais uma vez.

– Culpa dessas coisas – disse ele, baixinho, apontando a cabeça para os cheiros nocivos. – O que estamos fazendo nessa porcaria de lugar? Quem é Jane Quaint?

Freddie estava ao balcão, que era um mero nicho aberto numa estante virada ao contrário, cheia de cartas de tarô e cristais pendurados por fitas coloridas. A garota ao balcão usava um chapéu de lã preto coberto de minúsculos discos dourados, como escamas de cobra revertidas para a moda. Minha avó tinha uma camiseta revestida de um material como aquele, mas o efeito era diferente. O chapéu daquela garota dizia "Estou lendo um livro sobre magia", enquanto a camiseta da minha avó afirmava "Vou jantar no cassino hoje".

– Ah, olá, Cressida! – cumprimentou Freddie, com aquele seu jeitinho alegre que já estava começando a me dar nos nervos. – Clover está por aí?

– Lá nos fundos, fazendo o intervalo para o chá.
– Vamos entrar para falar com ele – avisou Freddie.

A garota se limitou a lançar um olhar reprovador para Thorpe por estar vivo e, ainda por cima, de terno.

Nós quatro seguimos arduamente pelo mais largo dos minúsculos corredores. Os livros estavam todos misturados, desde os novos aos usados ou extremamente usados; lombadas rachadas, moles, cheias de pequenas estrias. Não faziam muito o tipo da minha prima, que curtia volumes como *O paraíso pertence aos animais* e *Os anjos entre nós*. Os títulos que se viam ali eram longos, com palavras que eu desconhecia, e mesmo as que eu conhecia, provavelmente não era tão bem assim. A parede dos fundos eram só estantes de livros e uma cortina de peça única em veludo marrom. Freddie puxou a cortina, revelando uma porta. Ela bateu, e uma voz grossa e áspera mandou entrar.

– Você: fique bem aqui – disse Thorpe a Jerome.
– Vou ficar lendo uns feitiços medievais – disse Jerome, e deu uma longa baforada na bombinha.

Eu não tinha nenhuma mágoa de Jerome. Não mesmo. Tive que sorrir para ele ao ouvir isso... e olha que eu nem sabia que ainda conseguia sorrir. Na verdade, depois do sorriso veio a culpa. Eu não podia sair por aí *sorrindo*. Não por enquanto.

Nós três entramos. Havia um armário pequeno, de uma única porta, com uma chaleira e um frigobar. A mesa era praticamente uma bandeja dobrável, e o único lugar para sentar era grande demais para o cômodo: uma poltrona de leitura já vergada pelo uso, forrada de um veludo vermelho surrado, mas de aparência luxuosa. O tal Clover devia ter uns sessenta e tantos anos. Era careca exceto por uma sugestão de pelos brancos em volta das orelhas e tinha uma barba branca aparada de modo a ficar fina e comprida, a ponta trançada e finalizada com uma conta prateada. Usava uma camiseta preta com um colete marrom por cima e vários colares, o mais notável dos quais era um grande dente de animal. Em frente a Clover havia um bule de vidro transparente cheio de folhas, uns botões de flores coloridos e um monte de coisas que pareciam galhos quebrados, tudo boiando tristemente dentro do bule. Chá de lixo. O cheiro impregnava a sala inteira. Aquilo me lembrou uma vez em que a fossa séptica lá de casa transbordou depois de uma enchente e tivemos que passar dois dias num hotel.

– Quem são esses? – perguntou Clover quando apareci atrás de Freddie e Thorpe surgiu atrás de mim.

– Amigos meus – respondeu Freddie.

– Amigos? – disse Clover enquanto nos aproximávamos.

Thorpe deixou a porta entreaberta. Ficamos todos recostados meio sem jeito nas paredes.

– Sei que é estranho a gente aparecer aqui, mas é um assunto muito, muito importante – disse Freddie. – Aconteceu uma coisa.

Assim como a garota do chapéu de paetês, Clover não gostou de Thorpe logo de cara.

– Eu não converso com...

– Muito, *muito* importante – repetiu Freddie. – Sei como você se sente sobre... Eu não viria aqui se... Uma garota está desaparecida. Precisamos da sua ajuda. Sabe aquela história que você mencionou sobre Jane Quaint?

Isso pareceu desagradá-lo ainda mais, e ele balançou a cabeça.

– Vão embora – disse Clover. – Não vou falar sobre isso.

– Nossa amiga está desaparecida – falei. – Ela estava na casa de Jane, e agora as duas sumiram. Jane a raptou. Ela disse alguma coisa sobre uma casa no campo. Estamos procurando por ela e não temos muito tempo, pois já faz dois dias.

Ele passou a língua pelos dentes.

– Isso tem a ver com aquela estudante desaparecida? A dos jornais?

– Isso – respondi. – Charlotte.

— Você disse que sabe de uma história — disse Freddie. — Por favor, Clover. Ela estava naquela casa. Jane está com ela agora. Precisamos muito encontrá-la.

— Tem a ver com Sid e Sadie? — perguntei. — Sobre o que aconteceu em 1973?

Clover cutucou o dente do colar.

— Não com ele aqui — disse, apontando para Thorpe.

— Ele fica — respondeu o próprio Thorpe. — E você fala. Senão, *ele* vai fazer um monte de visitas à sua loja.

Agora Clover estava muito infeliz.

— Clover — interveio Freddie, aproximando-se e pegando a mão dele —, eu não faria isso com você, juro, se não fosse importante. Você faz um bom trabalho. Ajuda as pessoas. Isso é uma forma de ajudar.

— Foi há muito tempo — disse Clover finalmente. — Não gosto de falar sobre essas coisas, mas acho que com uma garota desaparecida...

Ele pegou o bule e passou o líquido repugnante por um coador, enchendo uma caneca. Após um momento observando a bebida terrível que tinha produzido, voltou a falar:

— O que vocês precisam entender é que as coisas eram *diferentes* naquela época. O final dos anos 1960 e o início dos 1970... Toda a atmosfera era diferente. Todo mundo fala sobre as drogas e o amor livre e tudo o mais, mas havia uma atmosfera nos dizendo que tudo era possível, que uma virada estava prestes a acontecer na sociedade, que uma nova era estava para começar. Para nós, do mundo da magia, foi uma era de empolgação. Realmente fazíamos progresso, e a Inglaterra estava a ponto de voltar a suas verdadeiras raízes mágicas. Tentávamos mostrar às pessoas como usar a magia para trazer paz e saúde, como se tornar conscientes do mundo em volta e produzir equilíbrio. Mas sempre tem alguém... em todas as eras de magia, sempre tem alguém que se desvia para a escuridão. Alguém que foca no sexo, no poder, na magia da morte. Esses foram Sid e Sadie. Eles eram da pior espécie: tipos como Aleister Crowley, obcecados por poder. Apareciam por aqui às vezes... mas nunca em busca de livros. Sempre alegavam ter exemplares melhores e em maior quantidade do que jamais teríamos. Riam de nós, diziam que éramos nada. Estavam sempre procurando adolescentes para levar para o grupo deles. Aqui era a área de caça dos dois.

– Caça? – perguntei.

– Você é jovem demais para se lembrar dessas coisas, nem era viva. Naquela época, havia todo tipo de gurus e seitas. Tinha a família Manson matando gente na Califórnia porque aqueles jovens achavam que Manson era deus. Tinha Jim Jones criando sua igreja, levando os fiéis para a Guiana e convencendo todos a cometer suicídio com ele. Pois bem, aqui em Londres havia Sid e Sadie. Mas não dá para saber o que aprontavam, porque eles não queriam que ninguém soubesse. Era tudo secreto e a portas fechadas. Havia todo um grupo de jovens. Esquisitos, mas bons garotos. Eles veneravam Sid e Sadie. Faziam qualquer coisa que os mandassem fazer. Eram dez, e eu conhecia todos, de uma forma ou de outra. Domino Dexie... não faço ideia de qual era o nome verdadeiro dele... Volta e meia nos ajudava no estoque. Rapaz bom. Tinha Aileen Emerson, que trabalhava num restaurante macrobiótico no Soho. Garota quieta, na dela. Ruth Clarkson lia tarô nas ruas. Muito boa nisso. Michael Rogers: esse eu não conhecia, mas muitos o tinham em conta. Prudence Malley, estudante de Artes que vinha muito aqui. Mick Dunstan... era um metido a besta. Meio parecido com Mick Jagger, e tinha o mesmo nome, então basicamente vivia disso – o tipo de coisa que dava para se fazer na época. Acho que morava numa república lá em Muswell Hill. Tinha o Badge, também. Imagino que usava esse nome por causa de uma música, nada de sobrenome. Envolvido com música, sempre com o violão a tiracolo. Johnny Philips era um cara tradicional, trabalhava numa farmácia. George Battersby, um tipo meio gótico. E Dinah Dewberry, a pequena Dinah...

Clover tomou um gole do chá, com um ar melancólico. Depois, prosseguiu:

– Eu gostava dela. Garota ruiva, andava numa velha bicicleta militar que tinha pegado do lixo e pintado de azul com estrelinhas amarelas. Saímos uma vez, mas acho que ambos éramos muito tímidos para isso. Podia até ter dado certo um dia, se Sid e Sadie não tivessem aparecido... Mas enfim. Eram dez. Recrutados ao longo de um ou dois anos. Como Sid e Sadie escolhiam esses garotos, eu nunca soube. E depois que se juntavam ao grupo, já era. Nunca falavam sobre o que andavam fazendo, mas todos tinham aquele *jeito*, aquele ar de quem sabe alguma coisa que ninguém mais sabe. Quanto a Jane, Jane Quaint: era a líder dessa galera. Sid e Sadie apareceram aqui um dia e viram a garota lendo um livro no chão. Ela foi embora com os dois, assim, sem mais nem menos. Tempos depois, fomos descobrir que Jane estava morando na casa deles. Era o braço direito de Sid e Sadie. Dirigia o carro deles, comprava coisas com o dinheiro deles, basicamente tomava conta de tudo. No fim das contas, Jane assumiu o recrutamento e os irmãos nunca mais deram as caras. E foi assim por um tempo. Como você disse, as coisas mudaram no final de 1973. Naquele Ano-Novo, demos uma festa, reunimos um monte de gente da comunidade. No meio da conversa, a gente se deu conta de que ninguém via nenhum dos garotos de Sid e Sadie fazia mais de uma semana.

– Não existe nenhum registro de que dez adolescentes desapareceram ao mesmo tempo naquele ano – contrapôs Thorpe.

– Claro que não existe – disse Clover, olhando para Thorpe como se ele fosse um idiota. – A maioria havia fugido de casa, ou eram mais velhos e os pais não tinham a menor ideia de onde estavam ou o que faziam. Vocês precisam entender: era uma época bem diferente, aquela. Um monte de garotos fugia e vinha parar aqui em Londres. Entravam para comunas ou iam morar na Índia, na Califórnia... Rolava muita gente desaparecida. Acontecia e pronto. Não tinha internet, não tinha câmeras de vigilância. Você pegava uma carona e saía por aí. E a polícia também era diferente. Aqueles garotos eram todos vistos como hippies ou excêntricos, por isso ninguém fazia muito esforço para procurar por eles. Não acionamos a polícia. Ninguém além de nós se importava com aqueles garotos. E como tentamos encontrá-los! Falamos com gente de comunidades esotéricas de outras partes do mundo, enviamos cópias de fotos. Ninguém os tinha visto. Recorremos aos cristais, à evocação em círculo mágico, e a resposta que tivemos foi estranha. Nossa melhor vidente, Dawn...

– Dawn Somner? – perguntei.

– Essa mesmo. Faleceu faz alguns dias. Era uma grande amiga minha.

Thorpe certamente pensou o mesmo que eu ao ouvir isso. Dawn Somner, a médium que fora jogada da janela alguns dias antes. Eu estava no apartamento dela quando Charlotte foi raptada. Toda a cena me pareceu forjada. Stephen teve certeza de que alguém havia assassinado Dawn e encenado um acidente. Aquilo não podia ser coincidência.

– Dawn tinha o dom. Se alguém pudesse encontrar aqueles garotos, seria ela. – Clover mexeu tristemente no colar de dente. – Dawn sempre lia as cartas para eles, sempre. E o que ela previa para aqueles garotos era tudo ruim, confuso. O que ela via para Sid e Sadie era ainda mais estranho. Nunca sinais de vida ou morte, apenas visões como rios em chamas e pedras sangrando.

– Chegaram a descobrir algum dia o que houve com eles?

Clover balançou a cabeça.

– Um mês se passou, depois seis, depois um ano, depois dois. No início, correu todo tipo de rumores. De que tinham ido para o Marrocos; ou que não, foram para a Índia. Depois, houve quem dissesse América do Sul, ou que estavam todos na Irlanda, entrando em comunhão com as fadas.

– Sid e Sadie deixaram um bilhete suicida – falei.

– Bilhete suicida uma ova! Sid e Sadie jamais se matariam.

– Pode ter sido Jane – falei. – Foi ela quem encontrou o bilhete. E herdou a casa.

– Jane jamais faria isso – disse Clover, balançando a cabeça. – Vocês não entendem. Eles a *governavam*. Eram os deuses dela. Jane se mataria sem pensar duas vezes se a mandassem fazer isso. A não ser que...

Mas ele não terminou a frase.

– A não ser que...? – insisti.

– É improvável. Ao meu ver, ela só os mataria se os próprios Sid e Sadie lhe pedissem. Mas, como falei, eles não fariam isso. Sid e Sadie... aqueles, sim, eram *verdadeiros* excêntricos, totalmente obcecados por si mesmos e pela magia que realizavam. Corriam boatos de que eram mais do que apenas irmãos.

– De que eram um casal? – perguntou Freddie.

– Era o que todos pensavam na época, e fazia sentido. Ninguém mais estaria à altura deles.

– Mas por que eles iriam querer seus seguidores mortos? – perguntou Freddie. – Se fosse assim, qual seria o propósito de ter seguidores?

Clover olhou para os colares que levava no pescoço.

– Como falei, tem a ver com os assuntos mais obscuros, os mais proibidos. Coisas que não temos por aqui. Coisas em que nem acredito. Coisas sobre a energia da morte. Coisas absurdas, paranoicas. O que eu acho? Acho que Sid e Sadie arranjaram um feitiço de algum charlatão que alegava conhecer magia negra e que tinha encontrado dois idiotas cheios de dinheiro. Basta ir para o Egito ou lugares assim que vai ter gente para lhe vender todo tipo de feitiços, escritos em papiro antigo. Já vi alguns. Acho que, seja lá o que os dois tenham feito, seja lá o que tomaram ou executaram, alguma coisa deve ter dado errado. Talvez alguém tenha morrido. E aí Sid e Sadie provavelmente tiveram que sair de cena. Acho que deixaram Jane encarregada de tudo e foram viver em algum outro lugar... E poderia ser qualquer lugar.

– Jane esteve por aqui recentemente? – perguntou Thorpe.

– Jane? Faz quarenta anos que não a vejo. Como eu disse, tudo isso foi há muito tempo.

– Então acredito que encerramos por aqui – disse Thorpe.

– Essa amiga de vocês – disse Clover. – O que quer que tenha acontecido com ela, não acredito que tenha a ver com Sid e Sadie, ou com aqueles garotos. Isso tudo aconteceu muito tempo atrás. Mesmo se eles estivessem vivos, todos já estariam bem mais velhos. Se algum deles tivesse voltado, nós saberíamos. Tenho certeza. Não tem por que correr atrás de sombras.

Clover se contorceu de leve na poltrona, se ajeitando. Falar sobre aquelas pessoas parecia despertar nele uma dor física.

– Vou ver o que posso fazer por essa sua amiga – continuou ele. – Preciso partir de alguma foto dela ou outra coisa, vocês têm algo assim?

Balancei a cabeça.

– Acho que encerramos – disse Thorpe mais uma vez, já com a mão nas minhas costas para me conduzir para fora da sala. – Entraremos em contato se precisarmos saber mais.

12

Thorpe e eu saímos da pequena sala, enquanto Freddie se despedia de Clover. Sentado no chão, Jerome segurava um livro, mas nitidamente sem ler.

– Espere lá fora – disse Thorpe a ele. – Já alcançamos você.

Jerome não parecia nem um pouco empolgado em ficar recebendo ordens a torto e a direito, mas mesmo assim fechou o livro, enfiou-o de volta na prateleira e se afastou, agitando a bombinha de asma. Thorpe me conduziu até o corredor mais distante, embora a livraria oferecesse poucos locais de privacidade e desse para entreouvir facilmente tudo que se falasse ali dentro.

– Vocês são namorados – disse Thorpe, bem baixo. – Correto?

Aquilo era um tanto íntimo demais.

– É essa a sua pergunta? Sério?

– Responda.

– Bem, a gente *era...*

– Quando foi o término?

– Que relevância tem isso?

Thorpe me entregou o celular de Jerome.

– Devolva. E converse com ele. Convença-o a não comentar sobre nada disso com ninguém, ao menos por alguns dias.

– Eu?

– Eu poderia ameaçá-lo, mas acho que seria bem mais fácil e eficaz se você lhe pedisse que colaborasse. Ele nutre sentimentos por você.

Ouvir Thorpe dizer esse tipo de coisa me deu certa repulsa, mas ele falou com pura objetividade, como se estivesse comentando sobre o clima ou sobre a cor da camisa de Jerome.

– Diga-lhe que você está bem. Convença-o disso. E fale que, se ele quiser, você pode mandar mensagens algumas vezes por dia para tranquilizá-lo.

– Posso?

– Com o celular que eu lhe der. E tudo vai passar pelo meu crivo antes.

– Não estou entendendo...

– Ou fazemos isso, ou eu o coloco num hospital psiquiátrico por quarenta e oito horas.

– Mas ele não...

– Claro que não. Mas eu seria obrigado a isso. Reação de estresse pós-traumático, ocasionada pelo desaparecimento da namorada: tudo que ele dissesse seria desconsiderado. Mas não quero fazer isso, porque não acho que Jerome seja uma ameaça. Acho que, se o alimentarmos com pequenas informações, ele vai ficar de boca calada. Vá lá, Rory.

A garota ao balcão me olhou esquisito quando saí. Jerome estava de pé à porta, puxando o casaco contra o corpo. Era evidente que ele estava enfrentando uma onda interna de emoções, mas eu não soube dizer quais exatamente. Entreguei a ele o telefone, num gesto meio constrangido.

– O que ele fez com meu celular? – perguntou Jerome.

– Nada, eu acho – respondi.

– Até parece – disse, guardando o aparelho no bolso.

O mais provável era que eu estivesse errada.

— E agora, o que vamos fazer? — perguntou ele.

— Olha, eu queria poder explicar. Queria ter lhe contado tudo faz tempo, quando...

— Lá no colégio — completou Jerome. E deduzi que, com isso, ele queria dizer: "Quando você terminou comigo por eu ter perguntado aonde você tinha ido."

— É. Lá no colégio.

— Então esse tempo todo você estava envolvida com essa gente. Quem é esse palhaço, aliás?

— Thorpe.

— Beleza, mas quem é ele? Da polícia? Do MI5?

— Algum desses. Não sei direito a diferença.

Num murmúrio, ele repetiu minhas palavras *algum desses*, lançando um olhar de desespero para o céu.

— A questão é a seguinte — falei. — Preciso da sua ajuda. Preciso que você não conte a ninguém o que viu.

— Eu nem *entendi* o que vi. Você presa dentro de uma tumba, um cara de cabelo branco aparecendo do nada, uma livraria esquisita onde um cara fica falando de uma seita e de umas pessoas que morreram nos anos 1970 fazendo magia...

Então ele tinha ouvido atrás da porta. Claro.

— E *quem é Jane Quaint?* — acrescentou Jerome.

— Ela é psicóloga. Minha e de Charlotte — expliquei. — Charlotte se consultou com ela depois daquele noite em que nós duas fomos atacadas e, depois, me recomendou que eu fosse também. Jane atraiu Charlotte e fez o mesmo comigo. Tudo leva a crer que Jane foi a última pessoa que esteve com Charlotte antes de ela desaparecer. E provavelmente foi ela quem a sequestrou.

— Charlotte foi *sequestrada* pela própria *psicóloga*? Pela sua psicóloga? E a sua psicóloga faz... coisas de magia?

— É uma longa história — respondi.

— E isso tem a ver com o Estripador?

Àquela altura, tudo tinha mais ou menos a ver com o Estripador, então fiz que sim.

– Olha, preciso ficar aqui para ajudar – falei. – Eu sei de muita coisa. E essas pessoas... Jane Quaint e os outros... eles tentaram me levar também. Eu... eu fugi, mas eles continuam atrás de mim. Thorpe está me protegendo.
– Não muito bem – retrucou Jerome.
– Ele está tentando. Eu é que saí da casa.
Jerome balançou a cabeça, confuso.
– Freddie mencionou Bu – disse ele. – Bu faz parte disso?
– Ela estava infiltrada lá no colégio. Ela é... policial.
– Eu devia ter deduzido – disse Jerome. – Ela apareceu de uma hora para outra e foi se instalar logo no seu quarto. Charlotte sabia?
– Acho que não. Olha...
Nossa posição ali de pé na calçada não estava muito confortável para mantermos a conversa, então peguei a mão de Jerome. Acho que isso foi um choque para ele. Para mim, sei que foi. Mas então ali estávamos, de mãos dadas. A mão de Jerome era quente, e ele apertou a minha, estabelecendo a conexão entre nós. Esse pequeno gesto casual fez tudo mudar, e, agora que estávamos em contato físico, sua presença se tornou mais real para mim.
– É tudo muito louco – disse Jerome. – Nem sei como chegamos a esse ponto. Eu não estava pondo muita fé em Freddie.
– Quando essa confusão acabar, prometo que vou te explicar tudo. Nos mínimos detalhes. Mas agora não temos tempo, então preciso que você não conte a ninguém que me encontrou. Seria perigoso para mim, além de atrapalhar a busca por Charlotte.
– Fiquei de encontrar Jaz daqui a três horas – disse ele.
– Não conte nada a ela – falei, balançando a cabeça. – Não conte nada a ninguém. Sei que é pedir muito, eu sei disso, mas posso mandar mensagens ao longo do dia para você saber que está tudo bem comigo. E, quando isso tudo acabar, talvez a gente possa conversar, que tal? Thorpe confia em você. Ele pediu para eu falar com você porque achou que entenderia. Thorpe acredita que você vai nos ajudar.

— E *você* confia *nele*?

Boa pergunta. Eu mal conhecia Thorpe, mas tudo que ele fizera até então tinha sido com o objetivo de me ajudar ou...

Eu me lembrei do documento que ainda levava no bolso. Stephen também confiara em Thorpe.

— Confio o suficiente — respondi.

— Estou preocupado com você, Rory.

Naquele momento, quando Jerome me olhou, eu me lembrei do que havia me atraído nele — antes de a minha vida virar de cabeça para baixo. Jerome era uma agradável combinação de competência e relaxamento. E tinha um rosto gentil. Falava com todo mundo, o que era um dos motivos para ele ser um monitor-chefe tão popular.

— Alguns dias — disse ele.

— Prometo.

— E você vai me escrever?

— Vou.

Jerome fechou a mão e a esfregou distraidamente na boca, pensativo.

— É uma loucura, mas vou fazer o que você está me pedindo — disse ele, por fim. — Se eu não tiver notícias suas...

— Você vai ter.

— E o que digo a Jazza?

— Não faço a menor ideia — respondi. — Não diga nada.

— É — assentiu, ainda pensativo. — Não vou dizer nada.

O sininho da porta soou, seguido pelo rangido de alguém a abrindo. Thorpe e Freddie saíram.

— Estamos acertados? — perguntou Thorpe.

Tive a desconfortável sensação de que ele havia acompanhado toda a minha conversa com Jerome. Não que estivéssemos fazendo nada propriamente íntimo, mas não era agradável estar sendo observada de perto, muito menos num momento a sós com Jerome. Ainda mais porque era a primeira vez que nos encontrávamos depois de tudo que acontecera entre nós, e, nos últimos tempos, uma nuvem escura de emoções estranhas e terríveis vinha me seguindo.

– Tudo certo – respondi.

– Daqui você consegue voltar por conta própria, Jerome?

Como resposta, Jerome pegou do bolso o cartão do metrô e o balançou no ar.

– Ótimo – disse Thorpe. – Freddie vem conosco.

Freddie parecia um pouco atordoada. Imaginei que tivesse havido uma conversa lá dentro também, entre ela e Thorpe. Ela foi direto até o carro e se instalou no banco traseiro.

– Então tá – falei, meu olhar indo de Thorpe para o carro e voltando a Thorpe.

– Entre – ordenou ele.

Não haveria uma longa despedida, mas provavelmente era melhor assim. Depois que entrei no carro, Jerome se aproximou e segurou a porta antes que eu a fechasse.

– Quando você vai me escrever? – perguntou.

– Duas vezes por dia – respondeu Thorpe, já no banco do motorista.

– Três.

– Ok. Agora feche a porta.

Eu fechei, e nos afastamos dali, deixando Jerome sozinho na rua.

Seguimos ao longo do Tâmisa, mas Thorpe não se deu ao trabalho de nos informar aonde estávamos indo. Olhei para Freddie pelo retrovisor lateral. Ela estava me encarando, com aquelas faces rosadas e olhar meio maníaco.

– Seu período na faculdade terminou semana passada – disse Thorpe a Freddie. – Quando você volta para casa?

– Daqui a alguns dias. Falei que ia ficar por aqui um tempinho para concluir alguns trabalhos.

Tendo obtido a informação que queria, Thorpe não se sentiu na obrigação de acrescentar nada. Freddie se recostou no banco. Às vezes meu olhar voltava ao retrovisor para ver se continuávamos observando uma à outra, mas ela tinha voltado sua atenção para o caminho que seguíamos. Paramos em frente a um prédio residencial como tantos outros de Londres. Quase igual a Hawthorne, o dormitório feminino de Wexford, só que branco e com telhado preto. Reparei numa placa que o identificava como **KING'S COLLEGE – ALOJAMENTO UNIVERSITÁRIO**.

– Vá buscar algumas roupas – disse Thorpe. – O suficiente para um ou dois dias, e traga numa bolsa pequena. Pegue também seu laptop e qualquer outro material que julgar relevante. Você tem dez minutos.

Freddie quase caiu do carro, em seu afã para ser rápida. Thorpe parou numa vaga um pouco adiante, mas manteve o motor ligado.

– Você só tinha uma ordem a seguir – disse ele. – Não sair da casa.

Pronto. Era o que eu queria que ele fizesse: que viesse com sua arrogância para cima de mim, pois assim eu poderia revidar com minha descoberta do que ele fizera (ou melhor, o que não fizera) com Stephen. Mas ele não disse mais nada. Thorpe curtia conversas unilaterais e não me deixou nenhuma porta aberta para entrar e jogar minha granada no colo dele. Só me restou responder:

– Ah, é?

– Então que tal me contar o que a levou a desobedecer uma ordem clara?

– Eu li o relatório sobre Stephen.

Nenhum sinal de compreensão. Para ser justa, tínhamos pegado várias bolsas cheias de relatórios de Stephen, portanto eu realmente deveria ter sido mais específica.

– Que relatório?

– De admissão dele.

– Relatório de admissão?

Acho que ele genuinamente não sabia do que eu estava falando. Meu momento bombardeio não estava alcançando o efeito *Bum!* que eu tanto desejava. Peguei o documento do bolso e praticamente o enfiei na cara dele. Thorpe o pegou e deu uma olhada. Quanto mais o observava, mais eu me convencia de que ele de fato nunca vira aquele papel. Três vincos profundos surgiram em sua testa à medida que processava o que lia.

– Onde arranjou isso? – perguntou ele, erguendo o olhar.

– Estava nas coisas de Stephen. Numa caixa que peguei no quarto dele.

Thorpe avaliou o documento por mais alguns instantes, depois se recostou no banco, a cabeça apoiada no encosto. Parecia muito cansado.

– Muito bem, Rory. Vou ser franco com você, porque preciso que me ouça e que compreenda minha posição. Precisamos chegar a um entendimento. Concorda comigo?

– Eu... sim?

– Quando me passaram a função de coordenar esse grupo – começou ele –, eu não tinha a mais vaga ideia do que fazer com vocês. Achei que fosse um exercício de treinamento. São muito comuns, esses exercícios, e às vezes se prolongam um pouco. Recebi algumas instruções, me orientaram a encontrar determinados tipos de pessoas. Gente jovem, com alto nível de inteligência e muitas habilidades, que houvessem passado por experiências de quase morte antes dos dezoito anos e posteriormente relatado certas visões. Eles me deram os terminais, me falaram sobre o projeto de reativar o esquadrão e me mandaram agir. E foi o que fiz. Entrei em contato com alguns hospitais e consultórios. Um dia, surgiu o nome de Stephen. Ele estava no hospital após uma tentativa de suicídio.

Thorpe olhou para mim. Acho que estava tentando identificar se eu já sabia disso.

– Ele me contou – falei.

– Imaginei. Ele lida com isso de forma bastante aberta.

– Só com isso – comentei.

– O que era um dos motivos que o tornava um bom candidato. Stephen tinha um bom senso de discrição. Normalmente, ninguém é recrutado estando ainda no processo de recuperação de um incidente desse tipo, já que o serviço secreto é uma atividade estressante e que exige silêncio, e, no período que se segue a uma tentativa de suicídio, a um trauma como esse, a pessoa precisa justamente de menos estresse e da oportunidade de falar sobre tudo. O que tornava o caso de Stephen especial era que ele não podia conversar sobre o que havia acontecido porque envolvia pessoas que ninguém mais via. Além disso, ele tinha o perfil exato para recrutamento: notas altas, colégios de excelência, boa forma física.

O início de uma chuva começou a tamborilar no para-brisa, e Thorpe fez uma pausa para acionar os limpadores. Em seguida, olhou novamente para o documento.

– Não fui eu que escrevi esse relatório – disse ele, erguendo o papel. – As informações não são uma grande surpresa para mim, mas, se eu tivesse tido acesso a isto, teria tomado outras decisões. Achei que ele tivesse se saído melhor nos testes de avaliação de risco.

Um momento de Silêncio Thorpe. Nossos pensamentos faziam o ar ali dentro do carro pesar.

– Stephen era muito reservado – continuou ele. – Não é uma característica incomum entre profissionais da área de segurança, mas o que percebi depois de um tempo foi que ele era uma pessoa com muita compaixão, que cresceu num ambiente em que a compaixão não era algo valorizado. Ele não sabia o que fazer com esse sentimento. Então, em vez de avaliar uma situação considerando a própria segurança, simplesmente se lançava ao perigo.

"Stephen passou por um sistema educacional que produz pessoas muito profissionais, muito inteligentes, mas às vezes muito despreparadas emocionalmente. O Eton College não é um colégio tão conceituado à toa. Stephen era muito focado; seu desejo era dedicar a vida a ajudar os outros, e ele nunca tinha estado numa posição em que tivesse essa possibilidade. O trabalho como policial deu a ele um sentido, um propósito na vida. Tudo que acontecesse, todos os riscos valiam a pena para ele. Stephen era extremamente inteligente, e fez as próprias escolhas.

– Então... então está tudo bem, é isso?

– Não – retrucou Thorpe, cortante. – É nesse ponto que precisamos ser claros quanto à minha posição. Foi só depois de conhecer Stephen, depois de conversar com ele, na verdade, de ver o que ele fazia... só então percebi que aquilo tudo não era um mero treinamento. Levei um tempo para digerir isso, e Stephen me ajudou muito no processo. Eu o via não apenas como um subordinado, mas como um amigo. Se você acha que eu, pessoalmente, não me importo com o que aconteceu, está muito enganada.

No final, Thorpe falava num tom emotivo como eu jamais ouvira. Não que estivesse com a voz embargada ou chorando; é que as palavras saíam rápidas e duras, com uma breve pausa para tomar fôlego ao final de cada frase. E ele inclinava o corpo na minha direção, para garantir que eu prestasse atenção a cada palavra.

– Stephen se importava muito com a sua segurança. Isso ficou evidente para mim desde o início. Portanto, se você dá valor a ele, se dá valor aos sentimentos dele e a tudo pelo qual ele se sacrificou, precisa tomar mais cuidado. Precisa me dar ouvidos. Podemos entrar num acordo quanto a isso pelo menos, em nome dele?

– Hã... sim?

Foi como se eu tivesse sido submetida à minha própria tempestade interna, e passou tão rápido quanto veio. Thorpe se recostou novamente no banco. Relaxou a expressão de um jeito que pareceu nada natural, pigarreou, ergueu o olhar para o prédio da faculdade de Freddie e conferiu o relógio. Ao ouvir um ruído do celular, pegou o aparelho do bolso.

– Nada na casa dos pais de Stephen – disse Thorpe. – Callum e Bu estão voltando e vão nos encontrar em Highgate.

– E o que os pais dele disseram? – perguntei.

– Ainda não foram informados.

– Por quê?

– Por diversas razões. Quando um oficial de segurança morre em serviço, tomamos certas medidas para proteger algumas informações. As famílias não sabem a verdadeira atividade dos agentes secretos. Os pais de Stephen, por exemplo, acham que ele era policial, o que, tecnicamente, é verdade. Pararam de falar com ele quando entrou para a polícia, acredito. E nesse caso específico... – Nesse ponto, Thorpe fez uma pausa e respirou fundo. Alguma coisa o perturbava. – O corpo dele foi levado do necrotério hospitalar e todos os registros foram apagados.

– Onde ele está agora? – perguntei.

– Está em segurança – respondeu Thorpe, mas sem seu usual tom duro. – Acredito que tenha sido levado para passar por uma autópsia especializada. Quando precisarem realizar o funeral, podemos providenciar algum corpo abandonado.

Na minha cidade natal, sempre passa o comercial de uma loja local de produtos de cargas abandonadas, que vende (talvez, ao contrário de mim, você não precise desta explicação) mercadorias que nunca foram buscadas na alfândega. Eles vendem *coisas*, só isso. O dono é um homem de cabeça pequena que aparece no comercial gritando CARGA ABANDONADA! ABANDONADA! ABANDONADA! sem parar, até você ter noventa por cento de certeza de que mercadoria abandonada é o grande lance do momento. Era só isso o que passava pela minha cabeça quando Thorpe começou a falar sobre um CORPO ABANDONADO! ABANDONADO! ABANDONADO! Como se houvesse algum armazém com um estoque completo de corpos abandonados, junto com sofás, televisores e pneus que ninguém nunca foi buscar. E talvez você pudesse comprar um corpo daqueles, levá-lo para casa e vesti-lo para fingir que tem um amigo. Só que seria um cadáver abandonado, e ele viveria caindo do sofá abandonado que você também teria arranjado, e você acabaria tendo que colocá-lo no seu freezer abandonado para que não apodrecesse.

Era possível que eu estivesse mentalmente fugindo da situação em que me encontrava, por não conseguir processar um mundo em que Stephen era um cadáver prestes a passar por uma autópsia.

Estava frio dentro do carro, e Thorpe de repente não parecia tão alto e imponente. Parecia mais novo que meu pai – embora mais musculoso, definitivamente. Aquele cabelo era o que sempre me deixava intrigada.

– Quando foi que seu cabelo ficou branco? – perguntei.

Eu já não estava me importando com nada. Só precisava mudar de assunto.

– Foi durante meu ano sabático – respondeu Thorpe.

– Antes de começar a faculdade?

– Eu tinha dezoito anos.

– Por que seu cabelo ficou branco quando você tinha dezoito anos? Foi algum problema de saúde ou...

– Rory.

Eu tinha avançado demais na zona pessoal com Thorpe. Mas ele não foi grosseiro nem nada.

– Entendo que não tem sido fácil para você – disse ele. – Lamento por isso, mas é preciso aceitar as coisas como elas são. E agora você compreende minha posição nisso tudo. Preciso que seja mais cooperativa daqui para a frente. Estou confiando no que você disse ter visto. Acredito em você. Se queremos encontrar Stephen, precisamos unir forças. Estamos acertados?

– Sim – falei.

– Agora me conte o que aconteceu naquele cemitério.

As lágrimas contidas faziam meus olhos arderem um pouco, então passei a mão rapidamente para secá-las e limpei a garganta para começar meu relato.

– Stephen anotava tudo. Num daqueles guias de ruas de Londres. Escrevia informações sobre fantasmas que tinha encontrado, e na página do Cemitério de Highgate havia uma anotação sobre um informante, um tal de Ressurreicionista. Então fui lá ver se conseguia descobrir onde as pessoas aparecem depois que morrem. Eu encontrei o Ressurreicionista, e ele realmente era um tagarela, disse que queria me levar para conhecer o lugar. Mas o que o cara queria mesmo, depois que descobriu o que eu era, era que eu eliminasse um outro fantasma. Uma criatura esquisita e horrorosa que vive por lá. Esse Ressurreicionista disse que o cemitério era dele e que queria aquele outro fantasma fora dali. Então entramos meio que numa discussão, e aí... o cara começou a jogar pedras em mim. Eu me escondi rapidinho dentro da tumba, para não ser atingida, e ele me trancou lá.

– E tentou provocar um incêndio? – perguntou Thorpe.

– Não sei se teria sido algo grave. A porta da tumba dava direto para o exterior e não havia tantas folhas lá dentro. Acho que ele só estava tentando me impedir ou me assustar, porque falei que ia acabar com a raça dele. E vou mesmo. Vou voltar lá e fazer isso.

– Talvez outra hora – disse Thorpe.

– É. Outra hora.

– Mas ele não tinha nada de útil a dizer.

– Nada que tenha me contado.

Thorpe olhou pelo retrovisor.

– Freddie está vindo aí.

– Então ela vai com a gente? – perguntei.

– Sim. Ela está nesse caso há mais tempo que nós dois. Vai passar por um breve treinamento, mas Stephen a tinha em alta estima. Ele pretendia recrutá-la. Era a próxima da lista. Já tínhamos feito todos os levantamentos, por isso é que podemos agilizar isso.

Freddie corria como podia, carregando uma pequena bolsa de viagem que parecia absurdamente pesada.

– O que você fez com o celular de Jerome? – perguntei a Thorpe.

– Eu não preciso fazer nada para ter acesso ao celular dele. Celulares não são muito seguros. Ele deveria saber disso. Achei que fosse do tipo que saberia.

Freddie nos alcançou e entrou no carro, totalmente sem fôlego, puxando a bolsa para dentro.

– Prontinho! – exclamou ela, animada. – Trouxe meu laptop e alguns livros que podem ser úteis. Aonde vamos? O que vamos fazer?

– Você vai conhecer os outros membros da equipe – respondeu Thorpe. – Embora eu imagine que já tenha uma ideia de quem são.

– Sim – disse ela, inclinando-se para a frente. – Tem a Bu, tem o cara que parece um atleta e o cara que é o chefe... Stephen, certo?

Inspirei fundo pela boca e esperei para ver como Thorpe responderia.

– O agente Dene faleceu em serviço – disse ele simplesmente.

– O quê? Ah... puxa vida. Eu... O que aconteceu?

Mordi o lábio com força e torci para que Thorpe agisse como o Thorpe de sempre, sem oferecer muitas explicações.

– Um acidente – respondeu ele. – Não vamos entrar em detalhes agora.

– Sinto muito – disse Freddie, dirigindo-se a mim. – Vocês pareciam próximos.

Parecíamos próximos? O que aquela garota tinha visto? Stephen e eu nunca fizemos nada em público. Só nos beijamos uma vez, e dentro de casa, a cortinas fechadas, num lugar em que ela dificilmente estivera. Aquilo ficou pulsando na minha mente. Por que parecíamos próximos? Ah, minha mente... Minha mente exaurida, abalada. Minha agulha emocional oscilava, segundo a segundo, entre "existe um cadáver" e "parecíamos próximos, talvez ele sempre tenha gostado de mim", o que me fez questionar se deveríamos confiar em sentimentos, até que a agulha começou a vacilar, instável e confusa, meu medidor emocional rachou ao meio e voltei meu olhar para a janela do carro.

– O que vamos fazer é o seguinte – disse Thorpe. – Estamos indo para a casa de Highgate, que só posso torcer que ainda seja segura.

– Não contei a ninguém – disse Freddie. – Quer dizer, tem Jerome... mas nem a ele eu contei. A gente se encontrou num lugar ali perto. Nunca o levei até lá.

– Vamos nos reunir com a equipe – continuou Thorpe. – Agora temos algum material com que trabalhar. Você vai ficar conosco por alguns dias, no mínimo. Talvez precise criar alguma desculpa para sua família, para justificar a permanência em Londres. Não poderá usar o celular se não fizer isso. Mais para a frente providenciaremos um treinamento mais completo para você. Aceita essas condições?

– Com certeza!

– Ótimo. Então é hora de conhecer todos oficialmente.

E, assim, seguimos para Highgate.

13

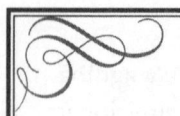

Ao chegarmos a casa, encontramos Bu e Callum sentados lado a lado no sofá, absortos numa conversa, que interromperam no segundo em que nos viram. Mais especificamente, no segundo em que viram Freddie, que, estática junto à porta, tremia como uma teia de aranha atingida pela brisa.

– Freddie, entre e feche a porta – ordenou Thorpe.

– Quem é essa? – perguntou Callum.

– Freddie Sellars – respondeu Thorpe. – Ela vai se juntar a nós.

– O quê?

– Sente-se, Freddie – disse Thorpe.

Freddie conseguiu deixar a bolsa no chão e arrastar o corpo até uma das cadeiras. Toda a confiança que vinha demonstrando até então tinha evaporado.

– Esta é Freddie Sellars – repetiu Thorpe. – Ela vem seguindo vocês há meses. Ontem mesmo nos seguiu de bicicleta até aqui. Será o novo membro desta equipe.

Bu soltou uma risada curta e seca.

– Você só pode estar brincando – disse Callum.

– Freddie fez desta equipe seu objeto de estudo por um bom tempo – continuou Thorpe. – Stephen a identificou e procurou saber quem ela era. Levantou seu histórico pessoal. Incidente quase mortal aos quinze anos...

– Como ele descobriu isso? – perguntou Freddie. – Aconteceu na Turquia. E eu nem fui para o hospital, fui atendida na praia mesmo.

– Você conversava com Stephen on-line sem saber que era ele, num fórum de discussão, e mencionou o acidente.

O olhar de Freddie se perdeu por um momento, até se iluminar com a lembrança.

– Dreadfulpenny – disse ela. – É claro.

Ficamos todos esperando a explicação.

– Era como ele se apresentava, o nick dele nos fóruns. *Penny Dreadful* ao contrário. Conversamos sobre a Sociedade para Pesquisas Psíquicas. Ele mencionou uma vez que quase tinha sido atropelado por um carro quando andava de bicicleta, contou como tinha sido assustador, e eu contei que fui picada por uma água-viva. Eu devia ter desconfiado, mas não achei que... Já fazia algumas semanas que estávamos em contato.

Senti um estranho ciúme ao pensar em Freddie conversando com Stephen por várias semanas. Ele devia ser uma daquelas pessoas que acham mais fácil se aproximar dessa forma. Tinha sido assim com Jerome e eu, quando fui obrigada a deixar Londres. Na verdade, ficamos ainda mais próximos durante o período em que só podíamos nos falar pela internet e pelo celular.

– Então ela é uma de nós – disse Bu. – Mas não significa que deveria estar aqui.

– Stephen já tinha a intenção de trazê-la. Ele levantou todas as informações necessárias e teria falado sobre isso com vocês em breve. Freddie, por que não faz um breve resumo para eles da sua história e de seus conhecimentos?

– Claro! – exclamou Freddie, se empertigando na cadeira. – Bem, meus pais são professores universitários em Cambridge. Minha mãe ensina História Antiga e meu pai é psicólogo behaviorista. Eu cresci cercada por acadêmicos e pesquisadores.

Sabia tudo de mitologia antes mesmo de ver todas as versões de *Doctor Who*. O trabalho do meu pai envolvia comportamento criminal. Ele é especializado em psicologia investigativa, embora não exerça a função, e eu pretendia seguir essa mesma área. Até que sofri o acidente. Quando comecei a ter as visões, achei que fossem puramente consequências de algum transtorno neurológico, mas depois percebi que não. Então descobri que havia outras pessoas como eu... como *nós*. Mudei minha área de interesse para História, folclore e magia. Também já estudei as áreas mais marginais da psicologia, que abordam esse tipo de assunto. Meu pai ficaria horrorizado se soubesse.

– Freddie nos forneceu algumas informações sobre Jane Quaint – disse Thorpe.

Ele pegou um aparelhinho do bolso e pôs para tocar um trecho da conversa com Clover. Callum e Bu ouviram com atenção, vez ou outra olhando de relance para Freddie.

– Aonde isso nos leva? – perguntou Callum.

– Isso nos dá dez nomes – respondeu Thorpe. – Se essas pessoas faziam parte do séquito de Sid e Sadie e se estão desaparecidas desde 1973, pode haver uma propriedade no nome de alguma delas. Já conferi no nosso banco de dados, mas não há nada lá. Faz sentido, considerando que esses jovens foram vistos pela última vez em 1973, e alguns eram conhecidos por apelidos. Você e Bu precisam ir ao arquivo da polícia e tentar encontrar alguma coisa. Vejam se descobrem onde estão essas pessoas hoje. Considerando o que ouvimos sobre elas, algumas já devem ter sido fichadas por pequenos delitos. Vai ser um volume grande de material a folhear, mas é tudo o que temos. Talvez a gente dê sorte.

– Eu posso ajudar nisso – disse Freddie, ansiosa para entrar em ação. – Eu...

– Você vai fazer o que for instruída a fazer.

– Claro – se apressou em dizer. – Sim, claro.

– Podemos conversar com Rory um momento? – perguntou Bu. – Lá em cima?

– Claro. Preciso mesmo dar algumas instruções a Freddie. Só não demorem.

Bu e eu subimos. Callum nos acompanhou em silêncio. Fomos até um dos quartos e fechamos a porta. O cômodo vazio produzia tanto eco que tivemos que falar bem baixo.

– Você saiu da casa – disse Bu. – Aonde foi?

– Achei que tivesse uma boa ideia. Não deu muito certo, mas... Bem, conheci Freddie.

– É – disse Callum, em tom de acusação. – Você a encontrou.

– Foi ela que me encontrou – corrigi. – E talvez ela possa ajudar.

– Ajudar como? Ela estuda *folclore*.

– Ela sabia tudo sobre Jane Quaint – falei. – E Stephen achava que ela era boa.

Este último comentário foi recebido com silêncio e imobilidade.

– Não havia nada na casa da família dele? – perguntei.

– Procuramos de uma ponta a outra – disse Bu. – Foi bem fácil. Os pais dele estão viajando e a faxineira deixou a porta da cozinha aberta para o piso secar. Eles lá passeando e o filho...

– Eles não sabem – falei. – Thorpe me contou.

– Acho que não voltariam nem se soubessem – opinou Callum. – É esse tipo de gente que eles são.

– Então qual é o próximo lugar onde vamos procurar? – perguntei.

Callum e Bu trocaram um olhar carregado de significado. Aquele tipo de olhar entre pessoas que já tiveram uma longa conversa sobre o assunto em questão.

– Vou descer – disse Callum, e saiu do quarto, fechando a porta com uma força um pouco excessiva.

– Ele vai me odiar para sempre? – falei.

Eu esperava ouvir "Ele não odeia você", mas Bu apenas se recostou na porta e balançou a cabeça.

– Precisamos encontrar sua amiga Charlotte, não é? Temos que ir.

Lá embaixo, Freddie estava sentada no chão, olhando as bolsas que eu havia vasculhado naquela mesma manhã. Corri até ela e arranquei um caderno de suas mãos.

– O que está fazendo? – reclamei, embora eu não tivesse propriedade alguma sobre as coisas de Stephen. Afinal, eram de Stephen.

– Ele disse para eu... – começou Freddie, sem jeito.

Thorpe ergueu o olhar. Estava sentado em silêncio num canto, digitando vorazmente no laptop.

– Vocês duas vão continuar fazendo uma triagem nisso aí – disse ele. – Rory, mostre a Freddie o que já fez até agora. Ela pode ajudar. Bu e Callum, podem ir.

Eles saíram sem mais uma palavra. Thorpe foi se instalar na cozinha com seu laptop e fechou a porta. Eu me sentei no chão, entre as bolsas e papéis. Freddie me espiou meio de lado, ainda um tanto constrangida.

– Bem, tem muita coisa para olhar – disse ela. – Estou vendo que você já começou. O que exatamente devemos procurar? Alguma informação sobre Jane?

– Você sabe alguma coisa sobre mitologia?

– Sim, bastante coisa.

– Quando Jane tentou me levar, ela me falou que estava envolvida em alguma coisa a ver com os mistérios gregos. Uns tais mistérios el...

– *Eleusinos?* – completou Freddie.

– Acho que sim. Era um nome assim.

– São chamados também de Ritos de Deméter. É um ritual grego muito antigo, basicamente um rito de iniciação, que provavelmente envolvia muitas drogas e visões. Como o princípio da Busca da Visão, só que mais... bem, mais ao estilo grego antigo. Eu teria que pesquisar para poder dizer melhor. Era nisso que ela estava interessada?

– Eles diziam que iam *derrotar a morte*. Sabe o que isso poderia significar?

– Derrotar a morte? Não. Quer dizer, existem muitas tradições que acreditam que a morte não é real, ou pelo menos não da forma como normalmente a encaramos. Nós mesmos somos prova disso, pois vemos os mortos o tempo todo. Mas se essas pessoas já têm a visão, não sei dizer o que mais elas esperavam alcançar. Posso dar uma pesquisada.

Algo na minha expressão a fez desanimar.

– Sinto muito – disse ela. – Eu juro que posso ajudar. Lamento muito por Stephen, ele parecia muito... Bem, não o conheci pessoalmente, e talvez nas nossas conversas on-line ele estivesse atuando de alguma forma...

– Duvido que ele soubesse interpretar – falei.

Freddie não tinha mais nada a dizer sobre isso. Olhei para a miríade de papéis ao nosso redor e me perguntei se aquilo era informação ou mera perda de tempo. Talvez nos levasse a algum lugar, ou talvez Thorpe estivesse só tentando me manter ocupada para não atrapalhar. De qualquer forma, se eu tinha que ficar ali com Freddie, era melhor tentar tirar algum proveito dela.

– Estamos procurando por ele – falei.

– Quem? Stephen?

Assenti.

– Ele... ele voltou?

– Acho que sim.

– Você o viu?

– Não – respondi, balançando a cabeça. – É uma longa história, mas tenho quase certeza de que ele voltou. Só que não conseguimos encontrá-lo em nenhum dos lugares em que achamos que estaria. Você sabe alguma coisa sobre onde os mortos aparecem quando voltam?

– Bem... – Freddie pensou um pouco. – Não fiz o tipo de trabalho de campo que vocês fizeram, mas já li muitos relatos. É verdade que a maioria dos lugares conhecidos como mal-assombrados são locais onde houve alguma morte ou que evocam um apelo emocional forte para alguém.

– Já fomos a todos os lugares que conseguimos lembrar. O hospital, o apartamento em que o esquadrão se reunia, a casa da família dele. Callum e Bu foram até ao Eton College.

– Talvez ele tivesse uma conexão emocional com algum local que não mencionou para ninguém. Todos temos algum lugar de valor afetivo que não necessariamente revelamos. Não por ser segredo nem nada, mas porque só tomamos consciência de como é importante quando o lugar não existe mais ou quando não podemos mais ir até lá. Para mim, acho que é o quintal da minha avó num dia ensolarado de verão. Tem um pequeno córrego lá, em que a gente vê o reflexo das nuvens. É um quintal rodeado por flores silvestres... muitas papoulas... e você pode se sentar numa pontezinha e ficar ali lendo um livro e balançando os pés. É essa imagem que me vem à mente quando me perguntam qual é o meu lugar preferido, mas acho que eu nunca tinha falado isso para ninguém até agora. Algo do tipo. Deve haver algum lugar.

– Mas se ele nunca falou sobre esse lugar...

– Não quer dizer que eu esteja certa ou que não haja uma pista – disse Freddie. – Bem, o que você encontrou aqui até agora?

– Aqui tem algumas pesquisas dele – falei, apontando para uma pilha de páginas fotocopiadas.

Freddie passou o dedo pelas bordas dos papéis e balançou a cabeça.

– Essas coisas são pura especulação. O Gabinete Paralelo e tal.

– O que é o Gabinete Paralelo? – perguntei.

– É bobagem. Teoria da conspiração. Aqui, por exemplo, tem algumas páginas de um grimório de 1908 escrito por um membro da Ordem Hermética da Aurora Dourada e um dos membros originais do Templo de Ísis-Urania em Londres.

Eu tinha lido isso na primeira página da cópia do livro. Como permaneci calada, ela assentiu, como se pensasse que ambas compreendíamos perfeitamente o que aquilo significava.

– Ouça só isto: *Então, em 1671, Thomas Blood foi à Torre de Londres e roubou as joias do rei. Foi um ato realizado ao longo de vários dias, e Blood levou todo tipo de bens, incluindo a coroa de Santo Eduardo, a orbe real e o cetro real. Após ser capturado, Blood se recusou a falar com qualquer pessoa que não o rei, que, para surpresa de todos os envolvidos, o absolveu assim que o tesouro roubado foi devolvido. Exceto pelo grande diamante, o Olho de Ísis. E mesmo assim o rei o absolveu. Dizem que o Olho de Ísis foi quebrado em doze partes e que cada um desses fragmentos contém o poder de dispersar espíritos da maneira mais desagradável possível.*

Eu não tinha chegado a esse ponto na minha leitura. Aquilo me pareceu pesquisa sobre os terminais.

– É tudo relativo às conexões entre magia e governo – disse Freddie, balançando a cabeça. – Eu também já li esse tipo de coisa, mas ninguém leva a sério. Já ouviu falar de gente que acredita que as pirâmides foram construídas por alienígenas ancestrais? Isso aqui é mais ou menos nesse nível.

Deixei o assunto de lado, pois Freddie parecia não saber que os terminais eram reais. Ela provavelmente descobriria em breve. De qualquer forma, aquilo não tinha nada a ver com nossa busca por Stephen.

– Tem isso aqui também – falei, puxando o caderno preto de sob uma pilha de formulários.

Freddie abriu o caderno e deu uma folheada. Pelos seus olhos arregalados, percebi que aquilo era exatamente o tipo de coisa que ela queria.

– Ah! – exclamou. – Adoro códigos. Vou estudar este.

Olhei para a pilha de papéis. Tinha que haver alguma coisa ali, mas meu cérebro estava tão exausto, tão desgastado e tenso... O que eu queria mesmo era dormir, ou andar por todas as ruas de Londres à procura de Stephen, ou ambos ao mesmo tempo. O que eu *precisava* fazer, no entanto, era encontrar alguma função para mim que envolvesse aquela papelada de alguma forma.

– Mais alguma coisa interessante que você tenha encontrado? – perguntou Freddie.

– Eu fui ao cemitério por causa disso – falei, pegando o guia de ruas de uma outra pilha. – Parece que Stephen estava registrando o aparecimento de fantasmas em diferentes locais.

– Isso pode vir a ser muito útil. Podemos marcar esses pontos no mapa, para termos uma visualização geográfica. Quem sabe nos dá uma indicação? Tem algum mapa maior por aqui?

– Aposto que sim – respondi. – Stephen adora mapas. Geralmente deixam um preso na parede, acho que Bu trouxe para cá. Deve estar por aqui.

Nós duas reviramos o amontoado de coisas até que Freddie o encontrou, ainda dentro de uma sacola. Era um mapa de Londres já bastante gasto, que abrimos no chão. Estava cheio de buraquinhos de antigas marcações de informações.

– Se você fizer um *X* em todos os lugares onde um fantasma foi visto, poderemos ter uma visão geral – disse Freddie.

Aquilo era algo que eu podia fazer. Fazia sentido. Era uma tarefa, e eu precisava de uma tarefa. Encontrei uma caneta no meio daquela bagunça, peguei o guia de ruas e sentei em cima do mapa. Cada página do guia correspondia a uma pequena área de Londres. Eram umas duzentas páginas, com muito mais detalhes que o mapa grande. Eu teria que ir de área em área, avançando devagar pela cidade com minha caneta, encontrando as ruas ou calculando onde estariam caso não aparecessem no mapa maior. Freddie, enquanto isso, se instalou no sofá com o caderno preto e um bloco. A partir daí, o tempo passou muito rápido. Fui página por página, engatinhando sobre o mapa de Londres. Havia algumas pequenas concentrações de atividade aqui, alguns grandes espaços vazios ali. Nada que parecesse importante aos meus olhos. Não sei direito quanto tempo passamos naquilo. As cortinas estavam fechadas, e já tinha escurecido havia um bom tempo.

– Muito bem – disse Freddie, quebrando o silêncio finalmente. – Tenho quase certeza de que não é um código padrão, de mera substituição de caracteres. Parece que precisa de uma chave. Por acaso você encontrou algumas páginas soltas com anotações que pareciam completamente aleatórias? Tabelas de letras...

– Eu teria notado isso.

– Claro. Muito bem, então. Por que Stephen escreveria em código no próprio caderno? O que ele pretendia fazer com isso? Se encontrarmos essa resposta, talvez possamos descobrir como ele elaborou a chave para o código.

– Stephen era muito cuidadoso com tudo – falei.

– Mas tem mais alguma coisa escrita em código?

– Não. Todo o resto é perfeitamente normal.

– Então o conteúdo deste caderno é diferente. As informações aqui são de outro tipo. As pessoas só registram aquilo que precisam lembrar, então por que ele escreveria...

A porta da cozinha se abriu. Thorpe entrou apressado na sala.

– Encontramos um endereço – anunciou ele. – Peguem seus casacos.

14

Thorpe dirigia rápido dessa vez, bem mais rápido do que imagino que seja permitido em Londres. Pegava as faixas exclusivas de ônibus, desviava bruscamente dos carros. Ninguém o impediu. O carro devia ter alguma sinalização indicando à polícia que o deixasse em paz. Mas nos sinais vermelhos ele parava, o que sempre nos lançava para a frente nos bancos.

– A casa está no nome de Mick Dunstan – disse ele. – Nome verdadeiro Michael Philip Dunstan, nascido em 1952, preso seis vezes entre 1968 e 1973, por posse e tráfico de entorpecentes. Nenhum outro registro por nove anos, até 1982, quando comprou uma casa. Fica em East Acton, perto da Wormwood Scrubs, o que explica muita coisa.

– O que é Wormwood Scrubs? – perguntei a Freddie.

– Uma prisão, que eu saiba.

– É também uma área de preservação ambiental – acrescentou Thorpe. – Uma das maiores áreas verdes de Londres. Basicamente o campo dentro da cidade.

O campo. Ir para o interior.

– É lá que ela está – falei.

– É provável.

– Então Clover foi útil – disse Freddie, ávida por aprovação.

– Sim, Freddie – disse Thorpe. Ele então pegou um celular no bolso do casaco e o jogou no meu colo. – Escreva uma mensagem para Jerome, dizendo que está bem. Não envie. Quero ver antes.

Era um momento meio intenso demais para ficar escrevendo mensagens para Jerome, então, após um ou dois minutos pensando, acabei ficando apenas com: **Estou bem.**

Passei o aparelho para Thorpe, que deu uma olhada antes de enviar. A resposta veio rápido:

Como vou saber que é vc?

Considerei a pergunta, depois digitei outra resposta e submeti à aprovação de Thorpe quando paramos num sinal. Aprovação dada com um gesto de cabeça breve.

Estou bem, seu ridículo.

Durante grande parte de nosso romance malfadado, Jerome e eu tínhamos substituído as palavras de afeto por insultos.

Assim está melhor, foi a resposta.

– É o suficiente – disse Thorpe, pegando o celular de volta.

Pouco menos de uma hora depois, chegamos a uma área residencial, um lugar de Londres aonde eu nunca tinha ido. Uma van da companhia nacional de gás estava parada em frente à casa, algumas pessoas entrando e saindo. Um cara se aproximou do nosso carro e deu batidinhas na janela. Thorpe baixou o vidro.

– Ninguém – disse o homem, em voz baixa. – Mas foram embora há pouco tempo. Tem comida na cozinha, lixo recente. Devemos coletar?

Thorpe observou a casa por um instante.

– Retire sua equipe por cerca de uma hora. Quero dar uma olhada primeiro. Mantenham-se no perímetro e, se avistarem algum deles na área, entrem em ação.

– Certo.

O homem olhou para mim e para Freddie, mas não disse mais nada. Em seguida, voltou ao grupo e fez um rápido sinal com a mão, ao que todos entraram na van. Esperamos um pouco até eles partirem. Callum e Bu chegaram correndo.

– O metrô está um inferno hoje – disse Callum. – Demorou uma eternidade.

Thorpe se inclinou sobre mim, abriu o porta-luvas e pegou algumas luvas descartáveis.

– Coloquem isso – ordenou ele.

– Nós vamos *entrar*? – perguntou Freddie.

– Vamos. Precisamos ser os primeiros lá dentro antes de documentarem a cena. Não toquem em nada nem mudem nenhum objeto de lugar se não for estritamente necessário.

Tenho que admitir que me senti muito como o pessoal do *CSI* botando as luvas.

Do lado de fora, era a casa mais comum que se pode imaginar. Eu tinha passado a desconfiar de casas que pareciam comuns. Lá dentro, fomos logo recebidos por uma lufada de incenso na cara. Não tão forte quanto na livraria esotérica, mas com cheiro parecido. Sem dúvida, algumas pessoas haviam estado ali recentemente. E gente porca – havia embalagens de comida e lixo por toda parte. Velas tinham sido acesas pela casa inteira, dentro de garrafas de vinho e de cerveja ou sobre qualquer superfície em que grudassem sobre a própria parafina escorrida. Havia uma fina camada de algum pó no piso, além dos resquícios de um círculo desenhado em giz.

– Eles andaram fazendo rituais aqui? – perguntou Callum. – Tipo bruxaria?

– Podiam estar fazendo qualquer coisa que você imaginar – disse Freddie. – Pelo visto, eles curtem todo tipo de magia.

– O que eles curtem mesmo é um salgadinho – disse Bu, dando um peteleco com a ponta da unha numa embalagem rosa de biscoito.

Realmente, havia muitos pacotes vazios de salgadinho.

– Acho que eles fumam à beça – falei. – Deve ser a larica, não?

– Faz sentido – disse Freddie. – Muitos dos rituais ancestrais gregos se baseavam na ingestão de substâncias alucinógenas, principalmente chá de cogumelo. É basicamente uma versão natural do LSD.

– Quer dizer então que eles ficam chapados e comem biscoito – comentou Callum. – Metade dos meus amigos do colégio se encaixa nessa descrição.

Thorpe estava olhando para o alto. Olhei também: havia um pequeno dispositivo instalado no teto.

– Alarme de incêndio – falei, apontando. – Pelo menos são uns drogados precavidos.

– Meio estranho ter um detector de fumaça numa casa dessas – comentou Freddie.

Seguimos para a cozinha.

– Ainda está quente – observou Bu, com a mão na chaleira. – Não faz muito tempo que foram embora.

– Curioso, não? – disse Callum. – Deram o fora logo antes de a gente chegar. Parece até que sabiam que estávamos vindo.

Os dois olharam para Freddie, que estava recuando bem devagar na direção da mesa.

– Ela não fez nada – disse Thorpe.

– Como você pode saber? – perguntou Bu. – Ela não conhecia toda essa gente? Não levou vocês direto para um cara que conhecia Jane? A garota se junta a nós, e de repente encontramos esse lugar? Mesmo que Stephen tenha...

– Eu não fiz nada! – defendeu-se Freddie. – Juro.

– Mas é verdade que você conheceu Jane, não é? – perguntou Thorpe. – Você disse que ela era muito conhecida no meio, mas não foi só isso, foi?

A pele de Freddie ganhou um leve tom arroxeado.

– Quando recebi a visão, comecei a procurar outras pessoas que fossem como eu – disse ela. – Foi assim que conheci, na livraria, um cara que me apresentou a Jane. Ele me levou para jantar na casa dela uma vez. Só uma vez. Todos foram muito gentis comigo, e aquele foi o primeiro e único lugar em que pude falar abertamente sobre o que tinha acontecido. Foi maravilhoso poder dividir aquilo com alguém. Com eles, eu me senti normal.

Eu entendia perfeitamente.

– Conversamos sobre como era ter a visão, mas eles não mencionaram nada do que falaram para Rory. E nunca mais os vi depois daquela noite.

– Por que não, se gostou tanto deles? – perguntou Bu.

– Eu não gostei deles – respondeu Freddie, ríspida. – Gostei de como me senti entre eles, como se não houvesse nada de errado comigo. Mas alguma coisa no jeito daquelas pessoas me incomodou muito, e eu não conseguia identificar o quê. Eles eram receptivos demais, pareciam ter um interesse exagerado em mim. Então, em certo momento do jantar, inventei uma desculpa para sair da sala, subi a escada escondido e dei uma olhada nos livros que encontrei por lá. Quando vi alguns dos títulos impressos nas lombadas, comecei a desconfiar de que estava lidando com pessoas *bem* estranhas. Eu desci, terminei de comer, agradeci pela hospitalidade e nunca mais voltei. Ninguém fez nada contra mim, mas continuei sentindo um grande desconforto em relação a eles. Quando vi Jane rondando seu colégio, Rory, perguntei sobre ela aqui e ali, e foi quando Clover finalmente me contou aquilo tudo. É essa a verdade.

Bu e Callum se entreolharam. Continuei encarando Freddie, que agarrava a beirada da mesa como se estivesse com medo.

– Acho que ela está dizendo a verdade – falei.

– É o que penso também – concordou Thorpe. – Na verdade, eu sei que ela não entrou em contato com ninguém. Instalei um rastreador no celular e no laptop de Freddie, e coloquei uma pessoa no alojamento da universidade para acompanhar os movimentos dela. Essa mesma pessoa a vigiou enquanto Freddie buscava algumas coisas no alojamento.

— A faxineira? — perguntou Freddie, arregalando os olhos. — A que pediu que eu deixasse a porta do quarto aberta porque tinham dedetizado o prédio?

— Você não passou um minuto sozinha. E, na casa de Highgate, fiz Rory ficar do seu lado. Ela jamais a deixaria sozinha mexendo na papelada de Stephen.

— Você permitiu que ela mexesse nos documentos de Stephen mesmo achando que oferecia risco à equipe? — questionou Bu.

— Eu não achava isso. Acredito que Freddie seja um excelente recurso para o esquadrão.

— Então quem avisou a eles que estávamos vindo para cá?

— Pode não ter sido ninguém — respondeu Thorpe. — Pode ter sido uma simples coincidência. Mas não creio que seja o caso. Acho que alguém nos viu entrando na livraria.

— Clover não foi — disse Freddie, que aos poucos estava conseguindo soltar a beirada da mesa. — Ele odeia Jane.

— Qualquer um que estivesse ali por perto pode tê-los alertado — disse Thorpe. — Imagino que nosso grupo tenha chamado atenção ao entrar. Mas, seja lá quem tenha sido, sei que não foi você. Então vamos continuar nosso trabalho aqui. Segundo andar.

Bu e Callum ainda olhavam para Freddie com um resquício de desconfiança. Ela baixou a cabeça. Seguimos para o segundo andar, que estava apenas ligeiramente menos nojento que o primeiro. Havia três quartos, dois deles sem cama, com apenas alguns colchões e cobertores no chão. O único banheiro era imundo, com uma pilha de toalhas úmidas largadas num canto e um desagradável círculo de sujeira contornando o interior da banheira. Algumas escovas de dentes repousavam com as cerdas para baixo numa pequena piscina de uma gosma leitosa — provavelmente água que escorrera das próprias escovas e endurecera em contato com o ar. Esse detalhe foi o que mais me perturbou.

— Parece que havia cinco ou seis pessoas aqui — disse Thorpe.

– Seis pessoas porcas – acrescentou Bu.

O quarto principal tinha uma cama, que repousava sobre um grande tapete branco. Era uma suíte. O banheiro estava mais limpo que o outro, as toalhas penduradas devidamente e a escova de dentes deixada de pé no suporte.

– Acho que Jane ficava aqui – falei.

Abrindo o armário no quarto, encontrei algumas roupas. Eram de um estilo mais convencional que os trajes usuais de Jane, mas pareciam do tamanho dela.

– Recolham as escovas de dente – ordenou Thorpe a Callum e Bu, entregando a eles alguns sacos plásticos que levava nos bolsos. – As de cabelo também. E procurem qualquer objeto com alguma identificação.

– Esse piso é muito irregular – comentou Freddie, olhando para baixo.

Acho que ela tinha razão: havia fendas entre as tábuas, como se não tivessem se dado ao trabalho de alinhá-las direito ao instalar o piso.

– Quem se importa? – retrucou Callum.

– Não é que eu me importe, é só que... Essas janelas não parecem mais baixas que as lá de baixo?

Freddie foi até as janelas e abriu as longas cortinas. Ela tinha razão: definitivamente, as dali eram mais próximas do chão.

– Como eu disse, quem se...?

Como resposta a essa pergunta enunciada pela metade, Thorpe se ajoelhou e tateou o piso em volta. Enfiou a unha nos espaços entre as tábuas. Então, olhou para as janelas.

– Esse piso foi elevado. Tem alguma coisa aqui embaixo, e isso é ventilação. Levantem aquela cama e a coloquem apoiada na parede. Afastem o tapete.

Callum e Bu cuidaram da cama enquanto Thorpe e eu puxávamos o tapete. Freddie, a essa altura, já estava deitada de bruços no chão, o rosto na madeira, olhando entre as brechas das tábuas.

– Acho que é oco aqui embaixo – disse ela.

Assim que puxamos o tapete, vimos o contorno nítido de um alçapão. Thorpe se abaixou novamente e, com esforço, conseguiu abri-lo, revelando o espaço de cerca de meio metro de profundidade abaixo do piso.

Lá estava Charlotte, deitada de costas, o cabelo ruivo espalhado em volta da cabeça, as mãos dobradas placidamente sobre o peito. Thorpe desceu pela abertura e tocou o pescoço e o rosto de Charlotte.

– Ela está respirando. Charlotte, pode me ouvir?

Nenhuma resposta. Callum se ajoelhou e o ajudou a tirá-la dali. Com cuidado, eles a colocaram no chão, onde Thorpe continuou examinando-a de toda forma, erguendo as pálpebras, tentando ouvir o coração. Não havia cortes nem hematomas visíveis, nenhum sinal de ferimento. Ela estava simplesmente adormecida, deitada num esconderijo abaixo do piso, sob um tapete e uma cama numa casa qualquer de Londres.

– Vou chamar uma ambulância – disse Bu.

– Não. Pegue o carro e estacione aqui em frente – ordenou Thorpe. – Já.

– Ela está bem? – perguntei, me agachando ao lado de Charlotte.

– Precisamos levá-la a um médico – disse Thorpe, sentando-se sobre os calcanhares. – Conheço uma pessoa. Enrole-a num cobertor e leve-a para o carro, Callum. Coloque-a no banco de trás. Tente ser o mais discreto possível.

Thorpe pegou o celular e enviou uma mensagem enquanto Callum pegava Charlotte no colo, a cabeça dela pendendo para trás.

– Freddie e Rory, vocês vão no carro comigo. Rory vai atrás com Charlotte. Callum e Bu: fiquem de olho aqui na casa.

Descemos. Entrei no banco traseiro do carro enquanto Charlotte era colocada com cuidado ao meu lado, a cabeça repousando no meu colo. Esse talvez tenha sido o momento mais estranho de tudo aquilo, olhar para baixo e ver o rosto de Charlotte, seu cabelo ruivo sobre minhas pernas. Após alguns minutos dirigindo, senti que ela mexia a cabeça.

– Acho que está acordando! – exclamei. – Charlotte?

Seus cílios se mexeram. Suas pálpebras se contraíram e ela abriu e fechou a boca, sem emitir som. Então, ambos os olhos se abriram aos poucos, muito lentamente. Ela me fitou.

– Rory?

– Oi. Está tudo bem.

– Onde eu estou?

– Estamos indo buscar ajuda. Vamos levá-la a um médico agora mesmo. Você vai ficar bem.

– Eu me sinto bem – disse ela, aérea.

– Que bom.

– Continue fazendo-a falar – disse Thorpe. – Não vamos demorar a chegar.

Olha, eu já tive algumas conversas esquisitas na minha vida, mas aquela foi uma novidade. Minha mão estava no cabelo de Charlotte, sua cabeça no meu colo, e ela me olhava com a meiga confiança de um filhotinho de cachorro. Era bem estranho.

– Então – continuei. – Está se sentindo bem? Você está bem?

– Muito cansada. Parece que... parece que dormi por anos.

O olhar de Charlotte se focou num ponto acima dos meus olhos.

– Seu cabelo – disse ela. – Você cortou?

Pelo tom da pergunta, ficou claro que ela estava tentando entender o que me levaria a cometer um ato tão tenebroso contra minha própria cabeça. Ela ainda estava despertando.

– Eu estou atrasada? – perguntou Charlotte.

– Você não está atrasada para nada.

– Devo estar atrasada. Devo... – Ela olhou de um lado para o outro. – Estamos indo a algum lugar?

– A um médico – expliquei novamente.

– Ah, não precisa. Eu só estou meio lenta. Quem é você?

A pergunta foi para Freddie, que estava virada para trás entre os bancos da frente.

– Freddie Sellars.

– Você não é de Wexford – disse Charlotte, franzindo o cenho, concentrada em tentar se lembrar daquele rosto.

– Não, eu sou...

– Freddie... – interrompeu Thorpe, num tom de alerta.

– Eu sou uma... uma amiga de Rory?

Charlotte tentou se mover, e eu a ajudei a se sentar. Ela estava pesada e desajeitada, como se bêbada. Seu corpo ficou refastelado no encosto do banco.

– Aonde estamos indo? – perguntou ela novamente. – Que carro é esse?

– É o meu – respondeu Thorpe. – Sou um oficial de segurança e você está sendo levada a um médico.

– Oficial de segurança?

Ela olhou pela janela, como se a explicação que buscava estivesse na paisagem lá fora.

– Você foi sequestrada alguns dias atrás – explicou Thorpe. – Acredito que a tenham drogado.

Charlotte refletiu sobre aquilo por alguns segundos.

– Eu fui encontrar Jane. Fui à casa dela... estava lá. Depois, estava numa outra casa. Mas não consigo lembrar por quê.

– Vou lhe fazer algumas perguntas, tudo bem? – disse Thorpe.

– Ah, sim, tudo bem...

– Eles a machucaram?

– Acho que não. Só estou muito cansada.

– Pode me dar alguma informação sobre as pessoas que estavam na casa? Sabe me dizer quem eram? Quantas eram?

Charlotte pensou um pouco.

– Jane estava lá. E Devina. E um garoto loiro. Não sei...

– Ótimo. Muito bem. O que mais você lembra?

— Eles foram gentis comigo o tempo todo — continuou Charlotte. — Ninguém me fez nada de mau. Tomamos muita sopa com pão, e às vezes eu via TV. Vi meu rosto na TV, no jornal.

Aquilo era bizarro. Mas nem de longe tão bizarro quanto o que ela contou em seguida.

— Eles me deram um banho. E depois do banho foi tudo...
— Como assim lhe deram banho? — perguntou Thorpe.
— Eles me colocaram na banheira... de roupa, não nua... e aconteceu alguma coisa, não consigo lembrar o quê, e aí, quando eu acordei, estava toda encharcada, a cabeça e tudo. Acho que fiquei um tempo debaixo d'água. Então me deram um monte de toalhas e um roupão e fomos tomar chá. E eles... ah, sim, eles me deixaram ir ao jardim um tempinho. Estava de noite. Muitas estrelas no céu, agora estou lembrando. Disseram: "Agora você pode ver." E aí, no dia seguinte, eu conheci um homem que não estava lá... Isso é um poema? Eu conheci um homem que não estava lá...

Freddie olhou para mim.

— Charlotte, você tomou esse banho e depois viu uma pessoa que não estava lá?

— No jardim. Eu sei que parece estranho. Não sei explicar. Foi louco. Mas foi maravilhoso. Era como se ele fosse feito de ar, mas era real. Jane e os outros falavam muito, mas não entendi nada. Diziam que estava na hora.

— Hora de quê? — perguntou Thorpe.
— Deixa eu pensar. — Mesmo ainda semidrogada, Charlotte continuava a ser a monitora-chefe sempre pronta para elaborar respostas precisas. — Um dia, de manhã, eles pareceram muito empolgados porque estavam prestes a descobrir onde estava.

— Onde estava o quê? — perguntou Thorpe.
— A pedra. — Havia um toque de impaciência na resposta dela, como se Thorpe não estivesse acompanhando direito seu relato. — Eles precisavam da pedra para começar. Não sei direito o que estava acontecendo, mas parecia que tinham entendido

alguma coisa, e disseram que estavam perto de conseguir. É a última coisa que eu me lembro de ter ouvido. Estamos indo ao Museu Britânico?

Estávamos passando por um prédio grande, e imagino que ela tivesse acertado, que aquilo era mesmo o museu.

– Estamos indo para a casa de uma médica conhecida minha – respondeu Thorpe. – Ela já foi avisada que você está chegando.

Assim que paramos o carro, a porta de uma casa próxima foi aberta e uma mulher saiu ao nosso encontro. Era alta e de traços finos, com pele negra muito escura e um batom de cor viva. Vestia-se de forma tão conservadora quanto Thorpe, mas com um pouquinho mais de estilo: uma camisa off-white em tecido sedoso, amarrada na altura do pescoço, e uma saia lápis com uma listra vertical de couro na lateral. Tradicional, mas provavelmente de marca. Trajes com a aparência de produto de qualidade e caro. Ela foi direto até a porta traseira do carro, abriu-a e pegou o pulso de Charlotte.

– Charlotte? – chamou ela.

– Olá.

Charlotte tinha voltado a ficar infantiloide.

– Sou a dra. Marigold. Você vai entrar comigo agora. Acha que consegue andar ou precisa que alguém a leve?

– Acho que consigo andar.

– Eu a ajudo.

A mulher lançou a Thorpe um olhar mortal enquanto ajudava Charlotte a sair do carro. Depois, me encarou de um jeito que sugeria saber quem eu era. Então, conduziu Charlotte até a porta da casa.

– Quem é essa? – perguntei.

– Uma colega de trabalho. Falem o mínimo possível dentro da casa. E não repitam nada do que ouviram no carro, entenderam? Se ela perguntar alguma coisa, sejam concisas na resposta.

Imaginei que não fossem muito bons amigos, Thorpe e aquela médica.

Enquanto o apartamento de Thorpe era asséptico e o de Jane era uma espécie de delírio retrô febril, a casa daquela mulher exalava refinamento e tradição. Muitas prateleiras preenchidas cuidadosamente com romances e livros científicos e de medicina. Havia uma variedade de instrumentos médicos e equipamentos na mesa: um estetoscópio, algumas ampolas, uma seringa, álcool e ataduras. Charlotte foi colocada no sofá. A médica lhe auscultou o peito com o estetoscópio, mediu seu pulso e observou os olhos dela com uma lanterninha, além de examinar suas pernas e braços, girando seus punhos várias vezes.

– Como você se sente? – perguntou a mulher.

– Um pouco cansada, mas bem.

Ela verificou as pupilas de Charlotte mais uma vez.

– Está me parecendo que lhe deram um sedativo leve – disse a mulher a Thorpe. – Preciso examiná-la para conferir se há ferimentos. Por favor, saiam todos. Esperem na cozinha. Final do corredor.

Acho que Thorpe não estava querendo muito sair da sala, mas mesmo assim ele assentiu para nós, confirmando a ordem. Fosse qual fosse a tensão oculta que estivesse se passando entre os dois, não era algo que deveríamos saber. Após alguns minutos, a mulher foi ao nosso encontro na cozinha.

– Nenhum sinal de trauma físico – confirmou ela, lavando as mãos na pia. – Sem hematomas, sem lacerações. Foi bem alimentada e hidratada, demonstra apenas uma sedação leve. Ela fica aqui comigo. Vocês podem ir.

– Precisamos discutir a outra questão.

– Não agora. Leve-os.

– Não me sinto confortável em...

– Então eu chamo uma ambulância e a transfiro para um hospital. Assim você se sentiria mais confortável? Senão, é só...

Ela me olhou de relance, e me senti gelar. Thorpe cruzou os braços. Houve um confronto silencioso ali. Por fim, Thorpe se afastou do balcão da cozinha em que estava recostado.

– Hora de irmos – disse ele. – Vamos nos falando.

Já de volta ao carro, me senti à vontade para perguntar:

– Vamos deixar Charlotte aqui?

– Ela vai ficar bem. Receberá cuidados médicos.

– Mas quem é essa mulher?

Ele não respondeu.

– Ei, e a família dela? – insisti. – Ou a polícia? Afinal, agora que a encontramos...

– Isso ainda não será informado.

– Por que não?

– Porque precisamos descobrir o que aconteceu com ela. Acho que você ouviu o mesmo que eu.

– Eles deram a visão a ela – disse Freddie.

– Exatamente. E ela descreveu algo que não me soa bem. Enquanto não soubermos o que está havendo, enquanto não pegarmos o responsável por isso, Charlotte continuará desaparecida para todos os efeitos. O que significa que vocês não podem contar a ninguém.

15

Tarde da noite, estávamos reunidos na cozinha do esconderijo de Highgate. Callum e Bu haviam esperado um tempo na casa de East Acton, mas, como Jane e os outros não apareceram, Thorpe os mandou voltar. Sem cadeiras suficientes para todos nós, ficamos em pé em volta da mesa comendo *fish and chips*. Já havia um tempo que eu não fazia uma refeição quente.

– Então eles pegaram Charlotte e não a machucaram – dizia Bu. – Mas lhe deram a visão?

– Se entendemos corretamente, sim – respondeu Thorpe.

– Tive a forte impressão de que foi isso – disse Freddie. – Parece que a colocaram na banheira e a seguraram embaixo d'água por um tempo.

Callum e Bu continuavam bastante insatisfeitos com a presença de Freddie, contudo, como ela se provara útil, havia agora uma aceitação relutante por parte deles.

– Mas nem todos ganham a visão, mesmo depois de uma experiência de quase morte – falei. – Certo?

– É o que presumimos – confirmou Thorpe. – Caso contrário, todos os hospitais do país estariam cheios de gente vendo mortos, e não é isso o que acontece.

Parece um traço bastante raro, se considerarmos a exclusividade desta equipe.

– Mas por quê? – questionou Callum. – Por que eles iriam querer fazer isso?

– Talvez apenas como um experimento – opinou Freddie. – Mas não sabemos se é sequer possível *conceder* a visão a alguém.

– Se o poder de um terminal foi conferido a Rory, eu presumiria que coisas semelhantes também são possíveis – argumentou Thorpe.

– Terminal? – perguntou Freddie.

– O que usamos contra os fantasmas – respondeu Callum.

– Não estou entendendo. Vocês estão me dizendo que têm instrumentos capazes de destruir fantasmas?

Então eu estava certa: Freddie não fazia ideia.

– Eram diamantes – explicou Bu. – Mas não temos mais nenhum.

– Vocês têm *diamantes* capazes de fazer isso? – disse Freddie. – Diamantes?

– Tínhamos – disse Callum. – Perdemos todos. Agora temos apenas...

– Agora o quê? – perguntou Freddie, virando-se para mim em busca de uma explicação.

– Eu – falei. – Alguma coisa aconteceu quando fui esfaqueada. Seja lá o que havia no terminal, está em mim agora. Então se eu toco um fantasma...

– Ele faz *bum* – completou Callum.

Freddie ficou paralisada num silêncio boquiaberto.

– É muita coisa para digerir mesmo – disse Bu, pegando casualmente uma batata frita.

– Não é só isso – disse Freddie. – Se esses instrumentos existem, então... pode ser tudo verdade. Entre o pessoal que discute o paranormal corre uma história de que, numa era pré-histórica, a Inglaterra foi um portal para os mortos. Londres era por onde passavam os muitos rios que os mortos precisavam cruzar. Havia caminhos, as linhas de Ley, e pontos de entrada, como o Stonehenge. Aquele tipo de especulação estúpida que cai no gosto das pessoas. Eu estava falando um pouco sobre isso com Rory hoje mais cedo. Stephen tinha algum material sobre o assunto, mas achei que fosse só um interesse pessoal dele. Essa teoria sustenta que Londres se tornou uma das maiores cidades do mundo porque se localiza sobre um ponto de poder maciço, mas que este poder precisa ser controlado e mantido com muito cuidado. Em algum momento do passado distante, uma série de pedras poderosas foi colocada em diferentes pontos da cidade, em locais-chave. São pedras que supostamente controlam as aberturas que ligam o mundo dos vivos e o mundo dos mortos. Chaves, digamos. Mas Charlotte mencionou uma pedra, e se vocês estão dizendo que têm diamantes...

Ela pousou a embalagem de peixe frito com força na mesa, cheia de empolgação.

– Freddie, respire – disse Thorpe. – Explique.

Como resposta, Freddie saiu às pressas da cozinha e voltou logo depois com algumas páginas fotocopiadas, daquelas que recolhemos do apartamento.

– Stephen tinha isto. É de um texto acadêmico sobre o roubo das joias da Coroa em 1671 por Thomas Blood. – Ela leu em voz alta o mesmo trecho que lera para mim. – Ele recebeu o perdão do rei. Isso é verdade.

– Um diamante – disse Bu. – Em pedaços.

– Doze deles – acrescentou Callum.

– Aqui tem mais alguma coisa sobre o Olho de Ísis. – Freddie passou algumas páginas até encontrar o que queria. – Isto é de um livro de 1867, chamado *Magia de Londres*. Um título bastante genérico e de autoria anônima.

E começou a ler:

– *Uma pedra ancestral e amada por faraós. Foi colocada no olho de uma grande estátua da deusa Ísis em Heliópolis. Conta-se que era de um azul brilhante e que parecia queimar por dentro. Afirma-se que é pratica-*

mente do tamanho do pulso de um homem. Quando removida da estátua, ela perdeu sua cor azul. Uma grande batalha foi travada, mas a pedra se perdeu no tempo, até reaparecer na Inglaterra na era de John Dee. Àquela altura, a pedra havia reduzido de tamanho, mas ele a considerava uma preciosidade e a guardava em seus aposentos, alegando ser vital ao bem-estar de Sua Majestade. Após a morte dele, a pedra foi levada à Torre de Londres, de onde foi roubada por Thomas Blood, o mais diabólico e o mais vil dos homens. O Olho de Ísis era apenas uma de oito pedras. Sabemos de outra chamada Osulf, que hoje está a salvo da interferência humana. É a essas pedras que devemos nossa felicidade. Que jamais conheçamos mais delas, pois o futuro de Londres delas depende, e elas devem ser mantidas a salvo para todo o sempre, preservadas no domínio do Gabinete Paralelo.

– O Gabinete Paralelo? – perguntou Thorpe.

– Não o órgão do governo – explicou Freddie. – Mesmo nome, grupo bastante diferente. O Gabinete Paralelo é responsável por proteger essas pedras. O nome se deve ao fato de que eles atuam por trás dos panos. É quem realmente está no controle. Esse tipo de coisa. A função do Gabinete é garantir que as pedras nunca sejam roubadas ou tiradas do lugar. Eles falharam uma vez, quando o Olho de Ísis foi levado, e é a isso que Londres deve sua fama de mal-assombrada. Foi como se parte do muro que protege a cidade tivesse vindo abaixo. Sempre pensei que isso fosse alguma bobagem inventada por druidas revivalistas vitorianos, sem base na realidade. Uma teoria da conspiração contada entre os ocultistas. Aquele mesmo tipo de gente que acredita nos Illuminati, em controle da mente, auras etc. Achei que fosse uma história apenas vagamente inspirada em fatos reais. Por exemplo, a Osulf é real. Charlotte disse que eles precisavam de uma pedra...

Thorpe tinha deixado de lado seu peixe e ouvia atentamente.

– O que tem essa Pedra Osulf? O que é?

– Bem, eu posso procurar saber com mais detalhes... – Ela pegou o celular e digitou alguns termos. – De acordo com a internet, era um monolito pré-romano, e costumava ficar no Marble Arch. Diziam que era algum tipo de marco fronteiriço, mas ninguém sabia ao certo por que estava lá. Era só uma pedra misteriosa. Ela ficou ali por séculos, chegando a emprestar seu nome à área. Então a história fica um pouco estranha: em 1819, a pedra foi simplesmente enterrada. Três anos depois, em 1822, voltou a ser desenterrada. Por quarenta e sete anos ela permaneceu junto ao Marble Arch, até desaparecer em 1869. Presume-se que o Gabinete Paralelo a tenha colocado em algum lugar onde ninguém a pudesse pegar.

– Então você está dizendo que Jane e seus cúmplices sabem onde está essa pedra? – perguntou Bu.

– Pelo que me pareceu, eles estavam perto de encontrá-la – respondeu Freddie. – E, se isso tudo for verdade, essa pedra é capaz de abrir alguma espécie de canal entre os vivos e os mortos.

– Isso está me cheirando a baboseira – disse Callum.

– Concordo – disse Freddie, assentindo. – Quer dizer, eu teria concordado há apenas cinco minutos. Mas se você está me dizendo que mesmo *uma* dessas pedras lendárias é real, que vocês têm esse poder... então todo o resto pode ser real também. E Stephen estava pesquisando sobre o assunto.

– Eles disseram que iam derrotar a morte – falei. – Antes isso me pareceu doideira, mas se existe alguma coisa que, de alguma forma, divide a vida e a morte...

– Não simplesmente divide – corrigiu Freddie. – Protege. Guarda. A história conta que se as oito pedras forem removidas... bem, um vão se abriria. Londres se tornaria um vácuo, com os mortos voltando, os vivos sendo sugados... quem pode saber? Seria terrível. Segundo as histórias, o fato de *uma* única pedra ter sido quebrada já bastou para tornar Londres uma cidade instável, cheia de mortos. E, realmente, Londres é bem mal-assombrada, não é?

Nenhum de nós poderia negar isso.

– Se Stephen achava que isso era sério... – disse Bu. – Precisamos investigar.

Até Callum parecia um pouco mais preocupado.

– Sim, parece que vale a pena dar uma investigada – disse Thorpe. – Ainda mais porque Charlotte foi encontrada. Seja lá o que for essa coisa, queremos chegar até ela antes dos outros.

Isso acabou nos tomando uma hora. Thorpe mobilizou um pessoal para investigar o assunto enquanto ele próprio também pesquisava. Freddie e Bu usavam laptop, e Callum ficou encarregado de assistir às gravações de uma câmera de segurança que pegava a casa de Acton e ficar atento a qualquer coisa que as pessoas aparecessem levando ao local. Nada disso, no entanto, se provou muito útil. Encontramos pouquíssimo conteúdo sobre a Pedra Osulf que não repetisse o que Freddie já nos dissera – e que fosse sério. Era só mais uma pedra numa cidade cheia de pedras. Uma rocha antiga, de talvez um metro de altura, provavelmente usada como marco de fronteira. Basicamente mais nada. À uma da manhã, estávamos todos tão exaustos que Thorpe deu por encerrada a noite e nos instruiu a dormir um pouco. Bu foi para casa, para trocar de roupa e descansar, Callum se jogou no chão da sala sobre algumas almofadas e Thorpe se instalou num sofá. Deixaram que eu ficasse com o quarto, no segundo andar, que era naturalmente o lugar mais confortável da casa, embora também o mais solitário. Eu não tinha nenhuma roupa de dormir, então só tirei o tênis e me deitei com o que estava usando. Um minuto depois que me enfiei debaixo dos lençóis duros, ouvi uma batida à porta. Era Freddie, trazendo o caderninho preto.

– Eles me mandaram dividir a cama com você, mas já dormi bastante – disse ela. – Resolvi continuar quebrando a cabeça nisso. Vou ficar aqui sentada, se você não se incomodar. Estou me sentindo meio...

– Tudo bem.

Freddie se sentou no chão com o caderno e o bloco de notas, as costas apoiadas na cama.

– Esse código... É provável que tenha uma chave em algum lugar – disse ela. – Pode ser alguma coisa que ele mesmo tenha escrito, mas muitas vezes as pessoas usam livros. Ele tinha algum livro preferido?

Pensei nas centenas de obras empilhadas ao longo das paredes do quarto de Stephen, depois me lembrei dos livros que encontrara na caixa. Sem dizer uma palavra, eu me levantei da cama e fui ao andar de baixo. Callum estava apagado e nem se mexeu. Thorpe apenas ergueu a cabeça e me observou pegar a caixa. Voltei para o quarto e a abri, tirando os livros lá de dentro.

– Encontrei isso no armário dele – expliquei. – São itens pessoais, devem ser importantes.

– Muito bem – disse Freddie, dando uma mexida na pilha de livros para ter uma ideia do que eram. – Ele claramente gosta de *space opera*. Pode ter alguma coisa aqui. O que mais Stephen consideraria muito importante?

– A irmã. Ela morreu alguns anos atrás. Acho que ela era a coisa mais importante da vida dele.

– Certo.

Voltei a me deitar e fiquei encarando a lâmpada do teto.

– No carro, você disse que Stephen e eu parecíamos próximos. O que a fez achar isso? – perguntei.

– Ah... eu...

– Diga a verdade.

– Bem... quando eu via vocês dois juntos, tinha essa impressão pelo jeito como interagiam. Sempre que você se afastava, ele ficava observando até você entrar no colégio. Ele parecia se importar. Mas sei que você estava namorando Jerome. Ele me contou.

– Jerome e eu terminamos – falei.

– Ele me contou isso também. Sei que essas coisas podem ser... bem, difíceis. Tipo, minha última namorada e eu... ela achava que eu era meio intensa demais. Meio obsessiva. Acho que ela tinha certa razão. Nem reparei quando ela conheceu num fim de semana uma garota cheia de tatuagens de âncoras e sereias que usava o cabelo num coque enorme estilo anos sessenta. Então ela foi estudar na Escócia com essa garota, e desde então nunca mais tive notícias dela.

– Sinto muito – falei.

– Não, olha... eu só quis dizer que parece que caí de paraquedas no meio do furacão, e sei que às vezes fica tudo muito complicado. Eu não podia contar a ela o motivo da minha obsessão. Não podia contar o que eu via. Imagino que você e Jerome tivessem meio que o mesmo problema.

– Tipo isso.

– O que não acontecia com Stephen.

Freddie tinha razão, mas não era só isso. Eu gostava de Jerome. Tinha sentimentos bons por ele. Mas Stephen era algo muito diferente, em outro nível.

– Você parece ter muita certeza de que ele... Não quero sugerir o contrário, mas você parece ter certeza de que Stephen voltou. Como sabe?

– Foi por causa do que eu fiz no hospital – contei.

Estava cansada demais para explicar tudo. Freddie ficou nitidamente desapontada, mas eu já estava pegando no sono, me sentindo como Charlotte, com a cabeça pendendo para trás. Tínhamos encontrado Charlotte. Eu tinha visto Jerome. Tudo aquilo havia acontecido naquele dia?

Uma chuva fraca tamborilava na janela. Fui permitindo que meus olhos se fechassem, me deixando embalar por esse som e pelo de Freddie virando páginas.

16

EM CERTO MOMENTO, SENTI A PRESENÇA DE ALGUÉM de pé ao lado da cama. Devia ser de manhã – era difícil saber essas coisas em Londres. Havia uma cabeça cacheada e um rosto com sardas e dois olhos vermelhos mas muito empolgados.

– Soneto setenta e um – anunciou Freddie.

Minha mente estava cheia de teias de aranha e lentidão. Eu estava desidratada de sono. Minha boca era como um trecho de estrada ao sol de Louisiana. E, assim pronunciadas sem mais nem menos, essas palavras não eram do tipo que fizessem sentido para mim.

– Soneto setenta e um – repetiu Freddie, erguendo o caderno preto. – O código de Stephen.

Assim era melhor. Eu me sentei na cama.

– Passei metade da noite olhando os romances, até que pensei melhor. – Freddie estava com aquela energia trêmula de quando passamos a noite em claro. – O que você disse sobre a irmã de Stephen, a morte dela. Era óbvio. As primeiras letras do código são LXXI. É um número: setenta e um. Ele tinha um livro de sonetos de Shakespeare, e o soneto setenta e um começa com Não chores mais por mim quando eu morrer. Bem pertinente com o que fazemos. Decifrei o código de acordo com o poema. Traduzi as primeiras três páginas. E só melhora.

Freddie se sentou na beira da cama.

– Esse caderno fala sobre uma série de encontros – continuou ela. – Mas ele nunca diz o nome da pessoa com quem está se encontrando. Estas são as primeiras anotações: *Fui a Chanceford para discutir seis. Localização confirmada. Segura no momento, mas preciso discutir relocação.* Depois, vem: *Encontrei E. no Clube Ateneu para discutir relocação. E. resiste à ideia. Pesquisar construções locais.* Aqui ele começa a falar sobre conseguir autorizações e sobre o período médio de tempo em que pisos de concreto e de pedra precisam ser trocados. Eu pesquisei sobre Chanceford. É o local de residência original da família Williamson. Então pesquisei esse sobrenome e descobri um Williamson específico que me chamou atenção. O quinto lorde Williamson, morto em 1896. De acordo com o *Burke's Peerage* e algumas outras fontes, era um membro eminente da Câmara dos Lordes, oficial do Regimento de Cavalaria, integrante do aristocrático Clube Ateneu e um dos primeiros membros, talvez um dos fundadores, da Sociedade para Pesquisa Psíquica, a primeira associação a investigar cientificamente fenômenos paranormais.

Aquilo tudo era informação demais para tal hora da manhã, mas me forcei a ficar mais desperta e atenta.

– Então isso quer dizer que...

– Acho que Stephen lia os mesmos sites que eu, mas os levava mais a sério. E que ele estava tentando descobrir sobre a Pedra Osulf. E que encontrou alguém que sabia alguma coisa sobre isso e conseguiu informações na residência de lorde Williamson, em Chanceford. E que discutiu isso com uma pessoa chamada E., que parece não querer lhe dar ouvidos.

Foi suficiente para me fazer botar as pernas para fora da cama. Eu já estava vestida. Meu cabelo novo, sem dúvida, estava todo em pé – dava para sentir. Calcei os tênis e desci correndo a escada. Encontrei Bu e Callum no sofá, debruçados sobre canecas de chá.

– Thorpe saiu – disse ela, com uma voz lenta de sono. – Foi ver como está Charlotte. Tem água quente, se quiser chá.

Deixei que Freddie explicasse o que tinha descoberto. Fiquei ouvindo-a falar enquanto estava na cozinha, enfiando saquinhos de chá em canecas. De acordo com o relógio de parede, eram oito da manhã, mas o sol ainda não tinha saído de vez. O céu lá fora era de um roxo meio violeta, e acho que ainda dava para ver algumas estrelas. Deixei o chá em infusão e saí para o jardim dos fundos. Inspirei o pesado ar frio. Dia três desde Stephen. Era isso o que os dias eram. Desde Stephen.

– Rory?

Era Bu, atrás de mim à porta da cozinha.

– Só vim pegar um ar.

Ela assentiu e saiu para o jardim. Bu era vários centímetros mais alta que eu e parecia nunca sentir frio. Estava apenas de calça jeans com uma camiseta cheia de rasgos estilosos.

– Freddie explicou sobre o caderno de Stephen, não? – falei.

– Aham. Thorpe vai querer saber.

– Se Stephen achava que era importante...

Ela assentiu com um ar abatido e cruzou os braços.

– O que acha de Freddie? – perguntei.

– Acho que ela parece saber muita coisa. Só não imagino como ela vai se sair num túnel do metrô cheio de ratos, correndo atrás de um fantasma maluco.

Estava claro que Bu queria dizer mais alguma coisa, mas que não o faria. Ela se apoiou no batente da porta e olhou para o céu, não para mim.

– Que foi? – perguntei.

– Procuramos no hospital, nos apartamentos, em Eton e na casa da família dele. No apartamento do pai. Procuramos por todo o caminho até o hospital. Callum não vai mais procurar, e se Stephen tiver...

– "Se"? Agora você também não acredita?

— Não entendo por que não conseguimos encontrá-lo — disse ela.

— Ele pode estar em qualquer lugar.

— Sim, pode, mas o provável era que estivesse nesses onde procuramos. E ele poderia nos encontrar, ou então...

— Você sabe o que viu — falei.

Bu fechou os olhos e balançou a cabeça. Aquilo não podia acontecer. Ela não podia estar desistindo. Se Bu desistisse, tudo se tornaria mais real, despido das certezas a que eu tanto me apegava. Os olhos dela ficaram marejados, e ela passou os dedos para limpar as lágrimas. Foi algo aterrorizante de ver, considerando como eram enormes suas unhas.

— Eu não vou parar de procurar — esclareceu Bu. — Só estou dizendo que não consigo entender. E sinto falta dele. Já sinto como se ele tivesse mesmo ido embora. Ele só sabia falar dos malditos mapas e coisas do tipo, mas estava sempre lá. Era quem nos mantinha unidos. Sei lá...

— Vamos encontrá-lo — falei.

— Você precisa conversar com Callum hoje.

— Ele é quem não quer falar *comigo*.

— Por isso mesmo. Você é boa de papo, faça-o falar com você. Precisamos ficar unidos, senão será o fim de tudo. Stephen odiaria que isso acontecesse.

— Vou tentar — prometi.

Esperamos Thorpe enquanto tomávamos o chá que eu tinha feito, tão forte que manchava os dentes. Ele chegou num terno novo, então devia ter passado em casa absurdamente cedo. Mais uma vez, trazia um pequeno balde de café.

— Charlotte não se lembrou de mais nada — informou ele.

— A garota nova tem novidades — disse Callum.

Freddie fez seu discurso pela terceira vez naquele dia. Thorpe ouviu enquanto engolia o café.

– Você sabe o que Stephen estava pretendendo? – perguntou ele, dirigindo-se a mim.

Thorpe agora parecia ainda mais descontente. Enquanto eu os observava, entendi por que aquilo era mais estranho para Callum, Bu e Thorpe do que para mim. Eu não era membro oficial da equipe, mas eles eram, e Stephen vinha fazendo algo em segredo. Ele os tinha excluído.

– Não tenho ideia – respondi.

– Faz sentido – disse Freddie. – Ele não menciona a pedra, mas está falando sobre onde a pedra estava. Está falando sobre...

– Eu entendi – cortou-a Thorpe. A exaustão estava cobrando seu preço de todos nós. – Onde é essa tal de Chanceford?

– Amesbury. Perto do Stonehenge.

– Não é tão longe. Podemos chegar lá em menos de duas horas, dependendo do trânsito. Muito bem, vou telefonar para alguns contatos e ver se conseguimos acesso a algum dos papéis de lorde Williamson guardados na casa.

– Mas Charlotte está bem? – perguntei.

– Parece estar se recuperando bem. Extremamente bem, para quem passou dias em cativeiro. – Ele parecia desconfortável ao dizer isso.

– Essa é Charlotte – comentei. – Sempre a boa monitora.

– Tem alguma coisa errada nessa história – disse Thorpe. – Eles a sequestram, a tratam bem, dão a visão a ela e a deixam debaixo do piso falso da casa.

– Provavelmente pretendiam voltar – opinou Bu. – Certo?

– É possível. Mas não é uma boa prática sequestrar alguém e deixá-lo sozinho.

– Mas ali onde ela estava... – disse Callum. – Não tinha como sair dali. E talvez eles nunca tivessem sequestrado ninguém antes.

– Eu pensei nisso – disse Thorpe. – No entanto, a primeira parte do plano foi extremamente bem executada. Tomaram muito cuidado ao levá-la: conseguiram um carro, prepararam uma casa. Aquele piso foi feito especialmente para isso. As casas não vêm com espaços debaixo do piso ventilados e projetados especialmente para armazenar pessoas. Aquilo não foi fácil de arranjar, não é normal instalar lugares como aquele ao se construir uma casa, talvez eles tenham precisado fazer por conta própria. E havia alarme anti-incêndio, ou seja, seja lá o que estivessem escondendo ali, era algo que podia ser afetado por fogo.

– Pedras geralmente não são muito danificadas em incêndios – disse Bu.

– Assim como não precisam de ventilação. Então, estamos falando sobre um plano que vem sendo pensado há muito tempo. Uma casa foi comprada ainda em 1982. Considerando tudo isso, há muitas questões em jogo. Me deixe ver isso – disse ele, pegando o bloco de Freddie e o caderno de Stephen e dando uma rápida olhada. – Tem muita coisa aqui que não faz sentido. Stephen se encontrando com alguém. Essa casa. Tudo. Se esses dois pontos se cruzarem, vamos descobrir sobre a pedra.

– Você não está pensando que Stephen estava trabalhando com...

Freddie deixou o resto da frase no ar, o que foi sábio da parte dela. Nenhum de nós teria reagido bem se ela tivesse concluído. Sugerir que Stephen estava fazendo algo errado era simplesmente burrice. Mas Thorpe não foi tão reativo.

– Não – respondeu ele. – Stephen não estava aliado a Jane. Mas me sinto desconfortável em saber que ele estava guardando anotações secretas e que não faço ideia do que significam ou com quem ele estava se encontrando. Arrumem-se. Vamos sair em alguns minutos. Eu providencio tudo.

Uma atmosfera pesada recaíra sobre a sala, tão sombria quanto o céu londrino. Algo havia se infiltrado em nossa conversa e dado um jeito de tornar as coisas piores, o que eu não imaginava ser possível. Acabávamos de descobrir uma faceta de Stephen que nenhum de nós entendia, algo que ele estava tentando esconder. O ar parecia ter sumido do cômodo, e não pude evitar sentir que estávamos prestes a dar de cara com algo ruim.

Se bem que, àquela altura, essa era uma suposição coerente.

17

A Inglaterra tem muitas estranhezas, uma delas sendo o fato de que monumentos como o Stonehenge são deixados bem na beira da estrada. Acho que eu esperava um lugar mais como a Disney, com todo tipo de prédios em volta, talvez um tobogã chamado Druida Bêbado!, ou coisa do tipo. Talvez eu pensasse que fosse maior, ou protegido por um muro. Não. Simplesmente estava ali, no campo. Nem era tão grande quanto eu imaginava. Várias das pedras tinham caído, então na verdade era só uma pilha de pedras. Pedras importantes, claro. A Inglaterra adora pedras importantes. Todo mundo adora.

Chanceford fica nas redondezas de uma cidade chamada Amesbury, fundada sobre a área do rio Avon. O lugar inteiro é rodeado por um alto muro de tijolos e há um portão de ferro forjado que tivemos que cruzar para entrar. O que encontramos à nossa espera foi um minúsculo castelo de pedras: torreões e rastrilho e a coisa toda. Mas muito pequeno, como um castelo que tivesse sido colocado na secadora e encolhido.

– É uma recriação de um castelo do século XIV – explicou Freddie. – Lorde Williamson não era um homem comum.

Isso ficou bastante claro conforme nos aproximamos, e notei que muitas das pedras eram esculpidas na forma de rostos ou cabeças de bode. Os pilares à entrada principal tinham pés com garras. Havia um pináculo gótico no alto de um dos torreões, e um globo dourado girando como um cata-vento. Essa foi a única coisa que Freddie disse no carro, porque acho que ela sacou que fazer insinuações negativas sobre Stephen, ainda que impensadas, não tinha sido uma boa ideia. Ela dormiu durante a maior parte do trajeto, ressonando suavemente com a cabeça apoiada na janela.

O plano foi definido dentro do carro. Thorpe entraria com Freddie, que, afinal, tinha o maior conhecimento de coisas estranhas e conseguira traduzir o código do caderno. Callum, Bu e eu ficaríamos juntos. Thorpe imaginava que lady Williamson não fosse querer quatro jovens entrando em sua casa alegando fazer alguma pesquisa. Aparentemente, ela não tinha ficado muito feliz em deixar que sequer uma pessoa entrasse com um aviso de tão pouca antecedência. Nós três, portanto, ficaríamos no caminho para carros e tentaríamos nos manter fora de vista, mas de olho na casa. Se Jane e seu pessoal sabiam onde estava a pedra, como dissera Charlotte, então era possível que tivessem conhecimento sobre aquele lugar também.

Thorpe e Freddie se dirigiram à porta, onde foram recebidos pela própria lady Williamson. Eu esperava muito de uma lady, mas era só uma mulher de uns cinquenta anos usando um cardigã roxo e uma calça cáqui. Ela não parecia empolgada com a visita.

– Obrigado por nos permitir entrar, lady Williamson – começou Thorpe.

– Não estou feliz com isso. O que pode ser tão importante que precisem vir aqui agora? Esse maldito do...

Continuamos ouvindo os resmungos abafados dela mesmo depois que a porta foi fechada.

– Certo – disse Callum, olhando em volta. – Vamos dar uma volta em torno da casa. O terreno é aberto, sem nenhuma cobertura. Se alguém do bando de Jane está ou já esteve por aqui vamos conseguir vê-lo.

Seguimos pelo caminho que contornava a casa até o jardim supostamente famoso dos fundos, que era um "jardim medicinal" de verdade, como Freddie nos informara no carro, cheio de ervas estranhas e plantas de aplicações terapêuticas. Famoso ou não, o fato é que era na verdade só uma pequena coleção de plantas, com caminhos curvos entre elas, e ainda mais figuras de bodes e esfinges talhadas em pedra.

– Vou dar a volta pelo outro lado – disse Bu, recuando alguns passos, de costas. – Assim terminamos mais rápido. Rory fica com você.

Não foi a mais sutil das retiradas, mas funcionou. Callum e eu tivemos que nos manter juntos.

– Ela quer que a gente converse – falei.
– É, reparei.
– Então, vamos conversar?
– Não.

Pisamos em silêncio pela grama esponjosa por alguns minutos.

– Eu vou falar mesmo assim – avisei.

Um longo suspiro de Callum.

– Me deixe explicar. Você não precisa dizer nada, tudo bem?

Deduzi que sim, tudo bem, porque ele não respondeu. Continuou com o olhar fixo no horizonte.

– O que houve... todos nós sofremos. Tanto você quanto eu achamos que foi a pior coisa que já aconteceu. E é por isso que estou aqui e não em casa. Deixei minha família, deixei meus amigos. Nem sei o que vai acontecer com a minha vida a partir de agora. Sou uma fugitiva, não sei nem onde estou morando. Tudo que eu quero é que ele fique bem.

Callum parou por um momento e ergueu o olhar para as nuvens que se moviam rápido.

– Não era para ter acontecido isso – falou. – Ele não devia ter provocado aquele acidente. Ele era tão... – Ele procurava as palavras, mas poderia ter incluído algumas das minhas. – Tão inteligente, mas tão burro ao mesmo tempo. Nunca conheci ninguém mais inteligente que ele, mas quanto se tratava de certas coisas...

Pelo olhar de Callum, interpretei que *certas coisas* era eu.

– Ele não devia ter me seguido – falei. – Devia ter deixado que me levassem.

– Ele nunca faria isso. Nunca permitiríamos que a levassem. Mas podíamos ter buscado outra solução, outra forma de resgatar você. Stephen não precisava fazer tudo sozinho.

Quando ele disse que nunca permitiriam que eu fosse levada, comecei a chorar um pouco. Eu me virei para o outro lado e fingi estar interessada na vista, para me dar uma chance de limpar os olhos.

– Stephen gostava de você – disse Callum. – Mas você sabia disso. Quer dizer, considerando como encontrei os dois lá no apartamento do pai dele. Você fazia bem a ele, conseguia fazê-lo se soltar um pouco. Fico feliz que tenha acontecido. Que ele estivesse feliz.

– Eu também.

Minha garganta estava seca, e minhas palavras saíam embargadas. As coisas estavam se suavizando agora. Pelo menos eu sabia que Callum se importava. Ou que se importara em algum momento. Eu não sabia em que ponto havíamos chegado ao *front* do perdão, mas, quando retomamos a caminhada, ele não se manteve um passo à minha frente. Caminhamos juntos. Era um começo.

– Mas e agora, o que vai acontecer? – perguntei. – Bu disse que você vai deixar a equipe.

– Não tenho por que continuar. Sem terminal, sem Stephen...

– E quanto a Bu?

– O que tem ela?
– Você sabe.
– Você quer dizer que ela gosta de mim. É, sei disso. Mas não vai rolar. Não é uma boa ideia.
– Por quê? – perguntei. – Você também gosta dela, não gosta?
– Não importa – disse ele, voltando a andar. – Quando eu for embora, vou ter que deixar tudo isso para trás, sabe? Vida normal.
– Mas Bu...
– É melhor você esquecer isso.

Provavelmente era melhor deixar o assunto de lado. Já era um milagre que sequer estivéssemos conversando.

– Então – falei. – A gente conversou. Quer dizer que estamos...?

Ele não disse nada. Continuamos contornando a casa, encarando as formas escuras das plantas e da grama e a silhueta distante do Stonehenge. Mas um minuto depois ele se aproximou e botou o braço sobre os meus ombros. Callum tinha um braço pesado – e reconfortante.

Quando chegamos aos fundos e encontramos Bu, ele se afastou. Achei que ela fosse ficar satisfeita com o que certamente vira, mas estava distraída, olhando para uma construção no meio da propriedade que parecia um templo grego em miniatura, quer dizer, só a fachada de um templo grego em miniatura. Era o que se chama (mais uma vez, aprendi isso graças às aulas de História da Arte, obrigada) de *folly*, um elemento de arquitetura ridículo e basicamente inútil.

– Tem alguém ali – disse Bu. – Estão vendo?

Callum e eu nos viramos para o pequeno templo. A princípio não vimos nada, mas então uma cabeça surgiu, espiando de trás de uma coluna. Um homem de barba branca. Ele voltou a se ocultar atrás da coluna quando viu que estávamos olhando na sua direção.

– Ele está se escondendo? – perguntou Bu.

– Parece que sim – respondeu Callum. – Ou tentando.

Para chegarmos ao *folly*, tivemos que passar pela grama, cruzando o trecho mais largo e mais à vista. Bu observou as janelas da casa para ver se havia alguém nos observando, e Callum deu uma olhada em volta. Eles avançavam rápido, e fiz o mesmo. Enquanto nos aproximávamos, o homem tentou como pôde se manter atrás da coluna, mas, assim que subimos, não havia onde se esconder. Era um homem velho, de cabelo branco. Usava um terno cinza, definitivamente de outro século. Seu corpo tinha aparência firme, sem ser translúcido, mas ainda assim apresentava aquele inconfundível aspecto desbotado.

– O que vocês querem? – perguntou o homem, com um tremor nítido na voz. – Vão embora. Eu sou um velho. Vão embora.

– Você é lorde Williamson? – perguntei ao fantasma.

– Mas que pergunta estúpida. Vão embora e me deixem em paz.

Aquilo me soou como um sim. Pelo visto, a simpatia devia ser de família.

– Precisamos conversar sobre uma pedra – falei.

Lorde Williamson balançou a cabeça vigorosamente.

– Eu nunca devia ter falado com aquele outro. Agora vocês estão aqui. Quero que me deixem em paz! Não posso ajudá-los.

– "Aquele outro" – ecoou Bu. – Então outra pessoa esteve aqui antes de nós? Era Stephen, o nome dele? Alto, de cabelo escuro?

– Vão embora – repetiu o homem. – Não vou falar nada.

– Você precisa falar com a gente – insistiu Bu. – É importante. Precisamos saber sobre essa pedra... A Osulf.

Ele balançou a cabeça como se nem quisesse ouvir aquele nome.

– Tem gente atrás dela – disse Callum.

– Vocês.

– Estamos tentando ajudar – retrucou Callum.

– Olhem em volta – disse lorde Williamson, indicando o Stonehenge ao longe. – Olhem para eles, que se mantêm fortes há milhares de anos. Eu construí minha casa aqui para estar próximo deles. Alguém sempre precisou estar por perto para protegê-los. Tantas vezes foram quase levados ou derrubados... É preciso sempre haver alguém para cuidar das pedras. Vocês não sabem como *ajudar*.

Callum ergueu as sobrancelhas.

– Podemos ajudar mais do que imagina – disse Bu.

– Vocês não sabem nada sobre os ensinamentos antigos. Se soubessem, não viriam até aqui desse jeito.

Ele gritava, mas, é claro, não havia mais ninguém ali além de nós para ouvir. Como não saímos do lugar, o sujeito começou a andar vacilante pelo *folly*, irritado.

– Tem uma pessoa atrás da Pedra Osulf – tentei. – Uma pessoa má. E ela diz que sabe onde está.

– Se alguém tivesse pegado a Osulf, vocês saberiam.

– Ela pode estar fazendo isso agora mesmo. Você contou ao nosso amigo onde estava, mas ele se foi. Por favor. O que contou a ele? O que ele veio fazer aqui?

– Quem são vocês? – perguntou o homem.

– Amigos dele.

– *Amigos?*

A palavra soou como uma acusação. Ele fez uma pausa e uniu as mãos, como se em oração, e tocou o queixo com a ponta dos dedos.

– Sabe o que é o Olho de Ísis? – perguntei.

– Claro que sei o que é. Por que me faz essas perguntas estúpidas?

– O Olho de Ísis está em pedaços. E um dos pedaços... está dentro de mim.

Isso conseguiu atrair sua atenção. Ele se aproximou de mim, me forçando a recuar. De repente, ele não parecia mais tão desorientado.

– O que há com você? – perguntou o homem, ríspido.

– Isso que eu acabei de contar.

– Você está falando tolices.

– Estou falando a verdade. O que havia naquele pedaço do Olho de Ísis está agora dentro de mim, e se você me tocar morrerá.

– Ela está falando sério, viu? – disse Bu. – Não a toque. Ela tem o poder dentro de si.

O homem tinha olhos vermelhos e marejados pela idade, as sobrancelhas brancas desgrenhadas e expressivas, que fizeram uma dancinha. Ele estendeu a mão; eu recuei mais. Callum me segurou pelo braço para me impedir de cair da beirada.

– Não devo falar sobre a Osulf – disse ele.

– Se não pode dizer onde ela está, pode pelo menos nos contar como protegê-la? – pediu Callum. – Fale alguma coisa.

– As pedras só podem ser movidas com o mais absoluto cuidado – disse Williamson. – Devem sempre ser colocadas corretamente. Eu levei três anos avaliando onde colocar a Osulf. Foi o grande trabalho da minha vida. Se eu contar a localização atual, poderia botar tudo a perder. Talvez vocês estejam falando a verdade, talvez queiram mesmo protegê-la. Mas talvez não.

– Você acreditou em Stephen – disse Bu. – Por que acreditou nele e não acredita em nós?

Ele a observou por alguns segundos.

– Eu nasci da visão – disse ele. – Passei minha vida inteira tentando compreendê-la. Estudei o conhecimento antigo e cometi o erro de deixar registrado parte do que eu sabia. Deveria ter imaginado que todos seguiriam o caminho até aqui. Falei coisas que não cabia aos vivos saber, ou mesmo aos mortos. Mas quando vivemos, acreditamos ter o direito a tudo que há no universo. Acreditamos que tudo está ao nosso alcance. E era uma época em que nos sentíamos donos de tudo que víamos. O mundo era nosso, então por que não seria também o que havia além desse mundo? Eu era um tolo, mas...

– Foi você quem a trocou de lugar? – perguntei.

– Eu dei a ordem. Acredito que eu permaneça aqui porque toquei a pedra em vida. E você diz que tem o Olho de Ísis dentro de você? Como isso é possível?

Contei a ele a história da última noite com o Estripador, do ataque que sofri, da explosão. Enquanto eu falava, Williamson pareceu ficar cansado e se sentou num pedaço de mármore. Mesmo depois que terminei, manteve-se em silêncio por um tempo.

– Alguns elementos na sua história soam verdadeiros – disse ele. – Estou aqui há muito tempo, carregando um grande fardo. O conhecimento é o mais terrível dos fardos. E não quero mais carregá-lo. Seu amigo mencionou duas outras pessoas que tinham a visão, em quem confiava. Disse que vocês eram jovens. Ele me contou muitas coisas. Conversamos sobre o Olho de Ísis, mas ele não usou esse nome. Ele o chamou de terminal. Estou tendendo a acreditar em vocês. Eu lhes conto o que sei, e vocês me libertam. Não aguento mais que me perguntem. Não aguento mais o que sei. Vocês precisam aceitar este acordo.

Eu já tinha eliminado alguns fantasmas, mas senti que daquela vez seria diferente. Por algum motivo, era fácil quando a responsabilidade de tomar aquela decisão e executá-la se dividia entre o grupo. Naquele momento, no entanto, o poder cabia apenas a mim, e seria assim para sempre. Eu já não estava mais tão disposta a usá-lo.

– Talvez seja melhor se você só…

– Prometa – exigiu lorde Williamson. – Senão, nada direi. Mas vocês precisam entender: tudo em Londres depende das pedras e da água. Os rios bordejam as terras dos mortos e ajudam a conduzi-los aonde devem ir. Se a pedra for perturbada, se for perdida, as consequências serão graves.

– Os rios? – perguntou Bu. – Só existe um. O Tâmisa.

– Ah, não, querida. Londres é uma cidade de muitos rios, rios que foram interrompidos, desviados e aterrados. É parte do problema. Quando perturbamos os rios, perturbamos as passagens. Desregulamos todo o sistema. Mas você fala da Pedra Osulf. Originalmente, aquela pedra repousava nas águas do rio que se tornou conhecido como Westbourne. Ela foi realocada, séculos atrás, para um local não muito longe dali, para uma esquina da área que conhecemos como Hyde Park. Foi lá que construíram a Árvore de Tyburn. Era a grande forca de Londres, onde milhares morreram. A terra se tornou propriedade da morte, então a pedra foi colocada lá para ajudar a manter a energia dos mortos fluindo na direção correta. Lá ela ficava, essa pedra estranha. Pouquíssimos sabiam o porquê de sua presença e seu significado. E, por séculos, isso correu bem. Tyburn era uma zona remota da cidade. Mas eu vivi numa era de expansão. Londres crescia a olhos vistos, túneis eram abertos. Os mortos foram incomodados. Era só uma questão de tempo até que alguém removesse a pedra. Então eu fiz um plano para protegê-la.

Ele fez uma pausa. Então continuou:

– O Marble Arch foi construído originalmente para o Palácio de Buckingham, mas logo ficou claro que não era apropriado ali e que precisava ser removido. Sugeri o local onde estava a Osulf. Minha ideia era que a pedra ficasse dentro do arco em si. Uma vez parte do monumento, seria muito difícil retirá-la. No entanto, logo temi que o arco fosse alvo de antimonarquistas, bombardeios. Londres tem uma longa história de desordens. Guy Fawkes, por exemplo, querendo destruir as Casas do Parlamento. A pedra precisava ser instalada em outro local, mas a questão era: onde? Não se pode simplesmente ir lá e mudar de lugar as pedras fundamentais de Londres. A pessoa que a levara a Tyburn era nitidamente versada na geometria sagrada. O trabalho foi muito bem-feito, embora não inteiramente eficaz, acredito. Ainda havia muitas perturbações espirituais no parque. Como Tyburn não era mais um local de enforcamentos, senti que era seguro devolvê-la a sua locação verdadeira. Mas qual, precisamente, seria essa locação? Eu só sabia que a pedra tinha estado no rio Westbourne, que cruza o Hyde Park. Era o que originalmente formava o lago Serpentine. Engarrafaram o pobrezinho e o transformaram em esgoto. O rio abençoado, agora um esgoto! No processo, mudaram também o curso de suas águas. Fiz os cálculos o melhor que pude, usando as informações de que dispunha, e descobri que havia uma hospedaria ainda de pé desde o tempo em que o rio era intocado. Chamava-se The Boatman. Costumava ficar logo à margem. Fiz a pedra ser enterrada lá, num canto do porão. Ela pode ser identificada pelo pequeno X que, com muito cuidado, gravei na superfície. Agora vocês têm o conhecimento, e meu trabalho está encerrado. Preciso chegar às antigas margens rochosas de Albion. Faça como lhe pedi, se é mesmo o que alega ser. Se você é um fragmento do Olho de Ísis que veio até mim, então faça como lhe pedi. Venha.

Ele fez um gesto com a mão para mim, me chamando.

– Venha, Ísis. Venha levar seu filho.

Aquilo estava passando dos limites do esquisito. Agora eu era Ísis. Agora um velho (um velho *morto*) estava se dizendo meu filho.

– Você não precisa fazer isso – disse Bu, olhando para mim.

Bu sempre entendeu que o terminal não era algo a ser usado com leviandade.

– Você acha que não sei o que estou pedindo – disse lorde Williamson. – Não, minha querida. O que deveria preocupá-la é que eu entendo, sim. Duas pessoas vieram procurar a pedra. Isso significa algo. A pedra está se agitando. Londres está se agitando. Os portões se abrirão. É meu desejo cruzá-los antes que isso aconteça.

Então aquele homem, que minutos antes estava andando vacilante pelo *folly*, avançou como uma bola rolando sobre gelo e de repente estava na minha frente, a mão no meu rosto. Mesmo enquanto eu abria a boca para tentar falar, senti tudo se desfazer. O mármore em volta parecia eletrificado, reluzindo. O céu ficou branco. Mas dessa vez, ao contrário das anteriores, eu não conseguia respirar. Estava sendo esmagada, meus pulmões pressionados. Então não havia mais chão sob meus pés. Tudo foi reduzido a um único ponto. Quando dei por mim, estava de joelhos, Bu debruçada sobre meu corpo, me mandando respirar, me dizendo que estava tudo bem. Lorde Williamson se fora.

– Minha nossa – disse ela. – Você está bem?

Callum também estava agachado na minha frente. Tentei falar, mas minha garganta queimava. Balancei a cabeça. Eles me ajudaram a me levantar. Levei alguns minutos para me recuperar.

– Foi pior que das outras vezes – falei quando consegui. – Doeu.

– Nunca doeu antes?

– Não tanto assim. Está ficando cada vez pior.

– Bom, vamos lá. Vamos andar um pouco. Devagar.

Com a ajuda deles, voltei ao carro. Bu mandou uma mensagem para Thorpe, e ele e Freddie saíram minutos depois, seguidos por lady Williamson, que ainda reclamava da intrusão e ameaçava "falar com Philip".

– E quem são essas pessoas? – perguntou ela quando nos viu. – O que estão tramando?

– Obrigado pela ajuda – disse Thorpe, entrando no carro.

Ela continuou a tagarelar enquanto partíamos.

– Encontraram? – perguntou ele. – Rory, o que houve com você?

Deixei que Bu e Callum explicassem. Eu precisava descansar.

18

Cochilei no carro. Quando chegamos a Highgate, fui logo para a cama e dormi mais. Quando acordei, parecia ser o meio da noite, mas eram apenas seis horas, ou pelo menos era o que dizia o relógio na parede. Desci e encontrei todo mundo na sala, conversando.

– Tudo bem com você? – perguntou Bu.

– Estou melhor. Foi só o impacto na hora.

– É difícil? – perguntou Freddie.

– Não tanto assim. Geralmente não.

– Precisamos tomar cuidado – disse Bu. – A cada vez que acontece, você reage pior. Não sabemos o que isso está causando a você.

Ela tinha razão, mas eu não estava disposta a refletir sobre aquilo no momento.

– Estou morrendo de fome – falei. – Tem alguma coisa para comer?

Havia biscoitos. Comi metade do pacote, enquanto me atualizavam sobre o que tinha acontecido. Enquanto eu dormia, Thorpe enviara uma equipe ao Boatman alegando serem de uma cervejaria. Eles encontraram a pedra marcada com um X no porão, exatamente como lorde Williamson alegara.

– Então tudo bem – disse Callum. – Eles ainda não a pegaram, mas, se souberem onde está, teremos que colocá-la em outro lugar.

– Acho que precisamos falar com Charlotte novamente – disse Thorpe. – Quero ter uma ideia melhor do que ela ouviu. Já falei com Marigold, e podemos ir lá conversar com Charlotte. Ela quer que você vá, Rory. Como vocês se conhecem, ela se sentiria melhor com você por perto. Pode ser?

Limpei umas migalhas de biscoito do rosto. Fazia dois dias seguidos que eu estava naquelas roupas, inclusive tendo dormido duas vezes com elas. Estava me sentindo suada e suja. O que eu mais queria era um bom banho e roupas limpas, talvez algum alimento mais substancial que biscoitos, e talvez algumas horas diante da TV.

– Claro – respondi. – Tem outras roupas que eu possa usar?

– Freddie, você tem alguma coisa que sirva para Rory?

– Talvez – respondeu ela, mexendo na bolsa.

Ganhei de Freddie uma calça jeans larga e confortável, só ficava caindo na cintura um pouquinho. Ela me emprestou também um suéter, comprido o bastante para cobrir a calça caindo até o meio da minha bunda. Na pia do banheiro, dei uma lavadinha improvisada no corpo e fiquei me olhando no espelho. Meu cabelo estava espigado e seco, parecendo chips de batata-doce. Eu já nem conhecia mais direito meu próprio reflexo. Era uma garota estranha de cabelo curto e nas roupas de outra pessoa. Um sentimento estranhamente agradável. Por um momento, me senti satisfeita de uma forma que não entendia muito bem. Eu simplesmente me tornara outra pessoa. A vida de agora era direta. Nada de se preocupar com maquiagem ou com aparência, nenhum celular no meu bolso. Havia coisas que precisavam ser feitas, e eu ia fazer.

Embora o incidente no *folly* tivesse me desgastado profundamente, ao mesmo tempo serviu para me reafirmar que meu poder era real – que o que acontecera no hospital ainda contava.

Tínhamos encontrado Charlotte, e agora eu podia me concentrar em Stephen.

Toda vez que eu sequer pensava o nome dele, tinha o impulso de olhar em volta. Principalmente no banheiro. Ele podia estar ali. Era sempre possível. Com a sorte que eu tinha, era bem capaz de ele aparecer quando eu estivesse no banheiro.

Mas não. Mais uma vez, era só eu sozinha comigo mesma, olhando para os azulejos em volta e para a banheira vazia.

Thorpe me esperava ao pé da escada, celular na mão.

– Escreva para seu amigo – ordenou, me passando o aparelho. – Ele está mandando mensagens direto há duas horas e quer saber de você. *Não* mencione Charlotte. Escreva no carro.

Enquanto seguíamos para a casa da dra. Marigold, tentei pensar em algo simples capaz de deixar claro para Jerome que era mesmo eu escrevendo. Acabei ficando com: **Sou eu, idiota. Tá tudo bem.**

A resposta não veio tão rápido dessa vez.

Estou com Jazza.

Fiquei encarando o celular por alguns segundos, sem saber o que escrever. Imaginei os dois juntos, Jerome e Jaz, meus amigos, sendo normais. Talvez indo a um pub.

Ela está bem?, perguntei.

Mais rápido agora: **Não muito.**

O que houve?, perguntei.

– Já basta – disse Thorpe, pegando o celular.

E, é claro, era bem óbvio o que havia de errado. Por que fazer perguntas idiotas? O problema era eu.

Charlotte foi nos receber à porta, antes mesmo de batermos. Parecia mais desperta que no outro dia, mais próxima do seu normal. A cabeça mais erguida, o olhar mais firme, o cabelo ruivo preso no alto e arrumado.

– Olá – disse ela. – Entrem.

Isso foi dito no tom claro e altivo de uma monitora-chefe. Ela estava extremamente calma. Fiquei me lembrando dos dias que se seguiram ao ataque que sofri do Estripador. Eu dormia muito e não me cuidava. Charlotte, em comparação, tinha penteado o cabelo direitinho e estava bem-vestida, num suéter preto com calça jeans. Passei por ela ao entrar, e ela sorriu para mim. Não pude deixar de me perguntar como estava reagindo tão bem. Eu entendia que não tinha sido à toa que Charlotte fora escolhida como monitora-chefe, mas tudo tem limites. Todo mundo tem seus maus momentos.

– Você parece bem – disse Thorpe, olhando meio desconfiado para ela.

– Eu me sinto bem – respondeu ela, fechando a porta, já que todos tínhamos entrado. – Sei que provavelmente deveria estar traumatizada, mas, sinceramente, eu nem me lembro muito bem do que aconteceu.

– Você não precisa se sentir traumatizada, não mesmo – disse Thorpe.

Mas, pela expressão dele, dava para ver que estava tão intrigado quanto eu em relação ao comportamento estável de Charlotte. Talvez fosse estado de choque. Talvez ela fosse feita de algum material tremendamente britânico, algo que ia *superar tudo* não importava o que fosse esse *tudo*. Ou talvez (e isso era o mais provável) estivesse sob o efeito de remédios. Afinal, ela se encontrava aos cuidados de uma médica.

– Onde está Marigold? – perguntou Thorpe.

– Lá em cima. Acho que ela está ao telefone, no escritório. No segundo andar. É só subir, e a porta é logo a primeira.

Thorpe se dirigiu à escada. A TV estava ligada num programa de entrevistas.

– Vou só desligar isso – disse ela.

Mas, quando pegou o controle remoto, ela sem querer aumentou o volume até o máximo.

– Ah! Desculpa! Desculpa, desculpa!

Ela se enrolou com o controle por alguns segundos até conseguir baixar o volume. Acabou deixando ligada.

– Talvez eu não esteja tão bem quanto penso – disse Charlotte, com um sorriso constrangido. – Se vocês não se incomodarem, acho que prefiro deixar a TV ligada. Eu me sinto melhor, não sei por quê. Acho que me distrai. Senão, fica tudo muito quieto. A doutora passa o dia inteiro ocupada e não é de falar muito.

Isso eu entendia.

– A TV foi minha melhor amiga durante aquele período depois de ter sido esfaqueada – falei. – Nem me importava o que estava passando, desde que ficasse ligada.

– Então você entende como é – disse Charlotte. – Venha até a cozinha. Vamos tomar um chá.

Eu a acompanhei até a cozinha, onde ela ligou a chaleira elétrica. Aquilo era de uma normalidade reconfortante.

– Ela pediu que me sentisse em casa... desde que eu não passasse daqui e do quarto de hóspedes – disse Charlotte, com amargura. – Disse que era importante eu ficar nessa casa, em nome da minha segurança. Eu queria ver meus pais, mas... bem, nada é simples, não é mesmo? Tudo mudou para mim. A dra. Marigold tem me explicado algumas coisas. Ela chama de visão. Eu sei que você tem também, sei que foi por isso que viu o Estripador. Muita coisa faz sentido agora, quando penso naquilo tudo, vejo como você foi corajosa. Eu nunca conseguiria fazer o que você fez.

Eram palavras elogiosas, mas foram ditas num tom estranho, distante, como se ela estivesse lendo a previsão do tempo para um país estrangeiro.

– Depois que se ganha a visão, muitas coisas no mundo simplesmente fazem sentido de repente – continuou Charlotte. – Sabe?

Minha experiência tinha sido basicamente o contrário, mas preferi não dizer isso.

– Como você está? – perguntou ela. – Não sei muito do que está acontecendo com você, mas sei que a sua situação também é complicada. Seja lá o que estiver acontecendo, estamos juntas nisso.

– Eu estou bem.

Mas é claro que eu não estava nada bem, e eu definitivamente não parecia bem.

– Você parece infeliz.

– Eu estou... – Mas me impedi de repetir "bem". Não havia por que mentir para Charlotte. – Vou levando.

– Você não gosta, né? De ter a visão.

– Não sei – falei.

– É engraçado, sabe? No colégio, achava que você fosse... Bom, eu não entendia. *Eu* é que estava sendo idiota. Eu não sabia de nada. Você estava sempre vivendo sua vida, enfrentando coisas reais. Admiro você.

A Charlotte pró-Rory era bastante gentil, mas, ao mesmo tempo, estava me deixando desconfortável. Eu não queria ser um modelo para ela de como viver tendo a visão, ainda mais considerando que ela parecia bem mais empolgada com aquilo do que eu. Ela estava me lembrando uma amiga minha que tinha passado um fim de semana acampando e voltado toda envolvida com religião. O que me incomodou na época não foi a transformação em si, mas o fato de ter sido tão repentino. Eu entendo que a vida é cheia de momentos *Arrá!*, em que tudo pode se transformar (ultimamente, minha vida andava cheia desses momentos), mas é que era um tanto perturbador o fato de minha amiga ter ido viajar com um grupo de pessoas e voltado diferente. Com Charlotte tinha sido igual, só que não voluntariamente. Eles simplesmente a levaram.

Ela preparou chá para mim, mas quando peguei a caneca me vi sem vontade de tomar. Queria que Thorpe descesse logo. Quem imaginaria uma coisa dessas?

– Eu tenho uma coisa para lhe mostrar – disse Charlotte, com um sorrisinho angelical. – É lá em cima. Venha.

– Talvez seja melhor a gente...

– Confie em mim. Você vai querer ver isso. Vamos aproveitar que eles ainda estão conversando. Ela é meio tirana, para ser sincera. Provavelmente não me deixaria levar você lá em cima se soubesse. Venha.

Charlotte parecia tão animada com a ideia que me senti na obrigação de concordar. Subimos a escada, passando pela porta do cômodo onde Thorpe e a dra. Marigold conversavam, e depois subimos mais um lance. O ruído escandaloso da TV ressoava no espaço entre os andares. Estava realmente alta, tão alta que Charlotte teve que elevar a voz para ser ouvida.

– É esse aqui – disse ela, abrindo uma porta no fim do corredor. – Veja com seus próprios olhos.

Eu me dirigi à porta aberta do que parecia ser o quarto principal, um cômodo largo com três janelas que davam para as árvores da praça. Havia uma cama king-size de estilo antigo, encostada na parede das janelas.

– Vá lá olhar – disse Charlotte, sorrindo.

Alguma coisa naquele sorriso me incomodou. Tinha um resquício do que ela exibia no refeitório de Wexford na noite em que decidi que não gostava dela. Ainda assim, avancei alguns passos. Levei alguns segundos para processar o que eu estava vendo. Foi preciso muita concentração para conseguir unir os fatos mentalmente e compreender a realidade.

Era Stephen na cama.

19

No momento em que o vi, o mundo se reorganizou, mas não num formato reconhecível.

Ele estava praticamente igual a como eu o deixara no hospital. Tranquilo. O cabelo tinha sido penteado, mas o corte na cabeça não havia cicatrizado nem se alterado de forma alguma. A única diferença, afora o local em que se encontrava, era que ele usava uma camiseta branca lisa em vez da camisola hospitalar.

– Vá em frente – disse uma voz atrás de mim. – Vá até ele.

Não era a voz de Charlotte. De alguma forma, isso não me chocou como deveria. Talvez não seja possível levar um choque em duas direções ao mesmo tempo. Meu cérebro estava processando informações demais. Eu o vira morrer, e no entanto ali estava Stephen naquela cama, não morto, sabe-se lá como. Não tínhamos conseguido encontrá-lo porque ele estava ali o tempo todo.

– O que você fez com ele? – perguntei.

Jane passou por mim e se colocou ao lado da cama. Charlotte estava ali de pé, com um sorriso convencido, voltando a encarar a monitora-chefe. A monitora de Jane.

– Nada – respondeu Jane. – É mais provável que isso seja consequência do que você fez a ele, e não é algo ruim.

– Eu o vi morrer. O que aconteceu com ele? Ele parece...

– Adormecido? Sim, de certa forma é isso mesmo.

Eu não ia pensar sobre Charlotte por enquanto, em como ela tinha ficado daquele jeito. Mas Thorpe e Marigold... eu precisava pensar neles. Thorpe subira e Charlotte aumentara o volume da TV, abafando qualquer barulho, provavelmente para que eu não ouvisse o que iria acontecer. A médica eu não conhecia, mas de repente fui tomada por uma onda de afeto e preocupação por Thorpe.

– O que você fez com *eles*? – perguntei.

– Eles não vão se juntar a nós.

– Você os machucou?

– Estão quietos agora – disse Jane. – O que vai acontecer a partir deste ponto depende unicamente de você. Rory, você não tem nada a temer, pode ir embora se quiser. Ninguém vai impedi-la. Vá em frente! Ou fique e ouça o que temos a lhe dizer. Notícias tão boas, Rory...

– Você precisa ouvir, Rory – disse Charlotte. – Ela pode ajudar. Ela pode ajudar tanta gente!

Eu estava profundamente dividida. Por um lado, queria entender como Charlotte chegara àquele ponto, de seguir Jane com tamanha devoção; mas, por outro, minha vontade era puxá-la pelo cabelo e sacudi-la até os olhos dela caírem das órbitas. Eu queria abraçar Stephen, mas não me permitiria chegar perto. Só de ver seu rosto me sentia tonta. Meus joelhos estavam fugindo de controle.

– Charlotte – disse Jane, notando isso –, peça a Jack que traga água. Rory, aguente firme. Venha cá.

Ela foi até mim e me ajudou a ir até uma cadeira, onde colocou minha cabeça para baixo entre as pernas e me fez respirar fundo. Um copo de água apareceu na minha frente, mas não o peguei.

– É só água – disse ela. – Eu garanto.

– Fique longe de mim.
– Se não quer a água, então continue fazendo a respiração. Devagar e constante. Inspire fundo. Segure. Relaxe. Agora expire, devagar. É muita coisa para absorver.

Charlotte pegou uma cadeira de outro cômodo e a colocou perto de mim para que Jane se sentasse ao meu lado. Levantei a cabeça. O mundo estava oscilando menos, mas Stephen continuava na cama.

– Ele está vivo? – perguntei.
– Não exatamente. Mas, querida, o mais importante é que ele também não está exatamente morto. E creio que ele possa ser restaurado.
– *Restaurado?*
– Sabe, você e eu temos o mesmo problema. Nós duas temos pessoas queridas que se encontram em sono profundo, e você pode ser aquela que vai acordá-los. Mas tenho consciência de que, no momento, você provavelmente não acredita muito no que digo nem confia em mim. Eu vou lhe contar a verdade. Você merece a verdade, e não foi o que lhe ofereceram até aqui.
– Como eu faço para acordá-lo? – perguntei.
– Eu sempre fui honesta com você, Rory. Pode não gostar do que fiz, mas sempre lhe disse a verdade. Contei que, quando era jovem, fui atacada num campo e deixada para morrer. Contei que depois dessa experiência, e quando ganhei a visão, vim para Londres e conheci as pessoas que mudariam minha vida para sempre. Chamavam-se Sid e Sadie, os maiores nomes de seu tempo na busca pelo conhecimento místico.
– É, ouvi falar. Soube que dez seguidores deles desapareceram em 1973.
– Eram dez, sim. – Jane falava num tom sensato que era enfurecedor. – Eles eram meus amigos. Eu estava lá naquela noite, e vou lhe contar o que aconteceu. Sabe, Sid e Sadie são pessoas muito especiais. Eles vêm de uma família muito rica. Quando eram adolescentes, houve um acidente de carro. Sid e Sadie sobreviveram, mas seus pais não. Naquele dia, ganharam a visão.

Mas algo se deu de forma diferente com eles, talvez porque fossem gêmeos. Algo dentro dos dois foi ampliado. Eles eram muito poderosos e muito sábios. Herdaram a fortuna dos pais quando muito jovens e, em vez de irem para a universidade, dedicavam todo o seu tempo e dinheiro viajando pelo mundo, aprendendo. Sid e Sadie acumularam um grande conhecimento esotérico. Entendiam que as pessoas que têm a visão ficam na soleira entre os dois mundos. E soleiras... bem, elas dão para ambos os lados, dentro e fora. São apenas passagens. O que aconteceria, eles se perguntaram, se alguém simplesmente retirasse a porta? Para chegar a essa resposta, eles olharam para trás, para a época dos gregos, quando se acreditava que os seres humanos podiam entrar e sair do mundo subterrâneo. Eles recorreram aos rituais antigos. Recorreram à deusa Hécate, que guardava as passagens e os espaços liminares. Recorreram a Deméter e sua batalha para recuperar a filha Perséfone do Hades. E assim perceberam que essas não eram meras histórias antigas, mas fatos, perdidos no tempo. Eles então passaram a recuperar esse conhecimento. O que descobriram foi que havia um ritual para derrubar essa porta. Mas não era algo simples. Tem certeza que não quer água? Você ainda está bem pálida.

Fiz um gesto dispensando o copo.

– Só que algo deu errado – continuou Jane. – Eu passei os últimos quarenta anos tentando entender o quê, mas não tem sido fácil. Sid e Sadie guardavam para si a maior parte das informações, e os verdadeiros ensinamentos místicos não costumam ser escritos. São simplesmente poderosos demais para isso. A cerimônia que realizamos naquela noite de 1973 se chamava Sangue da Luz. Exigia uma troca de energias muito potente. Isto é, precisávamos abrir um canal entre os mundos, e para isso era preciso certo sacrifício. Dez seguidores de Sid e Sadie se reuniram na casa naquela noite. Demos a eles uma bebida que continha veneno. Quando os dez deixaram o corpo, uma determinada quantidade de energia foi liberada.

– Quando eles *deixaram o corpo* – repeti. – Quando vocês os *mataram*.

– Não acreditamos na morte. Mas naquela noite, assim que deixaram o corpo, nós pegamos uma pequena quantidade do sangue de cada um. Sid e Sadie então completaram o ritual consumindo aquele sangue, junto com uma dose do mesmo veneno. Eles também usavam isso.

Jane abriu o grande relicário que trazia ao pescoço, revelando duas pedras transparentes com aparência suja, protegidas por um vidro.

– Acredito que você chame isso de terminal, certo? É o que você é. Na verdade, estes são dois fragmentos de um diamante chamado Olho de Ísis, que foi quebrado em várias partes. Sid e Sadie conseguiram obter dois. – Ela fechou o relicário e o bateu de leve no peito. – Minha função era observar e esperar. O que deveria ter acontecido? A troca de energia deveria ter aberto uma passagem entre os dois mundos que todos nós ali presentes teríamos identificado muito facilmente. O que de fato aconteceu, no entanto, foi que Sid e Sadie caíram numa espécie de sono. E estão adormecidos desde aquela noite. Venho cuidando deles desde aquela época, protegendo-os, levando-os para outro lugar quando necessário. Comprei uma casa em que eles pudessem descansar e a modifiquei. Você viu o local, o espaço debaixo do piso. É onde eles estão faz um tempo. Eles permanecem exatamente como eram. Nada mudou.

– O que aconteceu com aquelas dez pessoas que você envenenou?

– Caso tudo tivesse corrido de acordo com o plano, nós os teríamos trazido de volta logo depois. Mas acredito que eu ainda consiga alcançá-los. Na época, só me restou dar um destino final para os corpos. Não foi uma tarefa agradável, mas eu sabia que era pelo bem maior. Sempre tentei fazer o bem maior, Rory. Sei que isso pode ser difícil para você entender, mas é verdade. O mundo vive na cegueira! A maioria das pessoas que vemos por aí não sabe o que é a realidade. Elas não conseguem apreender o que realmente existe ao redor. Nós conseguimos. O medo leva o ser humano a cometer atos terríveis. O medo causa a guerra, o medo leva à violência. Elimine o medo da morte, e o mundo poderá ser curado de muitos males. E se não precisássemos nunca temer a morte? E se pudéssemos existir em mais de um estado? Seria a maior conquista de toda a humanidade.

Charlotte estava assentindo, os olhos semicerrados, extasiada.

– Como eu disse, venho investigando esse problema há décadas. Encontrei a resposta já faz certo tempo, mas ela exigia elementos que não estavam ao meu alcance. Elementos que eu não sabia sequer se existiam. Mas quando você apareceu, entendi o que deu errado. Você já deve ter ouvido a expressão "tirar sangue de pedra". Significa, é claro, uma tarefa impossível. Pedras não sangram. Você, Rory, você é a pedra, mas é também o sangue. Você é a pedra que ganhou vida. Acredito que tenham existido outras pessoas como você em tempos passados, que uma pessoa como você seja a chave para este ritual. Você e uma pedra mais forte. Com você e a Osulf juntas, coisas maravilhosas vão acontecer. Nossos amigos despertarão. Ele despertará.

– Então por que precisava de Charlotte?

– Charlotte tinha um papel a desempenhar. Graças à ajuda dela, você foi direcionada de forma a encontrar a pedra. Pelo que entendemos dos registros históricos, a Osulf foi transferida por uma pessoa do governo muitos anos atrás, o que significa que provavelmente há um registro oficial do que foi feito. Tínhamos fé de que os poderes instalados poderiam determinar a localização de uma pedra. Precisamos saber onde ela está, Rory. Se ela foi encontrada, e suspeito que tenha sido, pelo que vejo no seu rosto...

Meu rosto. Meu rosto burro agindo sozinho, sem que eu fosse informada.

– ... então nós precisamos saber – continuou Jane. – É uma informação muito importante, que vamos fazer de tudo para obter, seja de você ou do homem que veio com você. Mas, Rory, Stephen precisa da pedra. Sem ela, ele ficará assim para sempre. Basta que nos diga onde. Eu posso ajudar. Eu quero ajudar, mais do que tudo.

– Como posso saber se isso vai funcionar? – perguntei.

– Meu trabalho de magia é eficiente, Rory. Eu faço isso há um bom tempo. Não sou um maluco qualquer de livraria esotérica.

– Stephen sofreu traumatismo craniano – falei. – Uma lesão grave no cérebro.

– Essa cerimônia reverte o processo de morte. Em histórias registradas, pessoas com ferimentos muito mais graves retornaram à vida. A *pessoa* é restaurada. Corpo e espírito são reunificados. O sangue, o conhecimento e tudo que perdemos é restaurado. Ele vai voltar.

Tive que conter a ânsia de vômito.

– Quero ver Thorpe – falei. – Preciso saber que ele está bem.

Jane se virou e fez sinal para Charlotte, que no mesmo instante se dirigiu à porta. Ouvi quando ela falou com alguém lá fora, e um minuto depois Thorpe foi trazido para o quarto e colocado no chão como um saco de batatas de terno.

– O que fizeram com ele?

– Ele está inconsciente, mas perfeitamente bem – respondeu Jane. – Agora, levante-se. Venha.

Como não me levantei sozinha, alguém me ergueu. Era Jack, o loiro esquisito que eu conhecera na casa de Jane, o que estava vestido como uma espécie de caubói espacial romântico com cabelo platinado lambido na cabeça. Da última vez em que eu o vira, ele me atacara no vestíbulo da casa de Jane e me segurara no banco traseiro do carro. Dessa vez foi mais gentil, como se realmente estivesse tentando ajudar. Eles me levaram até o lado da cama. Quando estava perto, comecei a chutar e fincar os pés no chão, e eles pararam.

– É suficiente – disse Jane. – Ela não quer se aproximar mais que isso. Você acha que pode destruí-lo, não é?

– Eu não sei. E não quero descobrir.

– Não há o menor risco. Veja.

Ela tirou o cordão do pescoço e permitiu que caísse no peito de Stephen. Deixei escapar um grito, mas o cordão apenas o atingiu e escorregou para o lado, aparentemente inofensivo.

– Ele não é um espírito – explicou Jane. – É carne e osso. O terminal não oferece ameaça a ele. Vá em frente, chegue perto. É perfeitamente seguro.

Primeiro coloquei as mãos na cama, depois as avancei muito lentamente, até que estavam ambas sobre o peito imóvel de Stephen. Nenhuma respiração. Nenhum movimento. Mas era ele. Aquele era o mesmo peito que se unira ao meu na outra noite. Levei a mão ao seu rosto: não estava quente, mas tampouco estava gelado. Jane pôs a mão sobre a minha, aumentando a pressão.

– Ele precisa de você – disse ela. – É a única que pode ajudá-lo. Você pode ajudar a todos, é só me dizer onde está.

– E por que eu acreditaria em você?

– O que estou lhe propondo só pode ser *bom* para nós. Se meus amigos despertarem, Stephen desperta. Eu prometo, por tudo que me é sagrado... prometo pela abençoada Deméter...

– Abençoada Deméter – disse Jack.

– Abençoada Deméter – disse Charlotte.

– Prometo, em nome dela e de sua filha, que manterei minha palavra. Vamos despertá-lo. Vamos despertar meus amigos. Serviremos ao bem maior. Que minha alma seja banida para sempre nas profundezas do Hades se eu estiver mentindo.

Eu não duvidava de que ela estivesse sendo sincera. Um silêncio reverencial caíra sobre o quarto como uma manta, e Charlotte até baixou a cabeça, como se estivesse rezando.

Bastaria apenas que eu contasse onde encontrar uma pedra. Só isso. Eu nem sabia muito sobre a tal pedra, mas tinha certeza de que, se ela trouxesse Stephen de volta, valia a pena tê-la.

– Por favor, Rory – insistiu Jane. – Se você demorar, seremos forçados a nos valer de métodos mais agressivos. Nós vamos descobrir onde está. Jack, mostre a ela.

Jack pegou do bolso um objeto que a princípio pensei ser uma gaita – porque é claro que ele teria uma gaita naquele momento. Claro, Rory. Mas era do mesmo formato e tamanho e com um revestimento perolado. Com um movimento do pulso, uma lâmina brotou do pequeno objeto. Jack então se posicionou sobre o corpo no chão, uma perna de cada lado, abaixou-se e levou a lâmina ao olho de Thorpe.

– Pare! – exclamei.

– Rory, tudo está nas suas mãos. Eu não quero ter que fazer isso. Também não quero machucar Stephen nem a médica, mas precisamos saber. É uma questão maior que todos nós.

Thorpe, Stephen, a dra. Marigold... até mesmo Charlotte, fosse lá o que tivesse dado nela. Todas aquelas pessoas precisavam de mim *naquele momento*. Podíamos pensar numa saída depois. Sempre conseguíamos. Eu precisava fazer alguma coisa logo.

– Rory, Jack está impaciente – ameaçou Jane, baixinho.

Jack avançou, e ergui a mão.

– Está num pub chamado Boatman. Fica em algum lugar perto do Marble Arch. A pedra está no porão, embutida no piso.

Jane segurou minhas mãos.

– Isso é ótimo, Rory – disse ela. – Muito bem. É doloroso ver que não compreende o bem que está fazendo.

Charlotte se aproximou e deu tapinhas nos meus ombros, como se eu tivesse feito alguma coisa impressionante no hóquei em vez de só levar bolada na cara.

– Eu quero ficar aqui com ele – falei. – Por favor, me deixem ficar aqui com ele.

– Tudo bem – concedeu Jane. – Ainda há tempo. Fique com seu amigo enquanto preparamos tudo. Você fez algo grandioso hoje, Rory.

Olhei para o rosto adormecido de Stephen e me perguntei o que ele faria depois de tudo aquilo, mas logo decidi não voltar a pensar nisso.

PUB THE BOATMAN
LANCASTER GATE, LONDRES

Allie Langly precisava aprender a dizer não. Uma palavra tão simples. *Não*. "Não, eu não quero ir à sua festa de Natal, Gertie. Prefiro enfiar meu cabelo no triturador." "Não, Gert. Da última vez que a gente saiu, você foi para a minha casa e vomitou no meu gato." "Sabe o que é, Gert? É que nesse dia eu vou entrar em coma autoinduzido. Desculpe."

Teria bastado.

Gertie tinha os piores colegas de trabalho do mundo inteiro. Haviam terminado a faculdade apenas no ano anterior e nem eram boas amigas enquanto estavam lá, então por que Allie se sentia tanto na *obrigação* de lhe dar satisfação o tempo todo? Se tivesse dito não, estaria em casa. Seus colegas de apartamento estavam fora, em outra festa, então ela teria o lugar inteiro para si. Teria pedido uma boa comida indiana pelo telefone, que comeria à vontade na mesinha de centro. Poderia ver TV sozinha, depois tomar um bom banho demorado, sem interrupções – um banho de verdade, na banheira, com música, um livro e uma xícara de chá. Teria sido o paraíso.

Mas Allie não sabia dizer não. Era quase uma incapacidade física. E agora ali estava ela, num pub no meio de Londres, cercada por gente que não conhecia e não queria conhecer. Todos bêbados. Os elementos de uma festa de fim de ano tradicional britânica estavam todos lá, firmes e fortes: *crackers*, coroas de papel, Bing Crosby e Slade tocando ao fundo. Dancinhas esquisitas, gente embriagada e shots de vodca. Um monte de conversa sobre *branding*. E, para completar, alguém derrubou uma bandeja inteira de canecas de chope, que se espatifaram no chão. Allie se esquivou com um pulo, mas todo mundo em volta ficou encharcado até o joelho. Quando isso aconteceu, Allie se virou e viu uma garota pequena passar por baixo do balcão e entrar por uma porta que dizia **ACESSO EXCLUSIVO PARA FUNCIONÁRIOS**. Talvez estivesse indo buscar um pano de chão.

Em vez de lamentar o incidente, o pessoal do trabalho de Gert riu. Claro, muito engraçado, pensou Allie. Fazer os funcionários do pub limparem uma dúzia de copos quebrados. Hilário.

A bagunça e os cacos de vidro foram removidos, e Allie foi arrastada para ouvir Gertie falar sobre histórias e pessoas que ela não conhecia. Precisava tomar uma atitude. Precisava fazer algo por si mesma. Se fosse embora naquele momento, ainda poderia pegar seu ônibus, chegar em casa às sete, ainda poderia pedir a comida e ter uma bela noite de TV. Bastava apenas se mexer.

– Gert, acho que eu...

Gert se virou para ela e sorriu, como se só então ela tivesse notado a presença de Allie.

– Preciso de um cigarro – disse Gert, puxando-a pelo braço. – Vem, vem.

Outra coisa que Allie odiava era fumar. E, mais ainda, ficar do lado de fora no meio da garoa acompanhando quem fumava. Mais uma vez, não. Se ao menos ela conseguisse dizer *não*... Qual era o seu problema? Saíram do pub. O trânsito de Londres pulsava ao redor e as calçadas estavam repletas de gente indo e voltando da Oxford Street. Aquele era o pior lugar possível para se estar: em pleno bairro comercial, às vésperas do Natal. Voltar para casa seria um pesadelo. E fazia frio. Elas foram até a lateral do pub, onde havia uma van branca estacionada. Um alçapão no chão estava aberto. Aquele tipo de porta – as instaladas direto no chão onde as pessoas caminham – sempre a deixava nervosa. Mas não era entrega de mercadoria. Allie viu uma pedra ser alçada por ali, com uma corda.

Gert, bêbada, brincava com o isqueiro na chuva.

– Gert, eu vou só... – começou Allie.

Havia algo meio esquisito nos jovens de macacão, mas ela não conseguia identificar o quê. Talvez fosse por parecerem tão jovens. Talvez fosse o tom extremamente loiro do rapaz alto e como ele usava o cabelo lambido para o lado, debaixo de um boné.

– Ah! – fez Gert, com um gritinho. – Preciso mostrar para você *a mensagem mais hilária...*

Allie fez um movimento bem na hora em que Gert se virou com seu isqueiro aceso, enquanto remexia dentro da bolsa. Por pouco seu cabelo não pegou fogo ou seu casaco novo não ganhou um buraco. Maldita Gertie, com seus malditos cigarros. Por que Allie aceitara ir lá para fora com fumantes?

E aquelas pessoas da van eram definitivamente estranhas. A mesma garota que ela vira passar por baixo do balcão apareceu pela abertura do alçapão e entrou na traseira da van. O garoto loiro fechou as portas do portão de descarga. Ao erguer o olhar e vê-la observando-os, sorriu de um jeito que deixou Allie muito desconfortável. Em seguida, ele tirou o boné num cumprimento e entrou na van. Quase atropelaram Gert quando partiram.

– Você viu isso? – perguntou Gert, virando-se. – Você viu?... Eu devia pegar o número da placa...

Allie ficou assistindo, achando um pouco de graça, enquanto Gert tentava anotar o número no celular, mas a van já tinha ido embora, mergulhando no trânsito louco.

– Deixa pra lá – disse Gertie. – Nem estou mais a fim de fumar. Vamos voltar lá para dentro.

– Na verdade, eu...

– Ah, você não pode ir.

Aquele era o momento dela. Aquele era o teste. *Diga que está indo embora.*

– Na verdade, Gert, eu realmente preciso...

– Você sentiu isso?

Allie tinha sentido: um ruído grave sob o calçamento. Durou uns vinte segundos.

– Deve ser o metrô – disse Allie, apontando para a plaquinha do metrô do outro lado da rua.

– Eu sempre venho aqui e nunca senti isso. Não foi o metrô.

Verdade seja dita, tinha sido uma vibração muito forte. Então aconteceu de novo: mais uma trepidação. Depois, o som distante e abafado de gente gritando. Allie e Gert viram quando as pessoas começaram a sair às pressas da estação que fica bem na entrada do parque. E, enquanto isso acontecia, alguma coisa mudava na própria atmosfera. Como se o ar noturno e chuvoso estivesse engrossando. Uma neblina começou a preencher o espaço ao redor, circundando-as. Dentro de um minuto, estava tão densa que Allie nem viu as rachaduras se abrindo no concreto sob seus pés.

A neblina de Londres é como *fish and chips*, sal e vinagre, coroa e joias, chá e biscoitos. Jack, o Estripador, a aproveitava para se esconder, Sherlock Holmes corria por ela. Todos os personagens de Dickens a atravessaram. Poetas escreviam odes a ela, pintores tentaram capturá-la e grudá-la em telas. A neblina quase sumiu cinquenta ou sessenta anos atrás, quando a queima de carvão acabou e as preocupações com o meio ambiente se tornaram mais sérias. Não se podia mais queimar *qualquer coisa* e mandar órfãos subir pela chaminé para dar um jeito na bagunça. A Londres moderna é um lugar responsável, e seu ar é relativamente limpo e claro.

Assim, as pessoas esqueceram que a neblina nem sempre foi algo tão bom. Era a sombra escura da cidade, ecoando entre os rios e as chaminés e o céu. Ela aparecia em diversas cores – não apenas cinza, mas também marrom, preta, amarela ou verde.

Nem sempre se restringia ao lado de fora, infiltrando-se também nas casas. Demorava-se nas esquinas. Ocasionalmente, a neblina matava. Confundia as pessoas, fazendo-as passar em frente a carruagens em movimento e cair em rios; algumas, simplesmente, eram asfixiadas por sua mera densidade. A neblina podia transformar dia em noite e ar respirável em veneno. A água podia reagir aos poluentes, transformando-se em ácido clorídrico e queimando os olhos. Em dezembro de 1952, a neblina de Londres matou doze mil pessoas no período de quatro dias.

Ainda assim, a neblina voltava de tempos em tempos, debruçando-se sobre a cidade como um dragão guardando seus preciosos bens, deixados lá embaixo. Aquela neblina foi maior que todas as outras juntas. Ela se derramava da estação de metrô como leite, e as vozes das pessoas que nela imergiam foram silenciadas instantaneamente. A neblina tomou a entrada da estação e tomou o pub e levou consigo Allie e Gert também. Nesse ponto, ela parou de se espalhar e ficou exatamente onde estava, uma formação de branco feita de silêncio.

Naquela ponta do Hyde Park, as pessoas que se encontravam fora da neblina observavam o que acontecia. Sacaram seus celulares e tiraram fotos. Então, muito silenciosamente, como se congelando, as janelas das construções e dos carros parados ao longo da rua começaram a exibir rachaduras. Iniciou-se pelas janelas dos andares térreos, em rachaduras únicas que cresceram e cresceram, ramificando-se como galhos de uma árvore. Inexplicavelmente, as fissuras se estendiam de uma vidraça para outra, alheias às molduras das janelas. Então, passaram para o andar seguinte, ignorando os tijolos e o reboco, e depois para o seguinte, até que cada uma alcançou o último andar de sua respectiva casa. Lá, os galhos se multiplicaram ao ponto de tornar as vidraças brancas.

E então, como uma orquestra atacando uma grande nota final em uníssono, todas as janelas da rua explodiram ao mesmo tempo.

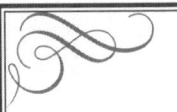

Três encontrados

De Golgonooza a sobrenatural Quádrupla
   Londres eterna
Em labutas imensas & pesares, sempre
   crescendo, sempre decaindo,
Através das quatro Florestas de Albion
   que se espalhavam pela Terra toda,
Da Pedra de Londres a Blackheath, a
   leste: a Hounslow, a oeste:
A Finchley, a norte: a Norwood, a sul...
Todas as coisas começam e acabam
   em Albion e suas antigas Druídicas
   margens rochosas...

– William Blake,
Milton

20

Havia uma Home n' Deck perto da minha cidade (não ganhamos uma Home Depot; não temos cacife para isso). Certa noite, alguns anos atrás, a loja pegou fogo. Foi um incêndio imenso, que deu para ver a quilômetros de distância. O incêndio atraiu a atenção de todo mundo, então alguns amigos e eu fomos até lá dar uma olhada, porque é isso o que as pessoas fazem para se divertir em Bénouville: vão olhar os destroços em brasas de uma loja de material de construção e depois tomar sorvete. Quando chegamos lá, havia um círculo de carros em volta. O prédio tinha desabado. Havia cortadores de grama carbonizados e suportes enegrecidos e semiderretidos no lugar onde antes havia plantas. O lugar estava afundado e cheirando mal. E no meio, como se absolutamente nada tivesse acontecido, uma pilha enorme de pedras de calçamento. Era a única coisa ainda de pé e que parecia totalmente ilesa. Alguma coisa nelas aparentava dizer: "E aí? Isso é o máximo que você consegue fazer?"

O que quero dizer com isso? Pedras. Elas são duronas. O que talvez seja um conhecimento bastante difundido. Além do mais, pedras são pedras, e talvez alguma coisa na minha mente estivesse dizendo: "Está tudo bem, você só contou a eles sobre uma pedra. Quem se importa com uma pedrinha de nada?"

Stephen se importaria. Disso eu tinha certeza. E se aquela pedra era mesmo o que diziam ser, então pegá-la seria algo ruim. Muito ruim. O tipo de ruim que teria deixado Stephen extremamente inquieto caso não estivesse completamente imóvel e incapaz de fazer qualquer coisa a respeito.

Eu estava sentada na cama, a cabeça dele no meu colo, tocando seu ferimento. Haviam colocado os óculos nele, sem dúvida os que estava usando no momento do acidente, pois a armação estava torta e uma das lentes tinha uma pequena rachadura no canto. O princípio de barba que crescera na região do queixo na manhã em que ele se foi continuava ali. Aquele visual ligeiramente desarrumado me agradava. Suavizava sua expressão.

Ia dar tudo certo agora. Eu ia ficar ali com ele. Nada me tiraria dali. De alguma forma, tudo ia dar certo.

Não sei bem quanto tempo se passou. Stephen e eu estávamos sozinhos no silêncio relativo. Eu ouvia gente entrando e andando lá embaixo. Alguma música atravessava o piso, mas eu não conseguia identificar o que era. Resumo da minha vida.

A tarde foi acabando, desfazendo-se da luz e submergindo na escuridão da noite. Havia sempre alguém comigo no quarto – gente esquisita que eu nunca tinha visto antes. Mais tarde, Jack ficou de olho em mim. Era fácil reconhecê-lo, com suas roupas anacrônicas e seu cabelo que parecia de plástico. Considerando seu tamanho e a natureza de nosso último encontro, eu sabia que ele voaria sobre mim no instante em que eu tentasse ir a qualquer lugar ou reagir. Não que eu pudesse, na verdade. Jane compreendia a situação perfeitamente: enquanto Stephen estivesse ali, eu estaria ali. Era como se me enfiassem no cimento.

Tentei raciocinar, entender como havíamos chegado àquele ponto. Marigold era médica e trabalhava com Thorpe. Thorpe, que mencionara que alguém havia pegado o corpo de Stephen.

Era evidente que ela o estava mantendo ali por um motivo – ela percebera que havia algo errado e o mantivera na cama. Havia instrumentos médicos no quarto. Marigold tinha tentado fazer alguma coisa.

Então Charlotte tinha ido até ali. Charlotte, que agora estava jogando no Time Jane. Depois eu descobriria como aquilo tinha acontecido. Charlotte informara a Jane aonde ir, o que estava acontecendo. Então eles prepararam a armadilha e ficaram só esperando que aparecêssemos.

Aquela gente era maluca – disso, eu tinha uma certeza bem razoável. Mas mesmo assim eles haviam conseguido dar a visão a Charlotte. Estava evidente que conheciam alguns truques que nós ignorávamos, ou ao menos que *eu* ignorava. E ali estava eu, segurando Stephen, que sei lá como não exatamente morrera, enquanto todos aguardávamos uma pedra mágica. Isso teria me parecido bem mais ridículo se eu mesma não fosse uma pedra mágica.

Não havia mapa para me ajudar a me localizar. Percebi uma coisa sobre aquele momento – agora já havia passado uma ou duas horas desde então – em que eu contara a Jane onde estava a pedra. Eu tinha contado porque tivera medo pelas três pessoas que dependiam de mim. Porém o mais perturbador era que, naquele momento, alguma coisa no meu cérebro – uma versão pequena, bem pequenininha de mim – dera um saltinho pequeno, bem pequenininho, porque queria acreditar. Pegue a pedra mágica e acorde o Stephen adormecido. Embora, é claro, houvesse o detalhe de que as mesmas pessoas que queriam me ajudar a fazer isso também estavam falando sobre derrotar a morte e guardavam amigas minhas debaixo de tábuas do piso.

Em algum nível, eu estava esperando que Bu ou Callum, ou mesmo Freddie, fizessem uma entrada triunfal pela janela. Não era possível que eles não percebessem que estávamos demorando mais que o normal. Só que, com Thorpe, era impossível determinar o que seria o tempo "normal". Thorpe aparecia e

Thorpe sumia, e ninguém questionava os meios de Thorpe. Era improvável que fossem até ali se ninguém entrasse em contato com eles. Eu ia ter de alcançá-los. O que seria muito difícil, pois não podia sair, não tinha celular. Estava trancada num quarto.

Mas *havia* uma pessoa que estranharia se eu não entrasse em contato. Jerome.

Se eu conseguisse avisar a ele que havia algo errado, eu poderia... Bem, eu não sabia o que poderia fazer. Não era como se pudesse contar onde estava ou pedir que chamasse a polícia. Mas Jerome era esperto. Talvez ele pensasse em alguma saída. Quanto a como eu faria para mandar uma mensagem, bem, para isso eu precisaria contar a verdade a Jane. Simplesmente contar o que acontecera. Ela conhecia bem minha vida, sabia sobre Jerome.

– Preciso falar com Jane.

Jack revirou os olhos e apoiou o corpo na porta.

– É sério – falei.

– Ela está ocupada.

– Eu preciso falar com ela – insisti. – Senão, tudo isso vai dar errado, e ela vai esmagar você com o sapato. Vá chamá-la.

Fui convincente. Usei minha voz de advogada, que eu copiava dos meus pais; a voz que utilizavam quando precisavam pressionar as pessoas. Eu nunca antes tinha me saído tão bem nessa voz.

Jack entreabriu a porta e chamou Jane, que estava lá embaixo. Ouvi o degrau ranger. Ele falou com ela à porta, em voz baixa, e então ela entrou.

– O que é? – Havia uma nota de impaciência na voz de Jane, mas ela ainda usava o tom "sou psicóloga, nunca me irrito". Estávamos ambas fazendo vozes.

– Lembra que, na terapia, eu contei sobre Jerome?

– Lembro – respondeu ela.

– E falei que ele curte umas ideias de conspiração?

Ela assentiu.

– Ele me encontrou ontem. E Thorpe conseguiu convencê-lo a não dizer nada a ninguém. Quer dizer, Thorpe me fez convencê-lo. O acordo foi que eu teria que mandar mensagens para ele algumas vezes por dia. Se eu não mandasse, ele iria à polícia e contaria o endereço de onde estou. E eles iriam me procurar. Thorpe tinha um celular no bolso? Vá conferir. Veja a troca de mensagens. Ligue para o número, se quiser. O único número registrado no aparelho é o de Jerome.

– Quero acreditar que você está me contando isso pelos motivos certos, Rory, mas não sei se é o que eu faria na sua situação.

Depois de me observar por um momento, Jane chamou alguém para que lhe levassem o celular de Thorpe. Ela deu uma olhada.

– Viu? – falei.

– E como ele encontrou você? – perguntou Jane.

– Um site com teorias sobre o caso do Estripador. Uma pessoa estava de olho no colégio. Ela me viu. Uma garota maluca da internet me seguiu e mencionou onde eu estava. A internet, hein? Quem diria?

Jane deu mais uma olhada nas mensagens.

– Olha – falei –, não vai ajudar Stephen se a polícia aparecer aqui. Ele está morto. Vão levá-lo. Eles vão... vão fazer uma autópsia. Vão cortá-lo todo. Não posso deixar que isso aconteça. – Minha dor deu o tom certo da fala, porque era real.

– É verdade – disse Jane.

– Se você acha que consigo acordá-lo, então eu vou tentar. E se a polícia aparecer aqui vai estragar tudo. Além do mais, é só *Jerome*.

Jane me lançou um olhar intenso.

– Me diga o que você quer falar com ele – disse ela. – Eu escrevo.

– Escreva assim: "Estou bem. Divirta-se com Freddie. Te amo."

– "Te amo"? – questionou ela, erguendo uma sobrancelha.

– Esse é o garoto com quem você terminou. E no momento está

bem claro que seus sentimentos estão focados em outra pessoa. Alguma coisa no seu jeito me dizia que você estava apaixonada, mas obviamente não por Jerome. Tudo fez sentido assim que vi esse aí, e sua reação ao vê-lo só me confirmou isso. Esse é o rapaz que você ama.

– É verdade – falei, limpando o rosto com as costas da mão.
– Mas eu também me dei conta de que Jerome foi quem me ajudou a passar por muita coisa. Ele me encontrou, mesmo com o governo me escondendo. Ele é meu amigo. Não preciso mais ter vergonha. Eu o amo mesmo, amo como amigo, e ele entende isso. Ou então não escreva isso. Não me importa.

– E quem é Freddie?
– Um amigo do colégio. Jerome está passando o recesso de fim de ano na casa dele. Algum evento dos monitores. Pode acrescentar: "Embora ele seja um babaca." É melhor que "te amo".

– Faz mais seu estilo.

Jane digitou a mensagem. Ela claramente tinha informações sobre o esquadrão, mas não sabia sobre Freddie. Não sabia que era uma garota e não era do colégio.

Tudo que eu podia fazer era dar o peteleco no dominó e torcer para caírem bonito. Segurei a mão de Stephen e apertei. *Vou tirar você daqui*, pensei. Talvez ele soubesse. Talvez soubesse que eu estava ali.

Eu me sentia como um saco plástico sendo levado pelo vento.

Mais algum tempo se passou. Eles me trouxeram sopa, que a princípio recusei, mas Jane tomou uma colherada para provar que não havia nenhuma substância duvidosa, e eles me convenceram de que seria do meu interesse ter forças para a jornada que me aguardava. Pareciam bem preocupados com isso, então acabei comendo um pouco. A comida caiu pesada no meu estômago, mas provavelmente eu estava precisando, pois me senti um pouco melhor com alguma coisa na barriga. Procurei avaliar, pelo que eu ouvia, quantas pessoas estavam lá embaixo, tentando separar as vozes e contá-las. Havia umas oito pessoas na casa, pensei. Coisas estavam sendo movidas de lá para cá. Então surgiu um carro, a porta foi aberta mais uma vez e novas vozes se juntaram à mistura. Essas vozes novas eram empolgadas, sem fôlego. Jack olhava pela porta o tempo todo, e então ele foi substituído por Charlotte, que entrou toda sorrisos.

– São quase nove horas – informou. – Rory, estou tão animada por você! Vai acontecer agora. Vai ser maravilhoso.

Não comentei nada.

– Eu sei o que está pensando – continuou ela. – É algo novo. Deve parecer muito estranho. Mas, Rory...

Ela cruzou o cômodo. Mantinha seu andar de monitora-chefe: empertigada, cabeça erguida, alerta.

– Minha mãe morreu – contou ela. – Cinco anos atrás. Desde então, tento ser boa, fazer tudo certo. Mas eu sempre soube, em alguma parte dentro de mim, que ela não poderia ter ido de vez. As coisas que eu estava fazendo eram para alguma vida que eu pensava que ela iria querer para mim. Mas é uma vida baseada no medo de algo que não precisamos temer. É uma vida baseada em comprar e acumular coisas, como uma competição. Ela não se foi. Eu não tenho mais medo. É tão empoderador! Acho que... apesar de tudo que aconteceu... acho que saí mais forte de tudo isso. Não tenho mais medo. Como poderia, sabendo o que sei agora? Não há por que ter medo da morte. A morte, aquilo que define a todos nós. Isso faz tudo que já realizei até hoje parecer tão irrelevante... Tantas preocupações no colégio, todo o meu pânico com Latim e História e meu desespero para entrar para Oxford... Eu me importava com tudo isso. Achava que eram as coisas mais importantes do mundo. Parece tão bobo agora. Jane estava tentando me dizer o tempo todo, durante a terapia, mas eu precisava da visão para entender.

Jane a drogava durante a terapia, mas talvez aquele não fosse um bom momento para relembrar esse detalhe. Pensando bem, Jane vinha investindo em Charlotte fazia um tempo. Eu não sabia sobre a mãe dela. Pelo visto, as pessoas são capazes de praticamente qualquer coisa se acharem que assim poderão reencontrar uma pessoa amada. Eu mesma estava ali, sentada na cama com Stephen: uma prova viva disso.

– Então essa cerimônia...

– Os Mistérios Eleusinos – disse Charlotte. – Eram conhecidos também como os Ritos de Deméter. Eram uma peça central à vida na Grécia Antiga. Muitos dos principais pensadores faziam esse ritual: Sócrates, Platão, Cícero. Os que eram iniciados nos Ritos perdiam o medo da morte, mas jamais podiam falar sobre a experiência. Era um segredo de teor sagrado e que desapareceu por milhares de anos. Você conhece a história de Perséfone? Na mitologia grega, ela era filha de Deméter. Foi sequestrada por Hades, deus do mundo inferior. Deméter, então, foi ao mundo inferior para tentar resgatar a filha. Hades disse que Perséfone podia voltar para a superfície contanto que não tivesse ingerido nenhum alimento do mundo inferior, mas Perséfone tinha comido quatro sementes de romã, então estava ligada a Hades para sempre. Você, querida, é nossa Deméter. Sua missão é descer ao Hades para recuperar o que perdemos. Mas quando tivermos terminado, todos estarão livres.

Definitivamente, Charlotte tinha decorado o roteiro. Mas também já devia saber um pouco daquilo. Afinal, ela estudava literatura clássica.

A porta se abriu. Era Jane. Ela tinha trocado de roupa, e agora usava um vestido muito branco, cheio de pano que parecia se enroscar em seu corpo. O cordão continuava no pescoço.

– Está na hora – disse ela. – Vocês precisam se preparar para os próximos passos. Vai correr tudo bem. Venham.

Charlotte assentiu com empolgação e estendeu a mão para mim. Eu não queria sair de perto de Stephen por diversas razões, uma delas sendo o fato de que parecia que eu teria que participar daquela maluquice que estavam planejando. Eu esperava que àquela altura alguém tivesse aparecido em meu socorro, mas talvez Jerome não tivesse recebido a mensagem. Talvez...

– Ele vai ficar bem – disse Charlotte. – Vai ficar ainda melhor, aliás. Venha.

Ela e Jane me conduziram até o banheiro, que estava com a porta aberta e as luzes acesas. A banheira estava cheia de uma água ligeiramente amarronzada. Charlotte saiu do cômodo, mas Jane ficou.

– Esta é a água do Tâmisa – disse ela. – Nosso rio sagrado. Você deverá se banhar nela. Por favor, tire a roupa. Vou testemunhar o ato.

Com Jane ali parada me observando, tirei a roupa toda. Não foi divertido, mas também não foi a pior coisa que já precisei fazer na vida.

– Entre na banheira.

– Você vai fazer comigo o que fez com Charlotte? Vai me segurar debaixo d'água?

– Não, querida. Você já tem a visão. Isso é para lavar e purificar, é uma etapa fundamental do ritual. Você precisa se limpar na água.

A água estava gelada e com um cheiro metálico. Joguei um pouco sobre o corpo. Como Jane não pareceu muito satisfeita, joguei mais um pouco e passei também no cabelo.

– Essa cerimônia... Da outra vez, você matou aquelas pessoas.

– Esta não é uma repetição daquela cerimônia.

– Então como vai ser? – perguntei.

– Não precisa se preocupar – disse Jane. – Todos aqui já praticaram. Estão todos preparados. Vamos lhe mostrar o que fazer. Sua parte é muito simples, não há por que se preocupar em saber como fazer.

– Não é essa a minha preocupação. Da outra vez, você teve que matar gente. E agora você precisa do meu sangue.

– Precisamos de uma quantidade bem pequena – explicou ela. – Algumas gotas bastam.

– E depois?

– Pode sair da banheira – disse ela, gentilmente. Eu não teria mais respostas.

Eu me levantei, pingando e com frio. Depois de me secar, recebi um simples vestido branco, que coloquei. Acho que tinha me desconectado da situação o suficiente para conseguir me manter funcionando. Eu precisava fazer aquilo. Jane acendeu um incenso e começou a murmurar algumas coisas, os olhos semicerrados. Ela mexia o incenso ao redor de mim, contornando meu corpo desde o chão, dando a volta nas laterais, passando pela minha cabeça, até descer novamente ao chão. Por fim, entregou o incenso a Charlotte, que esperava à porta do banheiro, no corredor.

– Leve isso lá para baixo e dê a Devina, querida.

Charlotte se afastou, deixando um fio de fumaça em seu rastro.

– Está na hora de você conhecer meus amigos – disse Jane.

Ela me conduziu ao corredor, muito frio agora que eu estava úmida da água do Tâmisa e vestindo nada além de um lençol. Todas as luzes tinham sido apagadas, mas havia um brilho no pé da escada e o aroma doce de incenso. A sala da casa de Marigold tinha sido transformada. Tudo fora eliminado do meio do cômodo, inclusive o tapete. Havia velas por toda parte. Nove pessoas estavam ali; algumas eu já vira, outras eram desconhecidas. Todas jovens. Estavam sentados no escuro, entre as velas, conversando entre si baixinho mas alegremente. O que mais me chamou a atenção, no entanto, foram três pessoas no chão. Uma era Stephen. Os outros dois eu já vira em fotos. Eram facilmente reconhecíveis: altos, de pele muito clara, quase idênticos. A mulher usava um vestido branco diáfano, e o homem, um terno branco. O rosto dos dois tinha recebido um pó prateado. Pareciam não ter sobrancelhas. Os três corpos haviam sido posicionados como os raios de uma roda de pneu, os pés descalços virados para o centro da sala, erguidos sobre uma grande pedra lisa.

Não tinha nada de especial, a tal Pedra Osulf. Parecia uma rocha qualquer.

– Mal posso esperar para você conhecê-los – disse Jane, olhando para os gêmeos no chão. – Eles vão ficar muito felizes em vê-la.

Um murmúrio geral de felicidade percorreu a sala.

– Está quase na hora de começarmos – disse Jane. – Todos se banharam na água lá em cima?

Jane olhou um por um, para ter certeza de que todos assentiam. Foi quando eu soube que tinha entrado numa água do Tâmisa que provavelmente já fora usada por dez outras pessoas antes de mim. Mas isso estava longe de ser a pior notícia do dia.

– Aproximem-se – chamou Jane. – Vamos começar.

Todos formaram um círculo ao redor de Jane e eu, que ficamos junto a Stephen, Sid e Sadie.

– Mags, pegue o ciceon.

Uma garota alta e negra, com dreads curtos, entregou a ela uma tigela dourada, que Jane ergueu com reverência.

– Agora, Rory, coloque-se sobre a pedra e estenda o braço.

Sob o olhar de todos os presentes, Jane me ajudou a subir na superfície irregular da pedra e estender o braço. Eu estava olhando em volta para tentar entender a situação quando houve um brilho repentino e uma pontada de dor. Jane havia feito um corte no meu braço, muito rápido. Nem doeu muito, mas me assustou. Foi um corte superficial, entre meu cotovelo e minha mão. O sangue brotou na mesma hora, e Jane virou meu braço para baixo a fim de que algumas gotas caíssem na pedra.

– Abençoada Deméter – entoou Jane.

– Abençoada Deméter – ecoaram os outros, entre eles Charlotte, que me encarava com os olhos brilhando de puro fascínio.

Como aquilo havia acontecido? Como a tinham deixado assim? Como havíamos, nós duas, chegado àquele ponto? Até pouco tempo, nossas vidas não eram só ficar sentadas no refeitório do colégio, comendo salsichas e falando sobre provas?

– Eu a encarrego de encontrar estas três almas perdidas – entoou Jane, em voz baixa, dirigindo-se a mim. – Pedimos à abençoada Deméter que permita sua passagem, que a deixe descer e trazer estes que aqui dormem.

A um gesto de Jane, Mags lhe passou a tigela.

– O ciceon – anunciou Jane, erguendo a tigela. – A bebida sagrada dos Mistérios.

Ela então me passou a tigela. O líquido cheirava a aparas de grama recém-cortada.

– Esta bebida é uma mistura sagrada de menta, cevada e mel. Beba, Rory. Beba profundamente.

Achei muito improvável que aquele negócio fosse só menta, cevada e mel, porque, nesse caso, não passaria de algum xarope inútil, não uma poção capaz de abrir a porta que separava a vida e a morte. Era o fim da linha para mim. Eu não poderia resistir a nada que acontecesse a partir dali. Não sabia o que viria em seguida, ou como seria, ou se seria algo totalmente desconhecido. Talvez eu bebesse aquilo e morresse e tudo acabasse. A ideia não me assustou como provavelmente deveria. Era uma ideia impossível de absorver, tamanha sua imensidão. Era o céu, era o ar – simplesmente estava ali. Porque, no fim, não há como sobrevivermos à vida.

Ou talvez aquilo levasse a uma direção completamente diferente.

Pensei em Stephen ao volante do carro naquele dia, a segundos de tomar uma decisão, talvez menos que isso, até. *Devo me jogar na frente desse carro?*, deve ter se perguntado. *Ou o faço parar? Devo me colocar no caminho?* Era o que ele fizera por mim, e o fizera sem saber quais seriam as consequências.

Eu não queria morrer. Então, decidi não morrer. De alguma forma, eu ia conseguir desviar da morte. Não deixaria aquele mundo de gente esquisita, acidentes, sol e chuva.

Bebi.

21

Eu caminhava por uma rua de Londres. Não havia ninguém ao redor. O ar estava muito doce, como uma noite às vésperas do verão, no primeiro dia em que a grama precisa ser cortada. Aquele era o ar de Louisiana – fim de abril, início de maio, alguma época assim, antes de tudo virar um grande lamaçal. Era o cheiro e a sensação de que eu mais gostava no mundo. Era noite, talvez, ou quase noite. O céu estava intenso e estranho, de um azul supersaturado. Não havia carros, de modo que era mais fácil caminhar pela rua.

Não era um sonho. Disso, eu tinha uma certeza razoável. Nos sonhos, sempre temos, mesmo que de leve, a noção de que aquilo não está ali realmente; que estamos fazendo algo impossível, com todas as pessoas erradas. E também não era como da vez em que me imaginei conversando com tio Bick. Agora, era a realidade sólida. Dava para sentir o cheiro doce do ar e seu contato com o rosto. Toquei a fachada de um prédio, sentindo a superfície lisa da pedra branca, a superfície gelada de uma porta de vidro. Eu tinha consciência de que tudo ali era estranho: o vazio, o silêncio, as cores. E havia o ar de Louisiana sobre Londres. De alguma forma, isso fazia sentido. Era como meu tio Bick me dissera (ou como eu dissera a mim mesma me passando por tio Bick): a casa era o céu. Minha casa era o ar. Havia algo de imensamente reconfortante na Londres serena que brilhava ao meu redor. Ela esperava que eu fizesse alguma coisa. Eu precisava ir a um lugar, e nesse lugar me sentiria em casa.

Foi quando me ocorreu que eu havia chegado àquele lugar caminhando, então parei para me localizar. Parecia haver algum tipo de cruzamento mais à frente, e, quando cheguei lá, me vi em Piccadilly Circus, perto da estátua de Eros. Várias ruas irradiavam do círculo, sem indicação de qual delas eu deveria pegar. Por fim, me decidi por aquela pela qual havíamos passado de carro alguns dias antes, a caminho da livraria esotérica. Senti que era o caminho certo. Ir ao Soho.

Havia muitas lojas naquela região. Lojas, restaurantes, pubs. Estavam todos em silêncio, aguardando. Andei até o ponto em que a rua vira paralelepípedos e se estreita. Engraçado, eu não fazia ideia de aonde estava indo, mas não tinha medo de me perder. A lua estava grande, muito baixa no céu, e de um branco amarelado bastante reluzente. Tudo era nítido e claro. Até mesmo as construções em pedra cinzenta pareciam entalhadas no próprio ar ao redor.

Avistei uma lanchonete-restaurante ao final do quarteirão. Chamava-se Frank's Diner e tinha uma grande placa em neon vermelho, com um desenho, também em neon, de uma garçonete de vestido rosa e chapeuzinho branco. As luzes na placa e nas janelas conseguiam ser mais fortes que em todo o resto. Era evidente a intenção de fazer um lugar de estilo americano, mas, tal como todos os lugares de estilo americano que eu já vira em Londres, não tinha semelhança alguma com nada que eu conhecia. Era a imagem idealizada dos Estados Unidos, projetada a partir de programas de TV e fotos antigas. Eu poderia ter ido a qualquer outro lugar, mas, não sei por quê, aquela lanchonete me atraiu. Acho que antes mesmo de abrir a porta eu já sabia o que encontraria lá dentro: um balcão comprido com acabamento em alumínio ladeado por bancos redondos, um display rotatório de tortas, assentos forrados em vinil vermelho brilhante e pôsteres kitsch de garçonetes de outra era erguendo hambúrgueres. Todas as mesas estavam vazias, exceto por uma.

Acho que eu já sabia o que encontraria ali também.

Stephen estava sentado usando o suéter de seu uniforme policial, o tecido escuro combinando com seu cabelo. Estava de costas para a entrada e parecia alerta, como se esperasse que alguma coisa ou alguém surgisse pela porta dos fundos.

– Stephen?

Não ergui muito a voz, pois o silêncio ali era intimidador. Eu tinha a sensação de que, se falasse alto, as paredes desabariam. Stephen não se virou.

Avancei bem devagar pelo piso de ladrilhos pretos e brancos, reafirmando para mim mesma que cada passo era real. Eu sentia o chão, duro sob meu tênis barato. O encontro da borracha com o ladrilho até produzia um leve guincho. Eu estava perfeitamente no campo de visão dele, mas mesmo assim ele não me via. Quanto mais eu me aproximava, mais o local ganhava vida. O cheiro de comida pairava no ar: a inebriante mistura de batata frita e hambúrguer, toda aquela gordura animal adensando o ar. Foi só quando cheguei à mesa que ele notou minha presença. Stephen tirou os óculos, piscou algumas vezes e os colocou de volta.

– Não quero mais nada por enquanto – disse ele. – Estou esperando minha irmã voltar.

– Não sou garçonete. Sou eu.

– Perdão?

Contornei a mesa. O assento tinha um estofado grosso e parecia ligeiramente inflável, de modo que meus pés mal tocavam o chão. Eu estava bem na linha de visão de Stephen. Ele parecia confuso, o que era uma imagem rara nele. Tenho certeza de que se sentia meio perdido o tempo todo (todos nos sentimos assim às vezes), mas sempre mascarava de alguma forma. Virava o rosto ligeiramente, olhava para o celular ou lia alguma coisa. Mas agora não havia máscaras e nada a esconder. Sempre pensei no rosto de Stephen como angular e de traços marcantes, mas agora eu via como estava enganada. Sim, ele tinha as maçãs do rosto bem marcadas e um maxilar rijo, mas, em grande parte, o que eu antes julgava como duro devia ser apenas o jeito dele de se controlar: cerrar os dentes, semicerrar os olhos. Ele não estava fazendo esse esforço agora, e seu rosto tão franco mexeu em alguma coisa dentro de mim. Quer dizer, eu realmente senti como se alguma coisa perto do meu coração tivesse sido aberta.

Não havia nenhum corte na cabeça dele, pelo que eu via, nenhum sinal do ferimento que o matara, mas aquela marca tinha sido pequena. O problema mesmo foi o impacto de movimento do cérebro dentro do crânio. A ferida era toda interna – típico de Stephen.

Deixei que ele me observasse, a intensidade de seus pensamentos quase palpável.

– Rory? – disse ele finalmente.

Um milhão de mensagens, palavras, sentimentos e impulsos passaram por mim, mas acabei dizendo apenas:

– Você está de óculos.

Ele tocou a armação.

– Achei que pelo menos os olhos seriam consertados – falei, tentando sorrir.

– Eu não... não estou entendendo. É você, Rory?

– Sou eu. Meu cabelo está diferente, mas sou eu.

Coloquei a mão na mesa. Eu não sabia se podia tocá-lo ali, naquele lugar misterioso. As regras daquilo (fosse o que fosse) eram desconhecidas. Ele olhou para minha mão e se mexeu desconfortavelmente, antes de, hesitante, colocar os dedos da mão direita na beirada da mesa, como se tentando alcançar a minha.

– Eu... eu sinto como se você não devesse estar aqui. – Stephen falava mais para si mesmo, a testa franzida em concentração. – Não sei por quê. Rory, eu...

– Tudo bem. Não tem problema. Juro. Eu vim buscar você.
– Veio me buscar? Por quê?

Então me veio à mente a imagem do corpo dele no chão frio, os pés sobre a pedra, meu sangue pingando. Eu me lembrei do líquido queimando minha garganta, da ânsia de vômito subindo, depois da escuridão enevoada. Eu tinha sido incumbida de trazê-lo de volta e tinha ido parar ali.

– Estou esperando Regina – disse Stephen. – Ela foi ao banheiro com a amiga, já deve voltar. Você vai poder conhecê-la.

Acho que ele percebeu que havia algo errado nisso. Falar parecia trazê-lo de volta ao momento, então eu precisava mantê-lo conversando. Olhei em volta, para o restaurante vazio. Eu nunca tinha visto o lugar antes, mas parecia bastante real. O fato de eu ter sido atraída até ali, de ter encontrado Stephen ali, só podia significar algo.

– Stephen, onde estamos? Que lugar é esse?
– É um restaurante – respondeu ele, apenas. – Eu vim aqui com Regina.
– Quando você veio aqui com Regina?
– Como assim? Acabamos de chegar. – Ao dizer isso, a confusão mais uma vez embotou sua expressão. – Acho que foi isso. Embora eu esteja esperando faz um tempo. Ela deve estar ocupada com alguma coisa.
– De onde você veio? – perguntei. – Onde você estava antes de chegar aqui?

Stephen se concentrou na pergunta. Levou um momento para encontrar a resposta, e se empertigou quando conseguiu.

– Meus pais me esqueceram. Eles me deixaram na escola no final do semestre. Foram para Barbados e esqueceram de mim. Então eu liguei para Regina.
– Seus pais esqueceram você na escola?

Eu realmente odiava aquelas pessoas.

– Liguei para Regina – repetiu ele, com aquele leve tom de prazer de quando a gente acaba de encontrar algo que botou no lugar errado. – Ela me levou em casa, e fomos para Londres. Disse que era meu fim de semana. Que eu poderia fazer o que quisesse.

– Isso foi há muito tempo, Stephen. Você era mais novo. Era uma criança. Você está mais velho agora. Olhe só o que está vestindo: está de uniforme.

Stephen observou as próprias mãos, depois olhou para baixo e examinou o suéter com a insígnia policial. Voltou a fitar ao redor, mas desta vez seu olhar parou em diferentes pontos. O balcão. A janela. O cardápio. Depois, olhou de volta na direção dos banheiros, onde estava a irmã.

– Ela está usando drogas – disse calmamente. – É o que estão fazendo. É o que a amiga trouxe. O que ela estava esperando.

Essa informação deve ter iniciado uma reação em cadeia, porque observei sua mente voltar ao presente cada vez mais.

– Você não pode estar aqui – disse Stephen, desta vez com mais certeza. – Rory, você não pode estar aqui.

– Bem, adivinha só? Eu estou. E nós vamos embora. Juntos.

– Preciso esperar Regina voltar.

– Ela não está aqui – falei.

Eu não tinha certeza disso, mas possuía uma forte convicção de que não estava errada. Aquele lugar era como uma teia de aranha: se algo se mexesse em outra parte dali, eu certamente sentiria as pequenas vibrações. Era como estar na minha própria cabeça: eu sabia que era a única ali, mesmo não tendo prova concreta disso.

– Venha – chamei, indicando a porta com um gesto.

Stephen nem se mexeu. A notícia sobre Regina o silenciara de novo, e ele encarava a parede dos fundos com o cenho franzido. Eu precisava voltar a fazê-lo falar e convencê-lo a ir embora comigo.

– Preciso que você pense – falei. – Você é bom em pensar. Vamos lá. Você sabe quem eu sou. Rory. Qual é a sua última lembrança?

Essa foi difícil. A respiração dele (ali, ele respirava) se acelerou. Ele tirou os óculos, fechou os olhos com força e cobriu o rosto com as mãos.

– Stephen, olhe para mim.

Estiquei o braço e afastei as mãos dele do rosto.

Nenhuma explosão. Só minhas mãos nas de Stephen.

Segurei-as sobre a mesa, e ele olhou para baixo. Não estava chorando, mas estava em conflito; numa confusão tão profunda que se tornara medo. Eu nunca o vira daquele jeito.

– Você estava furioso comigo por eu ter sido expulsa de Wexford e me mandou voltar para o colégio. Lembra?

Com isso, arranquei uma confirmação dele.

– Ótimo. Muito bom. Você lembra que eu fui expulsa. Você botou um celular no meu casaco e me seguiu. Umas pessoas me sequestraram. Você foi atrás de mim. Lembra?

– Vagamente. – A voz dele era incerta.

– Jane me raptou. O nome dela é Jane. Ela me raptou, e você a seguiu. E houve um acidente. Você enfiou o carro que estava dirigindo na frente do de Jane.

– Eu fiz isso?

– Sim – respondi, lutando para manter a voz firme. – Callum e Bu estavam lá. Vocês me tiraram do carro de Jane e você nos levou para o apartamento do seu pai.

Um brilho de reconhecimento.

– Regina destruiu aquele apartamento.

– Regina não está aqui. Eu estou.

– Ela rasgou as cortinas.

Stephen afastou sua mão da minha e traçou a linha da testa, onde tinha sido ferido. Acredito que nem imaginava o que estava fazendo. Não havia o corte. Vi que ele tentava fazer as peças se encaixarem. Acho que sabia, mas era um saber vago, como algo que ouvimos faz muito, muito tempo.

– Stephen, preste atenção. Estávamos no apartamento.

– Ela disse que eu não podia ir para Eton.

– Éramos nós que estávamos lá. Você, eu, Callum e Bu.
– Eu disse que precisava ir. Eu precisava mesmo.
Palavras não adiantariam. Eu me levantei e me sentei ao lado dele do outro lado da mesa. Não tinha a menor ideia se era possível, mas faria de todo jeito. Era a única opção. Segurei seu rosto com as duas mãos, e por um momento ele me pareceu totalmente perdido, totalmente sem esperanças.
Eu o beijei.
Foi uma experiência totalmente diferente de qualquer coisa que eu já vivera. Não foi um momento no tempo. Não sei nem se o restaurante ainda estava lá, mas Stephen estava. E ele era quente. No início hesitou, mas depois retribuiu o beijo. Seu corpo relaxou, seus ombros descontraíram. Seu coração estava acelerando.
Eu não sabia que lugar era aquele, mas não queria ir embora. Se fosse para ser assim, eu ficaria.
Então Stephen parou, embora não abruptamente. Nossos lábios continuaram colados por meio minuto, fechados, mal se tocando. Era como se aquele pequeno contato mantivesse toda a realidade. Ele então se afastou e olhou para mim, e dessa vez me viu. Luzes acesas.
– Estávamos no apartamento do meu pai. Houve um acidente. Fomos para o apartamento. E nós dois...
– Nós nos beijamos – completei. – Como agora.
– Foi. Callum entrou.
– E disse que tinha perdido uma aposta.
– Disse que tinha perdido uma aposta. E eu fui para a sala, para dormir...
E ali, imaginei, terminava a memória dele.
– Não era para você estar aqui – insistiu Stephen.
Ele estava menos temeroso agora, mas definitivamente não soava certo de nada. O surto de memória tinha se esgotado.
– Pois eu estou – falei, tomando a mão dele. – E nós dois vamos embora.

– Por quê?
– Porque você também não deveria estar aqui.
– Onde eu deveria estar, Rory?

Aquela última palavra, quando ele disse meu nome... foi como uma pergunta. Uma pergunta pura, pedindo tranquilização, pedindo alguma prova ou explicação. Naquele momento, entendi o impulso que o levou a provocar o acidente. Era tão simples! Eu não deixaria que nada o machucasse. Isso cabia a mim. Ia tirá-lo daquele lugar. Ainda não estava claro como o faríamos, mas o primeiro passo era levantar.

– Venha – falei, puxando-o.

Stephen me seguiu, mas parou à porta e olhou novamente na direção dos banheiros.

– Ela não está lá – falei.

O franzir de testa se desfez. Ele pareceu despertar e ajeitou os óculos no rosto.

– É. Acho que você tem razão.

Saímos para a rua.

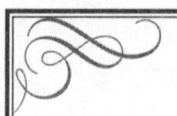

22

O AR ESTAVA DIFERENTE AGORA, TINHA RECUPERAdo aquela traço tão característico de Londres. Com um quê de água do mar, um leve travo metálico, uma pontinha de poluição e fumaça velha. A lua se tornara intensamente brilhante, lavando as ruas com uma luz branca árida. Estava ardente, cintilando como o sol. A mudança no ar pareceu afetar Stephen, que se empertigou e ergueu o queixo para olhar em volta.

— Estou um pouco confuso — disse ele, enquanto estávamos ali na rua parados juntos. — Não consigo me lembrar de muitas coisas.

— Eu lembro por você por enquanto. Vamos voltar pelo caminho que eu vim.

Mas a rua não estava mais lá. Quando viramos a esquina, o Piccadilly Circus sumira e nos vimos numa área residencial, cheia de belas casas silenciosas, em fileiras certinhas. Era vagamente familiar para mim, no sentido de que parecia com muitos bairros de Londres pelos quais eu passara.

— Ok, retiro o que disse. Talvez eu precise que você lembre mais. Esse lugar é familiar para você?

Parado no meio da rua, Stephen lentamente absorvia a cena inteira.

– Não tenho certeza – respondeu ele. – Oeste de Londres, me parece. Mas não tem nenhuma indicação e... – Ele foi até uma esquina e observou um lado e o outro. – Também não tem placas com os nomes de ruas. Onde foram parar as placas?

O velho Stephen voltava mais e mais a cada segundo, à medida que percebia que aquilo não fazia muito sentido. Ele ficou parado no fim da rua e olhou para a lua, para o vazio de tudo aquilo.

– O que aconteceu? – perguntou ele. – Eu me lembro de ter ido atrás de você. E me lembro de tê-la tirado do carro e que fomos para o apartamento do meu pai. Sei que a gente... sei o que fizemos, você e eu. Acho que logo depois fui me deitar, talvez, mas não consigo me lembrar de mais nada depois disso.

Eu precisava contar. Imagino que seria ali mesmo, naquele momento, fosse lá onde estávamos, fosse lá que versão de Londres era aquela. Não que eu quisesse, mas era evidente que precisava ser feito. O objetivo agora era sair, e parecia que quanto mais Stephen compreendia o cenário, mais ele acordava. Então ele precisaria da verdade, mesmo que a verdade queimasse minha garganta enquanto eu formulava as palavras.

– Você morreu. Tipo isso.

Essa ideia ainda não tinha ocorrido a ele.

– Eu... *morri*? De quê? Foi só um corte. Tive uma leve dor de cabeça...

– Você teve uma hemorragia interna, no cérebro.

– Quando eu morri?

– Não conseguimos acordar você no dia seguinte, então chamamos uma ambulância. Você estava no hospital. Disseram que não havia nada que pudessem fazer para salvá-lo...

Stephen tinha morrido. Ele morrera. E ali estava eu, contando como havia sido, para a pessoa com quem eu mais precisava falar aquele tempo todo. Eu precisava contar que ele havia *morrido*.

– Tinha um aparelho...

Tentei falar um pouco do que acontecera, mas as palavras emperravam. Era fisicamente impossível. Tossi e comecei a chorar. A forma de Stephen se enevoou com minhas lágrimas, mas vi que ele se aproximava, e me aproximei também. Então eu estava abraçada a ele no meio da rua, soluçando em seu suéter e me agarrando a ele como se fosse a única coisa no mundo. E era mesmo, acho. Aquele abraço era a coisa mais sólida que eu já sentira. Sua mão estava na minha nuca, e eu ouvia seu coração bater junto ao meu ouvido.

Todo o resto desapareceu por um tempo. Nada importava. Eu enfim parei de chorar, mas continuamos abraçados, na rua.

– Agora eu lembro – disse Stephen.

Eu me soltei para olhar para ele. Provavelmente era Stephen quem deveria estar descontrolado, mas não. Observei-o com atenção para ter certeza de que estava bem, e ele realmente parecia. A informação fora entregue, e, com Stephen, informação era algo com que se podia trabalhar.

– Eu lembro que você estava lá – falou. – Não sei onde. Eu me lembro de você conversando comigo e me pedindo para não ir e segurando minha mão. Você pediu que eu não fosse, e aí... não fui. Acho. Porque estou aqui. Não estou? Isso é real?

– Tenho certeza de que é.

– Pode ser atividade cerebral residual.

– Muito bem. – Expurguei as últimas das minhas lágrimas ásperas e limpei o rosto. – Vou lhe contar uma coisa que você não teria como inventar.

Vasculhei os armários da minha mente, procurando algo para entregar a ele. Alguma coisa boba. Banal. Qualquer detalhe que eu nunca tivesse contado, por não ter a menor relevância.

– Eu trabalhei um tempo numa sorveteria chamada Ronco...

– Ronco?

– É o sobrenome do cara. O lugar fica perto de um rio, no meio da rodovia. Na fachada tem uma enorme casquinha de sorvete sorrindo, mas, como não é pintada há vinte anos, virou uma enorme casquinha de sorvete com a cara caindo. Uma vez a máquina de sorvete deu problema e começou a jorrar xarope e creme por, sei lá, uma hora direto. E eu não podia fazer nada. Então comecei a recolher aquele monte de sorvete num balde, que carregava para dentro da loja para jogar fora. Aí uma mulher da cidade, srta. Allouette, que é basicamente a pior pessoa de Bénouville, me viu fazendo isso e... não sei se ela achou que eu estivesse roubando ou sei lá o quê, mas ela parou o carro. A mulher estava vindo do salão, porque tinha ido fazer o *penteado*... sabe, um cabelão, aqueles cachos artificiais... e ela disse que ia chamar a polícia e avisar que eu estava roubando. Eu tentava segurar a porta aberta, mas acabei me enrolando enquanto ela gritava comigo e me tranquei do lado de fora. Fiquei com tanta raiva da situação toda, porque eu odiava aquele emprego, que joguei o balde inteiro de sorvete na caminhonete da mulher. Na hora achei hilário, mas ela alegou que corroeu a pintura, ou sei lá o quê, e obrigou meus pais a pagar trezentos dólares e fui demitida e fui trabalhar numa lanchonete mexicana. Pronto. Acha que seu cérebro inventaria uma história dessa?

Ele pensou por um segundo.

– Não – respondeu.

– Posso contar mais algumas. Das boas.

– Não, eu... acho que acredito em você. Acho que estamos juntos aqui, seja lá qual for esse lugar. Quer dizer, tudo é possível, imagino. Considerando o que vemos o tempo todo. Múltiplas dimensões ou... não sei. Mas se eu estou aqui, e você diz que eu morri, e você está aqui...

Vi algo se mexer. Era um carro amarelo, indo lentamente até nós. Nós o observamos pegar uma rua pouco mais à frente. Reconheci o automóvel na mesma hora, porque não era algo que se via frequentemente: da cor de manteiga, clássico, comprido e curvilíneo. Havia duas pessoas dentro. Só dava para ver as silhuetas, muito parecidas, mas foi o suficiente.

– Acho que são eles – falei.

– Eles quem?
– Sid e Sadie.
Olhei em volta de novo, e de repente tudo começou a fazer sentido. Eu já tinha estado naquele lugar. Era o bairro onde Jane morava.
– Sid e Sadie? – perguntou Stephen. – Esses nomes não me são estranhos.
– São amigos de Jane. Acho que não queremos que eles nos vejam.
– Acho que é meio tarde para evitar.
O carro se dirigia a nós, seguindo devagar pelo meio da rua. Começamos a andar mais rápido. A lua, que antes estava tão cheia, agora só exibia uma de suas metades, e de repente tinha ficado frio. Quando alcançamos a esquina, nevava. Eu me virei para trás, mas o carro não estava mais lá.
– Foram embora – falei.
– Não. Veja onde estamos.
Uma única placa indicativa apareceu no final da minúscula rua de Jane. Hyssop Close. Descemos os poucos degraus até a casa dela. O carro estava estacionado em frente, havia música tocando e a casa era a única em volta com as luzes acesas. Ficamos parados na calçada, olhando para o caminho, para os degraus que subiam, para a porta aberta em meio ao frio, como uma ideia não pronunciada.
– Nós vamos entrar? – perguntou Stephen. – Acho que não podemos ficar aqui fora.
A neve agora caía ferozmente. Já havia uma camada de uns cinco centímetros no chão, embora estivesse nevando fazia apenas alguns minutos. Comecei a tremer violentamente quando o vento ficou forte. O suéter de Stephen estava ficando branco. O exterior estava se virando contra nós, e tínhamos exatamente uma única opção de lugar para ir. Era inevitável.
– Antes de entrarmos, preciso entender – disse Stephen. – Você disse que eu morri. Então, se eu morri e estou aqui, você…?

— É complicado — falei, tirando neve dos cílios.

— Tente. Você disse que veio me buscar. O que isso significa? O que você fez?

— Eu fiz o que foi preciso. E agora temos que encontrar o caminho de volta. Que, imagino, começa aqui.

— O que quer dizer com "fez o que era preciso"? — Ele soava irritado. — Rory, *o que* você fez?

— Você jogou seu carro na frente do outro. Então estamos quites, ok?

— Eu preciso saber!

Stephen falava bem alto agora, provavelmente para superar o ruído do vento, ou talvez simplesmente porque estava furioso. O clima cada vez pior me enchia de pressa e tensão.

— Eu participei de uma cerimônia — respondi.

— Que tipo de cerimônia?

— Uma esquisita! Isso faz alguma diferença?

— Sim!

— Olha, Jane disse que havia um jeito de você voltar. Que ela ia me mostrar. O acordo era que eu viria buscar você, mas também teria que encontrá-los para ela. E agora estamos na frente da casa dos dois, e não podemos ficar aqui fora. Então acho que vou ter que lidar com eles. Só precisamos tomar cuidado. Sid e Sadie, tipo, mataram dez pessoas.

Stephen me encarou.

— Você só pode estar brincando.

— A questão é que tem um caminho de volta. — Apontei para a porta escura. — Acho que eles são meio malucos, mas pode ser que saibam como se chega a esse caminho. Os dois fizeram a cerimônia também e não funcionou, acabaram congelados e adormecidos, como você. Só que estão assim desde 1973. Não estou dizendo que precisamos levá-los de volta conosco, mas eles são as únicas pessoas aqui além de nós. Acho que precisamos no mínimo entrar.

Stephen sacudiu um pouco da neve que se acumulava nos braços e olhou novamente para a casa, depois pegou do cinto de utilidades uma pequena lanterna, que, para nossa surpresa, funcionou normalmente.
– Eles mataram dez pessoas? – perguntou.
– Provavelmente.
Ele dirigiu o feixe da lanterna para a porta e avançou.
– Não vamos levá-los, então – disse Stephen. – Certo?
Avançamos juntos, esmagando a neve sob nossos pés. Tive uma súbita recordação de minha cidade. Todo ano, os bombeiros montam uma casa mal-assombrada para angariar dinheiro. A casa é montada no salão de festas do quartel-central, que é um grande retângulo de piso de linóleo que eles alugam para casamentos, noites de ostras fritas e qualquer outro evento que alguém queira. É um lugar sem nada, com uma cozinha industrial, pronta para ser preenchida. A casa mal-assombrada é o maior evento do ano. Todos os bombeiros voluntários e suas famílias passam cerca de duas semanas montando o espaço. Eles transformam o salão num labirinto, usando biombos e papelão. Considerando isso e todas as teias de aranha cenográficas, seria de se imaginar que o negócio viraria um grande foco potencial de incêndio. Sempre meio que presumimos que não fosse, porque, afinal, é dentro dos bombeiros. Ou, se for (o que, considerando o histórico da nossa cidade, provavelmente é), ao menos o incêndio logo seria controlado.

Ir à casa mal-assombrada é um rito de passagem em Bénouville. Você tem de fazer. Muito se discute em relação a quando as crianças devem ir. A idade mínima é oito, e foi nessa idade que eu insisti para ir. Meus pais são do tipo que gostam de encorajar a autoconfiança. Eles também são do tipo menos supersticioso que eu conheço, e sempre foram ávidos em me mostrar que as coisas que os vizinhos achavam que faziam barulho misterioso à noite são apenas gambás raivosos e jacarés, ou simplesmente outros vizinhos. Acharam tranquilo que eu fosse à casa mal-

-assombrada com oito anos, e eu estava tão orgulhosa disso que usei minha permissão como um troféu a semana inteira. "Eu vou", repetia para todo mundo, enquanto comia, toda arrogante, minha barrinha orgânica de frutas secas. Aquilo era um Grande Evento entre as crianças, e durante toda a semana eu me senti uma pioneira, uma pessoa corajosa, com o olhar no horizonte. Comprei um ingresso para sexta à noite. Tio Bick iria comigo, porque ele era amigo de um monte de bombeiros.

Não me ocorreu uma única vez sequer naquela semana que a experiência pudesse ser *assustadora de verdade*. E não que eu fosse corajosa, só não pensei nessa possibilidade. Eu estava empolgada, andando nas nuvens do meu frenesi infantil. Só quando estacionamos em frente ao quartel e vi uma garota dois anos acima de mim na escola sentada no meio-fio chorando incontrolavelmente que considerei que talvez tivesse alguma coisa naquela casa mal-assombrada. Naquele momento, eu me lembrei de detalhes das histórias. Que saía gente do escuro para correr atrás de você, que você botava a mão em potes e saía cheia de aranhas e centopeias e cérebros... e que um ano uma criança *enlouqueceu de verdade* depois de passar por ali.

Pensei em desistir, mas então vi um dos únicos garotos da minha turma que iria também. Ele estava se dirigindo à porta, com o rosto verde. Os pais perguntavam a ele se tinha certeza de que queria ir, e o menino fazia que sim, mas estava com uma cara de quem ia vomitar. Ele ergueu a cabeça e se virou na minha direção. Eu tinha sido vista. Agora precisava ir. Fiquei repetindo para mim mesma: "É tudo de mentira." O que era verdade até certo ponto: o quartel não estava cheio de monstros. Mas era real o suficiente no sentido de que era cheio do elemento desconhecido. Pessoas me seguiriam. Pessoas apareceriam do nada. Talvez eu pudesse me convencer a não ter medo daquilo...

Stephen ia na frente, e vi que, embora houvesse luz em algumas janelas, a entrada da casa estava totalmente às escuras. Era igualzinho à casa mal-assombrada: eles faziam um breu, ligavam o ar-condicionado no máximo e também tinham uma máquina que expelia neblina, de modo que saía um ar frio perto da porta onde as duas atmosferas se encontravam. Você ali sabia que estava adentrando *um outro lugar*.

Eu já estava em outro lugar, e estava com Stephen. Mas aquela casa era diferente. Conhecia a sensação, de certo modo. Assim que entrássemos, as coisas mudariam. Havia um mundo de elementos desconhecidos. Se aquilo era real ou não, ainda precisaria ser determinado. Lá dentro, eu tinha oito anos, encarando a escuridão, sabendo o que estava prestes a fazer e sem ter ideia de quais seriam as consequências.

Aquilo não era uma casa mal-assombrada no quartel de bombeiros de Louisiana.

Eu é que estava liderando, embora, na prática, Stephen tivesse ido na frente com a lanterna.

– Rory? – chamou ele, virando-se.

Dei uma última olhada para o céu. A lua nunca tinha estado tão baixa. Dava a impressão de que podia tocá-la se quisesse, mas acho que não é recomendável tocar a lua. Aquele não era um lugar em que alguém devesse estar.

– Estou indo – falei.

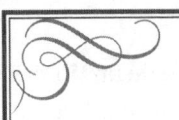

23

Nada pulou em cima da gente quando passamos pela porta, uma das maiores diferenças entre o lugar onde estávamos e a casa mal-assombrada de Bénouville. Na casa mal-assombrada, assim que entrei fui atacada por uma pessoa de máscara e garras de monstro, usando um macacão de cirurgião. Isso, claro, me fez disparar pelo labirinto mal-assombrado, berrando sem parar, até sair para o estacionamento, atravessando tudo em quase um minuto (afinal, era só um salão com divisórias, e não havia como fazer um labirinto gigantesco com apenas um pouco de papelão).

A casa estava bem quieta. Imóvel. Era o lugar que eu conhecia, com aquele leopardo de cerâmica ridículo perto da porta, o papel de parede prateado. Pelo menos estava aquecido. Minhas mãos tinham ficado roxas de frio, e eu as esfreguei para esquentar os dedos e espanei a neve da roupa. Stephen também espanou as roupas, depois observou a entrada da casa com a lanterna, iluminando o corredor bem à frente, que ia dar direto na cozinha. O cabideiro onde eu tinha encontrado o casaco de Charlotte não estava mais lá. A escadaria estava tão escura que nem dava para ver os degraus direito.

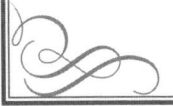

Se eu quisesse visitar Jane, entraria no quarto à direita, mas aquela porta agora estava fechada. A outra, à esquerda, estava entreaberta, deixando escapar um pouco de luz do quarto. Eu só tinha entrado ali uma ou duas vezes. Sempre achei que Jane usasse o quarto da direita como escritório e o da esquerda para dormir. Abri a porta bem devagar, aos pouquinhos, revelando um quarto completamente iluminado por velas, uma luz quase cegante. Levei um tempo para perceber que não eram só as velas que deixavam tudo tão ofuscante, mas também o monte de superfícies reflexivas: espelhos, uma mesa com tampo espelhado e um armário com a frente desse material. O candelabro estava cheio de velas acesas. Choviam gotas de cera quente no chão.

Eu já tinha entrado ali, e parecia estar quase tudo em ordem, mas algumas coisas eram diferentes. De novo, o chão estava coberto por um tapete branco, grosso e felpudo, e havia um armário numa das paredes. Em um canto, onde ficava uma tela e, talvez, uma TV, havia um globo prateado estranho. A mesa espelhada não estava coberta com os costumeiros livros sobre decoração, e sim de um monte de cálices vermelhos, do tipo que se encontra em feiras medievais, só que de boa qualidade. Eram pesados. Havia também uma caixa preta aberta e três facas curvas. Stephen examinou uma das lâminas, depois foi até o armário e olhou o que tinha dentro.

– Tem uma vitrola aqui – anunciou. – E discos de vinil meio velhos. Rolling Stones, David Bowie...

– Com certeza é a casa de Jane – comentei.

– Acho que não é bem uma questão de onde estamos, e sim de *quando* – continuou ele, pegando uma pilha de revistas e observando as capas. – Aqui diz que são de 1973.

Depois disso, ficou bem claro onde e quando devíamos estar. Contei os cálices na mesa: treze. Dez pessoas, mais Sid, Sadie e Jane. Vi um decanter com um pouco de líquido dentro. Cheirei, receosa. Parecia ser o mesmo líquido nojento que Jane tinha me dado, mas com um leve aroma doce e estranho que não senti no que tomei.

– Em 1973 – repeti. – Foi aqui que aconteceu. Aqueles adolescentes morreram aqui embaixo. E Sid e Sadie...

Antes que eu pudesse terminar, ouvi uma voz de mulher. Uma voz animada:

– Aqui em cima, queridos!

Era o tipo de voz que você ouviria vindo do outro lado de um jardim inglês, oferecendo limonada ou bolo, ou sugerindo uma partida de tênis.

Olhei para Stephen.

– Acho que podemos ir – comentei. – Não deve ser possível nos machucar aqui.

– Quem sabe o que pode acontecer neste lugar? – retrucou ele.

– Subam – chamou a voz. – Bem aqui em cima.

Ele ligou a lanterna de novo e foi até a porta, então subiu a escada, guiando nossos passos com o feixe de luz. Os degraus estavam imersos na escuridão. Viramos no corredor do segundo andar e olhamos para cima, para o piso superior. Uma luz brilhava no alto da escada, por trás de uma mulher com uma camisola branca diáfana. Ela era alta e loira, e quando se mexia os finos fios de cabelo se erguiam no ar como penas até pousar em seus ombros. A luz a iluminava por trás, então víamos sua silhueta.

– Por aqui – chamou ela, então se virou e entrou no quarto.

O cheiro quase me derrubou: um incenso doce e enjoativo, misturado com um odor almiscarado e um fedor abafado de maconha. Era dez vezes mais forte que na livraria.

Chegamos ao alto da escada e entramos numa sala que ocupava o andar inteiro. Eu já tinha entrado ali, e parecia muito o que me lembrava. O chão oculto por camadas de tapetes, de muitas cores e padrões, as paredes cobertas de livros, pequenas mesas marchetadas. Mas havia uma coisa diferente: uma mesa redonda no meio da sala. A mulher estava ali ao lado. Era absurdamente diferente de qualquer pessoa que eu já vira, e olha que cresci frequentando o Carnaval de Nova Orleans, o Mardi Gras. A camisola ia até o chão, e notei seus pés descalços por baixo da bainha. Seu rosto era levemente prateado, e seus olhos tinham nuances de azul-claro e branco. Ela parecia meio deusa da natureza e meio elfa.

– Acho que ainda não nos conhecemos – disse ela. – Meu nome é Sadie.

Ela levou a mão ao colo exposto. As mangas da camisola lembravam asas de morcego e faziam cada gesto parecer grandioso.

– E este é meu irmão, Sid.

Finalmente tirei os olhos dela e vi uma pessoa jogada elegantemente numa poltrona baixa no canto da sala. Ele usava um terno branco com lapela larga, blusa branca e gravata prateada, tudo isso completado por um chapéu fedora meio inclinado por cima de um dos olhos. A perna estava cruzada, apoiada no joelho.

– Encantado – cumprimentou Sid, sorrindo e levantando a mão. – Adorei sua roupa.

– Faz tanto tempo que não recebemos convidados – comentou a mulher. – Ficamos esperando.

– Tem sido um tédio total – concordou Sid. – Faz quanto tempo?

– Quarenta anos – respondi. – Mais, até.

– Bem, isso explica tudo – respondeu Sid. – Estou faminto. Vou comer cinco omeletes. Juro que vou.

– Coma seis – sugeriu Sadie.

– É mesmo, vou comer seis.

– Posso saber seus nomes? – perguntou Sadie.

– Adoramos nomes – concordou Sid. – Ou vamos ter que chamá-los de Esta e Aquele, e acho que vocês não merecem isso.

– Sempre arranjamos apelidos melhores – protestou Sadie.

Sid inclinou a cabeça, dando o braço a torcer.

– Eu me chamo Rory – declarei.

Stephen não disse seu nome, e eu não ia dizer por ele.

– Então vocês são Rory e... – comentou Sid. – Bem, ele é bonito, mas não é muito de falar. Essa carinha calada como uma pedra... Como os penhascos brancos de Dover.

– São muito brilhantes e animadores – retrucou Sadie. – Ele é mais sombrio. Como as Montanhas da Névoa.

– Lá nas colinas onde voam os espíritos...

– Com uma bela vista de Valfenda, mais abaixo.

– E com orcs por todos os lados – concluiu Sid. – Então talvez ele possa se chamar...

– Stephen – disse Stephen, acabando logo com aquilo.

– Stephen, então.

Sid finalmente se deu ao trabalho de se levantar, desdobrando-se como um origami. Foi até a irmã, à mesa. Assim que ele chegou, Sadie foi para uma cadeira de vime perto da janela. Os movimentos dos dois eram fluidos, como se estivessem dançando algum tipo de balé.

– Mas contem-nos – pediu Sadie, acomodando-se na cadeira –, como foi que chegaram aqui?

Para falar a verdade, eu ainda não tinha explicado isso a Stephen, e ele olhou para mim, curioso. Tinha que escolher as palavras com cuidado. Queria revelar alguma coisa, já que eram eles que nos ajudariam a sair dali, mas não podia contar tudo. Não seria muito esperto. E "vocês mataram dez pessoas" não parecia um bom começo, então o que eu disse foi:

– Eu conheço Jane.

– Você conhece Jane! – comentou Sid, animado. – Nossa Jane? Nossa Jane querida!

– Nossa doce Jane – concordou Sadie. – Quarenta anos. E Jane esperou esse tempo todo? Ela é mesmo uma graça!

– Vou dar um bônus de Natal para ela – declarou Sid. – Nossa Jane vai ganhar um ganso gordo e meio dia de folga. Bem, se você está aqui, imagino que Jane esteja aprontando alguma.

Sadie ficou inquieta e se levantou. Me impressionou bastante que, naquela realidade, uma camisola tão diáfana e delicada não ficasse presa na treliça de vime da cadeira. Se eu estivesse no lugar dela, teria arrastado a cadeira atrás de mim, ainda agarrada no tecido. Sadie se ergueu como se fosse feita de ar e canto de pássaros, e deslizou até Stephen. Ela o olhou de cima a baixo, de um jeito que me deixou bem desconfortável, então ergueu o dedo, muito curiosa, tocando no peito dele e traçando uma linha invisível sob a palavra **POLÍCIA** em seu suéter.

– Você é mesmo...? – comentou, com um sorriso recatado.

Stephen não respondeu, o que já foi resposta o bastante para ela.

– Ah, Sid, ele é mesmo da polícia!

– É? – indagou Sid. – Mas como as coisas *mudaram* para melhor, minha cara irmã! Veio nos prender? Sinta-se à vontade. Venha aqui. Pode me revistar. Quero uma revista completa.

Ele se inclinou contra o tampo da mesa, alongando o corpo com movimentos dramáticos. O chapéu caiu no chão, onde pousou com a aba para cima. Sid fazia cena, mas Sadie parecia muito interessada em entender o porquê de nossa presença ali.

– Você tem algo diferente – comentou ela. – Você é diferente. Sid, você também reparou?

Ele se endireitou e olhou para mim.

– Agora que mencionou, também estou reparando – retrucou ele, botando o chapéu de volta na cabeça. – Bem diferente.

– O que será que é? – Sadie circulou ao meu redor, me observando com curiosidade.

– Não sei bem. Gosto bastante do cabelo dela. É super Angie Bowie. Mas não é isso. Não mesmo.

– Não – concordou Sadie. Ela estendeu a mão e tocou meu cabelo. – Não, ela... Não consigo explicar.

Sadie voltou para a mesa, junto do irmão. Lado a lado, os dois pareciam muito mais estranhos do que quando estavam afastados. Lado a lado, a semelhança sinistra deles se sobressaía, a estranheza das roupas, os tons estranhos da maquiagem.

– Ela é muito interessante – comentou Sadie.

– É mesmo – retrucou Sid. – O que será? Vou ficar doido pensando nisso, Sadie.

Stephen tinha passado esse meio-tempo examinando o aposento com um olhar atento. Tínhamos nossa própria dança. Eu os manteria ocupados falando, era boa nisso. Estava ganhando tempo para que Stephen pensasse. Quando Stephen pensava, ficava como um daqueles cachorros paralisados em alerta porque tinham ouvido alguma coisa se mexer entre os arbustos.

— Bem, contem como chegaram aqui — pediu Sid. — Estamos muitíssimo curiosos.

— Estamos mesmo — concordou Sadie. — O que foi que nossa querida Jane aprontou?

— Ela é muito esperta — completou Sid.

Eu tinha que contar alguma coisa, se quiséssemos tirar alguma informação deles.

— Um ritual — revelei. — Os mistérios.

— Isso eu já tinha imaginado — retrucou Sid, com um aceno de desdém. — Mas ela fez alguma coisa diferente. Alguma coisa com você.

Stephen se aproximou um pouco mais de mim, num gesto meio protetor, mas ele também tinha se mexido porque estava hipnotizado pela parede com as janelas, à nossa frente. Talvez, nesse mundo, Stephen gostasse muito de olhar para paredes.

— Vim aqui buscá-lo, mas agora tenho que voltar. E achei que vocês soubessem como.

— A gente? — Sid riu. — Se o que diz é verdade, estamos aqui há quarenta anos. Se soubéssemos como sair, já teríamos saído.

— Aqui é um tédio — confirmou Sadie.

— É, é sim. E odiamos ficar entediados. Mesmo assim, pode ser que a gente consiga resolver isso juntos. Ou então vamos todos ficar presos aqui. Para não falar no que mais pode acontecer! Mas acho que não quer isso. Então por que não nos conta seu segredo? Você tem um segredo. Dá para ver nos seus olhos. Somos muito bons em extrair segredos.

Segui o olhar de Stephen. A parede com as janelas era a menos entulhada dali, só com algumas tapeçarias, as cortinas e um espelho comprido de um dos lados. Mas havia coisas pintadas acima da janela. Eram símbolos. Algum negócio astrológico. Entretanto, foi no espaço entre as janelas, bem no ponto em que a parede tocava o teto, que notei o que ele estava encarando.

Uma série de numerais romanos: I II III IV V VI VII VII IX X XI XII. Pelo que me lembrava do quarto ano, era só uma sequência de números: um a doze. Não havia como saber por que Sid e Sadie tinham pintado os números de um a doze na parede em numerais romanos, mas realmente não era muito mais estranho do que, por exemplo, matar dez pessoas na sala de estar por achar que os deuses gregos existiam de verdade.

Na verdade, não era isso. Tinha alguma coisa errada com os números. Um deles estava errado.

– Então, o que tem de diferente? – indagou Sadie, me puxando de volta para a conversa.

Sua voz tinha um tom muito tranquilizador. Não era estranha, enjoativa ou maligna, era doce e agradável, como a de Jazza. E também rica e intensa, como a dos ingleses nos seriados de época. Eu precisava revelar mais alguma coisa.

– Ela usou uma pedra mais forte – expliquei.

Ao ouvir isso, Stephen virou a cabeça de repente na minha direção. Seu olhar era bem claro. Ele sabia do que eu estava falando, da pedra. Tive certeza disso.

– Temos que ir – disse ele. – Agora.

Vi Sid e Sadie serem surpreendidos por aquilo, e Sadie se virou bem lentamente e olhou para os números na parede.

– Ah. Então isso explica um pouco essa história.

Sid olhou por cima do ombro e deu um sorriso malicioso, assentindo, como se tivesse sido muito idiota.

– É claro! – exclamou. – Honestamente, Sadie, somos meio burros.

– Já faz um tempo – retrucou ela. – Não podemos nos culpar.

Stephen tinha se aproximado e segurava meu braço.

– Rory – sussurrou ele –, venha comigo. Agora.

– Você é um deles? – perguntou Sadie, educadamente. – Sério que o obrigaram a usar uniforme de policial? Parece uma atitude meio extrema.

– Sempre se esconda à vista de todos, Sadie.

Stephen estava me puxando, mas eu resistia.

– O quê? – perguntei. – O que é?

– Minha querida, ele é do Gabinete Paralelo – explicou Sadie.

Olhei para Stephen. Ele realmente não era de falar muito. Nisso, tinham razão.

– Por favor, Rory – pediu ele. – Agora.

– O que é o Gabinete Paralelo? – perguntei a Sid e Sadie.

Não sei por que, mas aquilo era importante. Eu tinha certeza. Era a chave para sair dali. Talvez fosse a mente de Stephen tentando evitar que eu soubesse, ou... Eu não fazia ideia de como aquilo funcionava.

– O Gabinete Paralelo é o que mantém Londres funcionando – explicou Sid.

– E o que a mantém prisioneira – completou Sadie.

– Mas ela poderia ser livre. E seu amigo, Stephen, é parte disso. Não é?

Stephen não soltou meu braço, mas parou de me puxar. Tive a sensação de que aquilo era o começo de uma conversa que ele sabia que precisava acontecer.

– O que vocês pensam que sabem a meu respeito? – perguntou Stephen.

– Ele fala! – exclamou Sid. – Uma pedra falante! Talvez exista um motivo para ele ter essa cara dura como pedra. Talvez seja assim que escolhem seus membros.

– Vou repetir a pergunta – declarou Stephen.

– Por que lhe diríamos o que você já sabe? – indagou Sadie, com uma voz mansa. Ela foi até a janela e fechou a cortina.

– Então diga a *mim* – pedi. – Eu quero saber.

– Você ainda é um mistério – reclamou Sid. – Vai me deixar louco. Sadie, você é melhor nisso. O que é que ela tem?

Stephen interrompeu a resposta.

– Foi o que pensei – comentou. Ele soltou meu braço, e sua voz soou tão cristalina quanto a dos irmãos. Acho que assumiu um tom rebuscado completamente Eton, como quem diz "sei mais do que vocês". – Vocês não entendem nada. São só malucos testando a sorte com uns livros mágicos.

– Isso mesmo! – concordou Sid, alegremente, erguendo as mãos. – Malucos testando a sorte com uns livros mágicos! Você nos pegou! E, mesmo assim, os dois acabaram aqui depois de passarem pelos Rituais de Deméter. E foi você... – Ele apontou para o Stephen. – Ou melhor, não foi *você* quem fez os rituais. *Ela* fez. Ela era o objeto. E acabou aqui. O que nos diz alguma coisa, não acham? Quer dizer, não somos muito espertos. Mas até nós conseguimos concluir que ela possui o dom.

– É mais do que isso – interveio Sadie –, ou ela nunca teria chegado até aqui. É você quem está oferecendo a festa, Rory. Não a gente. Só oferecemos o local.

Senti alguma coisa no braço, algo quente escorrendo até meu pulso. Puxei a manga e vi que estava sangrando. Foi do nada, simples assim: havia um corte de uns dez centímetros no meu braço, nada muito sério. Mas eu não me dava muito bem com esse tipo de coisa, esses cortes surgindo do nada. Tinha passado a me sentir muito consciente da cicatriz na minha barriga. Tinha parado de doer já fazia algum tempo, mas comecei a sentir cada pedacinho. Eu me lembrei da sensação do corte se abrindo aquele dia no chão do banheiro. Apertei o braço contra a cicatriz. Não estava sangrando, estava tudo bem. Meu único machucado era aquele corte repentino no antebraço.

Eu tinha sido cortada. Estava começando a lembrar. Jane havia cortado meu braço.

Olhei para Stephen. O machucado dele não tinha reaparecido. Foi só comigo. Ele viu o sangue.

– Está tudo bem – falei, abaixando a manga de repente.

Mas também estava começando a chegar à conclusão de que talvez fosse melhor sairmos dali. Foi desse mesmo jeito que deixei a casa de Jane, na última vez: eu tivera a súbita compreensão de que alguma coisa estava errada e que era para correr. Não tinha muita certeza do que aqueles dois poderiam fazer contra nós, mas a sensação era arrebatadora, puramente instintiva.

Aquela casa era perigosa. Aquela casa nos deixaria presos para sempre.

– Acho que... – comecei. – Talvez...

– Vamos.

Saímos correndo escada abaixo. Eu ia na frente. Os degraus estavam na mais completa escuridão, e eu não parava de tropeçar e ter que agarrar o corrimão para não cair. Era mais uma situação muito parecida com aquela quando encontrei Newman, debaixo da estação da King William Street, mergulhando na escuridão com Stephen logo atrás. Estava acontecendo de novo, só que em um lugar diferente: uma casa de festas que era uma versão espelhada das realidades que eu já conhecia.

Quando passamos pela sala de estar perto da entrada, dei uma última espiada lá para dentro – o que provavelmente foi um erro, já que me fez parar. Desta vez, o lugar não estava vazio. Havia dez cadáveres jogados ali.

– Ah, meu Deus... – murmurei.

Vi um monte de cabelos compridos e roupas coloridas. Uma garota de chemise vermelha com círculos laranja vibrantes, um garoto vestido de verde-folha da cabeça aos pés. Uma menina miúda coberta de sardas usando um minivestido roxo brilhante e meia-calça roxa listrada. Mas o que me surpreendeu foram as posições em que estavam. Todos contorcidos. Muitos no chão, com o rosto para baixo, no carpete. Alguns caindo do sofá. Alguns tinham se agarrado a outra pessoa, num último abraço desesperado, um abraço mortal. Um estava perto da porta, um garoto de cabelo preto bagunçado com leves traços de maquiagem nas pálpebras. Estava com a cabeça virada para o lado, o braço esticado como se tentasse nadar pelo chão até um lugar em que pudesse se salvar. Sua pele estava azul e roxa e pálida. Tudo naqueles corpos sugeria choque e agonia. O ar tinha um cheiro amargo e pungente.

Stephen me alcançou e viu o que eu estava observando.

– Não olhe – avisou. – Continue andando.

Ele me deu um empurrãozinho e saímos para uma noite sem lua, sob uma nevasca intensa.

24

DESCEMOS O DEGRAU DA ENTRADA E SAÍMOS DA Hyssop Close, percorrendo aquele bairro sem placas. Estávamos numa encruzilhada, sem indicação de para onde ir. O céu ficara meio rosado, o que pelo menos nos dava alguma luz, caso finalmente descobríssemos para que lado correr. A neve caía com mais intensidade agora. Era como a sensação de branco por trás dos meus olhos depois que eu eliminava um fantasma: a mesma brancura que vi quando estendi a mão para Stephen naquela cama de hospital. Fechei os olhos de novo e me ordenei a descobrir *que raios estava acontecendo*.

– O que é o Gabinete Paralelo?

Stephen espanou a neve do rosto.

– Agora não é a melhor hora de discutir isso.

– Agora é a hora ideal. O que é o Gabinete Paralelo?

– Tenho uma pergunta mais importante: o que fizeram com você? Disse que Jane usou uma pedra mais forte. Como assim?

– Ela contou sobre uma coisa chamada Pedra Osulf. Que precisava ser encontrada. E que, se conseguíssemos, poderíamos combinar a pedra e eu, e aí eu poderia acordar você.

– Como?

– Tive que beber um negócio. Disseram que precisavam de um pouco do meu sangue. Disseram que eu tinha sangue da pedra. Encontramos a Pedra Osulf. Freddie...

– Freddie *Sellars*?

– Sim. Ela ajudou.

– Quanto tempo passei apagado?

– Quase dois dias.

– E isso tudo aconteceu *em dois dias*?

– Thorpe disse que você investigou Freddie! Disse que você ia trazê-la para a equipe!

– Eu ia – retrucou ele, irritado. – Ela é muito esperta. Mas não quero falar de Freddie Sellars. Rory, o que aconteceu com a Pedra Osulf?

– O grupo de Jane a roubou – respondi. – Eles a levaram para a casa.

Ele levou as duas mãos à cabeça e começou a se afastar de mim, andando de costas.

– Stephen, *fale comigo*. Me explique o que aconteceu.

De repente apareceu um táxi preto de Londres parado atrás dele, o motor obviamente ligado, as luzes acesas. Apareceu do nada, num lugar que antes estava vazio.

– Ali! – exclamei. – Atrás de você!

Corremos até o táxi. Não tinha motorista, então Stephen se sentou ao volante e eu ocupei o banco do passageiro. Ele ligou o limpador de para-brisas para tirar a neve do vidro.

– O que é esse Gabinete Paralelo?

Ele passou a marcha e começou a dirigir, pisando fundo demais para uma nevasca daquelas. Só que a nevasca estava minguando, e a cada curva o céu e a estrada pareciam mais limpos.

– Aonde estamos indo? – perguntei.

– Para o Marble Arch. Se isso tem a ver com a Pedra Osulf, é para lá que temos que ir.

Enquanto avançávamos a toda, a cidade de Londres se estendia ao nosso redor – mas não era a Londres verdadeira. Era como um monte de fotos da cidade, algumas repetidas, que alguém estivesse espalhando à minha frente. Eu não sabia se tinha como chegar ao Marble Arch, nem mesmo se dava para alcançar qualquer lugar que fosse. Até onde eu sabia, estávamos dirigindo na mesma rua sem parar.

Algo surgiu na minha visão periférica, e, pelo retrovisor lateral, vi o carro amarelo nos seguindo. Parecia estar dirigindo numa velocidade tranquila, mas se mantinha sempre atrás de nós. Stephen também viu. E acelerou.

Algo surgiu, interrompendo a paisagem à frente: um parque. Stephen continuou dirigindo por dentro. Por que não?, afinal. Não havia ninguém para nos impedir. Ele seguiu por algumas trilhas de cascalho para pedestre, e atravessamos um campo verde enorme ao redor de um lago.

A neve parou de cair quando passamos por algumas árvores. Era dia outra vez, o céu claro e ensolarado. A folhagem era bem verde, e, de repente, estávamos cercados por uma porção de árvores, cada vez mais, até chegarmos a um ponto em que o carro simplesmente não passava. Stephen trocou de marcha depressa. Quando ficou bem evidente que não havia como evitar as árvores, ele puxou o freio de mão e deu uma guinada no volante. Derrapamos numa curva bem aberta, evitando por pouco uma batida de frente. O motor do carro rangeu e parou.

– Tudo bem com você? – perguntou ele, com a respiração acelerada, engolindo em seco e agarrando o volante com força.

Meu corpo todo tremia. Chega de acidentes de carro para Stephen.

– Nunca mais faça uma coisa dessas – falei.

– Eu não tive muita escolha – retrucou ele. – Eles apareceram do nada. Nem sei direito onde estamos. Acho que temos que continuar a pé.

Saímos do carro. Senti um cheiro meio familiar, um aroma que eu definitivamente não sentia na Inglaterra. Era meio floral, meio herbáceo. Avançamos por entre a cobertura de árvores que deixava passar alguma luz, pontilhando nosso corpo com sardas de sol e sombra. Não sei o que foi que me fez entender, deve ter sido algo tão simples quanto o chão se ondulando, a leve inclinação. O buraco que eu sabia de que devia desviar. E, assim que me dei conta, saímos da clareira para o meu quintal.

Minha casa. Quer dizer, os fundos da minha casa. As portas de deslizar estavam abertas, e um rádio tocava lá dentro. Na estação da NPR. Meu pai ou minha mãe estava em casa. Bucky, o cachorro do meu vizinho, latia. A rede que eu ganhara de aniversário aos catorze anos pendia, preguiçosa e convidativa, no quintal.

– Que lugar é esse? – perguntou Stephen.

– Minha casa.

A luz solar chovia sobre nós. Como eu tinha sentido falta do sol! Ficamos ambos mais lentos com aquela mudança abrupta. Sid e Sadie não estavam mais atrás de nós.

– Estamos na sua cidade – disse Stephen.

– Aham.

– É quente – disse.

– Falei que era.

Eu me aproximei da casa. Stephen me seguiu, e ficamos parados à entrada dos fundos. Toquei o náilon da rede e a abri para me sentar – um gesto tão familiar... Meus pés ficavam alguns centímetros acima do chão quando me sentava assim, e quando me balançava, a planta do pé roçava o cimento a intervalos regulares. Um movimento que já fizera cem, talvez mil vezes? Grande parte da minha vida eu passara naquela rede. Fazendo dever de casa, conversando com amigos, usando o laptop, lendo e dormindo. Planejando minha viagem para a Inglaterra. Essa fora a última vez. Eu ficara sentada ali, o computador no colo, me balançando para a frente e para trás devagar, vendo programas de TV ingleses e lendo sobre o sistema educacional no país. Eu me sentia tão preparada, como se tivesse ideia de como seria. Eu me lembrei de explicar tudo aos meus amigos.

Chegava a ser cômico, agora.

Stephen esticou a rede para se sentar ao meu lado. Sendo mais alto, seus pés se mantinham no chão, e o peso extra fez a rede baixar um pouco. Paramos de balançar.

– Não consigo me imaginar crescendo num lugar como esse, quente o tempo todo – disse ele. – Acho que explica alguma coisa.
– Explica o quê?
– Imagino que nossa personalidade seja moldada de certa maneira quando moramos num lugar em que chove o tempo todo. Parece que aqui as pessoas podem ser mais otimistas. Acho que isso explica seu jeito de ser.
– Você me acha otimista?
– Num nível quase patológico. – Ele não sorriu, mas havia um sorriso no modo como falou isso.

Enquanto estávamos ali parados, tudo pareceu se acalmar ao redor. Quando a temperatura chega àquele calor num dia de verão em Louisiana, nada se mexe. Há uma imobilidade completa. Até os mosquitos ficam quietos.

– Devemos entrar? – perguntou Stephen.
– Não sei. Acho que podemos.

A casa parecia fresca e convidativa. Nada como sair do sol forte para a sombra amena do interior, se esticar no sofá ou na cama e tirar um cochilo. Eu me levantei e abri a porta de tela, que empenou ligeiramente, porque sempre saía um pouco do trilho e tinha que ser empurrada de volta.

– É a minha casa mesmo! – falei.

Embora o rádio estivesse ligado, não se ouvia nenhuma voz ou movimento. Chamei meus pais, mas não houve resposta. Fui de cômodo em cômodo. Morávamos numa daquelas casas enormes e exageradas meio padrão americano, que dão aquela sensação de grandeza e vazio, mas de um jeito bom, com pé-direito alto e muitos ventiladores de teto. Stephen volta e meia olhava para cima enquanto seguíamos, e foi por isso que reparei nessas coisas.

– Não é como eu esperava – comentou ele.
– O que você esperava?
– Algo meio gótico. Por causa das histórias que você conta.
– Acho que somos os normais aqui da cidade – falei.

Chegamos à escada. Subi, ainda procurando alguém. A cada cômodo por que passávamos eu ficava mais consciente da presença de Stephen na minha casa, algo que nunca imaginara. E, embora não houvesse nada muito constrangedor ali (nenhuma calcinha pendurada na parede ou algo do tipo), tudo era informação. Tudo era verdade.

Parei à porta do meu quarto. Era a única fechada. Se aquilo era meu subconsciente falando, então ele era um babaca.

– Olá? – chamei.

Nenhuma resposta lá de dentro. Entreabri a porta, só um pouquinho. Depois, mais um pouco, até por fim abri-la inteira. As persianas estavam fechadas, deixando entrar apenas uma luz suave lá de fora.

Mesmo sem ninguém ali, parecia meio sobrenatural entrar no meu quarto. Meio perigoso. Botei o pé para dentro, hesitante, sentindo a maciez do carpete. Meu quarto era um tanto quanto grande. Isso porque sou filha única, e aquele tipo de casa americana tem mania de grandiosidade. Comparado com o alojamento de Wexford, era gigantesco. Dava até vergonha, que desperdício de espaço. Mas era meu, e tudo era deliciosamente familiar. A bagunça, por exemplo. A cama desfeita, o cobertor meio caído no chão, como se bêbado. Uma pilha de cabos de aparelhos eletrônicos ao lado da cama, parecendo um estranho ninho de animais digitais. Cerca de seis canecas sujas no criado-mudo, uma pilha de livros não terminados ali perto. Eu tinha dobrado minhas roupas, pelo menos algumas, e as deixado empilhadas no chão. Stephen parecia muito interessado no jacaré inflável com o pescoço encrustado de contas que eu tinha pendurado em cima da cama. Isso me deu tempo para examinar o quarto e ver se havia alguma calcinha ou sutiã à vista.

Percebi que fiquei meio desapontada por não encontrar nada. Sério que aquela seria a única vez em que não deixei um sutiã largado?

Será que eu estava tentando ficar com Stephen de novo? Bem ali? Era isso que estava acontecendo? Meu cérebro dizia que não era uma boa hora, mas uma sensação confusa em algum lugar respondia que nunca haveria hora melhor, afinal, quem poderia saber o que realmente contava naquele lugar?

De repente, nada mais me parecia urgente. Eu me sentei na beira da cama e fingi estar perdida em pensamentos. Se desse a impressão de estar pensando em alguma coisa, Stephen também iria querer pensar no mesmo e ia se sentar ao meu lado. Já tínhamos nos beijado numa cama. Podia acontecer de novo. Tecnicamente, havíamos nos beijado fazia pouco tempo, no restaurante, mas aquilo era bem diferente. Eu estava com a cabeça em outro lugar, e ele estava completamente fora de si. Aquilo tinha sido uma questão de necessidade.

Mas Stephen ainda estava olhando em volta, absorvendo tudo, detalhe por detalhe.

– Isso é mais a sua cara – comentou.

Resmunguei um "hum" em resposta, como se ainda estivesse refletindo.

– Acha que é melhor a gente ir embora?

– Estou pensando – respondi. Depois de um tempo, ele deve ter percebido que eu não ia me levantar e se aproximou um pouco. Stephen parecia não saber bem o que fazer, então mandei: – Sente-se.

E ele obedeceu. No mesmo instante. Que postura mais profissional, a dele.

– Bem, por que estamos aqui? – perguntei, me espreguiçando um pouco e me inclinando contra os travesseiros.

Ao mesmo tempo em que me parabenizei pela ideia, odiei a mim mesma por estar agindo daquele jeito. E vi que ele reparou, porque olhou bem para mim (para meu corpo todo), depois desviou o olhar depressa, pinçou a ponte do nariz entre o indicador e o polegar, e ficou encarando meu abajur.

– São muitas explicações possíveis – respondeu ele.

Tudo ali era muito envolvente. Eu não fazia mais a menor questão de ir embora, só conseguia me concentrar em Stephen sentado, na silhueta de seus ombros delineada contra as cortinas brancas. Seus ombros largos e fortes.

– Rory, acho que não é uma...

– A gente se beijou naquela noite – interrompi.

– Eu sei disso.

Stephen não conseguia me encarar.

– Você se arrependeu, por acaso? – perguntei.

– Eu... – Ele balançou a cabeça. Parecia muito confuso. – Acho que...

– Pare de achar e decida de uma vez. Você se arrepende? Porque eu não me arrependo. Era o que eu queria.

Que testa mais franzida! Eu me empertiguei, tensa. Talvez Stephen nunca nem tivesse gostado de mim. Talvez fosse tudo coisa da minha cabeça e algo tivesse dado muito errado. Talvez ele só tivesse feito aquilo por causa da confusão provocada pelo ferimento.

– Não – respondeu ele, ainda sem olhar para mim. – Eu queria. Muito. Fazia um tempo. Eu...

– Então vamos repetir – interrompi.

Não gostei de como minha voz soou desesperada. Eu me aproximei ainda mais, e ele ficou muito rígido. Então se levantou.

– Tem alguma coisa errada – falou. – Tem alguma coisa errada com esse lugar.

Ah, mas não havia a menor chance de eu sair daquela cama. Stephen ainda não tinha me escapado. Ele queria, eu tinha certeza. Só estava com medo. Alguma coisa estava assombrando sua mente. Eu nunca ia sair da cama, da casa. Ali podia ser o lugar perfeito. Stephen e eu.

Ele foi até a janela e ajustou as persianas, deixando o sol entrar. Tive que erguer a mão para proteger os olhos. Stephen estava falando, mas, não sei por quê, a claridade intensa tornava impossível ouvir o que dizia.

– Stephen? – chamei. – Stephen!

Só havia a claridade cegante. Minha casa... tudo pulsava. Estava me fazendo perder o controle. Eu não podia ficar ali. Stephen não podia ficar ali comigo. Nada daquilo combinava. Ouvi quando ele me chamou, sua voz soando como se estivesse na outra ponta de um corredor enorme e vazio, não num quartinho silencioso. Eu me levantei da cama e fui cambaleando até o corredor e escada abaixo, a luz atacando meus olhos. Continuei chamando seu nome enquanto descia até a sala, meio às cegas. As portas de correr estavam bem abertas, mas a paisagem lá fora parecia borrada, como a foto de um jardim fora de foco. Saí mesmo assim, para um dia muito diferente daquele lugar quente e ensolarado. O céu estava cinza e a casa tinha desaparecido. O ar frio nos recepcionou quando nos percebemos num parque de Londres, provavelmente a uns trinta metros do Marble Arch. Stephen estava um pouco mais à frente.

– Tudo bem com você? – perguntou ele.

– Mas que merda foi aquela? – indaguei, apontando para o lugar onde antes havia a casa.

– Não sei se tem como saber o que aconteceu – respondeu ele. – Parece que é um lugar que nos apresenta coisas familiares, coisas que nos impelem a ficar. Ele consegue entrar na gente. Deve saber o que desejamos.

Se fosse o caso, Stephen tinha acabado de ver muito claramente o que estava dentro de mim. Dei as costas para ele, constrangida, e olhei para o parque que tinha reaparecido ao meu redor. A única diferença dessa vez era que o lugar não tinha árvore nenhuma, de forma que dava para ver bem o gramado balançando de leve ao vento. Não havia nada depois do parque, nenhuma Londres. Era só um campo verde. O carro de Sid e Sadie não estava à vista.

– Tem alguma coisa nesse lugar que apaga as lembranças, fazendo a pessoa esquecer muitas coisas – continuou Stephen. – Elimina tudo, exceto aquilo que mais desejamos. Eu queria reencontrar minha irmã, você queria ir para casa.

Não saquei se ele estava mentindo para aliviar o clima estranho ou se era mesmo o que tinha interpretado. E também não saquei se deveria me sentir aliviada ou desapontada.

Estava tendendo para desapontada.

– E agora? – perguntei.

– Acho que a saída é por ali – respondeu ele.

Eu me virei e vi que Stephen apontava para o Marble Arch, que tinha aparecido no fim do parque.

25

Eu nunca tinha ido ao Marble Arch, mas era bem fácil identificá-lo. Como o próprio nome diz, é um arco gigante de pedra branca, provavelmente mármore. Tínhamos a sensação de que era o lugar aonde deveríamos ir, então caminhamos até lá. Parecia perto, mas andamos por cinco, dez minutos e não ficava nem um pouco mais próximo. Era como se o gramado estivesse passando sob nossos pés como uma esteira de corrida. E não conseguíamos chegar.

– O que é o Gabinete Paralelo? – perguntei de novo.

– Rory...

– Ficou tudo esquisito quando esse assunto surgiu da outra vez.

Stephen olhou para as próprias mãos, enfiou-as nos bolsos e as tirou de novo.

– Se estamos aqui, é por causa das coisas que não contamos um ao outro – insisti. – Eu não contei sobre Jane. Não contei que fui expulsa. Não contei aonde estava indo de verdade. Se tivesse, você não teria precisado ir atrás de mim. Eu talvez nem tivesse ido embora. E isso não teria acontecido. Mas aconteceu, e vim aqui atrás de você. E, Stephen... Você nem sempre conta as coisas. Sei que é o seu trabalho, sei disso, mas muito do

que estamos passando só se deu porque você guarda tudo para si. O que é o Gabinete Paralelo?
— Não posso...
— *Olhe onde estamos!* — gritei.
— Eu sei!
Nunca tinha ouvido Stephen gritar. Era um rimbombar perturbador. Ele deu meia-volta e se afastou alguns passos, então se virou de volta para mim.
— Esses problemas começaram quando você chegou.
Falava num tom frio, mas artificial. Eu sabia o que ele estava fazendo. Era bem óbvio. Tentava dizer algo que me fizesse ir embora. Stephen podia ter muitos defeitos, mas saber mentir não era um deles. Não com esse assunto.
— Então você não se importa comigo? — perguntei. — E queria nunca ter me conhecido? É isso?
— Você traz problemas. Eu...
— Stephen, pare.
Ele tirou os óculos e esfregou o cabelo, irritado.
— Não sei onde estou — falou, com a respiração acelerada. — Mas sei que é real, sei que você veio me buscar e não sei como processar essa informação. Sei que não posso deixar isso acontecer com você.
— Ninguém pediu sua opinião — retruquei. — Eu decidi vir por conta própria.
— *Por quê?*
Ali estava, a pergunta. Ele realmente não entendia. Sua expressão de confusão era genuína.
— Eu nunca cheguei a *conhecer* sua família, mas, se um dia isso acontecer, acho que vou ter que distribuir vários socos — comentei.
— Estou falando sério.
— E eu estou rindo? — respondi. — Não sei como você acabou assim, achando que pode se sacrificar por todo mundo e ninguém retribuir. Eu sei. Li sua ficha.

Isso não ajudou. Na verdade, vi uma espécie de vazio invadir seu rosto enquanto eu dizia aquilo, então entendi que, sem querer, tinha estragado tudo. Acho que Stephen estava preparado para que um pouco de sua vida pessoal vazasse, mas parecia errado ter lido a ficha dele.

– A gente precisou pegar suas coisas – expliquei. – E na ficha dizia que você era muito bom, mas que não tomava muito cuidado consigo mesmo...

– Na verdade – interrompeu, irritado de verdade –, dizia que eu era instável.

– Não mesmo.

Ele soltou um grunhido mal-humorado e foi andando em direção ao arco impossivelmente distante. Eu o segui. O monumento continuava à mesma distância impossível. Stephen se sentou no chão, e eu me sentei junto dele, nossas pernas lado a lado.

– Então só temos como sair daqui se eu começar a falar, é isso? – perguntou, cansado.

– A não ser que você tenha uma ideia melhor.

Ele espanou alguns fiapos de grama do joelho.

– O que vou dizer agora não pode voltar com a gente. Tem que ficar aqui. Isso é de extrema importância, Rory.

Eu queria me encostar nele. Queria segurá-lo nos braços, fazer tudo que já tínhamos feito e mais. Contudo, aquilo era sério. Contive o corpo, rígida, preparada para ouvir.

– Eles me recrutaram depois que entrei para o esquadrão – explicou ele. – É uma organização. Não é do governo. É... é mais que isso. É coisa dos mortos e dos vivos. Só existe para manter Londres em segurança, e isso acontece porque a organização continua secreta. Depois de entrar, não tem jeito. É isso. Não tem como sair. E ela é sempre a prioridade máxima. Vieram falar comigo quando entrei para o esquadrão. Ficaram me seguindo, me vigiando. Começaram a explicar como funcionava. Pelo menos as partes que tenho permissão de saber.

Stephen estava concentrado, olhando primeiro para os joelhos, depois para mim.

– A fronteira entre os que estão vivos e os que estão mortos, antigamente, era mais fácil de compreender. E nós mesmos estamos de prova de que são permeáveis. Londres é o que se pode chamar de lugar de passagem, uma cidade portuária, um desses lugares onde a água encontra a terra. Existem muitos outros assim: Paris, Gaza, Roma, Xangai, Bagdá, Nova York, Santiago, Nova Déli, São Paulo, Alexandria, entre outros. Nova Orleans, inclusive. Quando descobri que você era de lá, logo que nos conhecemos, achei que fosse uma de nós. Não demorei a descobrir que não era, mas acho que não é coincidência você ter vindo de lá. É um lugar poderoso.

Ele olhou para mim de relance.

– Esses lugares de passagem costumam ser cidades, porque os humanos tendem a se reunir neles naturalmente, em geral por causa dos rios. Os rios são a chave. Muito tempo atrás, se colocavam proteções para fortalecer esses locais instáveis. E é esse o problema: a gente sempre acha que a humanidade vai ganhando conhecimento ao longo dos anos, mas na verdade sabíamos muito mais antigamente, pelo menos quanto a isso. O sistema de proteção era extremamente complexo, com algumas partes visíveis e outras não. Em alguns lugares, a proteção não resistiu muito bem. São locais que tendem a ter problemas. Mesmo assim, em geral basta ter alguma barreira para as coisas funcionarem como deveriam. Em Londres, oito pedras poderosíssimas foram escondidas em lugares-chave. A sétima pedra era móvel e, segundo a tradição, ficava na coroa real. Até ser roubada e quebrada.

– O Olho de Ísis – falei.

– O Olho de Ísis. O terminal. Como sabe disso?

– Freddie.

– Freddie. Claro. Não me surpreendo que ela saiba dessa história.

– Ela já tinha ouvido falar no Gabinete Paralelo, mas achava que não era de verdade. E também não acreditava que os terminais existissem.

– Bem, parece absurdo, mas é de propósito. O próprio Gabinete Paralelo cria um monte de histórias irreais. Até o nome foi escolhido com a intenção de confundir as pessoas, já que existe uma espécie de órgão do governo que também se chama assim. Mas é um bom nome. Trabalhamos paralelamente à sociedade, na sombras. Algumas informações verdadeiras sobre o grupo e sobre o que fazemos foram vazadas, mas não muitas. O Olho de Ísis e a Osulf são as pedras mais conhecidas por aqueles que gostam de xeretar.

– E as outras?

Ele balançou a cabeça.

– Você não pode dizer – concluí.

– Não – confirmou ele. – Nem sei de tudo. É mais seguro assim. Nosso trabalho é proteger as pedras. Revelar às pessoas nossa existência é o mesmo que revelar o que realmente protege Londres.

– E o que acontece se elas forem movidas? Seria tão ruim assim?

Stephen ergueu os olhos e piscou para o dia ensolarado que se estendia acima.

– As coisas começam a desmoronar – explicou. – Acho que depende do que você acredita. Lembra-se de quando Newman citou o livro de *Apocalipse* durante o ataque do Estripador?

– O nome da estrela é Amargura – respondi.

Eu conhecia o livro porque nosso restaurante local de frutos do mar colocava uma citação diferente, toda semana, na placa de entrada. Por isso que chamávamos o lugar de Peixe Pavoroso. Na mesma hora, minha memória invocou imagens de selos se rompendo, leões, cordeiros e sangue, tudo misturado com cheiro de camarão frito.

– Então não é nada bom – concluí.

– Não.

Ficamos quietos por um tempo.

– Callum e Bu fazem parte do Gabinete Paralelo?

Ele sacudiu a cabeça em negativa.

– E Thorpe?

– Thorpe não faz a menor ideia de que isso existe. O esquadrão sempre teve pelo menos um membro que era do Gabinete. Eu fui recrutado por causa das três pedras terminais. Elas fazem parte do Olho de Ísis, que foi quebrado em doze pedaços. Tínhamos apenas três. Agora só temos uma.

Ele me encarou de novo, mas seu olhar dessa vez se manteve firme. E triste.

– Sou eu – falei. – Seu trabalho é me proteger.

– Virou meu trabalho no instante em que o poder da pedra passou para você.

Eu não conseguia entender por que isso o deixava tão triste.

– E daí? – perguntei. – Já sabemos quem eu sou.

– Estou dizendo que... – Ele inspirou profundamente. – Estou dizendo que preciso fazer um trabalho que está muito acima de mim e dos meus sentimentos. Tenho que proteger você. Tenho que mantê-la em Londres. É muito, muito complicado.

– Não é tão complicado assim. Eu ainda sou a mesma.

– Pode acreditar, eu sei. Mas só eu penso assim. Para o Gabinete Paralelo, você é uma pedra. É um objeto a ser mantido e vigiado. Isso é muito importante. Você não entende. Não existe nada mais importante.

Sua voz tinha um tom de conclusão tão intenso que nossa conversa pareceu cair no chão. O parque estava silencioso, sem todo o barulho de Londres. Nenhum pássaro. Nenhum vento. Só nós dois. Stephen tinha me contado seu segredo, mas mesmo assim ali estávamos, ainda encarando o Marble Arch ao longe.

– Jane tem duas pedras terminais – falei, como se fosse um mero detalhe. – Eram de Sid e Sadie. Ela as leva num cordão, ao pescoço.

– Jane? Ela tem duas pedras terminais?

— Como as que você tinha.

Fosse antes, isso seria uma informação crucial, porém agora parecia sem importância. Continuei repassando mentalmente o que Stephen havia me contado.

— Você só foi atrás de mim porque eu sou uma pedra? — perguntei. — É só por isso que está interessado em mim?

— Eu teria ido de qualquer jeito — respondeu ele.

— Mas é por isso que você... você sabe. O que fizemos. Você estava só fingindo que gostava de mim?

— Rory, acho que você não entendeu...

Mas não deu tempo de saber o que eu não tinha entendido, porque ouvimos um barulho. O motor de uma carro. Não era um som alto, não exatamente, porém era o único outro barulho naquele momento. Todo o resto ficou mudo, e aquele ruído baixo do carro preenchia tudo em volta.

— Eles estão aqui — disse Stephen. — Acho que temos que ir.

Quando nos levantamos, vi o carro amarelo avançando lentamente ao longo do parque. Retomamos a caminhada, só que dessa vez fizemos progresso. Na verdade, tive a impressão de que chegamos ao arco em segundos. Bem no meio ficava a entrada do metrô, a famosa placa redonda vermelha e azul, uma abertura e a escada para o subsolo.

— Não é aqui que fica a entrada do metrô no Marble Arch — comentou Stephen. — É do outro lado da rua.

— Então não é o metrô — retruquei.

— Não.

O carro estava parado. Ouvi as portas se abrirem, mas não me virei para olhar. Era o fim da linha. Soube disso porque, quando olhei para a escada, não vi absolutamente nada. Não era apenas escuro ou envolto em sombras, simplesmente não havia nada.

— Venha — chamei.

— Vá na frente. Eu já vou.

Como eu disse, Stephen mentia muito mal.

— Vamos juntos — insisti.

– Rory...
– Juntos.
– Rory, eles não podem voltar com a gente. Não posso deixar isso acontecer.

Stephen parecia triste, mas não era nada comparado a como eu me sentia.

– Está bem. Então acho que nós dois vamos ficar.
– Rory...
– Pare de repetir meu nome – reclamei. – Vou lhe dizer o que *você* precisa entender. Sabe o que aconteceu naquela noite? Foi meio que importante. Foi meio que *uma coisa importante pra caramba*. Você é importante para mim. Tive que vê-lo morrer, e não vou fazer isso de novo. Então ou você vem comigo, ou nós dois vamos ficar.

– Meus queridos! – chamou Sid.

Os irmãos andavam calmamente na nossa direção, como se estivéssemos nos encontrando para um piquenique no parque. Sid ergueu a mão, acenou e sorriu.

– Não tem nada que você possa fazer – declarei.
– Sempre se pode fazer alguma coisa. É meu dever. Isso não está em discussão.
– Tem razão – concordei. – Não está mesmo.

Eu o empurrei escada abaixo. Acho que ele não estava esperando por isso, como reparei pela surpresa em seus olhos. Seu corpo não ficou tenso e preparado para o impacto, como costuma acontecer quando sabemos que estamos prestes a cair. Ele esbarrou na parede e rolou por alguns degraus. Vi quando bateu a cabeça e depois não enxerguei mais nada.

A cabeça... A cabeça? De novo?

Sid e Sadie ainda estavam meio longe, mas diminuíam a distância progressivamente. Foi então que entendi: minha função era tirar os três dali. Se eu quisesse Stephen, também teria de levar Sid e Sadie. Ou eles passavam, ou ninguém passava.

Era hora de ir. Corri escada abaixo, entrando no vazio, e...

26

ABRI OS OLHOS.

Pelo menos acho que sim. Talvez já estivessem abertos. Tudo se movia em grandes círculos, como um carrossel. Então decidiu se mover em círculos cada vez menores, até ficar completamente parado. Não que ajudasse muito. Eu estava num lugar escuro, com linguetas de luz dançando ao redor. Senti um cheiro forte de fumaça. Ouvi vozes.

– Ela está se mexendo.

– Ela abriu os olhos?

– Afaste-se.

– Pegue água para ela.

Então vi um copo d'água flutuando acima da minha cabeça, preso a uma mão. Alguém me ajudou a sentar, me puxando por baixo dos braços. A água foi até meus lábios e bebi um pouco, mas não consegui engolir direito e o líquido escorreu pelo meu queixo.

– Rory?

Eu conhecia aquela voz. Virei para o lado e vi Jane ali perto. Eu estava num sofá, debaixo de um cobertor. Era Jane quem estava me dando de beber.

– Você vai precisar disso – disse ela, limpando meu queixo com a mão. – Tente beber.

Alguma coisa vibrava nos confins da minha mente, como um cronômetro. Eu precisava correr. Mas por quê? Não, alguma coisa tinha que acontecer agora mesmo. Alguma coisa deveria ter acontecido? Será que eu estava atrasada para a aula?

Bebi mais um pouco, a água escorrendo outra vez. A terceira tentativa foi mais bem-sucedida, e a água descendo pela garganta se revelou uma das sensações mais maravilhosas que eu poderia imaginar. Continuei bebendo, até que me engasguei. Jane afastou o copo.

Havia mais gente naquele quarto escuro. Eu já tinha visto aquelas pessoas, mas não conseguia lembrar quem eram. Um garoto loiro e uma garota de cabelo castanho. O garoto lembrava muito alguma outra pessoa. Usava roupas estranhas... como se estivesse fantasiado. Estava vestido como se tentasse ser alguém que eu conhecia.

– Por um momento, tivemos medo de você não voltar – comentou Jane, num tom carinhoso.

Sabia que não deveria estar com ela, mas Jane estava tomando conta de mim. Por quê? Aquelas três pessoas no chão, duas das quais eram estranhamente familiares. E Stephen? Por que ele estava dormindo no chão? Eu sabia a resposta, mas não conseguia lembrar...

– O quê...?

– Está tudo bem – respondeu Jane. – Você voltou, pela benção de Deméter, você conseguiu voltar.

Jane se levantou e se dirigiu ao grupo:

– Está na hora. A vigília acabou. Se tiver que acontecer, será agora. Preciso ficar sozinha com eles para isso, e vocês precisam cumprir sua parte. Abençoada seja Deméter.

Todos os presentes repetiram "Abençoada seja Deméter", então trocaram abraços, como se fosse um dia especial. O grupo foi saindo, deixando apenas Jane, eu, Stephen e os dois estranhos no chão.

– Você foi muito corajosa, Rory – comentou ela.

De onde eu conhecia aquelas pessoas? Com certeza já as tinha visto antes. Se ao menos eu conseguisse *pensar*... Deveria estar mais preocupada com Stephen, mas tinha a sensação de que havíamos acabado de conversar. No quarto do pai dele. Não. Em algum outro lugar. Outro quarto. Eu estava com Stephen em algum outro quarto.

Meus pensamentos eram como balões. Eu estendia a mão para pegá-los, mas eles flutuavam para longe como se não alcançasse o fio que os segurava. Só sabia que tinha que me levantar daquele sofá e ir até Stephen, a uns dois metros de distância de mim. Só que, quando tentei me mexer, meu corpo estava pesado; tinha recebido a mensagem do cérebro de que deveria fazer alguma coisa, mas não entendia muito bem o quê. Em vez de me levantar, caí do sofá. Minhas pernas pareciam sacos de carne. Eu me arrastei pelo chão. Só conseguia pensar numa imagem que tinha visto na aula de História da Arte, talvez até em outro lugar: uma pintura famosa de uma mulher se arrastando por um campo até uma casa que parecia muito importante e muito distante. De todas as coisas que meu cérebro conseguia recuperar, só essa lembrança estava clara. Eu era a mulher no campo e precisava atravessar aquele cômodo. O esforço físico clareou um pouco meus pensamentos. Stephen... Stephen estava...

Meus joelhos começaram a me obedecer, o que significa que consegui engatinhar a distância que restava. Jane não prestou atenção em mim, concentrada que estava nos dois estranhos. Eram muito parecidos, loiros e esquisitos e vestidos de branco. Eu os conhecia. Sabia que não queria estar no mesmo cômodo que eles. Quando cheguei a Stephen, estava exausta. Caí contra seu peito. Ele não se mexia.

– Não falta muito – anunciou Jane.

Queria perguntar sobre o que ela estava falando. Queria espantar a névoa da minha mente. Eu *precisava*, pois sabia de alguma coisa muito, muito importante.

– Stephen – chamei, sacudindo seu braço.

Então Jane soltou um guincho agudo. A mulher estranha tinha se mexido. Vi o pé dela sacudir.

– Abençoada seja Deméter – sussurrou Jane. – Abençoada seja... Sadie? Sadie?

Então o outro se moveu também. Jane levou as mãos à boca. Stephen não se mexia. Comecei a entrar em pânico. Ele deveria estar se mexendo. Estava tudo errado. Seu peito não subia e descia, e eu sentia que deveria saber por quê. Os outros ganhavam mais movimentos do corpo pouco a pouco, num processo que levou alguns minutos. Eram gestos mínimos, com um ocasional espasmo da perna ou um arquear da coluna. O homem se sentou, apoiando-se nos cotovelos, e, aparentemente com muito esforço, abriu os olhos completamente.

– Nunca mais vou fazer isso – disse ele. – Juro para vocês.

Ele olhou direto para mim, abrindo um sorriso viperino.

– Olá – disse o homem.

Ele se virou para examinar a mulher ao seu lado. Segurou o rosto dela com gentileza.

– Sadie? Acorde, dorminhoca.

– Hã? – A voz dela era como o canto dos pássaros. – Ah, Sid...

– Eu sei. Mas melhora depois que você se levanta um pouco.

Ele não parecia tão recuperado, mas conseguiu ajudá-la a se sentar. A mulher era como uma boneca de pano. Assim que ergueu o torso, pareceu mais desperta. Abriu os olhos de vez.

– Sid?

– Acho que não estamos mais no Kansas.

Ele conseguiu se apoiar nos joelhos e, com esforço, se levantar. Depois estendeu a mão e ajudou a irmã a se pôr de pé também. Os dois saborearam a capacidade de movimentos por alguns segundos, flexionando as mãos, dobrando os braços, mexendo a cabeça para um lado e para o outro. Foi só então que repararam em Jane, que estava ajoelhada atrás dos dois.

– Jane? – disse Sadie.

– Faz tanto, tanto tempo – respondeu ela.

Jane tinha aguardado pacientemente que a notassem, como um canal prestes a transbordar. Agora que os irmãos se dirigiram a ela, tudo irrompeu numa espécie de grito de lamentação. Ela se pôs de pé com dificuldade.

– Calma, calma – disse Sid, abraçando-a e oferecendo o ombro para que descansasse a cabeça. – Está tudo bem. Estamos todos aqui, agora.

– Olá, querida – disse Sadie, virando-se para mim. – Não se lembra de nós? Já nos conhecemos. Você é a Rory.

– Você me conhece?

Sadie sorriu suavemente e estendeu os braços para mim, oferecendo ajuda para que eu me levantasse. Continuei onde estava.

– Ela parece um pouco abalada – disse Sid, conduzindo Jane até o sofá. – Acho que não estava preparada para a jornada como nós. Nossa viagem foi mais longa, mas creio que chegamos em melhores condições. Vale a pena ir de primeira classe, não?

– Sim – respondeu Sadie, ainda olhando para mim. – Foram meses nos preparando. Mas logo, logo você vai estar bem, não se preocupe.

Sadie então se abaixou junto a mim e tomou meu braço esquerdo, virando-o e o examinando. Parecia que eu tinha sofrido um corte, mas alguém já fizera os curativos. Aquilo não me era estranho. Olhei para a pedra no chão e vi algumas gotas vermelho-escuras. Era meu sangue.

– Ela sofreu um corte – disse Sadie. – E tem sangue na pedra. É sangue dela?

– Falei que havia algo nela – disse Sid.

– Sim. – Sadie ergueu meu queixo para que eu a olhasse. – O que você tem?

Jane recuperou a compostura. Ela deu uma leve tossida, limpou o rosto e se endireitou.

– Ela tem uma parte do Olho de Ísis dentro de si – anunciou, com a voz embargada.

– Não acredito! – exclamou Sadie. – Você não pode estar falando sério. Isso é esplêndido. Ah, Sid, não acha?

– Sim – disse ele, apertando calorosamente o ombro de Jane.

– Ah, Jane, sua espertinha! Você encontrou uma pedra viva! Não me surpreende que aquele ali no chão quisesse tanto protegê-la.

– E a pedra – completou Sadie, apontando o braço coberto pela manga comprida. – A Osulf, creio. Minha querida Jane... como a encontrou?

– Levei muito tempo. Tenho tantas coisas para lhes contar...

– Posso imaginar – disse Sid. – Parece que você reformulou nosso trabalho, que obteve parte do conhecimento.

– Eu precisava trazê-los de volta.

– E trouxe. É por isso que você é nossa Jane.

Sadie tirou meu curativo com delicadeza. Quando me encolhi de dor, ela foi mais devagar.

– Vou tomar cuidado. – Tinha uma voz tão suave...

O corte, escuro e feio, ainda sangrava, mas não era profundo. Lembrei que estava de pé no meio da sala quando aconteceu. Sobre a pedra. E eu bebera alguma poção. Aquela casa pertencia a alguém que tinha acabado de conhecer... Uma médica. Havia uma médica ali, e eu encontrara Stephen adormecido no andar de cima. Charlotte estava envolvida de alguma forma, mas não lembrava como.

– Esse corte foi feito com qual instrumento? – perguntou Sadie.

– Aqui – disse Jane. – Debaixo do pano.

Havia alguns itens estranhos sobre uma mesa baixa em frente ao sofá: uma tigela dourada e um pano branco manchado de vermelho. Sid ergueu o pano com a mão livre, revelando uma faca de lâmina curva, como uma lua crescente.

– Isso é familiar – disse ele.

– É uma das suas. Foi consagrada na água do rio, três vezes.

– Bastante correto – disse Sid. – Aprendeu bem o ritual. Você fez tanto, Jane...

– Sim. Eu mantive vigília. Esse tempo todo. Nunca desisti. Eu os mantive a salvo e me empenhei muito. Havia tanto a aprender!

– É nítido o seu empenho – disse Sid.

– Estou quase tão avançada quanto vocês. Eu conferi a visão a uma não vidente...

– É *mesmo*? – disse Sadie, inclinando a cabeça para o lado e lançando um olhar para o irmão.

– Sim. E, como podem ver, executei os mistérios. Estou pronta. Esperei esse tempo todo. Eu quero ascender. Quero estar com vocês. Estaremos juntos, sempre. Vamos derrotar a morte de uma vez por todas.

– Jane... – Sid a puxou para si mais uma vez, depositando um beijo no alto da cabeça dela. – Ah, Jane...

– Nossa doce Jane – disse Sadie.

Aconteceu muito rápido. O braço de Sid se ergueu e a lâmina foi certeira para o lado exposto do pescoço de Jane. Ele puxou a faca ao longo da garganta, removendo-a no final. Vi algo jorrar de Jane, e levei um instante para me dar conta de que era sangue. Sid então pousou a faca e a abraçou novamente, aninhando-a no colo enquanto ela convulsionava. Seu terno branco foi ficando vermelho.

– Não resista – disse ele, segurando a cabeça de Jane sobre o próprio ombro. – Isso, isso. Deixe-se levar. Quase lá. Vamos, está quase lá. Estou com você.

Após cerca de um minuto, o movimento cessou. A mão que antes agarrava a perna de Sid pendeu, frouxa. Seu corpo inteiro vergou, seus braços caíram. O engraçado é que me mantive muito calma enquanto via Jane morrer. Haviam me drogado. O que foi um alívio naquele momento. A droga embotava minha mente, mas, por outro lado, tornou a cena suportável. Também me ajudou a lembrar. Estava ali para resgatar Stephen, tinha feito um ritual, e ele deveria acordar por conta do que eu fizera. Tudo passou pela minha mente como o trecho de um filme do qual eu não sabia que estava participando, mas, sim, estava.

– Ah, Sid – disse Sadie. Sua voz era um suspiro triste. – Foi necessário.

– Eu sei. – Ele se ajeitou para deixar o corpo de Jane cair em suas pernas. – Mas sinto culpa. Ela se saiu tão bem.

– Não se torture com isso – disse Sadie. – Ela certamente teve uma vida boa.

– Tem razão. Olha... – Sid se curvou sobre o corpo de Jane para se dirigir a mim como se eu fosse uma criança. – Estamos lidando com magia muito poderosa aqui. Jane se saiu bastante bem, creio eu, mas não é algo muito elegante, e há muitas pontas soltas. Deve parecer algo selvagem para você, mas é preciso ser um pouco impiedoso quando se trata desses assuntos. A magia não é para os fracos. Ela foi útil, e tínhamos um carinho imenso por ela...

– Imenso – ecoou Sadie.

– É preciso ser especial. Posso lhe dizer isso, porque você é especial, não é? Minha irmã e eu somos especiais também. Nós sabíamos que podíamos ascender, nos tornar mais do que pessoas comuns, que apenas vivem e morrem. É necessário ajuda para fazer isso. Assistentes. Nós precisávamos de Jane, e, pobrezinha, ela sempre achou que fôssemos ajudá-la a ascender assim que conseguíssemos. Mas, numa jornada como essa, não se leva a ajuda. Não se transmite a magia e a sabedoria das eras a qualquer um. Não. O poder reside em guardar a informação para si. Não se pode simplesmente sair por aí dando a visão e recriando os mistérios sem a menor seriedade. Nós fizemos com cuidado. Levamos nosso pequeno grupo conosco, mas estes...

– Precisaremos nos livrar deles – completou Sadie, como se a ideia de cometer mais uma chacina a enfadasse.

– Eu sei, eu sei. É cansativo. Mas se Jane tocou aquela pedra, então ainda temos trabalho a fazer, e rápido. Espere só...

Uma forma estava surgindo junto ao sofá. Uma espécie de fumaça sendo exalada por Jane, e fluía com rapidez, como se preenchesse um molde invisível logo acima dela.

– Agora – disse Sadie.

Sid empurrou Jane de seu colo com violência, e o corpo atingiu o chão com força. Sadie a puxou pelos braços e a colocou sobre a pedra. A fumaça desapareceu no mesmo instante e tudo ficou quieto. Jane estava caída, largada sobre a pedra.

– Pronto – disse Sid, olhando para as próprias mãos e esfregando-as no paletó encharcado de sangue. Ele então tirou o paletó e observou o estrago na camisa e na calça. – Meu terno preferido. Seria ilusão de minha parte ter esperanças de conseguir outro como este.

Sid foi até a escada e pendurou o paletó no corrimão.

– Ainda temos que lidar com os outros – disse Sadie. – Não devem demorar a voltar.

– Ah, eu sei.

Algo no ambiente havia mudado. Minha mão estava no chão, perto de Stephen, mas ele não estava mais tão perto da minha mão. Tinha se movido vários centímetros, na direção da mesa. Assim que notei isso, vi seu braço avançar veloz para a faca. No instante seguinte, ele havia se colocado de joelhos e enlaçado Sadie. Estava pálido e parecia um tanto abalado pelo movimento brusco. Stephen estava vivo.

– Ora, veja só – disse Sid. – Alguém acordou.

– Rory, afaste-se – disse Stephen, devagar.

– Mas que rapaz ágil – disse Sid. – Gostei desses dois. Você também não gostou, Sadie?

– São maravilhosos – disse ela, com um sorriso meigo, como se Stephen estivesse lhe mostrando um filhotinho de coelho.

– Olhe, temos um dilema aqui – disse Sid, recostando-se no parapeito. – Você está com minha irmã, a quem tenho um grande afeto. Eu me pergunto: será que esse belo e jovem policial está disposto a matá-la? No entanto, considerando o que você é, suspeito que seu único interesse seja a pedra. Pode levar. Ela não nos interessa. Queremos explorar este incrível mundo novo.

– Não cabe a você decidir – retrucou Stephen.

– Ah, não? Em breve esta casa estará cheia de gente, e todos ficarão muito chateados em encontrar a pobre Jane dessa maneira. Vão atacá-los, e vocês estarão em menor número e serão vencidos. Imagino que não vá demorar. Podemos esperar e ver o que acontece.

– Quer testar sua teoria? – disse Stephen.

– *Amamos* testar teorias – respondeu Sid. – Não é mesmo, Sadie?

– Adoramos. O tédio é o inimigo.

Ela levou a mão à faca que Stephen mantinha em seu pescoço, deixou os dedos afundarem na lâmina. E, sem nenhum esforço visível, a removeu dali. Stephen tentou resistir, mas não tinha forças. Ele era como uma criança sendo afastada por um adulto. Sadie se levantou, levando consigo a faca, cravada em seus dedos. Então, calmamente, ela a tirou e observou, com interesse, o sangue escorrer pelo braço. Stephen cambaleou para trás, e fui até ele, também fraca. Seu corpo inteiro tremia e eu mal me mantinha de pé. Ele me envolveu com um dos braços, e ficamos os dois sustentando um ao outro para não cairmos.

– Você está bem? – perguntou ele, baixinho.

Fiz que sim. Não estava em condições de perguntar o mesmo, só me restava segurá-lo. Peguei sua mão e senti a pele dele se aquecendo na minha. Sid estava totalmente concentrado na irmã.

– Uau! Você me impressiona. Está doendo?

– Não muito. Olhe: o sangue está correndo muito devagar.

Ela ergueu a mão para mostrar a Sid. Os cortes pareciam cicatrizar diante dos nossos olhos.

– É verdade! Que inteligente da sua parte. E olhe! Eu gostei desses dois, a pedra e seu guardião. Podemos ficar com eles?

– Você não é bom com bichinhos de estimação – disse Sadie.

– Não sou bom com papagaios. E gatos. Isso é diferente.

– O que vocês são? – perguntou Stephen.

– Vocês precisam entender – disse Sadie, muito paciente – que somos um tanto especiais, meu irmão e eu.

— Vai estragar a surpresa desse jeito! — exclamou Sid.

Em algum lugar do cômodo, um telefone tocou. Sid seguiu o som até encontrar um celular. Parecia o aparelho que eu havia usado para mandar mensagens a Jerome. Eles o haviam deixado ali no térreo, em uma das mesas.

— O que é isto? — perguntou Sid. — Que barulho irritante.

— É um telefone — respondi. — Por que não atende?

Sid segurava o aparelho com o braço esticado, entre o polegar e o indicador.

— Telefone estranho — disse ele. — Imagino que muitas surpresas esperem por nós. Como se atende essa coisa?

Fui até ele, peguei o celular e cliquei em **ATENDER**. Sid observou com ar de divertimento, recostando-se e cruzando os braços. Levei o celular ao ouvido.

— Estou aqui fora — disse Jerome. — Chamei a polícia. Devem chegar a qualquer momento. Diga isso a eles.

— Opa — falei, olhando para Sid e Sadie. — A polícia está vindo.

— É mesmo? — disse Sid. — Bem, eu...

Foi quando alguma coisa lhe enlaçou o pescoço e o puxou contra o corrimão com tanta força que ouvi algo rachando. Era Thorpe, estrangulando Sid com a própria gravata. Meus olhos ficaram marejados ao vê-lo. Ele estava bem. Sid arfava e ria ao mesmo tempo. Sadie avançou com a faca na direção de Thorpe, mas joguei o celular na cara dela, com força. A surpresa foi suficiente para fazê-la largar a faca. Nisso, Stephen aproveitou para se lançar sobre ela, derrubando-a no chão e a imobilizando. Comecei a procurar em volta algum objeto pesado. Sid continuava se debatendo e chutando, o rosto ficando azul, mas sem jamais deixar de sorrir. Thorpe puxava com tudo. A cabeça de Sid foi para trás entre as colunas do corrimão.

Sadie conseguira se livrar de Stephen e estava prestes a recuperar a faca quando a porta se abriu.

— Ah, meu Deus — disse Jerome. — Ah, meu *Deus*.

Eu encontrara um apoio para livros, feito de mármore, que baixei sobre a cabeça de Sadie, por trás, com toda a minha força. Ela cambaleou para a frente, e caí junto, levada pelo impulso do meu próprio movimento. Stephen a imobilizou novamente, e fui até a mesa pegar a tigela, ainda cheia do nojento líquido de cevada.

– Levante o rosto dela – falei.

Forcei a tigela pela boca de Sadie e despejei a poção, enquanto Stephen mantinha sua boca aberta. Ela deu uma engasgada, mas consegui derramar a maior parte em sua garganta. As pálpebras de Sadie tremularam e ela pareceu ficar entorpecida. Então veio, do alto da escadaria, um som terrível: Sid havia conseguido se soltar e agora era ele quem apertava o pescoço de Thorpe. Jerome subiu os degraus e tentou libertá-lo, mas Sid lhe deu um soco bem no rosto, lançando-o de costas na parede. Stephen agarrou Sid pelas pernas, puxando-o pela balaustrada. Thorpe desabou, tossindo e arquejando, debruçado no corrimão lascado. Jerome agora estava se erguendo e pegando a bombinha de asma do bolso. Sid desceu até onde estava a irmã, e virou o rosto dela para um lado e para o outro.

– Ah, meu bem – disse ele. – Alguém vai ter uma ressaca.

Ele a pegou nos braços e se levantou num único movimento fluido.

– Foi ótimo estar com vocês – continuou ele. – De verdade. Mas precisamos ir. Temos muito a fazer, muito a ver. Imagino que vocês terão muito trabalho, agora que isso foi tirado do lugar. – Ele apontou com a cabeça para a Osulf. – Será terrível, acredito. Ela mantinha uma energia bastante nociva contida. Imagina só os milhares de criminosos mortos que eram retidos por ela – ou pior, os inocentes mortos? Não posso nem imaginar o que deve ter saído de Tyburn. Eu correria, se fosse vocês. Mas vou dar uma dica: não a colocaria de volta onde a encontraram. Pelo visto, *qualquer um* pode encontrá-la por lá. Vão preferir instalá-la no rio. No esgoto seria o ideal. Ninguém está muito disposto a procurar pedras no esgoto.

Ele passou por nós, parando apenas por um momento para me olhar de cima e sorrir.

– Ainda nos veremos de novo, meu pequeno diamante. Teremos momentos maravilhosos.

E, dizendo isso, ele abriu a porta com o pé e carregou a irmã para o dia que se esvaía. Estávamos todos destruídos e espalhados pela sala. Stephen caiu de joelhos onde estava, e fiz o mesmo.

– Precisamos ir – disse ele. – A pedra. Precisamos colocá-la de volta na posição.

O rosto de Thorpe havia perdido toda a cor e seus olhos estavam vermelhos, mas ele conseguiu perguntar:

– E Marigold?

– Não sei – respondi. – Em alguma parte da casa.

– Precisamos encontrá-la. Feche a porta. Preciso encontrá-la.

– Temos que ir – disse Stephen a ele. – Temos que levar a pedra.

Jerome, agora de pé, olhava para o corpo de Jane sobre a pedra.

– Esta mulher está morta – disse ele.

– Não olhe – falei. – Ela...

– Tem alguma coisa acontecendo – disse Jerome, sua voz soando como se viesse de muito longe. – Houve um tumulto. Foi o que Freddie me disse. Ela me passou o endereço daqui.

– Tumulto onde? – perguntou Stephen.

– No Marble Arch.

Stephen se levantou, apoiando-se nos meus ombros, e depois me ajudou a ficar de pé. Estávamos os dois andando como bêbados. Ele acabara de ressurgir dos mortos, então tudo bem, mas eu não fazia ideia do que havia de errado comigo.

– E Callum? Bu?

– Estão no Marble Arch – respondeu Jerome. – Freddie disse que todos foram para lá.
– Como você chegou aqui? Você tem carro?
– Metrô.
– Precisamos ir embora antes que a polícia chegue – disse Stephen.
– Vá você – disse Thorpe. – Leve a pedra. Vou encontrar Marigold. Fique com a chave do meu carro. – Ele deu tapinhas nos bolsos, mas não a encontrou. – Procurem minhas chaves!
– Suas roupas – disse Stephen para mim. – Você precisa se trocar.

Encontrei minhas roupas dobradas sobre o piano. Vesti a calça sob o tecido leve do vestido, depois rapidamente me virei de costas para colocar a blusa. É claro, me ocorreu que eu estava fazendo isso na presença de dois caras que já estavam um tanto familiarizados com aquela parte do meu corpo, mas era hábito. Stephen foi até a cozinha, e ouvi um monte de coisa batendo e o tilintar de talheres nas gavetas sendo abertas às pressas. Calcei o tênis sem meia mesmo e não me dei ao trabalho de procurar o casaco. Por um acaso, ao olhar sobre o piano, vi uma tigelinha com alguns objetos, entre eles algumas chaves.

– Achei! – gritei.

Thorpe não estava na sala. Pelo barulho, procurava por Marigold no andar de cima. Stephen voltou da cozinha e pegou as chaves da minha mão.

– Ótimo – disse, e deu uma olhada. – Não são as chaves de Thorpe, devem ser do carro de Marigold. Mas não importa, podemos usar. Venha.

Jerome continuava paralisado no meio da sala, apertando os braços em volta do próprio corpo, olhando para a cena ao redor. Stephen removeu o corpo de Jane de cima da Osulf.

– Pegue aquele pano ali na mesa – ordenou.

Apanhei o pano escuro que cobria a mesa de centro e o usei para envolver a pedra repleta de sangue.

— Vamos precisar da sua ajuda — disse Stephen a Jerome. — Não espero que entenda, mas isso é importante. É a coisa mais importante que você vai fazer na sua vida. Seu nome é Jerome, certo?

— Aham...

— Você já me viu antes. Sou da polícia. Estive na cena do crime do Estripador. Estou dizendo a verdade. Sei que isso é...

— Eu vou ajudar — disse Jerome.

Ele piscou repetidas vezes, o que sempre fazia antes de nos beijarmos, ou pelo menos nas primeiras vezes. Era sinal de que estava nervoso. Jerome não parava de piscar, como louco.

— Tem uma porta nos fundos — disse Stephen. — Vamos.

Mas justo quando íamos sair, me lembrei de algo muito importante. Fui até o corpo de Jane. O pescoço dela estava... mal era um pescoço àquela altura, era uma massa viscosa de sangue escuro e cabelo. Eu me acalmei como pude, mentalmente agradecendo pela substância que ainda estava em meu organismo, me anestesiando. Tateei até encontrar o cordão.

— Ela tem dois no medalhão — expliquei. — Dois terminais.

Não dava para abrir o fecho, então puxei até arrebentar. Fiquei coberta de sangue. Esfreguei as mãos no carpete, mas não ajudou muito. Pensei em limpá-las no vestido de Jane. Eu já podia ouvir as sirenes, e pareciam muitas. Todo aquele sangue... na minha pele, sob as minhas unhas.

Foi Jerome quem me entregou o pano branco da mesa e me ajudou a me limpar um pouco. Segurando minha mão, ele passou o pano dedo por dedo. O tempo todo, sua expressão era de náusea.

— Obrigada.

Ele assentiu, os lábios franzidos em repulsa ao cheiro e àquela visão.

— Precisamos ir — disse Stephen.

27

Havia um pequeno jardim murado nos fundos da casa. Eu jamais descobriria por conta própria, mas havia uma porta na extremidade, coberta quase inteiramente por hera. Claramente, era intencional que a porta ficasse oculta, o que se confirmava pelos pregos ao redor do batente, que mantinham a planta nos lugares certos. Saímos por ali para uma viela entre as casas e outros muros que protegiam jardins. Levávamos a pedra embrulhada no pano. Stephen caminhava meio instável, às vezes tocando o muro com a mão livre para se apoiar. Ele apertou o botão no chaveiro do carro, e ouvimos um bem-vindo bipe em algum lugar da rua.

– Aquele Jaguar verde-escuro – disse ele. – É o carro dela. Vamos.

– Espere – disse Jerome. – Você consegue dirigir nessas condições? Não tenho ideia do que aconteceu contigo, mas você parece chapado.

Stephen hesitou.

– Você dirige? – perguntou ele a Jerome.

– Sim.

– Rápido?

– O suficiente.

– Ótimo. Coloquem a pedra no chão. Cuidado.

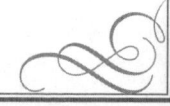

Juntos, baixamos a Osulf.

– Pegue o carro – ordenou Stephen, passando a mão na testa. Ele estava suando, e só quando reparei nisso é que me dei conta de que eu também estava. – Traga-o até aqui.

Jerome apanhou a chave, olhou para mim e então deu uma corridinha até o Jaguar. Stephen se apoiou no muro e fechou os olhos.

– Ele dirige direito? – perguntou.

– Não sei.

– Talvez seja melhor eu dirigir.

– Você *não vai* dirigir.

Eu nem precisava relembrar o que tinha acontecido da última vez em que Stephen pegara um carro.

– Não podemos correr o risco de nos pararem – disse ele, esfregando os olhos com a base das mãos e depois os abrindo. – Ok. Ele dirige.

– Você está bem?

– Não faço ideia. Só sei que estou aqui.

Stephen tocou o alto da testa e tirou o curativo. Não havia nenhuma marca. Na mesma hora, senti meus olhos se encherem de lágrimas, mas não era um bom momento para chorar. Ele notou minha reação.

– O que está havendo no Marble Arch? – perguntei. – É muito sério?

– Muito. Pior do que qualquer coisa que a gente já tenha enfrentado.

– Isso é meio vago. O que está acontecendo?

– Não sei – respondeu ele. – Sequer tenho conhecimento de que isso já aconteceu antes. Imagine que esta pedra é uma represa, contendo uma inundação. Bem, pois agora não há mais represa, qualquer coisa pode passar. A questão é saber o que há ali embaixo, mas acho razoável supor que não é bom.

– Entendi – falei, tentando digerir aquilo tudo. – E quanto a Sid e Sadie? Que *criaturas* são aquelas?

– Quanto a isso, não faço ideia. Não existem instruções para o que está acontecendo. Só nos resta colocar a pedra de volta em seu lugar.

– Por que Sid disse que não devemos colocá-la onde a encontramos?

– Não sei, Rory. – Stephen soava exausto. – Mas ele estava certo quanto ao esgoto. Foi onde o rio Westbourne foi desviado. Se conseguirmos entrar lá, chegar perto do ponto de desvio...

Jerome parou o carro na saída da viela, e colocamos a pedra no banco traseiro. Eu fui atrás; Stephen, na frente.

– Precisamos chegar ao Marble Arch – orientou ele. – Eu vou lhe dizendo o caminho. Vá devagar por aqui. Evite a Oxford Street, pegue a New Cavendish.

Ouvi as sirenes (muitas delas, talvez todas as sirenes existentes no mundo) uivando não muito longe dali.

– A polícia vai entrar na casa! – disse Jerome.

– Nós vamos...

– A polícia não vai entrar naquela casa. Ela pertence a um agente dos serviços de segurança, que não vai permitir a entrada deles. Essas sirenes estão vindo de outro lugar.

O que logo ficou claro foi que não chegaríamos a Marble Arch tão cedo. O trânsito estava um nó, os carros praticamente estacionados. Stephen ainda insistiu em direcionar Jerome para ruas menores, dar a volta, cortar caminho por todo tipo de passagem, mas estava tudo parado.

– Você por acaso é algum GPS humano? – perguntou Jerome, finalmente.

– Tive que fazer o Knowledge.

– Ah, sim. – Jerome olhou para mim pelo retrovisor. – Claro.

Stephen descansou a cabeça na janela do carro. Eu também precisava dormir. Manter os olhos abertos estava exigindo todas as minhas forças. Deitei em cima da pedra coberta pelo tecido e, para minha surpresa, achei bem gostoso. Bem que poderia descansar ali, talvez só um minutinho.

– Que merda é essa? – perguntou Jerome.

Stephen e eu nos endireitamos no banco. À nossa frente, pouco menos de um quilômetro, havia uma parede sólida de uma substância branca, como uma nuvem pousada sobre uma área específica da cidade. Era como se ali fosse uma dimensão à parte, com o próprio clima – clima este que consistia numa massa branca e maciça. Todos os carros estavam parando.

– Dê meia-volta – orientou Stephen, virando-se. – Agora. Aqui.

– Eu não posso...

Stephen tentou alcançar o volante, ao que Jerome o afastou com uma cotovelada.

– Ok!

Com um resmungo de frustração, Jerome acionou a marcha, virando o carro no meio da rua para a direção oposta. Stephen ligou o rádio e passou pelas estações até chegar às notícias.

... suspeita não confirmada de explosão na estação de metrô de Lancaster Gate. A área foi isolada e...

– Lancaster Gate – disse Stephen. – Bem ao lado do Marble Arch. Isso não é bom. Desse jeito, não vamos chegar nunca.

Ele continuou dando as direções, conduzindo Jerome por uma série infinita de ruas e vielas. A cada vez que chegávamos a um ponto de tráfego parado, virávamos de novo. Após uns dez minutos disso, Stephen deixou escapar uma estranha espécie de gritinho frustrado. Eu nunca tinha ouvido algo parecido vindo dele.

– Mas *o que* está acontecendo? – gritou Jerome.

– Apenas dirija.

– Eu preciso saber.

– Jerome, por favor – pedi. – Eu juro que vamos explicar. Por favor.

Toquei o ombro dele, sentindo seus músculos se retesando enquanto dirigia. Sua expressão era sombria, e ele parecia um tanto apavorado, mas acho que entendeu a mensagem. Stephen tirou os óculos e pressionou o nariz, no ponto entre os olhos. Talvez aquilo fosse demais para ele. As notícias continuavam soando no rádio, e a história só piorava. Relatos de fumaça, de que a área estava sendo evacuada, de suspensão no funcionamento do metrô.

– Pare o carro – disse Stephen.

Jerome obedeceu, mas, pela maneira como erguia a cabeça e pela rigidez de seus ombros, dava para notar que não estava gostando nem um pouco de ficar recebendo ordens a torto e a direito.

– Vamos precisar arranjar uma outra forma de chegar – disse Stephen.

– Não conseguiremos avançar se a área inteira está isolada – argumentou Jerome.

– Não temos escolha. – Stephen colocou os óculos de volta e exalou o ar com força. – Muito bem, é o seguinte: vamos até o Clube Ateneu, na Pall Mall Street. Cortamos por ali e damos a volta.

– Por que o Clube Ateneu?

– Porque é por lá que se chega.

Conseguimos chegar, embora tenha levado bem mais tempo que o normal. A neblina não estava tão forte na Pall Mall Street, uma ampla área de edifícios nitidamente muito importantes, todos brancos e imensos e recendendo a realeza e Império, e esse tipo de coisa. A rua praticamente terminava no clube, depois do qual havia alguns degraus que levavam ao estacionamento. Jerome parou o carro onde ele indicou. Stephen já havia tirado o cinto de segurança e começado a sair do carro antes mesmo de estacionarmos.

– Você precisa ficar aqui com a pedra – disse ele a Jerome. – Rory vem comigo.

– Vamos voltar – falei. – Eu juro. É só que...

Corri atrás de Stephen. O prédio era grande, com uma fachada clara, quase branca. Havia um certo tipo de cena clássica entalhada no mármore ao longo do friso. Uma estátua de alguma deusa se postava no alto como uma pomba imponente. Deduzi que fosse Atena, a julgar pelo nome do lugar – e aquilo me deixou inquieta, pois eu não estava a fim de ver nenhum deus ou deusa grega no momento.

Stephen se dirigiu ao vestíbulo, uma área silenciosa e fria e de mármore. Um homem num terno cinza impecável, a postos atrás de um balcão, deu uma olhada em nós, ambos vestidos em farrapos, sem casaco.

– Lamento, mas...

– Preciso deixar um bilhete para o gerente de horários – disse Stephen. – Me dê um papel.

O homem de terno pareceu surpreso, mas prontamente ofereceu um papel timbrado do clube e uma caneta. Stephen começou a escrever. Quando falou "gerente de horários", olhei instintivamente para cima, onde havia um grande relógio no meio do primeiro patamar da escadaria, à nossa frente. Era um relógio estranho. Levei alguns segundos para entender o que havia de inusitado: dois números sete e nenhum oito.

– Aquele relógio – falei. – Tem dois setes.

Stephen olhou de relance para ele, e uma sombra de extremo desagrado cruzou seu rosto.

– Já estou aqui – disse uma voz. – Vamos lá para fora.

Uma mulher aparecera atrás de nós. Parecia ter uns cinquenta anos, talvez sessenta. Era corpulenta e vestia uma calça de cintura alta e estilo prático, com uma camisa branca de tecido mais duro. Seu cabelo era raspado bem rente e totalmente reto em cima.

– Só um momento, senhor – disse o atendente.

– Não – respondeu Stephen, dobrando o papel e enfiando-o no bolso. – Não precisa. Não precisa.

O atendente não a tinha visto, e, a julgar pelo aspecto da mulher, era óbvio o que ela era, embora parecesse muito firme e nítida. Pegou o braço de Stephen e deu uma sacudida.

– Parece que a notícia de sua morte foi precipitada – disse ela. – Mais tarde falamos sobre isso. Você sabe o que aconteceu?

– Eu peguei a pedra. Está no carro.

– Como a pegou? Esqueça. Outro assunto para depois. O importante agora é colocá-la de volta no lugar. E você a trouxe. Talvez venha a se provar útil. – A mulher me lançou um olhar curioso porém carregado de desdém.

– Não estamos muito fortes no momento.

– Bem, você vai ter que arranjar forças, meu rapaz. Já começou. Reunimos todos que pudemos, mas não vamos conseguir impedir isso por muito mais tempo.

Vi Jerome debruçado sobre o volante, observando Stephen conversar com o nada. Aquilo era mau sinal. Péssimo. Eu me virei de forma que ele não me visse falando.

– O que houve? – perguntei à mulher.

Ela me olhou com as sobrancelhas erguidas.

– Minha querida, é a ruptura. Ela vai se dissipar até extinguir a vida. É o fim da ordem. Você terá que ajudar. A pedra precisa ser recolocada em seu lugar. Vocês não podem ir pela superfície, pois tudo em volta foi bloqueado, principalmente ao redor do palácio. Mas podem ir por baixo. Eu abrirei as portas. Vocês precisam levá-la.

Stephen começou a voltar na direção do carro e fez um gesto para que eu o seguisse. Enquanto ele abria a porta traseira para pegar a pedra, Jerome saiu do carro.

– Com quem é que você estava conversando? – perguntou ele.

– Eu estava falando no celular – respondeu Stephen. – Com fone.

Pobre Jerome. Estava claramente ficando nervoso com aquela gente estranha pegando seu celular toda hora. Stephen tentava, com cuidado, pegar a pedra do banco traseiro, mas tinha dificuldade com a tarefa.

– Vamos precisar da sua ajuda – disse ele a Jerome. – Rory e eu estamos fracos, fracos demais para carregar isso. Temos que levar esta pedra até o Hyde Park, e sem o carro. Pode nos ajudar?

– Vocês vão me explicar o que está havendo?

– Quando tudo acabar – respondeu Stephen.

– Posso falar com você um minuto, Rory?

Stephen fechou os olhos, provavelmente sofrendo em agonia por estarmos demorando. A mulher se aproximara e agora olhava para Jerome.

– Por que estão embromando? Não é hora para...

– *Preciso conversar um segundo com Jerome* – falei, para o bem de todos ali.

Nós dois nos afastamos o suficiente para não sermos ouvidos.

– Que loucura é essa? – começou ele. – Tem alguma coisa acontecendo. Eu vi uma pessoa morta, no chão. Acabamos de fugir da polícia, é isso mesmo? Você está sendo protegida por um pessoal do serviço secreto que obviamente não está dando conta do recado, e agora apareceu na história uma espécie de pedra que pode fazer a explosão parar?!

– Confie em mim – falei, estendendo as mãos. – Eu sei como está sendo horrível e estranho.

Jerome balançou a cabeça e ergueu os olhos para o céu. E, naquele momento, eu meio que cheguei ao meu limite. Hora de botar para fora tudo que estava contendo.

– Acha que não estou farta disso tudo? Tem sido uma confusão desde que eu cheguei aqui. Jerome, é uma enxurrada sem fim de maluquice na minha vida.

Ele olhou novamente para mim. Parecia prestes a dizer alguma coisa, mas ergui as mãos para impedi-lo.

– Não – falei. – Não, eu não quero isso. Não quero que me diga que sabe como é difícil. Eu sei como tem sido difícil. Tudo isso que não posso contar, bem, está tudo vindo à tona. Não vai haver mais segredos. E não é tudo tão ruim... algumas coisas realmente fazem sentido. Existe um lado bom nisso. Mas quer saber? Essa conversa precisa ficar para depois. As pessoas precisam de nós agora. Eu sei que você odeia que não lhe expliquem as coisas. Ninguém gosta. Mas às vezes a gente tem que aceitar, como agora. Eu preciso que você confie em mim. Sei que é uma doideira o que estou pedindo, no caso, mas você precisa ajudar, porque... olhe em volta.

A rua estava muito, muito silenciosa. Todo mundo podia me ouvir.

Jerome continuou ali parado, mexendo na chave do carro nervosamente. Era hora de algo mais decisivo. Eu precisava fazer aquilo, embora não soubesse muito bem o que significava, mesmo com Stephen atrás de mim. Fui até Jerome, colei o corpo em seu peito e o segurei pela gola do casaco, meu rosto a centímetros do dele.

– Nosso término – falei. – Foi por causa disso. Você acha que eu não queria contar?

Ele engoliu em seco. Estávamos tão próximos que eu sentia seu hálito. Jerome tinha um hálito tão doce... E eu estava mentindo para ele. Quer dizer, não estava sendo totalmente verdadeira. Mas era por um bom motivo. Eu me aproximei ainda mais, de modo que ficamos quase boca com boca. Ele inclinou a cabeça para me olhar.

Não íamos nos beijar, mas acho que estávamos fazendo uma promessa um ao outro. E eu pedia a ele que confiasse em mim.

Sem contar que Jerome não era idiota.

– Jerome, estou com muito medo, e quase morri esta noite. Por favor, nos ajude.

Isso era verdade.

Ele respirou fundo algumas vezes, as narinas se inflando devido à sua intensidade. Então, num movimento repentino e decisivo, foi até Stephen. Notei que Stephen havia acompanhado a cena com atenção e em seguida se virado, concentrando-se na pedra e, decididamente, me evitando. Fui até eles, o estômago embrulhado, sentindo um formigar estranho na palma das mãos. Stephen assistira a tudo, e dava para notar, pela sua expressão, que alguma coisa havia mudado entre nós. Exalava algo que sugeria alerta, me impedindo de chegar muito perto. Mas não tinha tempo para me preocupar com isso, não havia tempo para lamentações. As urgências cicatrizam feridas como ninguém.

Jerome pegou, sozinho, a pedra.

– Certo – disse Stephen, em tom rude. – Ótimo.

– A entrada é por aqui – anunciou a mulher. – Ao final dos degraus.

A escada que levava ao estacionamento era da largura da rua, ladeada por muros grossos, com uma coluna ampla no meio – um elemento clássico num lugar que pedia o clássico. No muro da esquerda, vimos uma porta, tão discreta que, fosse outra ocasião, eu nem teria notado ao passar por ali.

– Posso atravessar e abri-la pelo outro lado – explicou a mulher. – Mas talvez leve um minuto. A partir daqui, os caminhos são marcados nas paredes. Há uma saída na extremidade leste do Serpentine. É até onde vai esta passagem. De lá, vocês terão que encontrar outra forma de chegar ao rio.

Ao terminar de falar, a mulher se virou para a porta e forçou o corpo para atravessá-la. Eu já tinha visto isso acontecer uma vez, quando Jo entrou no banheiro de Wexford para me salvar. Era como ver uma pessoa ser atropelada, acompanhar lentamente o impacto, segundo a segundo. A mulher emitiu um grunhido baixo que se tornou quase um grito à medida que avançava, seu corpo se fundindo ao metal da porta, centímetro a centímetro.

– O que estamos esperando? – perguntou Jerome, ajeitando-se para continuar a sustentar o peso da pedra.

Diante dos meus olhos, o rosto da mulher desapareceu, enquanto seus gritos eram abafados – uma perna, depois a outra.

– Vou precisar do seu celular mais uma vez – disse Stephen.

Jerome se virou para mim, indicando o bolso direito da calça. Eu me aproximei e peguei o aparelho, que despontava do bolso. Stephen me disse para qual número eu deveria ligar.

– Acho que é melhor você falar. Podem não acreditar que sou eu. Diga que estamos com a pedra e peça que nos encontrem na extremidade leste do Serpentine.

Alguém já tinha atendido a ligação. Eu mal conseguia ouvir a pessoa, de tantos gritos que soavam ao fundo, mas depois de um tempo consegui identificar que era Bu.

– Estamos indo! – falei. – Encontrem a gente... no... na extremidade leste? Do Serpentine?

Com a confusão de vozes e a ligação meio entrecortada, só consegui entender que eles estavam ali, no Hyde Park, mas que o parque em si e todas as vias ao redor estavam sendo interditados. Repeti isso bem alto para Stephen. Então a ligação caiu.

A essa altura, a mulher já tinha atravessado totalmente o metal. Seguiu-se um momento prolongado de espera, e a porta se abriu. Entramos numa passagem de concreto, de pouco menos de dois metros de largura, iluminada por uma fileira de lâmpadas industriais fortes instaladas no teto. A mulher estava no chão, com as mãos no abdômen.

– Vão – gemeu ela. – Rápido.

Jerome logo entrou no túnel, alheio ao sofrimento da mulher aos seus pés. Acho que chegou a pisar nela.

– Para que lado vamos? – perguntou ele.

Stephen lançou à mulher um último olhar antes de assentir.

– Vamos seguir por baixo do estacionamento na direção do Palácio de Buckingham – respondeu ele. – Em direção ao Hyde Park.

28

Primeiro, tivemos que descer. Uma constante na minha vida nos últimos tempos. Uma série de degraus nos conduziu por dois andares, ao que me pareceu. Ao contrário da assustadora entrada da estação de King William Street, aquela escada era bem-conservada e bem-iluminada. Quando os degraus terminaram, a passagem fazia uma curva abrupta para a direita. A partir desse ponto, o túnel se estendia indefinidamente e ficava mais largo, o suficiente para um carro passar facilmente. Era imaculado, o tipo de concreto liso e perfeito e tão vazio que fez a Rory de dez anos, ainda viva dentro de mim, sonhar com sua bicicleta. Não havia muito o que ver ao longo do caminho exceto por uma ou outra caixa amarela na parede, que provavelmente controlava a eletricidade do lugar. Um extintor de incêndio aqui e ali. Algumas lâmpadas azuis, apagadas, protegidas dentro de gaiolas de metal trançado.

No começo, Jerome seguia bem, mas após uns dez minutos de caminhada começou a sofrer com o peso da pedra. Stephen e eu o ajudamos em alguns momentos, mas eu sabia que só a caminhada já estava exaurindo minhas forças, e Stephen não parecia muito melhor.

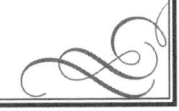

– Mas então: o que é este túnel? – perguntou Jerome. – Deve ser importante, considerando a localização.

– Creio que seja uma rota de fuga para ministros de governo – respondeu Stephen. – Talvez para a família real. Devemos passar por baixo do palácio daqui a alguns minutos.

De fato, quando chegamos a uma leve curva e uma bifurcação no túnel, nos deparamos com a palavra **PALÁCIO** escrita com tinta spray no muro e uma porta com a mesma marcação. Ao lado dessa primeira porta havia uma outra, azul e de aparência nefasta, com várias placas de alerta.

– Essas portas são da época da guerra – disse Stephen.

– Parecem novas – comentei.

– Este túnel é usado quando o país se encontra em momentos de muita tensão, não quando a rainha quer fugir da chuva. Se permanecerem muito tempo sem uso e protegidas do clima, as construções podem se manter praticamente intactas. E toda esta estrutura é muito bem conservada.

– Preciso parar um pouco – disse Jerome, colocando a pedra no chão.

– Não podemos parar – disse Stephen.

– Eu sou asmático. Preciso de um minuto.

Stephen deu um suspiro de irritação, mas concordou.

– Claro – disse ele. – Eu vou na frente. Sigam quando puderem.

Jerome pegou a bombinha e aspirou uma vez, depois descansou com as mãos apoiadas nas coxas.

– Como é que eu nunca soube dessa sua asma? – falei.

– Porque não tive nenhuma crise com você. Elas só acontecem quando estou num lugar com muita fumaça, quando estou sob estresse ou quando faço muito esforço físico. Tipo tudo que aconteceu hoje.

Ele balançou a cabeça, os cachos indo de um lado para o outro.

– Quem é esse cara? – perguntou. – Do MI5?

– Não exatamente.
– Bem, ele fez o Knowledge, mas duvido que seja um taxista.
– Não tenho a menor ideia do que seja isso.
– É uma prova que os taxistas de Londres têm que fazer. Eles decoram o mapa inteiro, todas as ruas, todos os hotéis e prédios principais, todas as estações de metrô, as rotas. É famosa por ser muito difícil, e deixa o cérebro maior, literalmente. Tipo, os caras fazem uma tomografia depois que terminam o treinamento.

Aquilo era bem o tipo de coisa em que Stephen adoraria investir o tempo livre.

– Mas temos que seguir em frente. Se você conseguir. Como está se sentindo?
– Eu preciso ficar bem.
– Vou te ajudar.
– Você parece prestes a desmaiar.
– Pelo menos eu consigo respirar, seu ridículo.

Foi só um pequeno gesto, uma tentativa de normalidade, me referir ao jeito como brincávamos antigamente um com o outro. Mas talvez não fosse um bom momento para isso. Aquilo fazia parte do antes, quando estávamos juntos, não daquele momento e lugar desconhecidos em que nos encontrávamos agora. Concluí isso pela ausência de resposta. Mas Jerome tinha se colocado em movimento de novo. Peguei a pedra por um lado, e ele pelo outro. Juntos, avançamos trôpegos pelo corredor até alcançarmos Stephen, que tinha parado em mais uma bifurcação do túnel.

– Por aqui – disse ele. – Vocês estão bem? Conseguem continuar carregando?
– Eu levo – disse Jerome, respondendo apenas à segunda pergunta.

Nossos passos se tornavam mais solitários e geravam mais eco à medida que avançávamos. Fazíamos pausas apenas de vez em quando, para recuperar o fôlego, e seguíamos a sinalização nas paredes. Finalmente, chegamos a uma indicação que apontava para cima, para uma área de bombas hidráulicas. O ruído abafado de água correndo soava acima de nós.

– Deve ser aqui – disse Stephen, olhando para a escada às escuras que levava para cima. – Estive tentando calcular a distância que percorremos. Acredito que a gente tenha chegado ao parque.

Os degraus eram muito estreitos, pareciam não ter espaço suficiente nem para uma pessoa. A pedra esbarrava na parede de concreto, de modo que Jerome teve que subir de lado. Fui na frente e Stephen por último, para o ajudarmos a manter o equilíbrio.

Saímos num prédio muito pequeno e escuro, de um só ambiente. Era quase inteiramente preenchido por tubulações e havia uma máquina muito barulhenta, cuja função claramente era bombear água, bem ali no meio. Chegando ao alto da escada com muito esforço, Jerome largou a pedra no piso e se sentou. Ele então pegou a bombinha, a sacudiu com força e aspirou.

– Está acabando – disse ele, sacudindo mais uma vez a bombinha. Havia um toque de medo em sua voz ao dizer isso.

– Então pare – disse Stephen. – Fique aqui descansando até se recuperar, depois retorne pelo mesmo caminho pelo qual viemos, até a Pall Mall. Pegue o carro, volte para a casa onde estávamos e o deixe estacionado na rua. Fique aqui só o tempo necessário para se sentir melhor. É melhor não demorar demais no túnel.

Passando por cima da pedra, Stephen foi até a porta para abri-la, tomando o cuidado de evitar a mim e Jerome e qualquer coisa que pudesse acontecer entre nós.

– Você está bem? – perguntei, me abaixando para olhar para ele.

De cabeça baixa, Jerome inspirou profunda e lentamente algumas vezes antes de responder:

– Vou melhorar. Só preciso ficar sentado por um tempo.

Stephen abriu a porta, e o ar do exterior entrou. Senti um cheiro estranho. Não era de fumaça, mas de um primo da fumaça. Algo mais aguado. Algo que eu não conhecia.

– Preciso ir – falei. – Mas está mesmo bem, não está?

– Você não poderia me ajudar, de qualquer forma. A não ser que tenha uma outra bombinha.

O olhar dele me perguntava: *Você vai realmente lá para fora? Isso está acontecendo de verdade?*

– Tome cuidado – disse ele. – Ou algo assim. Nem sei o que dizer. Acho que você não devia ir lá fora. Mas não faço ideia do que está acontecendo.

– Eu vou sair. Preciso fazer isso. E você não tem como ir comigo.

– Conheço meus limites. – Segurando-se ao corrimão da escada, ele se ergueu devagar. – Tem certeza?

– Vá. A gente se vê em breve. Prometo.

Esperei até que ele tivesse descido em segurança antes de me virar para Stephen, que continuava parado à porta, de costas para mim.

– Quando eu sair daqui... – disse ele, sem se virar – quando eles me virem... Como será que vão reagir? Não sei bem por quê, mas este momento é difícil.

– Vai ser uma surpresa. Uma boa surpresa. Eles vão ficar felizes.

– Será?

– Claro que vão.

Ele se virou, mas eu não enxergava seu rosto à sombra.

– Você disse que morri, Rory. Não era para eu estar aqui. As pessoas não voltam à vida.

– Nós vemos pessoas voltarem o tempo todo.

– Não. Nós vemos pessoas que não foram embora. Tem uma grande diferença. Mas...

Ele encerrou a conversa com um gesto e se aproximou de mim. Eu continuava junto à pedra.

– Vamos ter que levá-la juntos – disse ele. – Sozinho, eu não vou conseguir.

Ambos nos abaixamos ao mesmo tempo, pegando a pedra por baixo. O mais próximo que chegamos um do outro foi quando nossas testas quase se roçaram. Juntos, separados pela largura de uma pedra, saímos para a escuridão.

O Serpentine é um grande lago no meio do Hyde Park, e, pelo que eu sabia, ficava geralmente bastante cheio. Saímos numa área onde os barcos de aluguel eram guardados, amarrados uns aos outros. Afora alguns patos vagando na água, estávamos sozinhos. Mas a única coisa que conseguíamos enxergar à frente, logo adiante, era um pilar de névoa branca, de altura equivalente a dois andares de um prédio e talvez um quarteirão inteiro de largura. O topo daquilo parecia se esticar para o céu com dedos nebulosos, como se apontando para alguém acusadoramente. Ao contrário da neblina comum, que permite enxergar à frente até certo ponto, aquilo aparentava ser sólido e branco e impenetrável e fixo. Era uma estrutura feita de nuvem, mas com uma aparência de algo tão firme quanto mármore.

– Do que isso é feito? – perguntei.

– Dos mortos. Energia fundida. Parecem milhares.

Eu me lembrei da criatura que tinha visto no Cemitério de Highgate, aquela massa disforme e monstruosa, e que devia ser composta por algumas pessoas apenas. Aquela coluna, no entanto, eram milhares, provavelmente, dezenas de milhares.

– Ali – disse Stephen, apontando com a cabeça na direção de algumas silhuetas escuras não muito longe de nós.

Só distingui o contorno de Bu, Callum e Freddie. Eles nos viram na mesma hora. Acho que foi bom haver certa distância entre nós, pois deu a eles tempo para processar o que viam. Quando os alcançamos, colocamos a pedra no chão com cuidado. Estava muito frio ali. Minha respiração formava grandes nuvens em frente ao meu rosto enquanto permanecíamos parados num círculo de silêncio.

Freddie foi a primeira a se pronunciar, é claro.
— Você é Stephen.
— Sim — respondeu ele.
Nenhuma palavra de Bu e Callum. Bu levou as mãos à boca. Callum continuou sem se mexer, tenso, confuso.
— Sou eu — disse Stephen.
— Isso é alguma brincadeira? — perguntou Callum.
— Não.
— Mas a gente viu quando...
— Ah, caramba!

Bu correu até Stephen e o agarrou pela cintura. Foi meio que um abraço, meio que um exame. Ela lhe deu tapinhas nas costas, depois recuou um passo para sentir toda a extensão dos braços dele. Em seguida, tocou o pescoço, e levei um segundo para entender que estava buscando o pulso.

— É verdade — disse ela, virando-se para Callum. — Callum, é verdade! — Bu se virou de volta para Stephen, olhando-o maravilhada. — Você está aqui. Você não morreu. Não sei como, mas você não morreu.

O silêncio que nos envolvia, nem o caos conseguiu romper. Freddie avançou e, respirando fundo, estendeu a mão.

— É bom conhecê-lo finalmente — disse.

Stephen retribuiu o cumprimento. Parecia tão atordoado quanto Callum e Bu.

— Sim — disse ele. — Olha, sei que isso é... Não sei o que isso é. Só sei que, antes de tudo, temos que dar um jeito no que está acontecendo. Depois a gente conversa sobre o resto. Mas eu estou aqui. Não estou muito forte, nem Rory...

Só então eles repararam em mim, parada atrás dele, com um negócio grande aos meus pés.

— Onde está Thorpe? — perguntou Bu.

— Ele vai ficar bem, mas não vai nos ajudar agora. Precisamos levar isso...

Freddie se aproximou e tirou o pano que envolvia a pedra.

– É a Osulf? – perguntou ela.

– Suponho que você já tenha certo conhecimento sobre o assunto – disse Stephen.

– Sei o que é essa pedra, e sabemos de onde ela veio. Entendemos que a pegaram do porão do pub e que foi o que causou tudo isso – concluiu ela, apontando para a grande massa branca.

– Está tudo interditado aqui em volta – disse Callum. – Conseguimos autorização para vir até aqui, mas só passa daquela barreira quem estiver com proteção. Eles acham que é nocivo se for inalado. Sabe o que é essa coisa?

– É onde a barreira entre a vida e morte fica difusa – respondeu Stephen. – É algo que nunca vimos antes. E que não deveríamos jamais ver. Ainda assim, precisamos enfrentar, pois somos os únicos capazes de fazer isso. Mas preciso ser honesto com vocês: não sei o que acontece se chegarmos perto. Não sei qual é a distância segura e não sei o que acontece a quem penetra nisso. Não é nada bom. Só sei que temos um trabalho a fazer, e cabe a vocês decidir se estão dispostos a cumpri-lo. Eu vou. Teremos que ir por baixo, pelo rio. Se não quiserem ir comigo, é melhor ir embora agora.

Um longo momento se passou entre nós.

– Está achando que vamos recuar agora? – disse Bu. – Logo agora que você voltou? Com tudo isso acontecendo? Você é um tapado mesmo.

– Estão todos de acordo, então? – perguntou Stephen.

Ouvi alguém respirar fundo. Acho que foi Freddie. Mas ninguém recuou. Callum deu um risada curta, um riso esquisito de nervosismo.

– Ótimo – disse Stephen. – O rio Westbourne corria por aqui, mas fizeram uma barragem na extremidade do parque, no que hoje é Lancaster Gate. Deve correr para o leste a partir de lá, próximo ao ponto de escoamento. O rio segue para o sistema de esgoto, que é onde precisaremos entrar. Não sei até onde conseguimos ir, mas temos que tentar chegar ao norte do parque. Acho que é nossa única chance.

– A galeria subterrânea de Ranelagh – disse Freddie.

Os dois realmente se interessavam pelas mesmas maluquices. Embora isso fosse útil, não gostei do sentimento que surgiu em mim quando ela disse isso, como se tivesse uma conexão mais forte com Stephen do que eu.

– Precisamos encontrar um ponto de acesso – continuou ele. – Preciso de um celular.

– Nem adianta – disse Bu, oferecendo o dela. – Os serviços de emergência estão impossíveis. Não tem como fazer ligação nenhuma.

– Não vou usar para isso. Quero procurar sites de exploração urbana, porque eles sempre sabem como se infiltrar em locais como antigas redes de esgoto. Deve ter algum ponto de entrada aqui perto.

Ele fez uma rápida busca.

– Muito bem – disse Stephen, erguendo o olhar da tela. – Parece que fica a alguns metros naquela direção, a caminho da Rotten Row. Procurem um declive no chão, que marca onde passava o rio. Alguém vai ter que levar a pedra.

Bu se encarregou do serviço facilmente, e partimos na direção das árvores. Havia luz ali na área próxima à fonte, mas seguimos na direção da escuridão completa. Bu e Callum tinham lanternas, mas era o suficiente para iluminar apenas alguns passos à frente.

– Fiquem atentos a onde pisam – disse Stephen. – O terreno deve ser mais úmido na área.

– Aqui! – exclamou Freddie. – Tem uma parte mais baixa nesse ponto.

A terra ali era quase esponjosa.

– Procurem alguma tampa de canal, provavelmente de metal.

Encontramos: uma pequena abertura quadrada, de metal robusto. Bu e Callum ergueram a tampa, revelando um buraco escuro e uma escada de ferro que descia uns três metros.

– Vamos descer por aqui? – perguntou Callum. – Sem nada para nos defender?

– Esperem – falei, pegando do bolso o medalhão ensanguentado. – Isso estava com Jane. São dois terminais.

– Não brinca – disse Callum, pegando o medalhão e abrindo. – Isso é sangue?

– Fiz um esquema com os anteriores de conectá-los a baterias, para aumentar o alcance – disse Stephen, ignorando a pergunta –, mas não temos tempo para fazer isso agora. Se quiserem usar os terminais, vai ter que ser por contato direto. E nunca foram testados, então não sei qual é a força deles, ou mesmo se funcionam.

– Só tem um jeito de descobrir.

Callum voltou a fechar o medalhão e o guardou no bolso.

Improvisamos rapidamente uma espécie de *sling* para a pedra: fizemos Callum vestir o casaco na frente, encaixando-a ali como se fosse um bebê gigante. Bu foi a primeira a descer, para verificar se era seguro, e, chegando lá embaixo, direcionou a luz da lanterna para cima para ajudar Callum a se orientar.

– Freddie, é melhor você ficar – disse Stephen. – Imagino que não tenha feito nenhum treinamento nesses poucos dias, e vamos precisar de alguém aqui fora caso...

Não foi preciso terminar a frase.

– Fique atenta – continuou ele. – Se tiver algum problema, vá embora, não tente enfrentar nada sozinha. E você, Rory...

Mas eu já estava me posicionando, as mãos na grama, baixando o corpo para a escuridão.

29

Estávamos no subterrâneo, seguindo por uma passagem muito mais estreita e curta que a anterior. Era um túnel circular, portanto de piso curvo, com cerca de trinta centímetros de água. As paredes eram de tijolos amarelos sujos. Ao contrário do túnel anterior, que era bem-iluminado, neste caminhávamos rumo a um círculo de puro negrume, e as lanternas tinham um alcance muito curto. O ruído da água correndo quase nos impedia de ouvir uns aos outros, o que, somado à escuridão e à falta de corrimão ou qualquer sinalização, me lembrava o tempo todo que aquele lugar onde eu tinha me enfiado era um *esgoto*.

Um aspecto positivo: o cheiro não era tão ruim quanto se espera de um esgoto. Tinha cheiro de mar, com um toque de sabão. Mas os aspectos ruins eram muitos, o maior deles sendo o fato de termos que avançar pela água, que batia pouco abaixo dos meus joelhos e fluía na direção contrária. Cada passo exigia um grande esforço, já que íamos contra a corrente. Além do mais, estava sem casaco, e, embora a temperatura ali fosse maior que no exterior, a água gelada nas minhas pernas me fazia tremer de frio. Algumas marcações nas paredes indicavam a altura que a água podia alcançar. Não foi legal ver uma dessas marcas acima da minha cabeça.

Avançávamos devagar, pois não tínhamos muita ideia do que encontraríamos adiante além de mais túnel e mais escuridão. Stephen liderava o grupo, porque, supostamente, era quem tinha a melhor noção de qual caminho seguir para chegar à entrada norte do parque, na altura de Lancaster Gate. Ele já caminhava com mais firmeza agora, sem pender torto como um bêbado, mas a uma velocidade inferior ao seu normal. Callum seguia ao lado dele, mesmo carregando a pedra, enquanto Bu se postava ao meu lado. Os dois estavam obviamente flanqueando a mim e a Stephen, é claro, nos guardando como uma garantia de que não cairíamos de cara na água. Bu volta e meia me olhava de soslaio.

– Eu estou bem – falei.

Ela não disse nada.

Seguimos em frente, forçando caminho pelo esgoto, incapazes de ver direito no que estávamos pisando. Em alguns pontos o nível da água era mais baixo, mas segundos depois o túnel descia bruscamente, me fazendo mergulhar até o joelho e tropeçar; Bu me segurava. A passagem estava se estreitando. Stephen, Callum e Bu tinham que se abaixar frequentemente, coisa que eu não precisava fazer, já que era mais baixa. Mais estreito, depois mais ainda. Tijolos de outras cores: alguns vermelhos, outros marrons. Até que o túnel pareceu realmente se fechar sobre mim – escuridão à frente e escuridão atrás, água correndo por todos os lados. Comecei a ficar sem fôlego, meu coração batendo com força, e parei de apoiar a mão na parede, agora coberta de um musgo repugnante. Eu não conseguia respirar. Não enxergava nada. As paredes convergiam para um único ponto em minha mente: o ponto em que o universo se apagava da existência. Bu, ao meu lado, me orientava a respirar fundo, mas de nada adiantava. Fechei os olhos por um instante e vi...

Pessoas no chão. Cadáveres no chão.

– Rory?

Nem identifiquei quem me chamou, mas senti que os três estavam à minha volta. Eu precisava manter as forças. Precisava. Só não sabia como, pois meu cérebro seguia alucinado rumo à Medolândia. Eu tinha que arrancar o volante das mãos dele. Pegue, pegue! Meu cérebro. Tudo sob controle. Estava em minhas mãos o poder de impedir o pior, impedir meu corpo de desabar. Eu podia respirar. *Estava* respirando. Muito rápido, até. Esse era o problema. Devagar, devagar, devagar.

Os três tentavam falar comigo, mas eu só ouvia a água.

A imagem dos cadáveres no chão continuava lá – o chão de onde? Era minha mente passando um *slideshow* bizarro. Senti alguém tocar minhas costas.

– É só pânico – disse Stephen, ao meu ouvido. – Vai passar. O pânico não pode ferir você.

Cadáveres. Eu via os cadáveres. Um emaranhado terrível de corpos sobre uma coisa branca. Uma sala escura repleta de velas. Da última vez em que eu entrara em pânico, no hospital, minha mente havia conjurado imagens de tio Bick e de Bénouville. Dessa vez, não fazia ideia do que ela estava pretendendo. Meu cérebro era uma coleção de elementos fragmentados chacoalhando dentro de um crânio inútil.

– Preste atenção em mim – disse ele. – Tente se concentrar na minha voz. Está me ouvindo? Faça que sim se estiver.

Eu assenti.

– Nós dois estamos muito debilitados. Passamos por algo terrível. Mas vamos conseguir, precisamos conseguir. Estou com você. Não sei o que está se passando na sua cabeça, mas estou aqui com você.

Na minha cabeça, eu estava sentada num restaurante ouvindo Stephen falar. Pelo menos era uma imagem mental mais agradável, mais calma.

– Eu já estive na escuridão – disse Stephen. – Sei como é. Mas, Rory, não vou conseguir fazer isso sem você. Não estou forte o suficiente. Preciso que você segure minha mão. Aqui, segure minha mão.

Ele pôs a mão sobre a minha, e me veio à mente um flash muito intenso de uma mesa branca, de fórmica, salpicada de pontos prateados, e eu estendendo o braço sobre ela. Abri os olhos e vi minha mão na parede do túnel. Virei-a, debilmente, para segurar a de Stephen. Obriguei a mim mesma a me concentrar no túnel à frente, no muro e seus tijolos multicoloridos à luz vacilante da lanterna, na água. Respirar e seguir em frente. O ar ali embaixo era cheio de condensação, mas ainda era ar. Eu podia respirar.

– Muito bem – disse Stephen. – Respire fundo. Vamos lá.

Consegui me soltar da parede.

– Eu consigo andar – falei.

Seguimos em frente, Stephen e eu de mãos dadas, enfrentando a água corrente. A escuridão permanecia, mas pelo menos eu voltara a enxergar as paredes. Se era capaz de pensar (e, sim, era), eu ia conseguir. Mais um passo. E outro. E outro. Resolvi inventar uma musiquinha.

Em frente, em frente, em frente
E a água debaixo da gente
Andar, andar, andar
Até onde o túnel levar

Não chegava a ser uma das minhas melhores composições, mas serviu para ocupar a mente, e fiquei cantando em silêncio sem parar. Concentrei toda a minha atenção nisso. Seguíamos curvados, Stephen apertando minha mão. Depois passamos a andar semiagachados, a água já chegando às minhas coxas. Então Stephen e eu tivemos que nos separar, e nos apoiávamos nas duas paredes para conseguir avançar. Stephen tropeçou em alguma coisa, e Bu e eu o ajudamos a se levantar. Callum, nesse tempo todo, ainda carregava a pedra à frente do corpo.

Quando parecia que não tinha mais como continuar, o túnel se ampliou de repente e pudemos voltar a caminhar erguidos. A água diminuiu para a altura das nossas canelas. Estávamos numa câmara ampla, com uma bifurcação adiante.

– Eu chutaria que por ali vai o fluxo maior – disse Stephen, erguendo o braço com certa dificuldade para indicar a abertura ligeiramente mais alta e mais estreita, que lançava um fluxo constante e relativamente intenso de água. – Melhor irmos por aquele.

Aquele era mais largo e mais seco, então aprovei a escolha. Havia bem pouca água naquela parte. Podíamos caminhar quase normalmente, seguindo outra vez lado a lado. À medida que avançávamos, surgia até uma luz fraca, um brilho rosado na escuridão à frente. Acho que a calmaria e a facilidade do trecho me deixou mais tensa que a escuridão e a dificuldade que vínhamos enfrentando até então. A luz não era natural do túnel. Não era normal. Então, finalmente, alcançamos um muro de brancura, sólido como concreto. Paramos a alguns metros. A superfície não era completamente lisa – parecia nebulosa, como cerração, como nuvens. Pequenos dedos se projetavam na nossa direção e eram sugados de volta para a massa. O muro branco se mexia por dentro, como um tornado quando avança, dando voltas sobre si mesmo.

Uma antiga lembrança dos fundos da minha mente escapou para o primeiro plano da consciência: de novo a casa mal-assombrada, a máquina que soltava fumaça artificial na entrada. Eu tinha estado naquele lugar. Não quando criança, não em Louisiana; fazia pouco tempo. Sabia o que havia dentro daquilo. E entendi isso de uma forma que não conseguiria explicar. Stephen me observava.

Como se soubesse o que eu estava pensando.

– Se quisermos chegar, terá que ser por aqui – disse Stephen.

– Então vamos – disse Callum. – Vamos entrar.

A frieza no tom dele me deixou mais nervosa. Todos ali tínhamos medo daquela coisa à nossa frente, e me dei conta com muita intensidade da realidade de quem éramos. Nenhum de nós estava isento do medo. Éramos apenas quatro pessoas no subterrâneo de Londres, jovens demais para uma responsabilidade daquelas. Se Freddie fosse embora, ninguém sequer saberia que estávamos ali.

– Nós temos isto – disse Callum, indicando a Pedra Osulf. – Ela não tem algum poder? É um terminal?

– Não exatamente – respondeu Stephen, a exaustão evidente em sua voz. – Eu entendo como se fossem cargas de energia. Nossos diamantes têm carga negativa, pois repelem, mas a pedra é neutra. Ela possui uma função, mas não tem carga.

– Temos também os terminais.

– Não é suficiente. Não contra isso. Não sei o que vai acontecer se entrarmos nesse negócio.

Alguma coisa estava se formando na névoa perto do ombro de Callum. Surgiu uma abertura, um buraco negro de um lado e do outro, e então um rosto emergiu entre os dois. Um rosto contorcido de dor. Um segundo depois, outro rosto, e o pedaço de um corpo brotando da névoa, feito de névoa. De repente, aquilo virou um aglomerado de mãos e olhos, como a criatura que eu encontrara no cemitério, só que dessa vez não era algo sujo, infeliz e assustado – aquilo era ar encarnado, dobrando-se sobre si mesmo, preenchendo o espaço com faces e membros e bocas paralisadas em gritos. Os rostos se estendiam na nossa direção, os pescoços se esticando. Depois, braços. E mãos tentando nos alcançar. Recuamos, mas eles se aproximavam a cada passo que dávamos.

Foi Bu quem tomou a iniciativa. Ela pegou o medalhão do bolso de Callum e esticou o braço num movimento rápido, o medalhão firme em sua mão. Parte de um rosto foi atingido. O resultado foi um pulso vibrante que sacudiu nós quatro e uma luz cegante. Aquele pedaço de névoa foi lançado para trás, enquanto Bu caía no chão. Mas então uma nova mão se formou e tentou alcançá-la. Um rosto surgiu na minha frente, uma face que se esgarçava e se transformava e virava centenas de faces diferentes em questão de segundos. E depois outras centenas, e mais, e mais.

– Deixe que eu faço – disse Stephen após um momento. – Me dê a pedra.

– Não vem com essa – retrucou Callum. – De jeito nenhum você vai entrar nesse negócio. Você acabou de voltar para nós!

– Callum, isso é...

– Pode parar, Stephen. Não vai acontecer de novo, está entendendo? – Callum abraçou a pedra, que carregava junto ao peito. – Eu vou. Tenho esta pedra e tenho um terminal. É só me dizer o que fazer.

– Eu vou também – disse Bu. – E Callum tem razão. Olhe o seu estado, Stephen!

Olhei também. Estávamos todos molhados, depauperados, temerosos. O rosto de Stephen mostrava-se quase cinzento de tão pálido, os olhos nublados pela exaustão. Ele fechou os olhos. As últimas reservas de energia que ainda conseguiam mantê-lo de pé pareciam prestes a se esgotar.

A neblina continuava a dançar. Londrinos de eras passadas sumiam e reapareciam na minha frente, todos me encarando, todos me desafiando, mas nenhum se aventurando a me tocar. Um braço despontou da névoa e sua mão dobrou o dedo, nos chamando.

– Eu também vou – falei. – Se alguém aqui tem alguma chance de...

– Então vamos todos – disse Stephen. – Juntos, temos mais chances. Certo?

Ele se afastou da parede em que estava recostado. Callum ajeitou a pedra nos braços, e Bu se uniu a ele para aliviar um pouco do peso. Vi quando os dois trocaram um olhar cheio de significado. Stephen segurou minha mão. Fui na frente.

Avançamos, como um grupo. A mão desapareceu no mar de neblina, e rostos voltaram a surgir à medida que nos aproximávamos. Então os alcançamos. Das vezes anteriores que havíamos usado os terminais, sempre brotara o cheiro de queimado e de flores. Dessa vez, sentimos o cheiro de todas as flores do mundo em chamas, grandes campos sendo queimados, fumaça e vida se erguendo juntos no ar.

Não vi nada quando adentramos na coisa, mas senti e ouvi. O calor de Stephen, Callum e Bu permanecia à minha volta, o toque da mão de Stephen. À minha frente, a neblina se abria centímetro a centímetro, me permitindo enxergar apenas o mínimo. Eu colocava um pé depois do outro, embora não tivesse a menor ideia de onde pisava. Ouvi Callum e Bu chamarem, mas as vozes se dissiparam e comecei a esquecer por que me encontrava ali...

A mão que segurava a minha. A presença dos outros ao redor.

Rostos nadavam à minha volta como cardumes nas profundezas do mar, mas aqueles rostos iam e vinham e se multiplicavam, todos me olhando como se eu *soubesse* de algo importante. E, em certo nível, sentia que talvez de fato soubesse. Algo antigo, tão distante que talvez viesse comigo desde o nascimento. Tive uma súbita lembrança da enfermeira que encontrara no hospital, me mandando ir embora. Eu não pertencia àquele lugar. Os mortos não me queriam. Lorde Williamson desistira de seu fardo ao me encontrar. O Ressurreicionista tentara me fazer queimar. Estava em desvantagem numérica, contudo ainda tinha forças. Eu tinha vida.

Mais um passo. Eu estava praticamente puxando Stephen, sua mão invisível para mim. As faces continuavam surgindo, mas decidi não ter medo delas.

– Afastem-se – ordenei.

Para meu fascínio, o minúsculo espaço à minha frente virou um vão, repleto de escuridão, se ampliando a cada segundo. Mas eu continuava sem enxergar meus amigos.

– Abram caminho – ordenei.

A mão de Stephen se afrouxava na minha.

– Eu mandei *abrir caminho*.

Então éramos novamente quatro, sozinhos numa imensidão branca. Bu estava chorando, Callum se apoiava nas minhas costas. Eu não sabia como aquilo tinha acontecido, mas a neblina agora se encolhia contra as paredes, deixando o caminho livre para nós. Eu me virei: Stephen segurava minha mão com firmeza novamente. Ele praticamente cobria Bu com o corpo.

– O quê...? – Bu ergueu os olhos e se viu sustentando Stephen. – Por que eu estou chorando? O que aconteceu?

Callum também estava se erguendo. A muralha de neblina nos cercava, deixando apenas o espaço suficiente para passarmos.

– Ali na frente – disse Stephen.

Alguns metros adiante, o túnel era bloqueado por um muro: maciço na metade inferior e com barras de metal na superior, como uma cela muito antiga. Era onde começava um outro canal, perpendicular àquele pelo qual seguíamos. Ouvi água correndo. Havia alguns canos meio soltos na parede, mas só. Nenhuma abertura que nos permitisse passagem.

– Acho que é o rio – disse Stephen. – É onde o curso é desviado.

– Temos que passar a pedra por ali? – perguntou Callum, olhando para as barras de ferro.

A distância entre uma e outra era de um palmo. Estreito demais.

Tínhamos chegado até ali, atravessado aquela massa desconhecida, para sermos vencidos por meras barras de ferro. Stephen balançou a cabeça.

– Eles desviaram o rio. Podemos fazer o mesmo.

Stephen então se agarrou às barras e alçou o corpo para ver através das aberturas.

– Peguem um cano! – pediu ele.

Bu arrancou um e lhe entregou. Stephen o enfiou entre as barras e desceu, caindo de joelhos. Teria caído com tudo se Bu não o tivesse segurado. Em seguida, ele mexeu o cano, de forma que um fio d'água começou a sair no lado em que estávamos.

– A pedra! – gritou ele para Callum. – Coloque-a aqui.

Callum a posicionou debaixo da água que jorrava. Ficamos observando enquanto a pedra se molhava, a água lentamente se acumulando em cima e em volta. Não era nada grandioso de se assistir, mas a neblina ao redor começou a se contrair, assumindo uma forma mais compacta. O caminho atrás de nós se abriu, mas a força gerada pelo movimento era equivalente a estar dentro de um túnel de vento. Resistimos àquela força que ameaçava nos tragar, enquanto a neblina gemia e gritava túnel adentro. Até sermos atingidos pelo intenso sopro final, que derrubou a nós quatro na água imunda.

A neblina se foi.

30

Era um daqueles sonhos confusos – em que as cenas mudam abruptamente, como trechos de filmes editados na sequência errada. Stephen estava lá às vezes, outras vezes não. Sid e Sadie também apareciam, e vi Jane novamente, logo antes de a faca rasgar seu pescoço. Então me vi num túnel, um lugar escuro, e o Estripador, Newman, estava atrás de mim, me seguindo, me dizendo que todas aquelas pessoas que eu julgava conhecer estavam mentindo para mim e que ele era o único dizendo a verdade. Então ele me esfaqueava de novo, mas dessa vez eu não caía e ele não sumia. Eu avançava sobre Newman, brigando, dizendo que ele não conhecia meus amigos. E ele ria de mim. Depois disso, havia um incêndio, e eu engasgava no meio da fumaça.

Quando acordei, uma garrafa de água surgiu prontamente diante de mim. Bebi metade de uma vez só, o ruído alto do plástico me fazendo despertar. Estava num sofá, todos sentados à minha volta. Bu estava no chão. Ela é que tinha me dado a água. Thorpe se encontrava numa poltrona de frente para mim, o laptop no colo mas me observava, e Freddie, no meio da papelada que havíamos reunido. Callum estava deixando no chão algumas sacolas de supermercado.

Bu se ergueu nos joelhos para ficar à altura do meu rosto.
– Bom dia – disse ela. – Como se sente?
– Bem. Só estou com sede. Muita. Que horas são?
– Já é o dia seguinte. Você dormiu por quase vinte e quatro horas.
– Jura?
Sentei no sofá. Minha mente estava turva, mas daquele jeito que a gente fica depois de dormir o dia inteiro. Eu continuava com as mesmas roupas, e com certeza devia estar cheirando mal. Fazia dias que eu não tomava banho.
– Arranjamos roupas novas para você – disse Bu. – E sabonete, escova, essas coisas. Achamos que fosse querer o mais rápido possível.
– Cadê Stephen?
– Lá em cima – respondeu Thorpe. – Dormindo.
– Dormindo?
– Ele está bem.
– E a médica?
– Estamos todos bem, Rory. Por que não tira um tempo para se cuidar? Callum comprou comida. Você precisa se alimentar, e depois nos reunimos para conversar.
Peguei as sacolas que Bu me entregou e subi. Assim que deixei a sala, ouvi os outros conversando em voz baixa. Fui em silêncio até o quarto e abri a porta – devagar, devagar...
A mesma cena de poucos dias antes. Minha vida era um *loop*.
Stephen estava no quarto, deitado de lado, de costas para a porta. Os cobertores estavam enroscados em seu corpo, metade caindo da cama. Não dava para ver seu rosto, só o cabelo sobre o travesseiro. Os óculos eram o único objeto na mesinha de cabeceira. Minha vontade era me deitar ao lado dele e abraçá-lo com força, mas apenas me aproximei e acompanhei seu peito subindo e descendo ao menos três vezes, antes de me afastar novamente e sair do quarto, fechando a porta com cuidado para não fazer barulho.

Havia uma janela no corredor, revelando um céu rosado lá fora, bem mais claro que o normal. Fui até o banheiro, onde a luz crua da lâmpada botou alguns aspectos da realidade em foco. A pessoa que vi no espelho estava em frangalhos. Meu cabelo curto estava todo espetado; meus olhos, vermelhos. Quando comecei a me despir, notei que havia sangue seco, amarronzado, debaixo das minhas unhas, além de incrustado sobre elas. Esfreguei-as na pia sob a água corrente, depois tomei um banho absurdamente quente e tentei eliminar a sujeira do corpo. Lavei meu cabelo endurecido, que ficou com cheiro de ração para gato depois de molhado. Ao sair do chuveiro, quando o penteei, as cerdas da escova chegavam a fazer um barulho estridente ao percorrer os fios. Eu ia precisar cortar ainda mais, para me livrar das partes ressecadas – acima do ombro, dessa vez. Melhor cortar logo. E esperar crescer até aquela tintura horrorosa sair.

Pelo visto, Bu tinha feito compras de novo e, dessa vez, escolhido itens mais ao seu estilo: um suéter preto com partes de couro (ou vinil) nos ombros, uma calça jeans que caiu ligeiramente melhor em mim, sapatilhas vermelhas. Ganhei até uma bolsinha de maquiagem, que não usei. Foi legal ver que ela havia tentado me agradar.

De volta ao térreo, encontrei um pequeno banquete de comida industrializada sobre a mesa de centro. Thorpe tinha razão: precisava me alimentar. Comi dois sanduíches de presunto com picles, uma banana, uma espécie de biscoito de nozes com tâmara, batata chips sabor cheddar e cebola, e um pão de mel. Para acompanhar isso tudo, dois sucos de maçã e uma Coca.

– Hoje à noite vai nevar – disse Freddie.

Ninguém fez nenhuma observação. O comentário pairou pela sala, e por um segundo todos olhamos para a janela.

– Eu nunca vi neve – falei. – Não neva de onde venho.

Ao dizer isso, me surgiu à mente uma lembrança de um momento com neve, mas não consegui identificar o que tinha sido. Em Bénouville não neva, então onde fora aquilo? Algum lugar. Uma hora eu lembraria.

– As pessoas estão bem? – perguntei. – As que foram engolidas pela neblina?

– Poucas pessoas saíram feridas – respondeu Thorpe. – A maioria delas, por conta de estilhaços de vidro e partes de construções que caíram. O mais perturbador é que elas não se lembram de nada do que aconteceu. Os noticiários estão dizendo que havia alguma substância psicotrópica na névoa.

Ouvimos um ranger no piso do andar de cima. Depois, passos. Depois, alguém indo ao banheiro. Água correndo.

– Ele acordou – disse Bu.

Callum não conseguia mais ficar sentado. Ele se levantou e andou de um lado para o outro ao pé da escada. Thorpe fechou o laptop e ficou encarando o chão, imerso em pensamentos. Freddie parecia querer dizer alguma coisa mas não saber exatamente o quê, então se pôs a organizar a papelada à sua volta.

– A gente podia fingir que é normal de vez em quando – falei.

Às vezes eu digo coisas bem idiotas.

Stephen desceu uns quinze minutos depois. Tinha se trocado, mas usava roupas dele próprio: um familiar suéter preto, calça jeans e tênis. Alguém devia ter ido ao apartamento e buscado mais itens pessoais dele. Um início de barba surpreendentemente crescido escurecia seu queixo, o que me abalou um pouco. Ele entrou na sala em silêncio, enfiou as mãos nos bolsos. Então olhou para as comidas na mesa de centro.

– Posso? – perguntou. – Estou faminto.

Ele pegou dois sanduíches de pasta de ovos e se instalou no braço do sofá para comer. Existem coisas de uma dimensão tão ampla que não conseguimos sequer esboçar reação. Quase somos obrigados a fingir que nunca aconteceram, porque não se encaixam em nenhum tipo de realidade que conhecemos.

Então, lá ficamos: observando Stephen comer, enquanto ele nos observava observando-o comer.

– Acho que alguém devia falar alguma coisa – disse ele finalmente –, porque eu não vou terminar de comer tão cedo.

– Como está se sentindo? – perguntou Callum. – Você parece bem. Está se sentindo bem?

Stephen mastigou algumas vezes e assentiu antes de responder:

– Estou bem. O que é bastante incrível, considerando...

– Ah, meu Deus – exclamou Bu, e foi correndo até ele.

Bu se abaixou e o agarrou, esmagando-o num abraço desajeitado, enquanto Stephen estendia a mão com o sanduíche para não deixá-la toda suja de maionese e encarava a parede, meio constrangido.

– Pronto – disse Bu. – Agora você, Callum. Anda logo.

Callum repetiu o gesto, mas de modo mais rápido.

– Já que está todo mundo fazendo... – disse Freddie, e lhe deu um abraço breve.

Thorpe se satisfez com um aceno de cabeça.

Eu estava tão nervosa que nem consegui me mexer. Não sabia o que fazer, então me contentei com um sorriso amarelo meio esquisito e enfiei mais um biscoito na boca.

– Você tem alguma lembrança do que aconteceu contigo? – perguntou Thorpe.

– Pouquíssimas. Eu me lembro do acidente, me lembro de ir para o apartamento do meu pai e de dormir na sala. Acho que Rory deve saber mais que eu.

– Não muito. Eles me obrigaram a participar de uma espécie de cerimônia, e aí eu bebi um negócio, mas não me lembro de nada depois disso.

– Nada? – perguntou ele.

– Nada.

Ele me observou com curiosidade por um momento.

– Talvez a gente nunca venha a descobrir o que aconteceu – disse ele. – Mas por que eu estava na casa de Marigold?

– Ela foi ao necrotério antes de mim – explicou Thorpe. – O objetivo era buscar seu corpo, mas, chegando lá, descobriu que você não tinha propriamente morrido. Ela então o levou para casa e eliminou todos os registros da sua passagem por lá. Eu até conversei com a patologista do hospital, que estava muito tensa por ter sido forçada a assinar o Ato de Sigilo Oficial.

– Você agora é segredo de Estado – disse Bu.

– Parabéns – falei, tentando sorrir mais uma vez, e novamente o sorriso saiu bem esquisito.

Chega de sorrir. Serviço indisponível no momento.

– Mas, afinal, quem é Marigold? – perguntei.

– Ouvimos a explicação para isso enquanto você estava apagada – respondeu Bu. – Ela trabalha com Thorpe.

– Até certo ponto – acrescentou Thorpe. – É uma médica que atua em casos mais delicados. Ela foi muito útil na fase inicial de recrutamento e em tentar determinar o que torna vocês diferentes.

– Então ela pretendia fazer minha autópsia – concluiu Stephen.

– Acredito que sim.

– Que bom que ela deu uma conferida antes. – Stephen pegou uma embalagem de batata chips. – Já imaginou?

Essa pequena tentativa de humor deu uma aliviada no clima. Callum abriu um sorriso.

– Cara... – disse ele. – Cara.

– Estamos todos aqui – disse Bu. – Nós sobrevivemos. Estamos de volta.

Senti que aquele momento era especial, um momento em que todos absorvíamos a importância da situação, o fato de estarmos juntos e felizes. Mas então Freddie, que claramente estava buscando uma chance de se pronunciar, acabou nos trazendo de volta à questão em pauta.

– Só uma coisa. Você tinha informações sobre a Pedra Osulf, anotadas em código. Como sabia tanto e por que mantinha isso em segredo? Quer dizer, não que...

Stephen deu de ombros.

– Eu acessava os mesmos sites e fontes que você. Sabia que tínhamos pedras capazes de dispersar a energia dos mortos, e elas pareciam se encaixar na descrição do Olho de Ísis. Então comecei a pesquisar sobre a Osulf, e havia fortes evidências indicando que a pedra era real e que tinha mesmo poder. Anotei tudo isso em código simplesmente porque gosto de criptologia e porque estava entediado com as palavras-cruzadas. Fui a Chanceford, como imagino que vocês tenham feito. E também imagino que tenham decifrado meu código. Não era lá muito complexo, infelizmente.

– Mas isso significa que o Gabinete Paralelo...

– É uma ideia ridícula – completou Stephen. – Você sabe, tanto quanto eu, que isso é teoria da conspiração.

– Mas estavam certos quanto às duas pedras – insistiu Freddie.

– Muitas dessas ideias fantasiosas se baseiam em fatos – argumentou Stephen. – Se formos pensar nas pesquisas incessantes que esse pessoal faz, seria de se imaginar que já tivessem descoberto alguma coisa sobre as outras pedras. E isso nunca aconteceu.

– Então você não acredita que elas existam?

– Acho bastante improvável. Cheguei a investigar algumas pistas, mas era tudo bobagem. Não existem pedras mágicas que protegem Londres. Mas agora temos dois novos terminais.

Callum abriu um largo sorriso ao ouvir isso.

– Ah, que dia lindo! – exclamou ele. – O esquadrão vai continuar. Pra valer.

– E o que vamos fazer daqui pra frente? – perguntei. – E quanto a Charlotte? O que houve com ela, para mudar tanto? E onde ela está?

– Síndrome de Estocolmo, provavelmente – opinou Freddie. – Acontece mais rápido do que se imagina. O caso original, que deu nome ao distúrbio, durou apenas alguns dias. Mas o mais provável é que ela tenha sido condicionada a se aliar a eles ao longo do tempo. Jane não drogava vocês? Então. Drogas, isolamento... sem contar que deram a visão a Charlotte.

– Não sabemos para onde foram os cúmplices de Jane – disse Thorpe. – Não identificamos a maior parte deles. E não encontramos registros de Charlotte nas imagens das câmeras de segurança. Ela está desaparecida novamente, mas dessa vez por vontade própria. Sid e Sadie também estão.

– Ah, pessoal, o que é isso! – reclamou Callum, indo até o centro da sala. – Temos que comemorar de uma forma melhor. Vamos lá. *Vamos*, pessoal!

Thorpe ponderou por um instante.

– Acho que uma ou duas bebidas não fariam mal – disse ele. – Tem um pub no fim dessa rua. Não vamos mais usar esta casa, então não vejo problema em irmos até lá. Coisa rápida. Uma rodada.

Quando saímos, os primeiros flocos de neve estavam começando a cair. Eram bem maiores do que eu esperava, e mais velozes. Peguei um no ar, mas o floco apenas derreteu na minha mão no instante em que pousou.

– Que decepcionante – comentei. – Achei que duraria mais.

Caminhamos devagar, e Stephen e eu ficamos para trás. Ele mantinha as mãos nos bolsos. Um hábito retomado, assim como seu cachecol.

– Do que você se lembra daquele último dia? – perguntou ele. – Sobre o que aconteceu com você.

– Pouca coisa. Foi como contei: eu bebi um negócio e depois acordei.

– Sabe por quanto tempo ficou inconsciente?

– Não.

– Então não se lembra de nada? – insistiu Stephen.

– A qual parte você se refere? Quer saber se me lembro de Sid e Sadie, de Jane?

Ele suspirou baixinho. Ergui o olhar, mas Stephen olhava para a frente, para o restante do grupo.

– O que eles são? – perguntei. – Sid e Sadie, quero dizer.

— Algo novo. Ou muito antigo. Não sei. Mas eles me preocupam. Muito. E acho que...

Ele parou de andar e enfiou as mãos ainda mais fundo nos bolsos.

— Acha o quê?

Stephen finalmente se virou para mim. Seu peito se erguia e descia rápido, e acho que estava se contendo para não se mexer, forçando as mãos a não sair dos bolsos. Ele observou meu rosto, aproximando-se um pouco. Tentava ler minha expressão. Estávamos tão próximos um do outro que poderíamos nos beijar, se eu me erguesse na ponta dos pés. Se eu tomasse coragem. Mas alguma coisa me dizia que não era adequado... alguma coisa no jeito como Stephen me observava. Havia algo de triste e ao mesmo tempo satisfeito no rosto dele.

Então desviei o olhar para um ponto adiante, como se fosse isso que eu estava tentando fazer desde o início. Fiquei observando a neve cair. Era estranho: ali, olhando para a neve, senti como se eu é que estivesse caindo.

— É sério que você *nunca* tinha visto neve? — perguntou Stephen.

— Não sei — falei, mantendo a cabeça erguida. — Talvez... quando eu era pequena...?

— Ei, vocês dois! — chamou Callum, virando-se para trás. — Andem logo. Deixem o romance para depois. O importante agora é beber.

Quando baixei o olhar, peguei Stephen me observando de novo.

— É melhor a gente... apressar o passo. Acho — disse ele. — Não queremos provocar Callum. E a gente bem que merece um descanso mesmo.

Ele tocou meu braço, depois o segurou e, por fim, após um agonizante momento de hesitação, botou as mãos nos bolsos de novo.

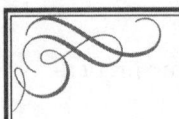

31

Havia mais um assunto a resolver, o que fizemos pela manhã do dia seguinte. Thorpe me levou de carro. Eu escolhi o lugar, e o lugar em questão foi a biblioteca de Wexford. A princípio ele recusou a ideia, mas insisti. Era importante. Havia uma pessoa ali de quem eu precisava. Eu queria ter acompanhado Stephen, mas ele estava sendo examinado por Marigold. Um check-up completo, com aparelhos, exame de sangue, toda a parafernália. Quando você morre e volta à vida, precisa enfrentar muitas perguntas, pelo visto.

– Tem certeza disso? – perguntou Thorpe.

– Eu prometi. E Jerome já viu coisas demais.

– Teremos que tomar algumas providências depois. Providências sérias.

– Claro, porque eu só tenho tomado decisões bobas nos últimos dias.

– Tem razão. Mas agora é hora de discutirmos nossos próximos passos. E isso inclui tornar as coisas oficiais. Identidades novas, treinamento e, talvez o mais importante, o que vamos dizer à sua família.

– Fica para depois – falei. – Preciso resolver um assunto agora.

– Você tem uma hora.

Thorpe me deu um cartão magnético e uma chave. O cartão tinha sido carregado eletronicamente de forma a abrir todas as portas principais e a chave era uma cópia da chave mestra de Claudia, a diretora do dormitório feminino. Guardei ambos no bolso e saí do carro.

Bu já estava lá, num banco em frente ao edifício, de guarda, comendo uma maçã e fingindo falar ao celular. O caríssimo sistema de câmeras de segurança, recém-instalado, ficaria desligado por uma hora, "para manutenção", então não haveria registro da minha entrada e saída. Claudia estava em Truro, visitando a família no recesso de fim de ano. Todos os outros funcionários estavam viajando também – professores, bibliotecários, cozinheiros, o pessoal da administração. Só por garantia, Thorpe dera um jeito de avisar aos professores que todas as salas estariam fechadas para manutenção do sistema de aquecimento, para o caso de alguém querer aparecer por lá mesmo durante o recesso. Só o segurança estaria de serviço naquele dia, e ele fora despachado por conta de um "erro" na escala de trabalho.

Era uma pequena fresta que fora aberta para mim, para que eu visitasse minha antiga vida. Mas precisava respeitar certas regras: um lenço cobrindo parte do rosto, luvas, tudo isso.

Caminhei rápido, como havia sido instruída a fazer, até a biblioteca. Peguei a escada até a entrada exclusiva para funcionários – a mesma que causara tantos problemas. Naquele dia, no entanto, não haveria problemas. Encostei o cartão no leitor digital e a porta se abriu prontamente. Eu nunca tinha passado por ali. O caminho era cheio de caixas, para garantir o máximo possível de tropeços e machucados no percurso até a escada. A escuridão ali dava nervosismo, mas, no final, eram só degraus. Era só subir até não haver mais nada que te levasse adiante. Saí no segundo andar da biblioteca, todo às escuras, na seção de livros de História. Levei alguns instantes para me localizar. Acendi as luzes do corredor, o que acabou dando susto em mim mesma. História, Idiomas, Literatura...

Alistair estava ali, como de costume. O cabelo sempre espetado, a calça jeans sempre caída, as botas sempre... sempre botas. Estava lendo. Alistair estava sempre lendo. Já tinha lido todos os títulos da seção de Literatura.

– E aí, sumido – falei.

Como era típico de Alistair, ele levou um tempinho, ou melhor, um tempão, até terminar a página ou o parágrafo ou o poema antes de erguer o olhar.

– Feliz Natal – falei.

– Já é Natal?

– Quase.

– Ah.

Como sempre, muito prolixo.

– As coisas andaram meio estranhas – falei, me aproximando. – Não posso explicar direito e não tenho muito tempo, mas queria dizer para você... sei lá, tomar cuidado.

– Cuidado com quê?

– Se precisar de ajuda, ou se acontecer alguma coisa estranha, arranje um telefone e mande uma mensagem para este número... – Peguei um papel do bolso e deixei numa prateleira próxima. – Você sabe mandar mensagem, né?

– Não sou nenhum idiota.

– Mas você consegue fazer isso? Apertar os botões e mandar uma mensagem?

– Consigo.

– Legal. Esse número... – Dei um tapinha no papel com o dedo enluvado. – É o número da Bu. É só escrever "me ajudem", ou "venham", qualquer coisa assim. Se precisar.

– Por que eu precisaria de ajuda?

– Apenas guarde o número, tá bom?

Ele assentiu e voltou a ler. Eu me virei para retornar pelo mesmo caminho.

– Fico feliz que esteja bem – disse Alistair quando eu já ia me afastando. – Viva. Combina mais com você.

– Obrigada.
Mas ele já tinha voltado a me ignorar.

Saí pelos fundos da biblioteca e dei a volta até o pátio central de Wexford. Era uma caminhada rápida até a entrada, também exclusiva para funcionários, de Hawthorne. Todos aqueles prédios haviam sido construídos seguindo o mesmo modelo, na época em que ainda eram um abrigo para mulheres. Aquela área do porão era bem pouco utilizada, assim como a da biblioteca, cheia de móveis quebrados e caixas de livros velhos. Perto da escada, o local era mais arrumado. Havia quatro máquinas de lavar e vários armários. Subi até o vestíbulo.

Eu só havia recebido autorização para entrar em Hawthorne porque aleguei a Thorpe que havia outro fantasma com quem eu precisava falar. Era mentira, claro. Um fantasma da minha vida, talvez.

O interior do prédio estava bem frio, o que não era surpresa nenhuma. Nunca ficava realmente quente, havia, no máximo, alguns surtos de calor vez ou outra. Lembrei que gostava de ficar sentada encostada nos aquecedores de parede, tentando absorver cada preciosa molécula de calor, armazená-la em meus ossos. Quantos momentos eu não passara assim, conversando? Das poucas vezes em que eu tentava fazer os trabalhos de casa, ficava instalada no chão, grudada no aparelho. Agora, numa época que geralmente não havia alunas nos quartos, o aquecimento central tinha sido desativado, transformando o prédio num frigorífico. Daria para armazenar queijo ali. Se bem que naquele dia o frio mal me incomodava. Talvez fosse assim que os ingleses se sentiam: deviam até reparar no frio, mas puxavam as mangas do casaco para cobrir as mãos e seguiam em frente. Foi o que fiz.

A única fonte de iluminação no corredor era uma suave luz leitosa que vinha da janela lá no final. Ao passar pelo quarto de Charlotte, que ela ocupava sozinha, vi que haviam deixado várias homenagens a ela, com bilhetes e flores de papel cobrindo a porta de alto a baixo. Arranquei um e li um "Bem-vinda de volta!". Não reconheci a caligrafia, mas certamente quem escrevera aquilo estava sendo otimista demais.

Eu nunca tinha notado que Charlotte era tão amada no colégio. Ela não era a mais carinhosa das pessoas, mas era respeitada, como me dei conta naquele momento. Cumpria bem sua função. Suspeitei que muitas das garotas novatas tivessem deixado bilhetes. Afinal, Charlotte era a líder *delas*. A monitora-chefe *delas*. A grande líder ruiva.

Botei o bilhete de volta no lugar e continuei meu caminho.

Minha antiga porta não tinha nenhuma homenagem. Jazza ainda ocupava aquele quarto. O pequeno mural de recados na porta estava cheio de bilhetes avisando que estavam indo passar o fim de ano fora, desejando boas festas. Havia também alguns cartões de Natal, ainda fechados, presos atrás do mural.

Abri a porta com a chave mestra, o vazio em volta ampliando todos os sons. Lá estavam meus antigos móveis e minha cama vazia. E lá estavam os dois, esperando por mim no lado de Jazza do quarto. Jerome encontrava-se preparado, de certa forma, mas Jaz soltou uma exclamação. Quase caiu da cama.

– Calma – disse Jerome, segurando-a.

– Oi – falei.

Jazza se ajeitou e se levantou. Ela foi até mim, devagar e resoluta, mas, em vez de me dar um abraço, socou o meu ombro. Não forte a ponto de machucar, mas o suficiente para deixar clara sua indignação.

– Onde você se meteu? – perguntou ela, a voz um pouco embargada. – Onde estava esse tempo todo?

Ela baixou o braço, parecendo envergonhada, e aí, sim, me abraçou.

– Eu quis entrar em contato – falei, sobre seu ombro. – Juro.

Olhei para Jerome. Ele mantinha os braços cruzados, mas exibia uma expressão de aceitação. Eu precisava explicar tudo: o Estripador, os fantasmas. Não mencionaria o esquadrão, mas podia dizer que estava sob proteção da polícia. Estava prestes a rasgar o tecido da realidade amena deles, e não era algo que eu quisesse fazer. Stephen devia ter se sentido assim quando foi minha vez, com a diferença de que Jerome e Jazza não tinham a visão. Mas Jerome vira a muralha de neblina, a pedra, o assassinato. Ele já estava imerso naquele mundo.

– A gente precisa conversar – falei, fechando a porta. – É melhor vocês se sentarem...

21 DE DEZEMBRO
LIVRARIA HARDWELL'S, SOHO

O DIA ESTAVA CONGELANTE E O SISTEMA DE AQUECImento não dava conta. De seu posto ao balcão, que era apenas uma abertura numa estante, Cressida deu uma espiada em volta. Estava frio demais para ler, então ela puxou as mangas dos dois suéteres que vestia para cobrir as mãos, como luvas improvisadas. Havia quem achasse o silêncio ali dentro opressivo. As pessoas estão acostumadas a ambientes mais barulhentos, música mais alta, gente falando ao celular. A Hardwell's se orgulhava de sua quietude, e Cressida acabara se acostumando. Podia ficar ali sentada tranquilamente, olhando as prateleiras ao redor. O bom exercício da magia exigia concentração e o gosto pelo silêncio.

O discreto sininho da porta anunciou a chegada de visitantes. Cressida esticou o pescoço e viu duas pessoas entrarem. Apesar do frio extremo lá fora, elas estavam sem casaco. Eram praticamente idênticos, os dois. Um homem jovem e loiro num terno cinza-prata leve e com lapelas largas, e uma mulher, que entrou depois dele, com cabelo apenas um dedo mais comprido. Usava um vestido longo, verde-escuro, com estampa de flores vermelhas. Os trajes não eram suficientes para proteger do inverno, mas eles não davam o menor indício de estar sentindo frio.

O homem foi até o balcão e estendeu-lhe um longo sorriso. A mulher, que só podia ter algum parentesco com ele, dada a grande semelhança entre os dois, manteve-se atrás, passando o dedo distraidamente pela lombada de um livro. O homem usava um pouco de maquiagem nos olhos; ela, não.

– Feliz Yule – disse ele.

– Feliz Yule – respondeu Cressida.

– É bom ver que algumas coisas não mudaram. – Ele apoiou o cotovelo no balcão e observou em volta. – Um norte neste estranho mundo novo.

Cressida não entendeu a que ele se referia, mas trabalhar neste tipo de lugar faz com que você se acostume a ouvir coisas esquisitas.

– Clover está por aqui? – perguntou a mulher. Tinha a voz suave e bastante aguda.

– Nos fundos. Organizando alguns livros.

– Mas o que é isso... trabalhando nessa época? – O homem balançou a cabeça, e seu sorriso ficou ainda mais lânguido. – Vamos falar com ele um minuto. Somos velhos amigos. Belo chapéu, aliás. – Ele apontou para o chapéu de lã que Cressida usava, com os pequenos paetês que ela havia costurado cuidadosamente.

A mulher já estava se dirigindo ao corredor que levava à área dos fundos. Seus pés ficavam ocultos pela bainha do vestido, e ela tinha um andar tão macio que parecia flutuar. O homem fez uma saudação teatral para Cressida antes de seguir também para o corredor. Em um instante os dois cruzaram a cortina, e Cressida voltou a se ocupar com o frio e a máquina registradora inerte, perguntando-se por que Clover atraía tanta gente esquisita.

Clover estava sozinho nos fundos, fones no ouvido, fazendo seu chá. Mesmo naquele cômodo reduzido, nem percebeu quando a porta se abriu.

– Ora, ora – saudou o estranho. – Abençoado seja.

Como Clover pareceu não notá-lo, a mulher entrou e tocou seu ombro. Só então ele se virou e os viu. Boquiaberto, arrancou os fones de ouvido na mesma hora. O sussurro do cântico que ele escutava se derramou dos fones para o chão.

– Que tal um olá? – disse o homem. – Ou mesmo um oi, caso prefira.

Clover mexeu os lábios, mas nenhum som saiu de sua boca.

– Um aceno, uma piscadela? Qualquer coisa nos serviria bem.

– Ah, Sid... – A mulher foi até Clover e pousou as mãos no ombro dele. – Nós o assustamos.

– É natural que nossa presença exija um tempo – disse Sid, instalando-se na poltrona desgastada e apoiando os pés na mesinha bamba. – Sem problemas. Assimile a surpresa, meu caro Clover. Saboreie a visão.

Clover se desequilibrou, e a mulher o ajudou a se sentar. Ela pegou o celular do bolso dele e observou o aparelho. Apanhou os fones, inseriu um deles no ouvido e abriu um sorriso de prazer.

– Isso toca música, Sid.

– É mesmo? Devo confessar: tudo que vimos até agora é fabuloso. Acho que voltamos numa boa época.

Sadie devolveu o celular. Clover o pegou e desligou a música com as mãos trêmulas.

– Ele está tremendo, ora veja – disse a mulher. – Deixe que eu pego seu chá.

– Você é um verdadeiro anjo, Sadie.

Ela terminou de preparar o chá, tirando o saquinho da água quente e acrescentando leite e açúcar.

– Aqui está, um bom chá – disse ela, pousando a xícara na frente de Clover. – É disso que você precisa. Beba.

Clover levou a mão trêmula à xícara enquanto Sadie aguardava ao lado. Depois que ele conseguiu tomar dois grandes goles, ela pegou a xícara e a pousou de volta na mesa.

– Sadie? – disse Clover, num fiapo de voz. – Sid?
– Presentes! – respondeu Sid.
Sadie se levantou e passou os dedos levemente pelos vestígios do cabelo ralo de Clover.
– Gostei da sua barba – disse Sid, apontando. – Faz um estilo Gandalf. O que achou, Sadie?
– Adorável – respondeu ela, descendo a mão para a barba e acariciando como se fosse um delicado fio de seda.
– Vocês estão… – Clover tremeu mais um pouco e tomou outro gole de chá. – Vocês estão…
– Seria mais prático pularmos essa parte – disse Sid. – Vamos dizer apenas que "estamos aqui". Isso basta. E, agora que voltamos, quem você acha que quisemos reencontrar primeiro?
– Entre tantas pessoas… – acrescentou Sadie, inclinando o corpo e quase deitando sobre Clover.
– Justamente – disse Sid. – Quer dizer, a primeira que quisemos rever entre as que permanecem vivas. Ainda estamos resolvendo essa questão. Quarenta anos… tantos morreram! Não quero levar para o lado pessoal, mas me sinto um pouco ofendido. Bem, mas você nos fez a gentileza de continuar vivo!
– Ficamos muito felizes – disse Sadie.
– Muito. Por isso viemos logo visitá-lo.
Clover começou a chorar em silêncio.
– Ah, Sid… Acho que o deixamos triste – disse Sadie, voltando a acariciar o cabelo de Clover.
– Será que deveríamos ter telefonado antes?
– Talvez. Aparecer assim sem aviso pode ter sido um pouco intenso demais.
– Tem razão, Sadie. Tem razão. – Sid se recostou e ergueu as mãos em admissão de culpa. – Que gafe de nossa parte.
– Eu nunca… – Clover tropeçava nas palavras. – Eu não…
– Nunca o quê? – arrulhou Sadie.
– Não imaginei que os veria de novo – completou Clover, irrompendo num choro convulsivo.

– Será que todos vão reagir assim? – disse Sid. – Está se tornando um hábito.

Eles esperaram Clover se recompor. Depois de um tempo, ele secou o rosto e se levantou.

– Nunca pensei que isso fosse acontecer, mas estava pronto – disse ele. – Eu me preparei. Achei que... achei que tivesse chegado o momento. Houve aquele incidente no Marble Arch, e apareceram umas pessoas perguntando sobre vocês e sobre Jane, e eles até trouxeram um tira.

– Nós os conhecemos – disse Sid. – Todos adoráveis.

– Mas você fez o que lhe pedimos? – perguntou Sadie.

– Sim. Eu fiz, Sadie. Estão comigo. Trouxe para cá caso... caso vocês voltassem. E realmente voltaram. Achei que Jane fosse me avisar, mas não consegui falar com ela. Eu estava pronto.

– Ah, Clover!

– Tenho que dizer, Sadie, que sabemos escolher. Nossa família é simplesmente a melhor.

– É verdade.

Clover baixou o olhar e deu um sorriso de prazer.

– Eu nunca perdi as esperanças – disse ele. – Mesmo depois de tanto tempo. É uma grande surpresa. Estou tão feliz em vê-los! Ainda estou... – Ele esfregou os olhos. – Ainda estou processando. Por favor, me perdoem.

– Não há o que perdoar – disse Sadie.

– Estão lá na frente, atrás do balcão. Vou buscá-los.

– Vamos acompanhá-lo – disse Sadie.

– A garota não sabe. Ela vai...

– Não tem problema – disse Sid.

Os três voltaram à área principal da livraria, onde Cressida continuava encarando os corredores desertos com um olhar vazio. Clover foi às pressas até o balcão, afastando-a e se abaixando para passar para o outro lado. Depois de remexer em algumas coisas, ele voltou pelo mesmo caminho (com muita agilidade, considerando sua altura) trazendo consigo uma bolsa de vinil vermelho com alças grandes.

– Vamos voltar lá para trás e...

Mas Sadie já tinha pegado a bolsa e a aberto.

– Devo me alegrar? – perguntou Sid.

– Certamente. Clover, você é fantástico.

– Um ser grandioso! – acrescentou Sid.

– Levei alguns anos para conseguir – disse Clover, baixando a cabeça timidamente. – Tive que encontrá-los, obter o dinheiro. Alguns estavam... Talvez seja melhor conversarmos lá atrás.

– Não há necessidade – disse Sid. – Não há segredos entre nós.

Cressida acompanhava toda a cena em silêncio, sem entender. Foi pega totalmente de surpresa quando Sid agarrou sua cabeça e a torceu num instante, como quem abre uma garrafa. Cressida emitiu apenas um leve gorgolejar e caiu como uma pedra sobre o balcão. A cabeça quicou uma vez, e então seu corpo deslizou para o chão, sumindo de vista.

Clover sofreu um espasmo de susto. Antes que sequer pudesse falar alguma coisa, Sadie o pegou calmamente pelo braço e o lançou pelo corredor. Ele atingiu a parede com tanta força que a porta rachou e as cortinas ameaçaram cair. Sadie então foi até lá verificar se estava vivo, enquanto Sid conferia o conteúdo da bolsa.

– Ele cumpriu a tarefa à perfeição. Achei que levaríamos mais tempo para conseguir o restante, mas parece que estão todos aqui.

Sadie se debruçou sobre Clover e finalizou com basicamente o mesmo movimento que Sid usara em Cressida. Ela voltou devagar, parando um instante para examinar um livro e pegá-lo da prateleira.

– Encontrou um bom título? – perguntou Sid.

– Parece novo.

– Acho que são quase todos novos. Pelo menos para nós.

Ela assentiu, concordando com a observação do irmão.

– Este lugar sempre foi tão chinfrim – disse Sid, olhando em volta. – Péssimo acervo.

– Mas ótimos funcionários.

– Sem dúvida. Disso não podemos reclamar. É mesmo uma infelicidade. Nossos filhos cresceram. Envelheceram. Adquiriram um conhecimento excessivo.

– Esse é o problema de envelhecer – disse Sadie.

– O que me deixa ainda mais contente por não termos passado por isso. Mas o empenho de Clover não será em vão. Aqui está tudo de que precisamos. Não teremos que esperar para dar início à grande festa.

– Acho que já esperamos até demais – disse Sadie, abrindo os braços. – É hora de nos elevarmos. Todos nós. Ah, Sid! Tudo se tornará realidade. Está acontecendo.

– Mal começamos, minha querida irmã. O melhor ainda está por vir. – Sid botou a bolsa no ombro. – Vamos? Está tão frio aqui, e estou louco por uma boa bebida.

Os dois saíram da livraria, fechando a porta educadamente. Lá fora, entraram num Jaguar amarelo-claro estacionado bem em frente e partiram rumo à tarde que escurecia.

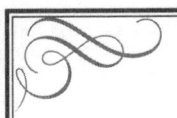

Agradecimentos

Tenho muitos agradecimentos a distribuir – muito mais do que os contidos nesta pequena lista. Mas aí vai.

Obrigada a:

Minha agente, Kate Schafer Testerman, uma mulher capaz de praticamente tudo e sem a qual nada é possível.

Minha editora, Jennifer Besser, desde o início a maior entusiasta da série Sombras de Londres.

Robin Wasserman, Holly Black, Sarah Rees Brennan e Cassie Claire, pelo apoio constante e os conselhos brilhantes. É uma grande sorte conhecer vocês.

Libba Bray e Barry Goldblatt, que nos abrigaram do tornado que enfrentamos, justo enquanto eu escrevia este livro.

Felicity Disco (Kate Welsh), minha assistente, que me salvou de enlouquecer.

Kiersten White, pelas técnicas motivacionais.

Minhas consultoras de medicina: dra. Elka Cloake e dra. Marianne Hamel, além da enfermeira Mary Johnson (também conhecida por mim como minha mãe).

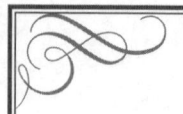

Toda a equipe da Penguin, que tanto me apoiou: Elyse Marshall, Lisa Kelly, Anna Jarzab e todo o pessoal da Hudson Street.

O pessoal da Hot Key Books, que publica minhas obras no Reino Unido: Sara O'Connor, Sarah Odedina, Sanne Vliegenthart, Rosi Crawley e todos da Hot Key HQ.

Minha família Leaky/Geeky, liderada por Melissa Anelli e Stephanie Dornhelm. (Mas agradeço a todos: somos dezenas. Centenas, talvez?)

Os criadores do podcast *Welcome to Night Vale*, Joseph Fink e Jeffrey Cranor, pela experiência em sua estação de rádio.

Hamish Young, por tudo.

E meus leitores, assim como os livreiros, bibliotecários e professores. Eu não poderia escrever se não fosse por vocês. Obrigada, do fundo do coração.

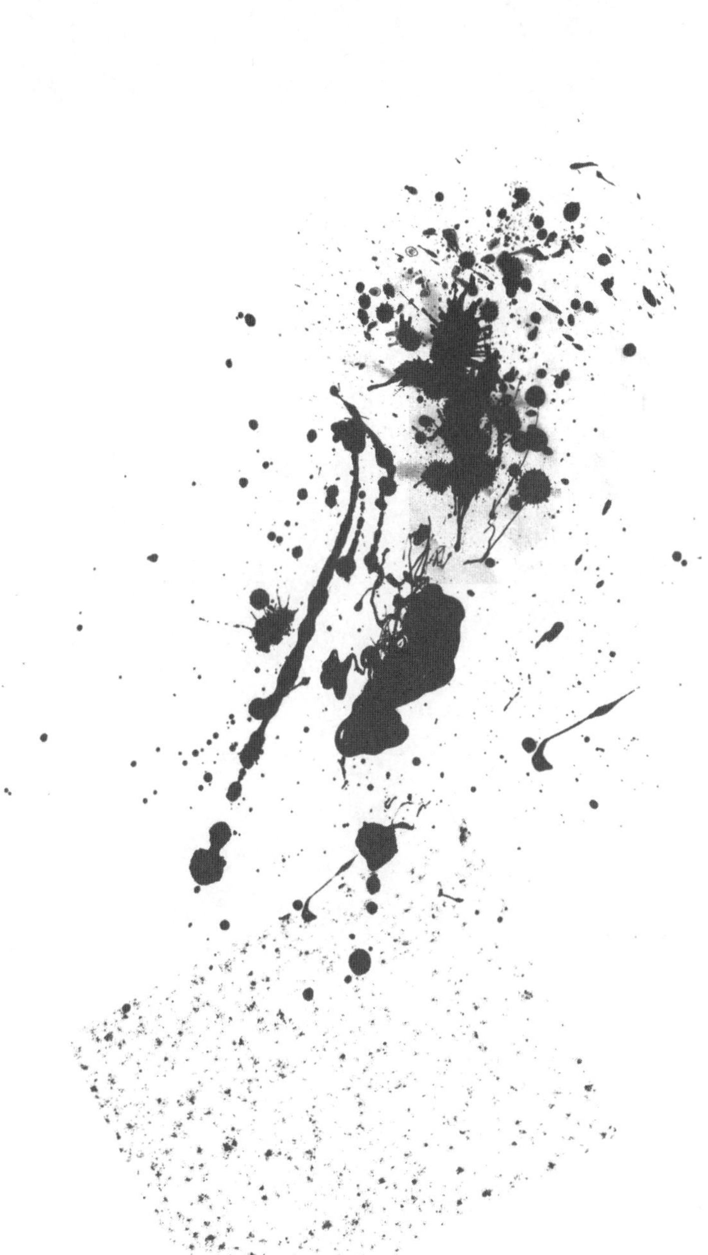

Impressão e Acabamento:
INTERGRAF IND. GRÁFICA EIRELI.